KB052334

한국 **공포 문학** 단편선 **4**

한국 공포 문학 문학
단편선 4

이종호 외 9인

황금가지

| 차례 |

첫 출근

장은호

1980년생. 매드클럽 창립 멤버. 성형외과의, 웹에서 장은호 공포연구소(adultoby.com) 운영하고 있다. 「한국공포문학단편선 시리즈」에 단편 「하등인간」, 「캠코더」, 「노랗게 물든 기억」, 《파우스트》에 단편 「순결한 칼」을 수록했다.

"빨리 준비해. 늦을라."

아침 창밖을 내다보며 긴장을 삭히는 내게, 어머니는 괜히 너스레를 떨었다.

회사에서 보내준 양복은, 검고 단단하고 차가워 보였다. 살짝 빗겨 보면 물결이 이는 것처럼 반짝였는데, 어머니는 양복을 이리저리 돌려보며 좋아하셨다. 뭐, 양복이 대수라고요, 하면서도 긴장과 설렘 섞인 표정을 풀지 못했다. 첫 출근은 챙겨줘야 한다며 다섯 시간 이상 기차를 타신 어머니는 피곤과 멀미, 낯설음에 시달려 낯빛이 검었다. 그래도 안 힘들다며 연신 싱글벙글이다.

나는 가지런히 정리한 머리를 현관에서 다시 확인했고, 어머니는 연신 내 옷에 묻지도 않은 먼지를 털어내셨다.

"우리 아들, 어느새 나이 들어 직장에도 들어가고……."

염불 같은 말이 어머니의 입가에 조용히 흘렀다.

"아들, 잘 갔다 와."

어색한 웃음으로 대답한 뒤, 자취방을 나왔다.

버스 정류장은 무표정한 사람들의 둥지였다. 가끔 그들은 손목을 들어 시간을 확인했다. 내 양복만큼이나 차가워 보이는 표정을 하고 있었다. 나는 정류장 한 쪽에 서성이다, 그들처럼 손목을 들어올렸다. 8시 26분. 설마 늦지는 않겠지, 걱정이 앞섰다.

'먼지 없는 도시, 서울을 만들어갑니다.'

버스 옆구리의 광고는 작대기로밖에 보이지 않는 건물 사진을 담고 있었다. 정말일까? 할아버지는 도시에 다녀와서 먼지에 치를 떨었다고 자손들에게 얘기했다. 몇 번 숨을 쉬고 나면 코딱지가 검게 튀어 나온다는 말에, 아이들은 까르르 웃었다. 할아버지는, 우리 같은 사람은 도시에 하루도 살기 힘들다고 겁을 주었다. 나는 그 말을 믿었다.

하지만 들이쉬는 숨이 깔끔하다. 차들의 엉덩이엔 으레 달려 있을 거라 생각한 배기구가 보이지 않았다. 소리 없이 달려가는 모습에 미래를 무성영화로 보는 기분이 문득 들었다. 유행인 듯 건물들은 크고 검었고, 골목을 삼키며 서로의 몸을 맞댔다. 어느 도시에서 골목을 없애고 있다는 얘기를 슬쩍 들은 적이 있었는데, 직접 보니 성벽에 갇힌 듯 답답함이 일었다. 건물의 반듯한 옥상 위로, 도시의 중앙 쪽에서 하늘로 솟은 구조물이 보였다. 버스 광고의 작대기와 꼭 닮았다. 아마도 그것이 먼지를 잡아먹는 건물인 듯하다.

J1200번 버스가 소리 없이 달려와 멈췄다. 자동으로 열리는 문

도 침묵을 유지했다. 사람들은 일어서 쭉 찢어진 버스의 옆구리로 사라졌다. 발자국 소리도 들리지 않았다. 나도 그들처럼 조용조용 버스로 들어갔다.

시야를 벗어날 정도로 커다란 빌딩이 하늘을 가렸다. 나는 하늘을 찾지 못한 채 목이 뻐근해졌다. 버스는 건물 앞에 멈춰 허리를 벌렸다. 문이 열리자 사람들은 한 명씩 버스를 내렸다. 약속한 듯이 왼발로 버스의 계단을 밟고, 오른발로 바닥을 밟았다. 나도 그렇게 했다. 너무 긴장해서 그런지 잠깐 잠깐 하품이 나왔다.

매뉴얼을 꺼내 살피며 중얼거렸다.

23번 게이트…….

몇 개의 회전문이 사람들을 빨아들이고 있었다. 글자가 회전문 위에서 23번 게이트라는 글자가 반짝였다. 사람들 틈에 끼어 회전문을 지나자 마을 제당보다 훨씬 넓은 공간이 펼쳐졌다. 입이 저절로 벌어졌다. 순간 내가 먼지가 된 기분이 들었다. 빌딩이 기침을 하면, 나는 순식간에 나가떨어질 것이다. 생각을 들키지 않으려 입을 닿고 얼굴을 문질러 무표정을 만들어냈다. 이렇게, 도시 사람이 되는 게 아닌가 싶었다.

매뉴얼을 슬쩍 보고는 엘리베이터의 위치를 찾았다. 엘리베이터는 첫 경험 중에 하나였다. 로비 끝부분에 수없이 늘어선 엘리베이터를 보자 가슴이 후드득 떨렸다. 숨을 진정 시키며 엘리베이터의 이름표를 살폈다.

B343…….

버릇대로 다시 중얼거리기 시작했다. 사람들이 덜 몰려 있는 부분에 글자가 보였다. 나는 얼른 달려가 문 앞에 섰다. 다른 사

첫 출근 11

람들처럼 어깨를 폈고, 혹시 다른 점이 있을까 불안하여 구두부
터 쭉 살폈다. 나를 이상하게 보는 시선은 없는 것 같았다.

엘리베이터 문이 열리고 안으로 들어갔다. B343 엘리베이터로
들어가는 사람은 나뿐이었다. 잘못 들어온 건가? 우물쭈물하는
사이에 문이 닫혔다. B343 맞을 거야, 라고 스스로를 안심시켰다.
매뉴얼에 나온 대로 3892를 눌렀다. 엘리베이터가 움직이기 시작
했다. 버스처럼, 사람들처럼, 엘리베이터도 침묵했다.

도착을 알리는 땡, 소리는 간신히 잔잔해졌던 심장을 자극했
다. 엘리베이터의 문이 열리는 순간엔 호흡조차 곤란했다. 발가락
과 허벅지에 힘을 주며 복도로 걸어 나왔다. 복도는 앞과 좌우, 같
은 모양으로 뻗어 있었다. 이상하게 지하 감옥에 들어온 듯한 밀
폐감이 엄습했다. 여기가 몇 층이지?

눈에 들어오는 글자는 없었다. 몇 층이라는 정보도 없을 뿐더
러, 그 외의 정보도 없었다. 복도는 그냥 시커멓고, 천정에 길게
달린 형광등은 희미한 빛을 흘렸다. 복도 양쪽에 달린 문들이 자
신의 팻말로 빛을 반사했다. 팻말의 번호를 하나하나 살피며 걸어
갔다. 도중에 눈이 피로해져 질끈 감았다 떴다. 엘리베이터 문이
안 보일 정도까지 걸었을 때, 찾고 있던 팻말이 나타났다.

JE4399 라는 글자는 기분 탓인지 다른 것보다 빛나는 것 같
았다.

"그래. 가자. 첫 출근이다. 파이팅."

가방을 고쳐 잡고, 문고리를 돌렸다.

넓은 사무실에 많은 사람들, 시끌벅적한 분위기, 서류더미들이
지나다니는 어수선함, 여기저기서 울리는 전화벨 소리……

그런 것은 없었다.

두 평 남짓한 좁은 방에 철제 책상이 덩그러니 놓여 있었다. 책상 위의 전화기 하나, 메모지 하나, 볼펜 하나가 썰렁하게 나를 바라보았다. 책상 앞에는 탁상시계가 놓여 있고, 옆 벽에는 동그란 스피커가 달려 있었다. 그 밑에 버튼 하나가 빠끔히 얼굴을 내밀고 있었다.

뭐지?

아버지는 직장 동료랑 친하게 지내라고 말씀하셨다. 그러나 동료는커녕 개미 새끼 한 마리도 보이지 않는다.

도대체 뭐하는 곳이지?

자리에 앉아 주위를 살폈다. 커다란 상자 속에 갇힌 듯 좁고 답답했다. 형광등 하나가 천정 중앙에 매달려 있었지만 거무칙칙한 벽이 빛을 흡수하는 것 같았다. 어색한 동작으로 책상 주위를 살피고, 의자 밑면까지 훑어보았다. 도시의 피부처럼 깔끔하고 조용했다.

8시 59분이 되자 자세를 고쳐 앉았다. 매뉴얼에 나온 대로 인터폰의 버튼을 눌렀다.

"말하세요."

스피커는 잡음과 중년 남자의 굵은 목소리를 뱉어냈다. 굵고 가래 낀 음성은 우리 집 마당까지 내려왔던 멧돼지를 떠오르게 했다. 멧돼지는 그날, 마을 사람들의 위장 속으로 들어갔다.

"네, 이번에 입사한 한윤수입니다."

"K34324. 업무 내용을 말해주겠다. 전화가 오면 받는다. 기억이 정확하진 않을 테니까 메모지를 활용하도록. 전화에서 오는 지령을 그대로 하면 일은 끝난다. 그 외에 자세한 사항은 이미 받은 매뉴얼에 나와 있을 것이다. 다른 궁금한 점이 있으면 인터폰 버튼을 누르도록. 이상."

딸깍.

궁금한 점이 많았다. 우선, 왜 나를 K34324라고 부르는지 궁금했다. 매뉴얼에는 단순히 내가 그렇게 불릴 것이란 사실만 나와 있었다.

따르릉.

드디어 일이 시작되는 건가? 숨을 한 번 내쉰 뒤, 수화기를 들어 올렸다.

"K34234죠? 9시 5분에 89누르고 485에 3535누르세요. 그리고 '당신의 아들은 종로역 4번 출구 앞 건물 안에 있다.'라고 말해 주세요."

"네? 다시 말씀해 주세요."

나는 팬을 들어 남자가 해주는 말을 받아 적었다. 메모가 끝난 뒤, 알겠습니다, 라는 말을 하려는데 전화가 끊겼다. 점멸하는 9와 4를 멍하니 바라보다 수화기를 놓았다.

이걸 왜 해야 하지?

5분이 되자, 다시 수화기를 들었다.

메모지에 적은 대로 89, 485, 3535를 눌렀다. 세 번 신호가 가고, 젊은 여자가 전화를 받았다.

"여보세요."

잠시, 당황하여 머뭇거렸다.

그냥 말해준 것만 언급하면 될까?

14

"당신의 아들은 종로역 4번 출구 앞 건물 안에 있습니다."

여자는 비명 섞인 울음을 터트렸다. 이해 못할 말들이 간간이 섞여 나왔다. 나도 모르게 수화기를 내려놓았다. 졸아든 땀구멍이 끈적한 액체를 흘렸다. 와이셔츠의 겨드랑이와 등 부분이 금방 축축하게 얼룩졌다. 아버지는 모르면 무조건 물어보라 하셨다. 나는 그럴 준비가 되어 있다. 옆에 사람이 있으면 붙잡고 물어봤을 것이다. 그러나 이곳엔 전화기 하나와 버튼밖에 없다.

버튼을 눌렀다.

"무슨 일인가?"

"그냥 전화 지령이 온 대로만 말하면 됩니까?"

"K34234, 당연한 것 아닌가?"

"알겠습니다. 그리고 또 하나."

"뭔가?"

"왜 저를 K34234라고 부르시는 겁니까? 제 이름은 한윤수인데요."

"이 회사에선 코드 명으로 부른다. 한윤수란 이름으로 부르면 혼동이 올 수 있으니까. 이 건물 안에 윤수란 이름을 가진 사람이 자네 말고 다른 사람이 있을 수도 있지 않나. 이상."

딸깍.

상사는 내가 더 물어볼 것이 없다고 생각했는지, 아니면 말하기 싫어서인지 인터폰을 서둘러 끊었다. 질문을 모아서 한꺼번에 물어볼까, 생각하는 도중에 전화벨이 울렸다.

따르릉.

두 번쨋데도 심장이 반응했다.

"K34234죠? 89에 5652를 눌러서……."

나는 메모지에 숫자를 갈겨 적었다.

"9540을 누른 후, 여자가 받으면 '강철진을 바꿔달라.'라고 말하세요. 강철진이 받으면 '희연의 딸은 시체가 되었다.'라고 말하시면 됩니다."

"잠깐만요!"

"네?"

"만약에 여자가 자신에게 말하라 그러면 어떻게 하죠? 그리고 강철진이 말을 걸면 어떻게 합니까?"

"어…… 어떻게 하냐고요? 저도 모르는데요."

수화기로 남자의 당황한 목소리가 전해져 왔다.

"저도 지령을 받은 거라. 그냥 전달해 줄 뿐입니다."

"누구한테 지령을 받은 건데요?"

"모릅니다. 저 지금 전화할 때가 있어서 그만 끊어야겠네요."

딸깍.

수화기를 내려놓았다 들고, 번호를 눌렀다. 우선은 일을 해야하니까. 두 번 신호가 가고, 여자가 전화를 받았다.

"강철진을 바꿔 주실 수 있을까요?"

"여보! 당신 전화야."

여자는 남편을 불렀다. 곧 남편의 굵직한 목소리가 들려왔다.

"누구시오?"

"희연의 딸은 시체가 되었습니다."

"야! 너 누구야!"

남자는 거친 목소리를 뱉기 시작했다. 체구가 큰 남자들이 갖고 있는 전형적인 목소리였다.

"이 새끼, 잡히면 죽는다!"

던지듯 전화를 끊었다.

제대로 된 회사에 들어온 걸까?

도시에서도 꽤 좋은 회사라는 말을 들었다. 먼 친척의 소개로 들어오게 되었는데, 무조건 카노피안의 가르침만 따르면 안 된다는 부모님의 뜻이었다. 부모님은 가족 중 한 명은 세상으로 나아가야 한다고 했고, 다섯 남매 중에 선택된 것이 그나마 세상에 대한 책을 많이 읽은 나였다. 실체가 없는 기대감이 나를 도시로 향하게 만든 것이다. 그들의 기대에 부응하기 위해서라도, 내가 무엇을 하는지 정도는 알아야 할 것 같다.

버튼을 눌렀다.

"뭔가?"

"왜 전화 지령을 받고, 그대로 해야 합니까?"

"우리 일이니까."

"왜 이런 일을 합니까?"

"이래야 돈을 버니까."

상사의 대답은 간단명료했다.

"이해가 안 가는데요."

침묵 사이에 상사가 뭔가를 생각하고 있다는 것이 느껴졌다.

"자네……. 아직 K4543 조치에 대해 모르나?"

"모릅니다."

"그럼, LK2223 혁명에 대해서도 모르고?"

"모릅니다."

"이력서에 나온 출신 때문에 조금 걱정했는데 역시 그렇군. 어쨌거나, 하나씩 배우면 되니까."

"이 회사엔 몇 명이 일하죠?"

"10명 정도? 아니, 사장이 하나 있을지도 모르지. 그럼 11명이군. 어쩌면 더 많을지도……."

"11명이라뇨? 건물이 이렇게 큰데요?"

"건물 하나에 회사 하나만 있으라는 법 있나? 이 빌딩, YE49에 입주한 회사는 5000개가 넘어. 우리는 5000개의 회사 중 하나일 뿐이고. 어쩌면 회사가 1만 개도 넘을지도 모르지. 내가 갖고 있는 정보는 5년도 넘은 것이니까."

"저는 전화 받고 거는 일만 하는데, 어떻게 월급을 받는 겁니까?"

"그럼 뭘 해야 월급을 받나?"

"짐을 나른다든가, 아니면 농장에서 일한다든가."

"이것과 그것이 다른 점이 뭔가?"

"그게……. 잘은 모르겠지만, 누구를 도와주는 것 같지도 않고, 무슨 일을…… 하는지도 모르겠고."

"무슨 일을 하는지 꼭 알아야 일인가? 쟝 자크만이 말한 것 모르나? 어차피 우리는 우리가 하는 일의 1퍼센트도 알지 못해. 자넨 시골출신이라 잘 모르나 본데, 그냥 주어진 일만 열심히 하면 되는 거야."

"그래도……"

따르릉.

앞에서 전화벨이 울었다.

"전화 일 끝난 뒤에 연락하게."

딸깍.

수화기를 들어 귀에 댔다.

"K34234죠? 89, 3439, 9989로 전화해서, 'A45 호수공원에 윤다인이 올 테니 택시에 태워라.'라고 말해주세요."

나는 수화기를 내렸다 올리고 그가 말한 번호를 눌렀다.

"여보세요."

"A45 호수공원에……."

"이봐!"

남자가 말허리를 자르며 절박한 목소리를 뱉었다.

"나는 하라는 대로 했어. 윤다인의 부모도 죽었단 말이야! 더 뭘 하라는 거야! 왜 나를 괴롭히는 거냐고!"

"전……. 그냥 전달하는 것뿐입니다."

"거기 어디야? 어디냐고!"

나는 호흡을 가다듬었다. 펜을 잡고 있는 손에 땀이 고였다.

"A45 호수공원에 윤다인이 올 테니, 택시에 태우세요. 전달 끝났습니다."

빠르게 말을 던지고 수화기를 내려놓았다. 땀이 수화기에 얼룩졌다.

버튼을 눌렀다.

"여기가 어떻게 돌아가는 곳인지 궁금합니다."

"세상 사람 다 아는 얘기를 꺼내는 게 참 기분이 이상하군. 자네가 신참이니까 자세하게 설명해 주지. 두 번 설명 안 하니까, 잘 듣고, 메모해도 좋고. 여기가 전체적으로 어떻게 돌아가는 지 궁금하지?"

"네."

"미안하지만, 나도 궁금해. 30년이 지났지만, 아직도 잘 몰라. 내가 생각하기엔 이 건물 안에 정확히 무슨 일이 벌어지고 있는지 아는 사람은 하나도 없어. 그냥 자신에게 주어진 일만 할 뿐이지. 방이 있으면 일이 생긴단 말이야. 참 신기한 일이지. 우리는 그냥 톱니바퀴 중의 하나라고 생각하면 돼. 톱니 역할을 하는 거니까 급료를 받아 마땅하지. 톱니로 무엇을 돌리는지 우리는 알 권한이 없다고 봐야지. 첫 주가 지나면 자네한테 코드표가 주어지고, 복잡한 지령을 간단하게 보내는 방법을 배우게 될 거야. 2주 뒤엔 핸드폰이 제공될 테고. 자네는 그냥, 열심히 배우고 하란 대로 하기만 하면 돼."

"그래도……. 누군가 전체적으로 관리하지 않는다면 엉망이 될 텐데요."

"자네가 생각하는 것처럼 단순한 집단이 아니야. 가이아 이론이라고 들어봤나? 그 원리를 우리는 몰라. 아마 엄청 복잡하겠지. 어쨌든 우리가 몰라도 생태계는 돌아가고 있지 않나? 세포 하나를 예로 들어볼까? 이것은 내가 처음 입사했을 때, 상사가 말해줬던 얘기야. 우리 몸엔 세포들이 엄청나게 많잖아. 그렇지? 그것 하나하나를 생명체라고 가정해 봐. 그것들이 모인 집합체를 인간이라 부르고. 세포 하나하나가 인간이 하는 사랑이나 갈등, 다툼 등에 대해 신경이나 쓸까? 그들은 단지 피를 통해 들어오는 영양분을 받고, 쓸 수 있는 형태로 변화시켜 살아남는데 쓰지. 남은 쓰레기는 다시 피를 통해 배출하고. 그런 행위만 해도 복잡한데, 전체가 돌아가는 원리를 어떻게 알겠어? 우리 회사도 마찬가지야. 우리는 세포 하나라고 보면 돼. 어쨌든 다른 곳보다 급료는 높잖아."

따르릉.

"전화 받고, 또 궁금한 것 있으면 버튼 누르라고."

딸깍.

"K34234죠? 9, 43, 2211로 연락 하세요……. 다 적으셨죠? 받을 직원이 J19393이예요. 그 직원한테……. 지금까지 다 적으셨죠? 그 직원한테 '89, 665, 4646으로 전화해서 윤다인에게 단도를 전달하라.'라는 지령을 내리라 말하세요."

"윤다인이라면, 공원에 갔던 윤다인 말인가요?"

"저는 전달만 하는 거라 모르는데요."

딸깍.

사람들은 아무렇지도 않게 정보를 전달하고 있었다. 지령의 결과에 대해서는 일말의 생각조차 없는 듯했다.

9, 43, 2111. 번호를 눌렀다. 건조한 목소리가 새어나왔다.

"J19393이죠?"

"네."

"89, 665, 4646으로 전화해서, '윤다인에게 단도를 전달하라.'라고 말하세요."

"알겠습니다."

전화를 끊고, 눈을 질끈 감았다.

내가 지금 뭐하고 있는 것인가? 칼을 전달하라는 이상한 지령 따위나 전달하고 있고…….

따르릉.

"네. 전화 받았습니다."

"K34234죠? 식사는 12시에 배달됩니다. 오후 1시에 청소부가 치워갈 테니까 문 앞에 놓으시면 됩니다."

"거긴 어디죠?"

"여기요? 여기는 UL434 방인데요."

"식사와 관련된 일을 하시나요?"

"네? 아니요. 그냥 전화 받은 걸 전달할 뿐인데요."

딸깍.

탁상시계는 9와 45라는 글자를 내비쳤다. 멍한 눈으로 바라보고 있는 중 45가 46으로 희미하게 변해갔다. 고개를 숙였다 드니, 이미 10시 8분을 넘어가고 있다. 잠이 들었던 것일까?

시간을 도둑맞은 기분이 든다.

따르릉.

"네."

"K34234죠? 89, 435, 3328로 전화해서 '정민구의 뇌를 꺼내, 냉동실에 넣어라.'라고 전달해 주세요."

"네?"

"아……. 89, 435……."

"아니요. 뇌를 어떻게 하라고요?"

"냉동실에 넣어 놓으라고요."

"왜요?"

"저는 그냥 전달만 하는 거라 모르겠는데요."

딸깍.

번호를 누르려다 멈추고, 만약 내가 이 일을 하지 않으면 어떤 일이 생길까 생각해 보았다. 혼란이 일어날까? 그렇진 않을 것 같다. 세포 하나가 이상해진다고 몸 전체가 변하진 않으니까. 이상해진 부분을 수정하려고 조치가 취해질 것이다. 어떤 식으로 조치가 취해질진 모르겠지만……

어쨌든 이런 일을 한다는 것 자체가 미친 짓임에 틀림없다. 부모님과 형제들에게 미안하지만, 그리고 이곳을 소개시켜 준 먼 친척들에게도 면목이 없지만, 일을 계속하긴 그른 것 같다.

인터폰 버튼을 눌렀다.

"뭔가?"

"이상한 지령이 왔습니다."

"뭔가?"

"정민구의 뇌를 꺼내 냉동실에 넣으라는 지령을 전달하는 거였습니다."

"그렇게 하면 되지 않나?"

"아니, 어떻게 사람의 뇌를 꺼내라는 말도 안 되는 지령을 전달합니까?"

"정민구가 사람인지, 아닌지 자네가 아는가? 그리고 뇌라는 것이 머리에 있는 것인지, 아니면 다른 암호 같은 것인지도 모르지 않나. 그 뜻도 모르는 상태에서 어림짐작하는 것은 어리석은 짓이지. 지령에 자신의 판단을 넣는 것도 어리석고."

"어쨌든, 일을 오래 못 할 것 같습니다."

"들어오자마자 사표를 내는 건가, K34234. 매뉴얼을 읽었으면 알겠지만, 사표는 하루 노동을 끝낸 다음에야 낼 수가 있네. 첫

날 사표를 안 내면 자동으로 기업법 제321조항에 따라 10년 간 의무 근무를 해야 하고."

"네, 그것에 대해선 읽었습니다."

"그럼 어쨌든 오늘 근무를 마치고 사표를 내면 돼. 메모해 놓게. 끝날 때 7, 323, 5213로 전화해서 일을 그만두겠다고 말하면 사표는 수리되는 거야. 어쨌든 회사 그만 둔다고 오늘 일을 소홀히 하지 말게."

"번호를 다시 말씀해 주시겠습니까?"

"7, 323, 5213, 다 받아 적었나? 이상!"

딸각.

나는 상사가 말한 번호를 메모지에 적어 주머니에 넣었다. 다른 메모랑 분리해야 하니까. 어느새 전화기 왼편엔 번호가 가득한 메모지가 수북이 쌓여 있었다.

89, 435, 3928 번을 눌렀다. 여자가 전화를 받자 곧바로 지령을 전달했다.

"여보세요. 정민구의 뇌를 냉동실에 넣으세요."

낮은 흐느낌이 전화 너머에서 들려왔다.

"아니…… 하란 대로 다 했잖아요. 더 이상 뭘 하란 말이에요!"

여자는 오열하며 소리쳤다.

"전……. 그냥 전달만 할 뿐입니다."

딸각.

도대체 무슨 일이 벌어지고 있는 것일까? 무슨 일이 벌어지고 있는지, 상사도 모른다고 했다. 정말 무슨 일이 벌어지는지 아무도 모르는 것인가?

따르릉.

"K34234죠? 89, 432, 2111로 전화해서, 고상구에게 '내일 처형입니다.'라고 말해주세요."

"제가 안 하면 어떻게 되죠?"

"아……. 뭐라고요?"

"제가 그곳으로 전화 안 하면 어떻게 되냐고요."

"전 모릅니다. 어차피 제 일은 끝났습니다. 전화를 하고 안 하고는 그쪽 선택인 것 같네요."

딸각.

처형이라……. 처형을 명령하면서도 누구도 책임을 지지 않는다. 그래도 처음이 있을 것이다. 시작한 사람이 책임을 져야 한다. 그런 생각을 한다고 내가 할 수 있는 일이 뭐가 있겠는가. 그냥 지령을 전달할 수밖에.

89, 432, 2111 번을 눌렀다.

"고상구 씹니까? 내일 처형입니다."

남자의 목소리가 나방의 날갯짓 마냥 떨렸다.

"잘못했습니다. 살려 주세요……. 저는 죽고 싶지 않아요……."

"저는……. 그냥 전달을 할 뿐입니다."

"다시 회사 나갈게요. 사표 따위는 다시 내지 않을게요. 정말입니다. 믿어주세요."

전화를 끊으려다 사표라는 말에 손이 멈췄다. 다시 수화기를 귀에 갖다 댔다.

"사표라니요? 사표를 낸 것 때문에 죽는다는 것입니까?"

"아마도요……. 다른 잘못이 없으니까요……."

"자세히 좀 얘기해 줄 수 있습니까? 사실은 오늘이 첫 출근이거든요."

"아……. 그렇군요. 저도 한 달 전에 첫 출근을 했습니다. 그날 사표를 냈죠. 그런데 회사를 나온 다음 날부터 전화가 오는 거예요. 어디로 가라. 저리로 가라. 이런 식이었죠. 뭐냐고 물어보면, 다들 전달만 할 뿐이라고. 당연히 전화에서 하라는 대로 안 했죠. 그러니까, '아내가 죽는다.'라고 말하는 거예요. 당연히…… 누구라도 그랬을 겁니다. 거짓말이라고 생각하고…… 혹시나 해서 아내 곁에 있었죠. 그런데 밤에 강도가 들었어요. 보니까, 같은 층에 사는 사람들인데, 아내를 끌고 나갔죠. 내가 왜 그러냐고 소리치자…… 그냥 지령이 있었다는 말만 남겼어요. 나는 몽둥이에 맞아 기절했죠. 깨어난 후 경찰에 전화를 했는데, 전화를 받은 경찰은 내게, '조용히 옥상으로 올라가라.' 라는 거예요. 내가 뭐냐고 그랬더니, 지령을 받았데요. 고상구에게 전화가 오면 조용히 옥상으로 올라가라고 말하라는……."

"아내는 어떻게 됐나요?"

"이틀 뒤에 토막 난 채 발견됐어요. 밖을 떠돌다 돌아와 보니, 거실 한가운데 비닐에 싸여 있었어요. 썩은 고기들 토막 내 버리는 거 있잖아요. 딱 그런 모습이었죠. 조금 뒤 청소부들이 들어와 비닐을 가져가는데, 그냥 지령을 받았데요. 이런 제기랄……. 이런 법이 어디 있어요?"

"옥상엔 올라갔나요?"

"안 올라갔어요. 당연히 안 올라갔죠. 그놈들이 무슨 일을 벌일지 모르는데."

"그놈들이 누구죠?"

"몰라요……. 제기랄…… 돌겠어요…… 전화 오는 놈들도 다 다르고……. 물어보면 제대로 아는 사람은 하나도 없고……."

"미안하네요. 저도 드릴 말씀이 없어서……."

"어쨌든 놈들은 저를 처형할 생각인 것 같네요. 그걸 알려주는 것을 보니, 이미 내가 숨어 있는 곳을 아는 것 같네요. 결국엔…… 죽는 건가……."

딸각.

고상구가 전화를 끊었다. 그가 다니던 회사에 대해 물어보고 싶었다. 다시 다이얼을 돌렸지만 그의 목소리를 들을 순 없었다.

손바닥으로 눈두덩을 꾹 눌러 문질렀다. 고상구가 단순히 사표를 낸 것 때문에 이런 불행을 겪었다면, 내가 사표도 보류를 해야 한다. 그러나 단순히 사표 때문일까? 나와 같은 일을 했다면, 비밀을 유출했던지 지령 전달을 잘못했던가. 어쨌든 뭔가 실수가 있었을 것이다.

따르릉.

직원에게 전달 사항 두 번, 어린 아이에게 전달 한 번, 노인에게 전달 한 번.

딸각.

어느새 점심시간이 다가오고 있었다. 12시가 되자, 문을 두드리는 소리가 들렸다. 나와 비슷한 양복의 남자가 도시락을 들고 들어왔다. 나는 그가 건넨 도시락을 책상 위에 놓았다.

"원래 도시락을 배달하는 일을 하십니까?"

남자는 나가려다 말고 나를 돌아보았다.

"아닙니다. 지령이 내려와서 하는 거예요."

남자가 문을 닫자 나는 도시락을 열었다. 네 개의 칸을 음식물이 메우고 있었다. 맛은 별로였으나, 5분도 지나지 않아 도시락을 비웠다. 빈 도시락을 복도에 놓아두고, 책상에 엎드렸다. 긴장에 이은 포만감은 졸음을 낳는다.

따르릉.

눈을 뜨자마자 시간을 확인했다. 1시 10분. 눈을 비벼 눈곱을 밀어 빼고, 수화기를 들었다.

"여보세요."

"K34234죠? 89, 4848, 3821에 전화해서 '눈을 찌르는 것은 드라이버가 아니라 송곳이다.'라고 말해주세요."

"잠깐만요!"

잠이 확 달아났다.

"뭐죠?"

"눈을 찌른다고요?"

"저는 잘 모릅니다. 그냥 전달만 할 뿐이에요."

"잠깐만요. 끊지 마세요. 그냥 그쪽의 생각을 묻고 싶어서 그러는데, 이렇게 드라이버가 아니라 송곳이라는 지령은 어떨 때 생기는 거죠? 그냥 추측이라도 말해주시면 감사하겠습니다."

"아마, 지령이 잘못 전달되었을 때나, 아니면 드라이버로 찌르면 다음 지령에 문제가 생길 수 있을 때, 이런 지령이 나오는 거겠죠."

딸각.

눈을 찌른다니…… 손가락 끝이 부르르 떨린다.

89, 48……, 48, 382……, 1.

수화기에서 젊은 여자의 목소리가 흘러나왔다. 이십대 초반이 거나, 아니면 더 어릴지도 모른다. 분명히 몇 개의 지령으로 정신이 난도질당한 상태일 것이다.

"눈을 찌를 땐 드라이버가 아니라, 송곳을 사용하세요."

훌쩍임이 있었지만, 여자는 또렷이 말했다.

"정말……. 어머니 눈을 찔러야 제가 살 수 있는 건가요?"

어머니?

어머니 눈을 찌르는 것이라면 불가능한 지령이다. 그런데 전화를 받은 여자는 어머니 눈을 찌를 각오가 되어 있는 듯했다. 무엇이, 불가능한 지령을 가능하게 만드는 것일까?

오히려 내 목소리가 떨렸다.

"모릅니다. 저는 그냥 전달할 뿐입니다."

"알았어요. 한 시간 내로 할게요."

딸각.

한 시간 내에? 분노가 끓어올랐다. 번호를 꾹, 꾹 눌렀다. 통화 중이라는 메시지가 뒷목을 날카롭게 쑤시는 것 같았다.

지령이 진지한 것만은 아니었다. 오후에 온 지령 중에는 '피자 주문을 대신 해 달라.', '우는 아이를 달래 달라.', '골목에서 우회전 하는 것을 잊지 말라.' 등, 가벼운 것도 있었다.

사각의 플라스틱으로 둘러싸인 4와 6을 멍하니 바라보다 인터폰 버튼을 눌렀다. 상사는 처음과 같은 톤의 목소리를 뱉어냈다.

"뭔가?"

"지령에 대해 궁금한 것이 있습니다. 지령에는 이유가 있고, 시작을 만든 사람이 있을 겁니다. 시작을 하는 사람은 분명히 여기가 어떻게 돌아가는 것인지 알고 있을 겁니다. 혹시 아십니까?"

"쓸데없는 생각들을 많이 했군. 지령이 몇 단계를 거친다고 생각하나?"

"많으면 3, 4단계?"

"내가 이곳에서 일하면서 깨달은 바로는, 지령이 100단계 이상이라는 거야. 자네가 나중에 받게 될 책 속에는 복잡한 지령을 조합해서 간단하게 만드는 방법이 나와 있어. 인간의 머리로는 그 퍼즐의 비밀을 알 수가 없지. 코드집도 자주 바뀌거든. 우리는 그냥 책을 뒤적여 지령을 따를 뿐이지. 그런 어지럽고 혼란스런 과정을 거치고 나면, 지령 자체가 생명체가 되는 것 같아. 사람의 입과 코드집을 오가면서 조금씩 변하고, 스스로 살아남으려 노력을 하는 거지. 뭐, 우리들과의 관계는 공생이라고 보는 게 마음 편할 거야. 혹시, 아드레한드로라는 학자를 아는가?"

"얼핏 들어봤습니다."

"지령도 아드레한드로가 말한 것처럼, 생명체야. 스스로 살아남으려 하고 진화하지. 지령이 왜 자꾸 만들어진다고 생각하나? 지령을 만드는 것은 지령이야. 그것을 깨닫는데 5년이 걸렸어. 어느 순간 내가 지령을 만들어내는 수도 있더라고. 그렇게 내 입에서 시작된 말이 백 개 이상의 입을 거치면서 생명력을 가지고 스스로 움직이고 뭔가를 이뤄내는 거야. 지령 자체가 살아남기 위해 하는 일들은 신비하기보단 잔인하지. 지령들은 인간이 두려움에 약하다는 것을 잘 알아. 그래서 그것을 이용해서 지령을 생산하게 만드는 거지. 지령은……. 아니, 여기까지만 말해 두는 것이 좋겠군. 많이 안다고 좋은 것은 아니니까. 어쨌든 대항은 안 하는 게 좋아. 자네만 다치니까."

딸각.

지령이 의지를 가지고 있다는 말은 아무래도 믿기 힘들다. 도시의 삶을 잘 모르지만, 속고 속이는 일이 많다는 얘기는 책에서 읽었다. 이곳에 오면서 도시에 속지 말아야겠다고 다짐했지만 진실과 거짓을 가려내는 것조차 쉽지 않을 것 같다.

어쨌든, 퇴근 시간은 두 시간이 채 남지 않았다. 6시가 되면, 상사가 준 번호로 전화를 할 것이고, 회사를 그만두겠다는 뜻을 전달할 것이다.

따르릉.

잠깐의 침묵을 깨며 전화기가 울었다.

"네."

"K34234이죠? 지령 혼란 유도로 '주의 조치'가 내려짐을 알려드립니다."

"주의 조치라뇨?"

"잘 모르겠습니다."

"잠깐만요. 그럼 제가 메시지 전달을 잘못했다는 건가요?"

"저는 잘 모릅니다. 그냥 전달할 뿐입니다."

어차피 더 이상 물어봐도 같은 대답이 돌아올 게 뻔하다.

수화기를 내려놓고, 인터폰 버튼을 눌렀다. 실체가 불분명한 불안감이 가슴과 겨드랑이를 조였다. 어릴 적, 늑대 계곡에서 길을 잃어버렸을 때와 비슷한 느낌이었다.

"뭔가?"

"제게 주의 조치가 내려졌습니다. 왜 그런지 모르겠네요."

"결과가 있다면 원인이 없을 리 없지. 아마도 뭔가 잘못한 게 있을 거야. 잘 생각해 보라고."

"별로……. 생각나는 게……. 주의 조치가 내려지면 어떻게 되는 겁니까?"

"글쎄. 말 그대로 주의를 주는 거겠지. 조심하라는 메시지랄까. 어디서 시작되는 건지, 누가 보낸 건지, 어떤 경로를 거쳤는지는 모르겠지만, 어쨌든 조심해야지. 가능성은 희박하지만 장난전화일 수도 있고. 이건 내 가정인데 말이야. 지령의 시작은 누군가의 지루함인 것 같아. 지루한 누군가가 전화기를 드는 거지. 그리고 장난으로 뭘 하라고 가짜 지령을 내리는 거야. 이 규모를 알 수 없는 건물에서만 일하는 사람이 10만 명이 넘어. 게다가 이런 일을 하는 건물은 셀 수 없이 많다고. 그렇다면 당연히 지루한 누군가가 장난전화를 하는 경우가 생기겠지. 그게 지령의 탄생이라고 볼 때, 지령은 입과 입을 거치면서 조금씩 변화되고 정교해지지. 알잖아. 똑같은 말을 전달해도 K34234가 하는 말과 H43829가 하는 말이 달라. 지령은 이렇게 사람들의 입을 계속 거쳐 가는 거야. 필요한 말이 될 때까지 계속 사람과 사람을 거쳐 가지. 그리고 결국 필요한 말이 되면 결과물에 도달하는 거야. 내 오랜 경험으로 볼 때 내 말은 80퍼센트 정도 사실일 거야. 그 이상은 몰라. 어쨌든, 그렇다고 가정하면……. 누군가 주의 조치를 주라는, 아니면 비슷한 말을 한 것이 전화상으로 돌아다니고 있었을 거야. 그리고 자네가 뭔가 실수를 했겠지. 그 실수가 전화상으로 돌아다니던 주의 조치와 융합이 되었고, 몇 사람을 거쳐 자네에게 전달된 거지. 뭔가 잘못한 게 있나 잘 생각해 봐."

"오전에는……."

오전 중에 있었던 일을 머릿속에 떠올렸다. 울부짖는 여자, 양
복 입은 남자와의 대화, 다리 위에 아이가 있다는 지령……. 그러
다 고상구와 대화가 수면으로 떠올랐다.

"혹시……. 목표물과의 대화가 문제가 될 수 있을까요?"

"당연히 문제가 될 수 있지. 그래서 대부분 지령만 전달하고 전
화를 끊으려 해. 자네, 목표물과 긴 대화를 나눴나?"

"아마……. 그랬던 것 같습니다."

"그렇다면, 지령의 정체나 그런 것에 대해 물어봤겠군."

"네……. 고상구라는 남자였습니다. 회사를 그만둔 다음날부터
전화가 오기 시작했더군요. 그리고……."

"말 안 해도 알아. 자넨 참 위험한 짓을 했어. 모르는 게 약이라
고 하지 않았나. 지금 우리 대화는 인터폰 상에서 벌어지는 것이
라 어느 정도 위험성이 줄지만, 전화상으론 조심해야 돼. 음…….
어쩌면 인터폰도 지령의 의도겠지. 인터폰으로 자유로운 말이라
도 오가지 않으면, 인간들은 신경쇠약에 걸려 쓸모가 없어질 테니
까."

"그럼 전, 어떻게 해야 하죠?"

"주의 조치가 왔으니, 주의해야겠지."

전화벨 소리가 울렸다. 상사가 있는 방에서 나는 소리 같았다.

"나중에 다시 연락하지."

딸각.

커다란 생명체의 내장에 파묻힌 기분이랄까. 혼자 있지만 수많

은 눈동자의 감시를 받는 느낌. 침묵의 눈동자가 검은 색의 벽 뒤에 숨어 있는 것은 아닐까? 어깨를 감싸 앉았다. 양복의 겉감이 손바닥에 닿았다. 이런 것도 알 수 없는 지령의 의도인가?

4시16분. 어쨌든 한 시간 반만 지나면 사표를 던지고 보란 듯이 떠날 것이다.

따르릉.

"K34234 입니까?"

"네."

"7, 343, 2114로 전화하면 L43224가 전화를 받을 겁니다."

"L43224……. 네, 메모했습니다."

"FY668로 가서, 윤다인의 내장을 치워라.'라고 말하십시오."

"네?"

"FY668입니다."

"잠깐만요. 윤다인의 내장을 치우라니요? FY668이면, 이 건물 안에 윤다인의 시체가 있다는 말입니까? 이 건물 안의 회사들은 지령 전달만 하는 것이 아니었나요? 시체 처리 따위도 하는 겁니까?"

"죄송합니다. 저도 일한 지 이틀밖에 되지 않아 잘 모릅니다."

이틀……. 경력이 있는 사람이면 모른다는 말을 던지고 전화를 끊을 게 분명하다. 그러나 이틀밖에 안 된 사람들은 자신에게 닥칠 수 있는 위험을 잘 모른다.

조심스럽게, 질문을 던졌다.

"윤다인이라면 호수 공원에 있던 윤다인인가요?"

"아……. 아마도……. 오전에 지령을 전달했거든요. 어제도 윤다인의 남편에 대해 지령이 있었고……."

"윤다인은……. 어떻게 죽었나요?"

"저도 잘은 모르지만……. 고상구라는 남자가 배를 갈랐다는 것 같은데요. 윤다인의 배에 있던 태아도 꺼냈다는 것 같은데……. 지령 받은 사람이 얘기를 잘 안 해 줘서 몰라요."

결국 고상구는 지령을 따른 것 같다. 어쩌면 어제 오늘 지령들은 윤다인과 고상구를 움직이기 위함인지도 모른다. 10만 명이 넘는 사람들이 지령을 주고받으며 그들을 움직였고, 결국 윤다인의 목숨을 빼앗았다. 그럼 6시에 있다는 고상구의 처형은 어떻게 되는 것일까.

"혹시, 고상구의 처형에 대해선 아십니까?"

"처형이요? 잘 모르겠는데요. 그냥 주의 조치와 관련이 있을 거란 얘기만 얼핏 들었습니다."

눈이 버쩍 뜨였다.

"주의 조치요? 그게 무슨 말입니까?"

"아……. 그게……. 제 전달 사항 중에 그런 것이 있었거든요. 주의 조치 받은 자를 찾아 처형을 마무리 짓게 하라. 그냥 그 말을 전달하는 거였어요. 여기……. 메모한 게 있었는데……. 아 맞네요. '처형에 동참하게 하라.' 전, 전화 걸 곳이 있어 이만 끊겠습니다."

딸각.

동참이란 말이 무슨 얘길까? 같이 처형당한다는 얘기는 아닐 것이다. 우선 내가 그렇게 큰 죄를 지은 것 같진 않으니까. 아니, 속단하긴 이르다. 주의 조치가 죽음을 뜻하는 것일 수도 있다. 어떻게 얽혀 있는지 모른다는 사실이 가장 위험하다. 아직 마지막 지령은 완성되지 않고 떠돌아다니고 있을 것이다. 상황에 따라 변화하며, 필요한 형태로 내게 다가올 게 분명하다.

따르릉.

전화벨 소리가 생각의 흐름을 잘랐다. 지령의 내용은 단순 이동에 대한 것이었다. 지령을 받은 여자가 질문을 던졌지만, 대답 없이 수화기를 내려놓았다.

똑똑.

노크소리가 들렸다.

문을 열고 들어온 남자는 검은 색 비닐봉지를 들고 있었다.

"K34234 맞습니까?"

"네."

"HT449 방에서 왔습니다. 이것을 K34234에게 전달하라고 합니다."

남자는 주저 없이 비닐봉지를 책상 위에 올려놓았다. 비닐봉지는 뜨끈하며 물컹했다. 돌아서는 남자의 팔뚝을 잡았다. 양복의 질감은 내 것과 같았다.

"왜 그러십니까?"

경계의 눈빛이 짙었다.

"이게 뭐고, 왜 내게 전달된 겁니까?"

"모릅니다."

방문 닫히는 소리가 전화 끊기는 소리와 비슷했다. 쾅 하는 소리가 아니라, 딸깍 하는 소리.

갑자기 밀려든 불쾌한 냄새에 소매로 입과 코를 덮었다. 천천히 봉지 한 쪽을 들어 올려 입구 쪽을 열어젖혔다.

손바닥만 한 핏덩이가 굳어 검붉은 빛을 띠었다. 가만 살펴보던 나는 억, 삼키는 듯한 비명을 지르며 뒤로 물러섰다. 핏덩이에서 피어오른 작은 손가락이 보였던 것이다.

아기? 아니…… 태아가 분명하다. 윤다인의 뱃속에 있었던.

두려움 가득 안은 숨을 삼키며 복도로 나왔다. 나오자마자 다리에 힘이 탁 풀려 벽에 기댔다. 시체를 직접 보기는 처음이다. 그것도 태아의 시체라니…….

제기랄.

이게 무슨 의도일까? 태아는 윤다인의 뱃속에서 나온 것일 테고, 윤다인의 배를 가른 것은 고상구다. 고상구는 내일 처형 예정이고. 그런데 왜 내게 왔을까? 주의 조치 때문에? 경고 문구 같은 것인가?

머릿속에 수많은 물음표가 역한 냄새를 피해 이리저리 헤엄쳐 다녔다.

도망갈까?

다른 생각들이 사라지고, 도망가고 싶다는 생각이 강하게 자리 잡았다. 내 고향은 깊은 시골이라 지령의 힘을 피할 수 있을지도 모른다. 다시 카노피안의 품으로 돌아가면 죽음을 면할 수 있을까?

따르릉.

문틈으로 전화벨 소리가 새어나왔다. 생각도 못한 사이 두 가지 갈림길 앞에 서 있었다. 하나는 전화를 받고 지령에 고개를 숙이느냐, 하나는 지령으로부터 도망가느냐.

적어도 지금은 아니야.

다리에 힘을 주어 일어섰다. 문을 열고, 밀도 짙은 비린내를 지났다. 수화기에서 괴물의 숨소리가 들릴 것 같았다. 하지만 여느 때와 같은 남자의 목소리가 들려왔다.

"K34234인가요?"

"맞습니다."

"5분 뒤에 F48329가 그쪽으로 갈 겁니다. 그에게 태아를 담은 비닐봉지를 주세요."

"저기……."

순간, 내가 목적물들과 비슷한 숨소리를 하고 있다는 걸 깨달았다.

"F48329가 갈 겁니다."

"아……. 알겠습니다."

딸깍.

냄새가 통증이 될 수 있다는 사실을 그제야 알았다. 수천 개의 송곳으로 콧구멍의 안쪽을 콕콕 찌르는 것 같았다. 5분이라고 했다. 5분. 나는 눈을 감고 초를 셌다. 5분이 영겁의 시간처럼 느껴졌다.

시간이 되었음을 노크 소리가 알렸다.

"F48329입니다. 비닐봉지를 받으러 왔습니다."

나는 봉지를 가리켰다. 남자는 들어와 봉지를 집어 들었다. 내용물엔 별로 관심이 없어 보였다. 남자는 반대쪽 손을 양복 안주머니에 넣었다. 은색 비닐 팩이 그의 손에 들려 나왔다.

"이거 전해달랍니다."

"누가요?"

"지령이 왔습니다. 봉지를 가져오고, 이것을 전달하라고요."

내가 받아들자 남자는 복도로 나가 문을 닫았다. 이게 뭘까? 만져서 확인해 보려다 그냥 책상 위에 놓았다. 툭, 무게감 있는 소리가 울렸다. 열어볼까? 아니, 지령을 기다려야 한다.

벽에 붙어 앉아 비닐 팩을 멀찌감치 바라보았다. 느낌이 좋지 않았다. 죽은 태아 보다 나쁜 게 있을까 싶었지만, 불쾌한 느낌은 어쩔 수 없었다.

전화벨이 울렸다.

나는 벨이 한 번 끝나기도 전에 수화기를 들었다.

"K34234인가요?"

"네."

"비닐 팩을 열고 내용물을 양복 안 주머니에 넣으세요. 그런 후에, 복도로 나와 엘리베이터 앞에 대기하세요."

"내용물이 뭐죠?"

"모릅니다."

딸각.

그래, 어차피 열어보라 했으니 직접 확인하면 된다. 비닐 팩을 들어 입구를 벌리자 새까만 권총이 나타났다. 조심스레 꺼내 한 손에 쥐니 꽤 육중했다. 손바닥으로 금속의 찬기가 스며들었다.

이걸 왜?

어쨌든 엘리베이터 앞으로 이동하라는 지령을 이행해야 한다. 총을 안주머니에 넣고 복도로 나갔다. 엘리베이터 앞에는 양복 한 명이 기다리고 있었다.

"K34234인가요?"

"네."

"이걸 전달하라는 지령이 내려왔습니다."

남자는 서류봉투를 내밀었다.

"뭐죠?

"모르겠습니다."

봉투를 받자, 남자는 볼일이 급한 사람처럼 종종 걸음을 걸었다. 그리고 어느 방 하나로 들어가 버렸다. 그의 모습을 따라가던 시선을 서류봉투 쪽으로 옮겼다. 죽은 태아, 권총, 그 다음은 무엇인가…….

봉투 끝부분을 뜯어 열었다. 종이에 깔끔한 글씨가 박혀 있었다.

'엘리베이터 타고, 789번을 누르세요. 그리고 L454 방으로 들어가세요.'

왜 말로 안 하고 종이로 주는가, 누군가에게 묻고 싶어도 주위에는 아무도 없다. 방법은 하나다. 끝까지 가보는 것.

엘리베이터 버튼을 꾹 눌렀다.

땡.

안으로 들어가 789를 눌렀다. 문이 닫히고 엘리베이터가 움직이기 시작했다. 위로 가는 듯하더니, 옆으로 움직였다. 다시 아래로 움직였고 멈춰 문이 열렸다. 방금 서 있던 곳과 똑같이 생긴 복도가 나타났다.

한 걸음 나와 복도를 살폈다. 방문에는 L452 팻말이 붙어 있었다. 나는 종이를 들어 방 번호를 확인했다. 방 두 개를 지나쳤고

L454 팻말 앞에 멈춰 섰다.

똑, 똑.

"누, 누구세요?"

놀란 듯 목소리가 떨렸다.

"K34234입니다."

"들어오세요."

나는 어깨를 흔들어 긴장을 털어낸 뒤, 문을 열고 들어갔다.

내 모습을 살피는 남자의 눈동자가 떨고 있었다. 며칠 잠을 못
잔 사람처럼 눈 주위가 검었고, 깊게 파인 볼엔 짙은 그림자가 매
달려 있었다. 그의 얼굴 너머로 여자의 모습이 들어왔다. 밧줄이
허리와 팔을 돌아 의자에 매듭지어 있고, 파란 테이프는 머리통
을 빙 둘러 입을 가렸다. 흘러내려온 머리카락이 몸부림과 함께
튀어 올랐다.

남자가 몸으로 시선을 가리며 물었다.

"이제 어떻게 해야 하죠?"

"모릅니다."

"뭐예요? 지령을 내리러 온 것 아니에요?"

"저는 이 방으로 이동하라는 지령을 받았을 뿐입니다."

남자는 얼굴을 일그러뜨리더니 두피를 벅벅 긁기 시작했다.

"아씨, 이제 어쩌란 말이야! 뱃속의 아기도 꺼냈는데, 또 뭘 하
란 말이야!"

"혹시…… 고상구 씹니까?"

퀭한 눈동자가 나를 향해 고정되었다.

"맞아요. 지령이 있습니까?"

"태아가 제게 전달되었습니다. 그래서 아는 겁니다."

"그…… 그 여자는 죽어 있었어요. 이 건물의 어느 구석에……. 뱃속에서 태아를 꺼내란 전화를 받았어요. 안 할 수 없었다고요. 이미 아내도 죽었어요. 그놈들은 그보다 더 심한 일도 할 거란 말입니다. 제가 용서받기 위해선, 하란 대로 하는 것뿐이에요."

고상구는 고해성사 하듯 주먹을 굳게 쥐고 무릎 꿇었다.

'처형에 동참하게 하라.'라는 지령이 떠올랐다. 처형당하는 사람이 고상구라면, 그는 오후가 끝나기 전에 지령을 바꿀 무언가를 해야 한다. 어쩌면 태아를 꺼내는 것으로 처형이 취소되었을지도 모른다. 그런데 묶여 있는 여자는 뭐고, 고상구는 왜 여기에 있을까? 권총은 또 무엇이고.

여자의 긴박한 신음 소리가 시선을 끌었다. 머리카락 사이로 드러난 절박한 눈동자가 마음을 동하게 했다. 고상구를 지나쳐 테이프의 끝을 잡아 뜯었다. 볼 살이 빨려 올라오다 드드득, 하고 떨어졌다.

"한윤수!"

테이프를 다 뜯어내기도 전에 여자는 내 이름을 외쳤다. 이어 빠른 톤으로 말을 뱉어냈다.

"윤수야. 나야, 희연이! 우리 초등학교 같이 다녔잖아."

나는 천천히 여자의 얼굴로 흘러내린 머리카락을 걷어냈다. 절망 속에 희망을 찾은 눈빛이 번뜩였다.

"어떻게……. 네가 여기에……."

희연은 울음을 터뜨리려는 듯 입술을 바르르 떨다가 콧물을 당겨 삼켰다.

"딸이 죽었어. 아침에······. 남편이 뭔가를 잘못했나봐······. 잘 모르겠어. 윤수야, 나 좀 살려줘. 제발!"

희연은 많이 변해 있었다. 그때처럼 선은 고왔지만, 순수한 느낌은 많이 퇴색되어 있었다.

"나는······."

머릿속이 복잡했다.

왜, 희연이 여기 있을까. 자신과 동창이라는 것, 분명히 우연은 아닐 것이다. 그렇다면 회사가 나를 시험하려 일부러 데려다 놓은 것인가.

"권한이 없어. 그냥 시키는 대로 할 뿐이야. 도와주고 싶지만······. 아, 제기랄······. 나도 여기가 어떻게 돌아가는지 모르겠어."

"나 좀 풀어줘. 응? 윤수야, 나 좀 풀어줘. 너, 나 좋아했잖아!"

희연은 이성을 잃은 짐승처럼 소리쳤다. 예전의 도도한 모습은 온데간데없었다. 고상구는 다가와 느물거리는 웃음을 머금고 말했다.

"풀어주면······ 그들이 가만 있지 않을 겁니다."

"그들이 누군데요?"

"몰라요. 그냥 시키는 대로 하는 게 좋을 걸요? 반항하면 결과는 비참해질 거예요. 저처럼요."

시키는 대로 하라면서도, 할 테면 해보라는 투였다.

"그래도······ 이건, 불법이에요. 죄도 없는 사람을 이렇게 묶어 놓고······."

"불법? 그런 건 없어요. 세상에는 그들 편과 그들 편이 아닌 것,

두 가지가 있어요. 그들 편이면 살고, 아니면 죽는 거죠. 이 사실을 조금만 더 빨리 알았더라도……. 제 아내는 죽지 않았을 거예요."

앙다문 입술 주위로 턱 근육이 꿈틀댔다. 벌건 눈이 금방이라도 분수를 터트릴 것처럼 위태해 보였다.

"그래서 윤다인의 태아를 꺼냈나요?"

그는 미친개처럼 달려들어 내 어깨를 잡아 밀었다. 쿵, 벽과 부딪치며 어깻죽지에 감전된 듯한 통증이 피어났다.

"죽은 여자였다니까! 이미 죽어 있었어! 내가 어쩌란 말이야! 죽은 여자 자르는 것 내가 못할 것 같아? 당신은 마누라 토막 난 것 본 적 있어? 아무렇지도 않게 봉지에 담는 사람들을 본 적이나 있냐고! 난 잘못 없어. 그들이 하라는 대로 할 거야. 그리고…… 살고 싶어. 살고 싶다고!"

남자의 윗니와 아랫니가 맞물려 무시무시한 모양새를 드러냈다. 타액이 아랫입술을 타고 엉성하게 솟아나온 턱수염에 맺혔다.

"윤수야, 이 사람 말 듣지 마! 그리고 이것 좀 풀어줘! 풀어달라니깐!"

다들 미쳤어.

나는 남자의 시선을 피해 눈을 감았다. 고상구가 희연을 노려보았지만, 그녀는 소리 지름을 멈추지 않았다. 그는 멱살을 잡은 손을 풀고 희연을 뺨을 후려 쳤다. 희연은 분이 나는지 뺨을 내밀며 더 때려 보라 외쳤다.

따르릉.

소란은 순식간에 사그라졌다. 고상구는 쳐들었던 손을 천천히 내렸다. 둘의 시선이 전화기에 꽂혔다. 전화벨 소리는 심장을 후비는 듯 아찔하게 울려 퍼졌다.

"K34234인가요?"

"네."

"안 주머니의 물건을 고상구에게 전달하세요. 그것을 강희연의 머리에 사용하라고 말하세요."

"물건이 뭔 줄 아십니까?"

"모르겠는데요. 저는 전달만 할 뿐입니다."

딸각.

수화기를 내려놓았다.

"뭐라고 그래? 응? 윤수야. 그쪽에서 뭐래?"

고상구와 강희연, 왜 나는 그들과 만났을까? 강희연은 초등학교 동창이고 짝사랑이었다. 그들이 알고 있던 것일까? 첫날 사표를 낸 고상구와는 왜 엉킨 것일까?

답은 하나. 그들의 편인지, 아닌지를 가려내려는 것이다. 고상구를 이용하여, 자신들의 강력함을 내게 알리고 강희연을 죽임으로서 충성을 맹세하는 것…….

"빨리 말해! 뭐라고 지령이 왔냐고?"

고상구의 외침엔 진득한 두려움이 실려 있다. 그에겐 무조건 지령을 따라야 한다는 강력한 주문이 걸려 있을 것이다. 만약 사실을 말한다면, 그는 머뭇거림 없이 희연의 두개골 속에 총알을 박아 넣을 게 뻔하다.

"윤수야, 뭐래? 응? 말해 봐. 뭐라고 그러는데?"

희연은 자신의 볼이 붉게 부풀어 오르는지도 모르는 것 같다.

"딸이 몇 살이었지?"

"응?"

"죽은 딸이 몇 살이었어?"

희연은 두 눈을 껌뻑거렸다.

"두 살…… 첫 아기였어."

고상구가 달려들어 목덜미를 잡아 밀었다. 그 바람에 책상에 허리를 찍히고 쓰러질 듯 뒤로 기울어졌다.

"야, 이 새끼야. 왜 뜸 들여! 왜 말을 안 해? 무슨 지령이 내려온 거야. 무슨 지령이 내려온 거냐고!"

그의 손에서 피비린내가 피어올랐다.

"희연을 풀어주랍니다."

"뭐라고?"

"풀어주고, 집에 데려다 주랍니다. 지금."

빠르게 움직이는 무언가를 감지하는 동시에 턱이 떨어져나가는 듯한 통증이 일었다. 또 한 방이 이어졌다. 입술의 혈관이 이빨과 주먹 사이에서 터져나갔다. 나는 얼굴에 피 칠갑을 한 채 책상위로 널브러졌다가 바닥으로 굴러 떨어졌다.

"이 새끼, 거짓말 하는 거지? 그렇게 말해 놓고 날 죽이려는 거아냐? 말해 봐. 말해 보라고!"

발길질이 사나웠다. 머리통을 감싼 손 사이로 남자의 구두창이 달려들었다. 눈앞에 번개가 일었다. 내장을 뽑아버리는 듯한 통증이 이어졌다.

"왜 그래요! 풀어주라잖아요!"

희연이 남자의 등에 대고 고래고래 소리 질렀다. 고상구의 분노가 희연을 향했다.

"뭐라고? 다시 말해 봐. 너도 한패지? 날 죽이려는 거지?"

고상구가 흰자위를 번뜩이며 희연의 목을 감싸 잡았다. 동시에 찢어지는 듯한 비명이 멈추고 캑캑거림이 시작되었다. 목을 조여 잡은 두 손에 퍼런 핏줄이 선명하게 일어났다.

"죽어!"

짐승의 외침 같은 것이 그의 입에서 터져 나왔다.

나는 총으로 고상구의 뒤통수를 내리쳤다. 억, 소리와 함께 고 상구가 희연 옆으로 꼬꾸라졌다. 숨을 되찾은 희연이 호흡을 몰아쉬었다. 머리를 부여잡고 데굴데굴 뒹굴던 고상구는 비틀거리며 의자 팔걸이를 잡았다.

나는 두 걸음 물러나 그를 겨누었다. 다리가 후들거렸고 총조차 무거운 아령 같았다.

"멈춰."

총을 본 그가 멈칫했다.

"자, 밧줄을 풀어줘."

"총이 있었군. 그래……. 그런 거였어. 총으로 나를 죽이라는 지령이 내려온 거군."

"헛소리 그만하고, 밧줄이나 풀어!"

고상구의 손이 밧줄 위에서 꼼지락거렸다.

"그래, 밧줄을 풀지. 밧줄을 풀고 나면 나를 죽이라 그랬나? 처형이 6시라 그랬잖아. 아, 시간을 앞당겨 죽이라는 지령이 온 것일 테지. 그렇지?"

"입 안 다물면 먼저 한 방 쏘겠다."

"왜 이래? 난 이제 죽을 건데, 죽을 사람한테 말할 자유도 안 주나?"

처절한 미소가 그의 얼굴에 가면처럼 덧씌워졌다.

"난, 당신을 죽인다는 말은 안 했다."

"6시에 내가 처형된다고 말한 게 너였잖아!"

"난 그냥, 지령을 받았을 뿐이야."

희연의 몸에서 밧줄이 스르르 풀려 내려갔다.

"다 똑같아. 흐흐흐. 전화 온 놈들, 다 똑같은 말만 하고."

일어서는 희연을 고상구가 뒤에서 붙잡았다. 목을 감아 안은 손이 희연의 얼굴을 재껴 올렸다.

"뭐하는 거야?"

"뭐하냐고? 보면 몰라? 인질극이란 거지. 헤헤. 이렇게 죽을 순 없잖아. 안 그래? 난 사람 배도 가르는 놈이야."

살려줘, 희연의 떨리는 음성이 희미하게 흘러나왔다.

"바보짓 하지 마! 널 죽이라는 지령은 없었어."

"거참 말 많군. 말 많아……. 한 발자국이라도 움직이면 여자 목을 꺾어버릴 거야. 흐흐."

고상구는 천천히 문 쪽으로 몸을 옮겼다. 총구도 그를 따라 움직였다.

"쏴보라고. 이 여자 안 맞힐 자신 있어?"

등으로 문을 밀고 나가는 그의 얼굴엔 이성 잃은 미소가 그려졌다. 나도 천천히 복도로 따라 나갔다. 그는 희연을 방패삼아 뒷걸음질 치고 있었다.

총을 쏠 자신은 없었다. 쏴 본 적도 없을 뿐더러 희연을 안 다치게 할 자신도 없었다. 턱과 어깨, 겨드랑이, 복부에 달라붙은 통증은 총을 들고 있는 것조차 힘겹게 만들었다.

"쏴 봐! 이 빌어먹을 회사는 날 못 죽여! 난 절대 안 죽는다고!"

고상구의 목소리가 복도 앞뒤로 울려 퍼졌다. 그의 뒤로 문이 열리는 게 보였다. 양복을 입은 남자 하나가 손도끼를 들고 나왔다. 남자는 다른 손으로 자신의 머리를 긁적이고 한숨을 내쉬었다. 그는 소리 없이 고상구의 뒤로 걸어오더니, 주저 없이 정수리를 내리 찍었다. 고상구의 얼굴이 묘한 표정으로 굳었다. 희연은 풀썩 주저앉았고 옆으로 고상구가 꼬꾸라졌다. 남자는 다시 머리를 긁적이더니 사무실로 들어가 버렸다.

무슨 일이 벌어진 것일까?

희연은 고상구의 벌어진 두개골을 보더니 내장을 뱉어낼 듯 비명을 질렀다.

지체할 시간이 없다.

나는 희연을 부축해 세우고 엘리베이터 쪽으로 이끌었다. 희연은 가쁜 숨을 몰아쉬며 내 어깨에 매달렸다. 비틀거리다 쓰러져 뒹굴고, 한 번 더 쓰러진 다음에야 엘리베이터 앞에 도착할 수 있었다.

땡, 엘리베이터 문이 열렸다. 양복 입은 남자가 놀란 표정으로 구석에 붙어 섰다. 벌벌 떠는 희연을 안으로 넣은 뒤 남자에게 총을 겨누었다.

"1층으로 가는 번호가 뭐야?"

남자는 두 손을 들고 바들바들 떨었다.

"1층 말입니까? 355누르면 됩니다. 거기가…… 정문입니다."

"눌러!"

3, 5, 5. 떨리는 손가락이 띄엄띄엄 버튼을 눌렀다. 문이 닫히고 엘리베이터가 움직이기 시작했다. 나는 한 손으로 희연을 부축해 세웠다.

"죽이지 말아주세요. 제발요."

총구를 치우자 남자의 손이 천천히 내려갔다.

따르릉.

벨 소리에 놀라 총구를 들어 올렸다. 남자는 다시 손을 번쩍 들며 다급히 외쳤다.

"전화 온 겁니다! 전화예요! 쏘지 마세요!"

"받아봐."

남자는 바들바들 떨며 겨우 핸드폰을 꺼내 들었다.

"네, 맞습니다. 네. 네. 알겠습니다. 네. 그렇게 전달하겠습니다. 저기……."

그는 핸드폰을 내리며 조심스레 나를 보았다.

"K34234, 맞습니까?"

"맞아."

"경고라고 전달하랍니다."

"누가!"

총구를 들이밀자, 남자는 핸드폰을 떨어뜨리며 찡그린 얼굴을 모서리에 틀어박았다. 양복바지가 사타구니 부분부터 질퍽하게 물들어갔다. 지린내가 진동했다.

"몰라요……. 살려…… 주세요."

땡, 엘리베이터가 멈췄다. 남자는 젖은 바닥에 주저 앉아버렸다.

희연을 부축해 나가면서도 머릿속이 복잡했다.

경고 조치라니……. 무슨 의밀까? 각오하라는 건가?

양복을 입은 사람들이 바쁜 걸음을 걷고 있었다. 로비를 지나오면서 희연이 의식을 회복하기 시작했다. 23번 회전 게이트를 지날 땐 오히려 그녀가 나를 부축해 주는 형상이 되었다. 긴장이 풀려서 그런지 통증의 강도가 심해졌다.

넓은 보도에 무표정한 사람들 사이로, 택시 한 대가 정차해 있는 것이 보였다.

"우선 택시를 잡자. 저기……."

내가 택시를 가리키자, 희연이 먼저 달려갔다.

"K34234죠?"

나는 멈춰 서서 목소리의 방향으로 몸을 돌렸다. 양복 입은 남자가, 들고 있던 쪽지와 내 얼굴을 번갈아 보았다.

또, 지령인가?

"이거……."

남자는 가방을 뒤적이더니, 핸드폰을 꺼내 내밀었다. 내가 받아들자 그는 사람들 사이로 섞여 사라졌다.

따르릉.

어색하게 손에 들린 핸드폰이 소리를 질렀다. 세상에 핸드폰과 나밖에 없는 듯, 벨소리 외에는 아무런 소리도 들리지 않았다. 세 번째 벨이 끝날 무렵, 핸드폰을 귀에 댔다.

"윤수니?"

어머니 목소리가 튀어나왔다.

"어, 어머니?"

"그래. 엄마다."

왜, 어머니가?

"윤수야, 어디 있니?"

"회사에요. 무슨 일 있어요?"

"나, 너희 회사 와 있어. 회사 사람들이 차 가지고 왔더라. 와, 회사가 뭐 이리 크니? 정신이 하나도 없다."

"지금 어디 있어요?"

"왜, 소리를 지르고 그러니? 잠깐만, 같이 오신 분한테 물어보고……."

싸한 느낌이 심장을 관통하고 지나가더니 괜히 헛웃음이 나왔다.

"그럴 필요 없어요, 어머니."

어머니가 내 소리를 들었는지는 모르겠다. 나는 전화를 끊었다. 희연이 택시 뒷좌석에 앉아 나를 부르는 소리가 들려왔다. 그녀가 탄 택시의 운전사가 핸드폰을 들고 있는 모습이 보였다. 사람들은 택시 옆을 지나갈 때, 핸드폰을 귀에다 댔고 택시를 지난 후 핸드폰을 내렸다. 거리의 다른 운전자들도 마찬가지였다. 다들 핸드폰을 들고 있었다. 마치 거대한 퍼포먼스를 보는 듯한 기분이 들었다.

나는 택시 쪽으로 멍하니 걸었다. 희연이 안쪽으로 들어가 앉아 자리를 만들어 주었다. 나는 양복 안주머니에 손을 끼워 넣으며 택시 안을 들여다보았다. 희연이 도로 방향 창문을 살피고 있었다. 긴 생머리가 어깨에서 굴곡져 겨드랑이 아래까지 내려왔다.

그때랑 똑같아…….

초등학교 시절의 기억이 떠올랐다. 희연은 내 앞자리에 앉았다. 나는 그녀의 긴 생머리가 좋았다. 머리칼에서 스며 나오는 샴푸 향을 맡으며 이대로 행복하다는 생각을 했었다. 엷은 웃음이 입 가장자리로 번졌다.

권총을 꺼내 희연의 뒤통수를 겨누었다.

탕, 커다란 울림과 함께 희연의 머리에 구멍이 생겼다. 총알은 관통해 나오며 얼굴 피부를 뜯어냈다. 조각난 피부가 유리조각과 함께 도로로 튀어 나갔다. 지나가던 사람들은 경악한 표정으로 멈춰 섰다. 잠깐뿐이었다. 그들은 핸드폰을 들어 올렸고 아무 일 도 없었다는 듯, 가던 길을 걸었다.

"그냥 가시면 됩니다."

택시 운전사가 정면을 바라본 채 말했다.

나는 보도로 물러섰다. 양복 입은 남자가 택시 뒷문을 닫았다. 택시는 움직여 다른 차들 사이로 숨었다. 남자는 내 이름을 물으 며, 사용한 물건을 달라고 말했다. 남자는 총을 받자 비닐 팩에 밀봉한 뒤 쓰레기통 위에 올렸다. 다른 남자가 핸드폰을 귀에 붙 인 채 비닐 팩을 자신의 가방에 넣었다.

난, 이제 뭘 해야 하지?

혼자 멈춰 선 것 같다. 다들 도시에 섞여 움직이고 있는데, 나 만 이질적인 존재가 되어 버린 느낌이다. 텅 빈 운동장에 갇힌 것 처럼 숨이 갑갑해진다.

이러면 안 되는데…….

청소차가 피부 조직을 쓸어 담는 모습에 초점이 멈추었다. 눈을 옮길 수도, 고개를 돌릴 수도, 숨을 쉴 수도 없는 두려움이 몸뚱이와 영혼을 조여 왔다.

"저기요."

순간, 마법에서 풀려난 듯 움직임과 호흡이 자연스러워졌다. 옆에 선 남자 역시 검은 양복을 입고 있다. 그는 내 이름을 확인한 후 지령을 전달했다.

"J434 방을 찾아 가시면 됩니다."

나는, 거기에 어머니가 있냐고 묻지 않았다. 그냥, 알겠습니다, 대답한 뒤 그들과 같은 걸음으로 사람들 속에 섞였다.

도둑놈의갈고리

김종일

매드클럽 창립멤버. 제3회 황금드래곤문학상에서 『몸(영화원작계약)』으로 당선. 「한국공포문학단편선 시리즈」에 단편 「일방통행」, 「벽(영화원작계약)」, 「불」 수록하였으며 《파우스트》에 단편 「사자들」, 「마녀」, 《판타스틱》에 단편 「추락」, 「개들의 묘지」을 수록했다. 장편소설 『손톱』이 있으며, 중편 『악령(영화원작계약)』이 출간 예정이다. 현재 장편 『삼악도』, 중편 『이빨』을 집필 중이다. 네이버 카페 '김종일의 공포소설' 운영하고 있다.

당신들이 내게 딱지를 붙였으니 나도 딱지를 붙이겠어
그래서 나는 당신들을 용서받지 못할 자라 부르겠어
You labeled me, I'll label you
So I dub thee unforgiven

— 메탈리카, 『용서받지 못할 자(The Unforgiven)』 중에서

"도둑놈의갈고리가 붙었네요."

기억하는지 모르지만 당신 첫 마디가 그거였어요. 도둑놈의갈
고리가 붙었네요. 그 목소리, 참 좋았어요. 굵직한 바리톤에 부드
러우면서도 귀에 쏙쏙 들어오는 독특한 음색. 기억나요? 등산 동
호회에서 정기 산행 마치고 하산하던 길이었잖아요. 산을 내려오
는데 뒤통수가 근질근질한 거예요. 딴 사람 시선이 뒤통수에 달
라붙는 느낌 들 때 있죠? 왜, 사람들이 뒤통수가 따갑다고들 하
잖아요. 길거리 걸어가는데 자꾸 누가 쳐다보는 거 같을 때, 혼자
욕실에서 머리 감느라 샴푸 거품 내서 눈도 못 뜨는데 누가 뒤에
서 노려보는 거 같을 때……. 네, 전 그런 때가 간혹 있어요. 그날
이 딱 그랬거든요. 그래요, 썩 유쾌하진 않았어요. 하지만 무시하
기로 했죠. 쳐다보는 것 갖고 뭐라고 할 수는 없잖아요.

지금이야 당신 덕택에 몰골이 영 아니게 돼 버렸지만 전엔 저예쁘단 소리 곧잘 들었어요. 당신도 익히 알고는 있겠지만 몸매도 캐리비안 베이 같은 데 가서 비키니 입고 돌아다녀도 창피할 정도는 아니고요. 주말에 홍대 입구 같은 데 가서 놀면 더러 명함도 받았어요. 연예인 하고 싶음 연락하라는 기획사 삐끼들 있잖아요. 근데 전 끼가 있는 편도 아니고, 튀는 것도 싫어서 연예계 쪽은 생각도 안 했어요. 모르는 사람들한테 저를 무방비로 드러내고 싶지가 않았거든요. 그 흔한 미니홈피에 사진 한 장 올려본 적도 없었으니까요. 제 사진이 인터넷 여기저기에 막 돌아다니면서 모르는 사람들 눈요깃거리 되는 게 정말 싫었어요. 암튼 반반한 얼굴 덕에 버스나 전철역, 길거리 같은 데서 말을 걸거나 사귀자는 남자는 꽤 있었죠. 처음엔 당신도 그런 부류라고 생각했고요.

뭐야 싶어 돌아봤더니 당신이 제 바짓부리를 보고 있었어요. 한 동호회라 일면식은 있었지만 그때까지 우리, 따로 얘기를 해본 적은 없던 사이였죠. 그래서 당신이 제 뒤통수에 대고 한 말이 저한테 한 말인지도 확실치 않았어요. 하지만 당신 닉네임이 '피핑톰'이었다는 건 똑똑히 기억해요. 자기 소개하는 자리에서 누가 당신한테 왜 닉네임이 '피핑톰'이냐고 물었던 적이 있었잖아요.

"어쩌면 제 닉네임만 보고 색안경 끼고 보실 분이 계실지도 모르겠는데, 솔직히 전 그래요. 결국 산다는 것 자체가 엿보는 거라 생각하거든요. 진실을 엿보고 성공을 엿보고 행복, 사랑…… 뭐 그런 의미나 가치들을 엿보면서 차근차근 진실로 다가가는 과정인 거죠. 전 이렇게 등산 동호회에서 활동하는 것도 멋진 산세를 엿보고 자연의 진가를 엿보려는 마음에서 우러난 행동이라고 보거든요. 그런 의미에서 전 언제나 피핑톰이고 싶어요."

정확하진 않겠지만 그때 당신 대답이 대충 그랬어요. 반응 좋았죠. 물어본 사람은 크으 감탄하고 누구는 박수까지 쳤으니까요. 미켈란젤로의 다비드 상 아시죠? 당신 생긴 게 딱 그래요. 사람들이 말하는 조각 같은 얼굴. 근사한 외모에 독특한 정신세계, 유창한 말솜씨까지…… 여자들 눈길 끌만한 조건은 제대로 갖췄죠.

암튼 당신 지론대로라면 제게 말을 걸었던 그때, 당신은 제 바짓부리를 엿보고 있던 셈이에요. 근데 도둑놈의갈고리라니…… 이 무슨 뚱딴지 같은 소린가 했어요. 이러고 내려다봤더니 아닌 게 아니라 도톰한 초승달 모양의 납작한 열매들이 제 청바지 종아리 부근에 다닥다닥 붙어 있더라고요. 깨진 선글라스? 그게 딱 생각났어요. 반달 모양의 도도록한 테두리는 선글라스 테 같고, 납작한 가운데에 그물처럼 엉긴 맥은 금 간 선글라스 유리알 같았거든요. 또 어찌 보면 내리깐 사람 눈 같기도 했고요. 그물처럼 엉긴 맥은 눈알에 돋아난 실핏줄이랄까요. 어리벙벙해서 어 하고 서 있는데 당신이 제 앞에 떡하니 쪼그려 앉더니 제 종아리에 붙은 열매를 하나하나 떼어 주면서 이렇게 말했죠.

"이름 참 별나죠? 요 열매가 뒤꿈치를 든 도둑놈 발자국같이 생겼고, 끝에 갈고리처럼 생긴 잔털이 사람이나 동물한테 슬쩍 들러붙어 먼 데까지 퍼져 번식한다고 해서 붙은 이름이래요. 도깨비바늘이니 진득찰이니 가막사리니 다 고만고만한 놈들이에요. 혹시 하산하시다 보셨는지 모르지만 꽃은 참 예뻐요. 여러 개의 연분홍 꽃송이가 총상 꽃차례로 나 있는데……."

총상 꽃차례는 또 뭔가 했는데, 당신이 제 얼굴에 떠오른 물음표를 읽었던가 봐요. 총상 꽃차례는, 기다란 꽃대에 꽃자루의 꽃들이 어긋나게 붙어서 밑에서부터 꼭대기까지 차례로 피어 올라가는 모양이고 총상화서라 부르기도 한다면서 조곤조곤 설명을 해주는데, 이건 뭐, 들꽃 박사가 따로 없더라고요. 그리고 당신, 몸을 일으키더니 떼어낸 열매들을 제 손에 꼭 쥐어 주었죠. 그 까슬까슬한 감촉이 지금도 손바닥에 남아 있는 거 같아요. 참 이상하죠, 어떻게 생각하면 상당히 불쾌할 수도 있는 상황이었는데 그런 행동들이 전혀 거북하지가 않았어요. 당신의 화사한 미소 때문이었는지, 아님 유창한 말솜씨 때문이었는지…… 거기다가요, 보통 산행 다녀오면 대개 시큼한 땀 냄새만 풀풀 풍기잖아요. 근데 당신은 그 대신 은은한 들꽃 향 같은 체취까지 풍겼어요. 도둑놈의갈고리란 별난 들풀의 꽃이 어떻게 생겼는지 본 적도 없지만 어쩜 그 꽃의 향기가 당신의 체취랑 비슷할지도 모르겠다 하는 엉뚱한 망상까지 들었다니까요. 그래요, 맞아요. 그 순간부터 저, 당신한테 끌렸어요. 이 사람이 내 외모에 혹해 수작을 거는 건가 싶은 의심 같은 건 추호도 없었으니까요.

당신, 그 후로는 은근슬쩍 저랑 나란히 걸었어요. 그치만 그 동행이 쑥스럽지도 어색하지도 않았어요. 오히려 내심 기분 좋았죠. 내려가는 동안 당신이 들려준, 며느리밑씻개니 동자꽃이니 하는 들꽃에 얽힌 전설들, 어쩌나 구수하고 감칠맛 나던지 꼭 어릴 때 할머니가 들려주시던 옛날이야기를 아랫목에서 이불 뒤집어쓰고 듣는 기분이었어요. 들으면 들을수록 더 들려달라고 조르고 싶을 정도였으니까요. 그전까지는 만만치 않은 산행 땜에 온몸이 천근

만근이었는데, 당신 얘기에 푹 빠져 산을 내려오는 동안 산행의 피로가 말끔히 날아가 버렸죠. 이마에 맺힌 구슬땀이 산들바람에 날아가듯이 말예요. 당신이 마지막으로 들려준 얘기가 제비꽃에 얽힌 전설이었어요. 그러고 나서 당신이 지갑에서 명함 한 장을 꺼내어 보여줬죠.

"제가 직접 촬영한 사진을 소스로 주문 제작했어요. 혹시 더 궁금한 들꽃이 생기면 언제든 연락하세요."

흰 바탕에 접사로 찍은 연보라색 제비꽃 한 송이가 서 있고 그 옆에 당신 이름 석 자가 홀씨처럼 흩날리는 명함. 저 지금도 그 명함을 갖고 있어요. 김, 완, 규. 그때 정말이지 당신 이름 석 자가 민들레 홀씨처럼 들어와 제 가슴에 뿌리를 내리는 것만 같았어요. 동호회 사람들하고 합류하기 전에 당신이 명함을 손에 쥐어주는데, 어찌나 손이 떨리고 명치끝이 간질거리던지 얼른 돌아서야 했어요. 그렇게 강렬한 끌림과 설렘을 느껴본 지가 너무 오랜만이라서 그날 밤 잠을 다 설쳤죠. 잠자리에서 이리저리 뒤척이다 몽유병 환자처럼 벌떡 일어나서 핸드폰을 열고 '피핑톰'이라는 별명으로 당신 전화번호를 저장했어요. 솔직한 심정으론 바로 전화하고 싶었죠. 근데 너무 쉬운 여자로 보일까 봐 사흘을 억지로 버텼어요. 그러고 나서야 두근대는 가슴을 안고 당신한테 전화를 걸었어요. 당신의 부드럽고 굵직한 목소리가 '여보세요?' 하는데 숨이 턱 막히고 머릿속이 하얘지는 거예요. 무슨 얘기를 하려고 했는지도 잊어버렸죠. 한참을 더듬대다 당신한테 기껏 물어본 게 제비꽃의 꽃말이었어요. 궁색하죠. 맞아요, 인터넷 검색 창에 제비꽃 꽃말만 쳐도 결과가 주르륵 나올 텐데요. 그치만 그땐 뭘 물어보든 당신이랑 다시 만나고픈 맘 가리는 핑계밖엔 안 됐을 거예요. 그나마 당신이 흔쾌히 받아준 게 천만다행이었죠.

"아, 꽃말이요? '순진무구한 사랑'이에요. 비너스의 농간 때문에 아티스만 바라보다 죽은 이아의 처지를 상징하는 말이죠."

그 다음엔 무슨 말을 해야 할지 막막했는데, 오히려 당신이 이런저런 화제를 꺼내서 전혀 어색하지가 않았어요. 어떻게 지냈냐, 일교차가 장난 아닌데 감긴 안 걸렸냐, 연락이 없어서 자기 명함을 버린 줄 알았다, 뭐 그런 얘기를 하다가 당신이 일주일 후 저녁을 사고 싶다고 했죠. 속으론 옳다구나 하면서도 겉으론 좀 망설이다 못 이기는 척 승낙했어요. 약속 날짜를 기다리는 일주일이 어찌나 길던지 거짓말 좀 보태서 7년 같았어요.

드디어 일주일 만에 당신이랑 만났어요. '고디바'라는 레스토랑에서. 그날 당신, 까만 원 버튼 슈트를 입고 나왔는데 그 자태가 모델 뺨쳤어요. 털털하고 수더분했던 산행 때완 다르게 샤프하고 시크한 이미지였거든요. 지금 생각해 보면 모든 게 꼭 운명 같아요. 고디바도 피핑톰이랑 관련된 사람 이름이잖아요. 존 콜리어의 「레이디 고디바」란 그림 모사화가 은은한 조명을 받으면서 레스토랑 벽에 걸려 있었죠. 숱 많은 갈색 머리를 늘어뜨린 벌거벗은 여자가 고개를 숙인 채 빨간 비단 안장을 두른 백마에 탄 광경을 사실적으로 그린 그림이었는데 당신이 그 그림을 가리키며 말했죠.

"은진 씨, 이 레스토랑 상호 '고디바'가 바로 저 여자에게서 빌려 온 거예요. 11세기 영국 코번트리의 영주 레오프릭 백작의 아내였죠. 그 백작이란 작자가 농노에게 매기는 세금이 너무도 가

혹해서 당시 고작 열여섯 살이었던 고디바가 세금 좀 낮춰달라고 호소했어요. 근데 그 노친네가 무슨 고약한 심사였는지 고디바한테 알몸으로 말을 타고 코번트리 거리를 한 바퀴 돌면 그렇게 하겠다고 대답한 거예요. 고디바도 만만치 않은 여자라서 남편 말대로 진짜 알몸으로 말을 타고 거리를 돌았죠. 그때 모든 마을 사람들이 예우의 차원에서 창문을 닫아걸었는데 그 마을의 재단사 톰이란 친구만 고디바를 엿봤어요. 그 직후 톰은 눈이 멀었고, 여기서 피핑톰이란 말이 유래됐죠. 보세요. 여인의 알몸을 클로즈업한 그림인데도 결코 성적인 상상을 불러일으키진 않아요. 오히려 초라한 알몸이 숭고해 보이기까지 해요. 재론의 여지가 없는 명작이죠. 근데 참 씁쓸하기 그지없는 일이지만, 지금은 고디바란 이름이 저 그림보다 이걸로 유명해졌어요."

당신이 말끝에 작은 종이상자 하나를 저한테 내밀었어요. 무심코 받아들고 봤더니, 정말 말을 탄 고디바가 그려져 있고 그 밑에 'GODIVA'라는 상표가 금박으로 박혀 있었죠. 상자를 열어보니 와, 상자 속은 스무 개로 나뉘어져 있고 칸칸이 초콜릿이 빼곡했어요. 그때 당신이 속삭였죠.

"누가 그랬죠. 인생은 초콜릿 상자와 같다, 당신이 어떤 걸 갖게 될지는 절대 모른다……. 자, 하나 골라 보세요."

각양각색의 초콜릿 위에서 한참을 망설이다 'GODIVA'라는 상표가 음각으로 새겨진 하트 모양의 초콜릿을 골랐어요. 초콜릿을 입에 넣었는데 달콤한 첫맛과 달리 혀끝에 맴도는 씁쓸한 뒷맛이 일품이었어요. 근데 그때 갑자기 당신이 인상을 팍 쓰면서 테이블 위에 푹 쓰러졌죠. 그때 제가 얼마나 놀라고 당황했는지 아세요? 제가 당신 어깨를 막 흔들었을 때 당신이 눈을 스르르 뜨더니 씩 웃으면서 그랬죠.

"놀라지 마세요, 방금 가져가신 게 바로 제 심장이었어요."

너무 황당하니까 저도 모르게 웃음이 튀어나오는 거 있죠. 그 뒤로 당신이 들려주는 유려한 얘기들이 형형색색의 음악이 되어 제 마음을 끌어당겼고 당신이 풍기는 은은한 들꽃 향과 당신이 절 바라보며 짓는 미소가 향기로운 와인이 되어 저를 취하게 했어요. 참 행복했어요, 이렇게 매력적인 사람과 마주앉아 얘기하고 있단 자체가. 정말이지 단 둘이 만난 지 단 세 시간 만에 당신한테 푹 빠져 버렸다니까요.

나흘 뒤에 당신이 애프터 신청을 했고 전 대학 합격통지서를 받은 날보다 더 기쁜 맘으로 달려 나갔어요. 그날 당신이랑 홍주 시내가 한눈에 내려다보이는 스카이라운지에서 첫 키스를 했고…… 잤어요. 빨랐죠. 그치만 빠르단 생각도 안 들었어요. 당신한텐 모든 걸 기꺼이 내주고 싶었거든요. 그렇게 당신이랑 자연스럽게 연애를 시작했어요. 처음엔 굉장했죠. 퇴근할 시간 되면 제가 일하는 병원 앞에 아우디A4인가 하는 외제차를 떡하니 대놓고 기다려주고, 솔직히 전 세상에 그런 차가 있는지도 그때 처음 알았어요, 루이비통이니, 샤넬이니 프라다 같은 명품을 선물로 턱 턱 사주고……. 알고 보니 당신 아버지가 홍주에서 유명한 부동산 큰손이었어요. 넉넉지 않은 집안 형편 때문에 4년제 대학을 포기하고 간호전문대를 나와 괴팍한 시어머니 같은 의사 밑에서 군내 나는 환자들과 하루하루 씨름하며 살아온 저와는 태생부터가 달랐죠. 그래서 당신한테 더 환상을 품었는지도 모르구요. 어쩌면 이 사람이 정말 내 신분을, 소독약 내 풀풀 풍기는 병원에서 탕진할 내 젊음을 구원해 줄지도 모른단 환상. 드넓은 아파트의 가족 소파에 앉아 클래식을 틀어놓고 에스프레소를 홀짝이며 인테리어나 자산관리를 고민하며 살고픈 속물근성을 충족시켜 줄지도 모른다는 기대. 그런 환상과 기대에 자다가도 실실 웃음이 나올 정도로 행복했어요. 그땐 정말 이상형을 만난 줄로만 알았거든요. 하루하루가 꿈만 같았어요. 환상적이어서 절대 깨고 싶지 않은 꿈. 근데 그런 꿈일수록 막상 깨고 나면 그 허탈함이란 게 이루 말할 수 없잖아요. 당신이랑 했던 연애가 딱 그랬어요. 한여름 밤의 꿈. 백일몽. 개꿈. 꿈으로 꿀 당시엔 정말 굉장해서 비몽사몽간에도 '와, 이거 영화로 만들면 대박이겠다!' 싶다가도 막상 깨고 나서 떠올려 보면 그게 뭐였는지 기억도 안 나거나, 기억이 나더라도 코웃음이 날 정도로 유치기만 한 개꿈.

저를 그 개꿈에서 깨어나게 해준 건 그 여자였어요. 그날도 당신이랑 만나 '고디바'에서 저녁을 먹었죠. 식사를 마치고 레스토랑을 나서다 거리에서 그 여자와 마주쳤죠. 당신 얼굴에 어 하고 당황하는 기색이 역력히 떠올랐어요. 그 여잔 싸늘한 얼굴로 외면하곤 우릴 지나치더군요. 누군지 궁금했지만 당신한테 캐묻기도 뭣해서 관뒀어요. 그날 밤 여기서 사랑을 나누고 저만 나왔던 거 기억나요? 당신은 '고디바'에서 마신 와인이 과한 것 같다며 엘리베이터까지만 배웅 나왔다 들어갔죠. 원룸 건물을 막 나오는데 웬 차 한 대가 졸졸 따라오며 빵빵대는 거예요. 돌아보니 그 여자였어요. 주차장에 차를 대놓고 있다가 움직이는 품이 아무래도 절 기다린 것만 같았죠. 잠깐 얘기 좀 하재요. 예쁘장하면서도 어딘가 음울해 보이는 여자였어요. 누구냐고 물었더니 당신의 전 약혼녀래요. 처음에는 말도 안 되는 소리 하지 말라고 무시했죠. 왜, 당신같이 멋진 남자한테는 정신 나간 스토커 하나쯤은 따라다닐 수도 있잖아요. 그런 줄로만 알았는데 아니었어요. 상대할 가치도 없겠단 마음에 종종걸음을 치는 제 뒤통수에 대고 그 여자가 대뜸 이러는 거예요.

"도둑놈의갈고리가 붙었네요."

그 말을 듣는 순간 제자리에 우뚝 얼어붙을 수밖에 없었죠.

"그 인간이 맨 처음 그런 말로 접근했죠? 등산동호회에서 그 인간이랑 알게 됐고⋯⋯. 지금 그 동호횐 아니지만 저도 한때 그 인간이랑 같은 동호회 회원이었어요. 아는 후배가 그러더군요. 아무래도 그쪽이 그 인간한테 된통 걸려든 것 같다고."

그 말까지 듣고 나니 그냥 지나칠 수가 없었어요. 내키지는 않았지만 무슨 얘길 하나 두고 보자는 마음으로 그 차 조수석에 올랐어요. 그 여자, 근처 커피숍으로 차를 몰더군요. 거기서 그 여자와 마주앉았죠. 그 여자가 단도직입적으로 말을 꺼냈어요. 모든 걸 알고 있더군요. 도둑놈의갈고리에서부터 시작해서 들꽃 전설, 제비꽃 명함, 레이디 고디바, 초콜릿에 이르기까지, 우리가 만날 때마다 심부름센터 직원이라도 붙여 미행한 것처럼 모든 걸 훤히 꿰고 있는 거예요. 무슨 얼토당토않은 소리냐고 비웃고 싶은데 도저히 그럴 수가 없었어요. 전부 사실이었으니까요.

"제가 어떻게 그런 일들을 다 일일이 아는지 궁금하시죠?"

여자는 저를 빤히 바라보면서 말했어요. 그 시선을 마주볼 자신이 없어서 저는 테이블에 놓인 커피 잔으로 눈을 내리깔았죠.

그 여자, 자문자답하더군요.

"저도 다 겪은 일이니까요."

여자가 그랬어요. 도둑놈의갈고리가 붙었다며 목표물에게 접근해 바짓부리에서 열매를 떼어주며 자연스럽게 환심을 샀던 게 전부 당신이란 남자가 여심을 사로잡는 수법일 뿐이라고, 당신은 여기저기서 긁어모은 그 알량한 지식과 현란한 말발로 여자를 낚는 카사노바일 뿐이라고, 그 도둑놈의갈고리조차도 당신이 목표물의 꽁무니에 붙어 산을 내려오며 바짓부리에 흩뿌린 것이라고, 마음에 드는 여자에게 접근해 환심을 사고 그 여자를 제 것으로 만든 뒤 단물이 빠지면 껌을 뱉듯 걷어차는 게 부동산 졸부를 아버지로 둔 백수건달 당신의 유일한 인생의 낙이라고, 그렇게 당신에게 당한 여자들이 자신을 비롯해 수십 명에 이른다고 했어요. 믿기지 않았어요. 아니, 믿을 수 없었어요. 그래서 따졌죠. 당신 정도의 남자라면 좋다고 먼저 다가서는 여자들이 얼마든지 있을 텐데 왜 굳이 그런 수고와 정성을 들이겠느냐고. 그 여자, 콧방귀를 뀌더군요.

"낚시꾼은 제풀에 어망으로 뛰어드는 고기를 달가워하지 않아요. 그런 고기한테선 절대 손맛을 느낄 수 없으니까. 낚시는 어디까지나 손맛이거든요. 입질하던 고기가 미끼를 덥석 물었을 때 낚아 올리는 손맛."

충격이었어요. 당신이 달콤한 미끼로 여자를 낚는 난봉꾼이라니, 내가 당신의 미끼를 문 고기라니……. 아무리 진정하려 애써도 입술이 바들바들 떨리고 가슴이 쿵쾅거렸어요. 그 여자, 그런 저를 빤히 들여다보며 결정타를 던지더군요.

"은진 씨라고 했죠? 은진 씨, 환상을 깨서 미안한데 그 인간, 요샛말로 나쁜 남자예요. 그 인간한테 은진 씬 그냥 엔조이고, 컬렉션일 뿐이에요. 은진 씨가 그걸로도 감지덕지한다면 말리고 싶진 않지만, 만에 하나라도 그 이상을 원한다면 더 늦기 전에 꿈 깨라고 얘기해 주고 싶어요. 더 늦기 전에 정신 차리고 그 인간이랑 인연 끊으라고……. 멜로영화처럼 달콤한 사랑? 하루아침의 신분 상승? 그딴 건 현실에 없어요. 대신 치졸한 배신과 구질구질한 악다구니가 있을 뿐이에요. 끝내세요. 이건 그 인간과 한때 약혼까지 했다가 세 번이나 애를 지우고도 그 인간의 엽색 행각에 치를 떨며 파혼했던 전 약혼자로서 하는 말이 아니라, 한 살이라도 더 먹은 언니로서 은진 씨가 순진한 동생 같아서 해주는 충고예요."

그날 어떻게 집에 돌아온 후에도 그 여자가 해준 말들이 머릿속을 가득 메우고 아우성쳤어요. 당신에게 전화를 걸어서 짐짓 아무렇지도 않은 척 물었어요. 절 사랑하느냐고. 당신은 천연덕스럽게 그렇다고 했죠. 그리고 물었죠, 왜 그러냐고, 무슨 일 있냐고. 아무 일 없다고 얼버무리고 전화를 끊었어요. 그 여자를 정신 나간 스토커라고 믿고 싶었어요. 당신의 뒤를 집요하게 밟으며 당신의 모든 행동 하나하나를 놓치지 않고 지켜봤다가 저를 당신한테서 떼어낼 작정으로 벌이는 수작이라고 믿고 싶었어요. 하지만 그날 밤 침대 위에서 뒤척이며 그간의 연애를 되짚어보면서 그 여자의 말이 사실인지도 모른다는 의심이 들었어요.

막상 연애를 시작한 후로는 전에 비해 눈에 띄게 말수가 줄었던 당신, 세심한 배려와 다정다감한 마음 씀씀이는 줄어가고 점점 신경질과 퉁명부림만 늘어가던 당신, 만나자마자 모텔이나 여기로 직행해 제 몸을 탐하기 바빴던 당신, 사랑을 나누는 와중에도 끊임없이 울리던 당신의 핸드폰, 둘이 있을 때 전화가 걸려오면 전화기를 들고 자리를 뜨던 당신, 전화를 받고 돌아온 당신이 늘어놓던 궁색한 변명, 운전을 하다가도 매력적인 여자를 지나칠라치면 어김없이 그쪽으로 돌아가던 당신의 눈동자, 집요하게 여자의 몸매를 훑던 당신의 시선, 당신이 아우디의 대시보드 수납함을 뒤적이던 날 잡동사니 틈으로 언뜻 보였던 책 『한국의 들꽃 전설』, 그리고 다른 여자랑 모텔 들어가는 당신을 본 것 같다던 친구의 귀띔…….

그제야 뭔가 잘못되었다는 느낌이 번뜩 들었어요. 물론 그 여자의 말들이 온전히 진실이 아닐지도 모르는 일이었어요. 근데 온전히 거짓이 아닐지도 모르는 일이잖아요. 그래요, 당신한테는 미안한 일이지만, 그날 이후로 당신에게 씌었던 콩깍지가 스르륵 벗겨져 버렸어요. 그제야 내가 애써 외면했던 진실이 보였어요. 당신이란 남자의 휘황찬란한 껍데기에 가려져 보이지 않았던 얄디얄은 영혼의 깊이, 말라비틀어진 사과처럼 보잘것없는 당신의 내면을 가득 메운 위선과, 노골적이지는 않지만, 가진 것 없는 사람들을 은근히 멸시하는 오만, 잠자리에서조차 일말의 배려 없이 자기만족만을 추구하는 이기심……. 그렇게 당신한테 혹해 있는 동안 보이지 않던 단점들이 그때부터 하나둘 보이기 시작하더군요.

며칠 후 '고디바'에서 제가 당신에게 애써 에둘러 헤어지자고 말했을 때 당신은 무슨 농담이냐며 웃었어요. 재차 말했을 때에야 제 진심을 깨닫고 안색이 변하며 진심이냐고 되물었죠. 세 번째로 그 말을 되풀이했을 때 당신은 저를 말없이 노려보았어요. 그 눈이 꼭 먹이를 노리는 뱀눈 같았죠. 눈자위로 뻗어 나온 실핏줄들은 담장을 뒤덮은 담쟁이덩굴 같았고요. 그제야 저는 당신에게 상대가 심기를 건드릴 때마다 상대를 뚫어져라 노려보는 습관이 있다는 사실을 깨달았어요. 당신이 물었죠.

"그러니까 지금, 그만 끝내자, 이거지?"

여러 가지로 힘들다고 했어요. 그래서 그렇다고, 미안하다고 했어요. 그러곤 당신과 눈을 마주대하고 있기가 껄끄러워 창가 너머로 보이는 버스정류장에 앉은 여자의 뒤통수에 시선을 돌렸어요. 제 시선을 느낀 여자가 절 흘끔 돌아보더군요. 문득 궁금해졌어요. 남의 시선을 감지하는 감각기관은 어디에 있는 건지……. 그때 당신이 서릿발 곤두선 목소리로 말했어요.

"야, 말할 땐 내 눈 보고 얘기해. 성의 없이 딴 데 처다보지 말고. 사람 개무시하는 것도 아니고……."

마지못해 당신한테로 눈을 돌렸죠. 당신이 절 빤히 노려보며 넘겨짚었던 것 기억나요?

"뭐가 그렇게 힘든데? 남자 생겼냐? 양다리 걸치고 이놈 저놈 어장 관리하려니까 힘들어?"

그럴 여유 없는 거, 당신이 더 잘 알지 않느냐고 항변해도 막무가내였어요.

"까구 있네. 지난주부터 슬슬 피하는 게 어쩐지 수상하더라니. 나보다 돈 많어? 아님 나보다 잘 생겼냐?"

그렇게 묻는 당신의 입술 한쪽이 치켜 올라갔어요. 바로 그 순간, 당신과 알고 지낸 이후 처음으로 당신이란 사람이 싫다는 생

각을 했어요. 도둑놈의갈고리를 떼어주던 그날의 당신과, 악의
에 찬 눈으로 저를 노려보며 빈정대던 그날의 당신은 동일인이라
곤 믿을 수 없을 정도로 딴판이었어요. 그러니까 전자는 제 환심
을 사려는 연기였고, 후자야말로 당신의 참모습이었던 셈이었죠.
당신이란 남자의 됨됨이를 진즉에 알았더라면 얼마나 좋았을까
요. 그럼 당신의 거짓된 호의와 배려를 코웃음 치며 무시할 수 있
었을 텐데, 제 일상도 지루하나마 평온하게 흘러갔을 텐데, 그 이
후의 악몽들도 비껴갈 수 있었을 텐데……. 부질없는 후회건만 그
후로 수천 번은 했던 것 같아요. 암튼 그때부터 당신은 더 이상
졸렬한 속내를 알량한 껍데기로 감출 필요가 없어졌다고 생각했
던가 봐요. 심지어 당신, 아랫도리를 앞뒤로 들썩여가며 이렇게까
지 말했죠.

"아님…… 나보다 더 잘해 줘?"

모멸감에 얼굴이 확 달아올랐어요. 그나마 남아 있던 일말의
옛정이며 미련마저 몸서리를 치며 후드득 날아가 버렸죠. 더 이상
앉아 있을 이유가 없어서 자리를 박차고 일어섰어요.

"앉아! 안 앉아? 확 다 엎어 버린다."

그렇게 위협하는 당신의 눈이 악의로 희번덕거렸어요. 레스토
랑 안의 사람들이 일제히 우리를 돌아보았죠. 그러자 당신이 주
위를 휘둘러보며 눈을 부라렸어요.

"뭘 봐. 사랑싸움하는 거 처음 봐?"

당신의 목에 곤두선 핏대가 볼끈거리던 광경이 지금도 눈에 선
해요. 한마디 불평이나 야유라도 보내는 사람이 있으면 손에 쥔
맥주잔이라도 내던질 태세였죠. 당신이 다혈질이라는 사실은 사

귀는 동안 익히 눈치 챘지만 그 지경일 줄은 몰랐어요. 차라리 잘
된 일이었어요. 당신이란 남자의 됨됨이를 그때 정말이지 확실히
깨달았으니까요. 그래서 저는 당신의 눈을 똑바로 바라보며 진심
에서 우러난 마지막 말을 또박또박 내뱉었어요. 우리, 다신 보지
말자고.

그 길로 돌아서서 고디바를 나왔어요. 그때 당신이 던진 술잔
이 화살처럼 날아와 출입문 옆의 벽에 부딪쳐 박살났죠. 그렇지
만 돌아보지도 않았어요. 굳이 돌아보지 않아도 당신 눈빛이 어
떨지 뻔했으니까요. 당신이 쏘아보는 눈빛에 뒤통수가 따가울 지
경이었으니까요. 하지만 가슴은 아팠어요. 어떻게 안 아플 수가
있겠어요. 오랜만에 품었던 연애의 감정이 순전히 저 혼자만의 착
각이었는데……. 그 사실이 너무나 슬프고 괴로웠어요. 그래서 혼
자 술집에 들어가 잘 마시지도 못하는 소주까지 홀짝이며 청승
을 떨었죠. 그때 그 술집이 '투다리'였던가, '간이역'이었던가 그랬
을 거예요. 그런 술집, 실내가 비좁아서 테이블도 다닥다닥 붙어
있는 구조인 거 아시죠? 제가 앉아 있던 자리 뒤편에 대학생으로
보이는 애들 서넛이 쌍쌍으로 앉아 오래된 괴담을 늘어놓고 있었
죠. 그 빨간 눈 괴담 있죠? 귀신 나온단 흉가에 갔다가 구멍 난
창호지 틈으로 빨간 방 안만 들여다보고 왔는데 알고 보니 귀신
눈이 빨갛다더라 하는 괴담. 듣고 싶지 않아도 워낙 지척에서 떠
들어대니 들을 수밖에 없었어요. 근데 참 이상하기도 하지, 철이
지나도 한참 지난 그 괴담이 어쩐지 고막을 파고들어와 가슴속에
서 불길하게 맴도는 거예요. 어쩌면 그 괴담이야말로 제가 앞으
로 겪게 될 악몽을 암시하는 전조였는지도 몰라요. 당신이 보낸

문자메시지가 도착한 게 그때였거든요. 그 문자 내용 기억나세요? 전 토씨 하나 잊어버리지 않고 똑똑히 기억해요.

> 수많은 년들을 만났고 수많은
> 년들을 찼지만 먼저 날 찬 건
> 니가 첨이다. 미안하지만 널
> 용서할 수가 없을 거 같다.
> 지금이라도 와서 잘못했다고
> 빌어라, 그럼 후회할 일은 안
> 일어날 거다.

당신이 연달아 보낸 문자를 확인하는 제 손이 바들바들 떨렸어요. 두려워서가 아니라 울화가 치밀어서요. 용서? 잘못? 후회할 일? 대체 누가 누구를 용서하고, 누가 누구한테 잘못했으며, 후회할 일이란 건 대체 뭐냐고 당신에게 따지고 싶었어요. 하지만 참았죠. 당신의 유치한 협박 따위가 무서워서가 아니었어요. 상대해 봐야 저도 똑같이 치사한 인간이 될 거라는 생각 때문에……. 사람들 얘기처럼 똥이 무서워서 피하는 건 아니잖아요.

그날 당신의 전화번호를 스팸번호로 등록하면서 저는 당신이란 사람을 내 인생에서 깨끗이 지우기로 했어요. 당신, 아는지 모르지만 전 한번 아니면 영영 아니에요. 한 번 돌아서면 그 사람 다시 안 보는 성격이거든요.

혹시나 했지만 그날 이후로 당신, 다신 제 앞에 나타나지 않았어요. 그래도 한두 번 정도는 눈앞에 나타날 줄 알았는데 아니더군요. 병원 앞에 아우디를 대놓고 기다리던 일도, 그 화사한 미소로 제게 깜짝 선물을 안겨주던 일도 다 옛일이 되어 버렸죠. 시원섭섭했어요. 그래도 더러 버스를 타고 레스토랑 '고디바'를 지나칠 때마다 당신 생각이 나서 피식 쓴웃음 짓곤 했어요. 그래요, 그렇게만 끝이 났어도 당신과 있었던 일들, 쓸쓸한 추억으로나마 기억될 수도 있었겠죠.

당신과 헤어진 지 반년이 지났을 즈음, 저는 다른 사람을 만나기 시작했어요. 당신과는 다른 사람, 당신과는 정반대의 남자였죠. 아우디 대신 구형 아반떼를 끌고 다녔고, 부동산 대신 초등학교 앞 학용품 가게로 생계를 유지하는 부모를 뒀고, 조각 같은 외모와는 거리가 먼, 조물주가 대충 주물럭대다 만 듯 밋밋한 외모에, 더듬거리는 말솜씨에, 저와 눈이 마주칠 때마다 얼굴이 빨개져서 시선을 피하는 그런 사람이었어요. 하지만 매일같이 제가 일하는 병원으로 손님으로 찾아와 빨개진 얼굴로 장미꽃 한 송이를 내밀고는 허둥대며 달아나는 순정이 귀여웠어요. 그렇게 한 달을 하루도 빠짐없이 출석 체크를 하고 달아났던 그 사람이 머뭇거리며 영화표를 내밀던 날, 전 흔쾌히 그의 호의를 받아들였어요. 기분 전환이라도 하고 싶었던가 봐요. 어쩜 당신이란 남자에 대한 반감이 불러온 반작용이었는지도 모르죠.

그날 그 사람이랑 영화 보고, '즐거운 편지'란 커피숍에서 원두커피를 홀짝이며 그 사람이랑 참 많은 얘기를 나눴어요. 그 사람, 알고 보니 엉뚱하게도 직업이 심부름센터 주임이었던 거 있죠. 네, 흥신소요. 언뜻 보기엔 진짜 안 어울리는 듯한데도 묘하게 어울리는 조합이었어요. 그 사람, 언뜻 보기엔 어수룩해 보여도 알고 보면 만만치 않은 사람이었거든요. 사실 저도 그 사람 만나기 전까진 심부름센터에 대해서 부정적인 선입견 같은 게 있었는데 그 사람이랑 얘기해 보니 실상은 꼭 나쁘지만도 않더라고요. 그 사람, 직업이 사람을 평가하는 잣대가 되어선 안 된단 걸 깨닫게 해줬어요. 잃어버린 개 찾아주기부터 시작해서 공과금 대납, 긴급 서류 배달 등등 별의별 일들을 다 한대요. 그중에 제일 많은 건수는 역시 불륜 추적이고요. 흥신소 일 하면서 있었던 에피소드들도 하나둘 얘기를 해줬는데 어떤 얘긴 진짜 웃겼고 어떤 얘긴 굉장히 섬뜩했어요. 그 사람, 겉으로 보기엔 어눌해도 머뭇머뭇 털어놓는 얘기들이 깊이도, 철학도, 여운도 있었어요. 당신이란 남자가 미리 정해진 시나리오를 상황에 맞게 척척 내놓는 인터렉티브 게임이라면 그 사람은 영감에 따라 한 자 한 자 정성스레 써내려가는 소박한 수필 같다고나 할까요. 현란한 말발이 없어도, 명품 선물이 없어도 그 사람이랑 같이 있으면 마음이 참 푸근했어요. 그래서 그 사람하고 만날 때마다 자우림의 「애인 발견」이란 노래가 자꾸 떠올랐는지도 몰라요. '바보 같다 생각했어, 너를 한 번 봤을 땐. 멍청한 눈, 헝클어진 머리, 마른 몸. 착하다고 생각했어, 너를 두 번 봤을 땐. 상냥한 눈, 귀여운 머리, 날씬한 몸. 사람들은 너를 몰라, 안경 너머 진실을 봐.' 그래요, 그 남자, 당신처럼 꽃미남은 아니어도 만나면 만날수록, 겪으면 겪을수록 내면의 향기가 진국으로 우러나는 사골 같은 남자였어요. 겉보기엔 화려하고 톡 쏘는 향에 자극적인 맛이 처음에는 그럴싸해도 지나고 나면 느끼하고 역겹기까지 한 당신과는 차원이 달랐죠. 모든 행동이 연기였고 모든 말이 가식이었던 당신. 하다못해 산행 때 당신에게서 풍겨왔던 그 들꽃 향마저도 실은 '구찌 엔비 포 맨'이라는 향수 냄새에 불과했다는 사실을 뒤늦게 알아차렸을 땐 내가 착각을 해도 단단히 했지 싶더라고요. 그 남자가 당신과 달리 진실했기 때문에 저는 당신이란 남자와 있었던 개운치 않은 일들을 어렵사리 잊을 수 있었어요. 그렇게 당신이란 남자가 그 기억조차 희미해져 갈 즈음, 사건이 터졌어요. 차라리 죽는 게 나은 치욕, 여자로서의 삶을 송두리째 낭떠러지로 떠미는 청천벽력.

전조는 시선에서 시작됐어요. 모르는 남자의 시선. 똑바로 마주보는 것도 아니고 뒤에서 뱁새눈으로 흘끔대는 시선. 제가 일하는 병원이 비뇨기과였던 거 기억해요? 그래서 병원을 찾는 환자들은 대개 남자들이었어요. 근데 어느 날부터인가, 환자들 중에서 저를 이상한 시선으로 흘끔대는 사람이 있는 거예요. 전처럼 선망이나 호의를 담은 시선은 절대 아니었어요. 놀람과 냉소와 멸시가 뒤섞인, 못 견디게 꺼림칙한 시선이었죠. 처음에는 제 얼굴이나 옷에 뭐가 묻었나 싶어 이리저리 살펴봤어요. 그게 아니었어요. 흠잡을 데가 전혀 없는데도 저를 쉴 새 없이 흘끔대는 거예요. 제가 돌아보면 얼른 눈을 딴 데로 돌리더군요. 짐짓 아무렇지도 않은 척 딴전을 피우던 시선은 내가 눈을 돌리면, 땀 냄새를 맡고 덤벼드는 모기처럼 또 달려들었죠. 처음엔 뭐 그럴 수도 있겠다 싶어 대수롭지 않게 넘겼어요. 어쩜 그 사람이 아는 누군가, 그 사람이랑 안 좋은 사이인 누군가와 제가 빼닮았을 수도 있는 거잖아요. 그래서 그렇게 곱지 않은 시선으로 쳐다볼 수도 있는 거고……. 그런데요, 어쩌다 한둘이었던 시선들이 날이 갈수록 늘어나는 거예요. 한두 번은 우연의 일치로 보고 웃어넘길 수 있었지만 그런 눈으로 저를 보는 사람들이 늘기 시작하니 그럴 수가 없었어요. 어쩜 저 사람들이 제가 알지 못하는, 그렇지만 저와 관련된 뭔가를 보았고 저를 바라보며 그걸 확인하는 게 아닌가 하는 의심이 고개를 들기 시작했죠. 한번은 병원비를 수납하던 한 남자가 창구에 앉아 있던 저를 자꾸 위아래로 훑어보며 기분 나쁘게 히죽대기도 했거든요. 그러면서 넌지시 이렇게 묻는 거예요.

"저기, 어디서 뵌 적 있는 거 같은데……."

그리고 또 예의 히죽거림. 참다못해 물어봤어요.

"전 오늘 첨 뵙는데, 구면이신가요?"

그 남자, 어깨를 으쓱하더라고요.

"글쎄요, 구면인 거 같기도 하고, 아닌 거 같기도 하고……."

그 느물느물한 태도에 화가 치밀어 귓불까지 달아올랐어요. 그치의 멱살을 붙들고 흔들어대며 묻고 싶었죠. 도대체 뭐냐고, 뭐 때문에 나를 그딴 눈초리로 보고 히죽대느냐고. 하지만 엄연히 그치도 고객이라 그러지도 못하고 울화를 꾹꾹 눌러 담을 수밖에 없었죠. 제가 떼준 처방전을 들고 병원을 나가면서도 그치, 저를 흘끔 돌아봤어요. 그제야 그 시선이 의미하는 게 무엇인지 어렴풋이 느낄 수 있었어요. 그치의 시선은 분명 그렇게 말하고 있었어요.

'난 다 봤지.'

병원만이 아니었어요. 출퇴근 때 버스를 타거나 거리를 걸어 다녀도 절 묘한 눈으로 바라보는 사람이 있었어요. 온몸에 진드기가 들러붙어 스멀스멀 기어 다니는 것만 같았죠. 옷을 들추고 속을 들여다보는 것만 같은 시선. 불쾌하고 궁금해서 못 견딜 지경이었어요. 도대체 이유가 뭘까. 도대체 무슨 이유로 나를 저렇게 들 보는 걸까.

퇴근 후 한 무리의 고등학생들을 지나친 적이 있었어요. 얼굴이 여드름으로 울긋불긋한 개들도 절 흘끔대며 저희들끼리 뭐라 수군대고 시시덕거리더군요. 무시하고 지나치려는데 저만치 멀어진 녀석들 중 하나가 제 뒤통수에 대고 이러는 거예요.

"고은진, 인생 그 따위로 살지 마라!"

그러곤 낄낄대며 도망가는데, 전 그 자리에 우뚝 얼어붙었어요. 전 분명 처음 보는 애들이었거든요. 도대체 쟤들이 내 이름은 어떻게 아는 걸까, 거기다 인생 그 따위로 살지 말란 소리는 무슨 의미이며, '그 따위'는 뭘 가리키는 걸까. 그런저런 의심에 달려가서 붙들고 물어보려고 했는데 녀석들은 이미 줄행랑을 놓은 후였죠. 제가 까맣게 모르고 있는, 그렇지만 제게 시선을 보내는 당사자들은 훤히 알고 있는 모종의 내막이 있는 게 틀림없었어요.

그 내막은 당시 남자친구로 지내던 그 사람이 알려주었어요. 무슨 일이 있었는지 며칠간 전화도 문자도 없었던 그 사람, 별다른 말도 없이 잠깐 보자고 하는 품이 불안했어요. 약속장소인 커피숍으로 나갔더니 그 사람, 어두운 얼굴로 시디 한 장을 내밀더군요.

"보려고 해서 본 건 아니고요, 흥신소 동생이 그러는데 아무래도 여기 나오는 여자가 은진 씨 같다고……."

그러곤 말을 잇지 못하더군요. 그 사람, 종일 뙤약볕을 쬔 사람처럼 빨갛게 달아오른 얼굴이었어요. 안쓰러울 정도로 떨리는 손과 어디에 둬야 할지 몰라 갈팡질팡하는 시선과 충혈된 눈이 요

며칠간 그 사람이 얼마나 고민하고 갈등했는지 고스란히 알려주더군요. 시디와 '여기 나오는 여자'라니……. 얼굴에 핏기가 가시는 느낌이 들었어요. 머릿속이 타종 중인 종각 한가운데에 들어앉아 있는 것처럼 쿵쿵 울렸죠. 바로 이거였구나 싶어 가슴이 철렁 내려앉더군요. 그동안 뭇시선들이 제게 왜 그리도 달라붙었는지 그 이유를 어렴풋이 짐작할 수 있었죠. 하지만 인정할 순 없었어요. 아니, 인정하고 싶지 않았어요.

그 시디를 집어 들고 도망치듯 집으로 돌아오는 와중에도 도둑놈의갈고리처럼 끈덕지게 들러붙는 시선들이 있었어요. 시선들에게도 형체가 있다면, 그래서 잘라낼 수만 있다면 노점상이 파는 부엌칼이라도 빼어들고 모조리 잘라버리고픈 심정이었어요. 속이 울렁거리고 심장이 벌렁거려서 몇 번이나 길바닥에 멈춰 서서 심호흡을 했나 몰라요. 아닐 거야, 그럴 리 없어. 설마, 설마…….

자취방으로 돌아와 컴퓨터를 켜고 윈도가 구동되는 동안에도 전 자리에 앉아 있지 못하고 발을 동동 굴렀어요. 그러다 깍지를 끼고 무릎을 꿇고 기도까지 했어요. 초등학교 소풍 전날, 제발 내일 비가 안 오게 해달라고 기도한 이후로 처음 하는 기도였어요. 제발 제가 이 시디와 아무 관련이 없기를, 이 시디 속의 주인공이 그저 저와 얼굴이 닮은 다른 여자이기를, 이 모든 일들이 그래서 벌어진 엉뚱한 해프닝이기를 간절히 빌고 또 빌었어요. 시디를 시디롬에 넣고 마우스로 윈도 탐색기를 여는 제 손이 하도 떨려서 시디에 담긴 동영상을 더블클릭하기조차도 버거울 지경이었어요. 500메가가 넘는 동영상 파일 하나가 시디에 들어 있더군요. 윈도 탐색기에 시디 속 동영상 파일의 제목이 떠올랐을 때 눈앞이 아득해졌어요.

'시집 다 간 홍주 간호사 고은진 얼굴 몸매 대박'

얼굴에 핏기가 싹 가셨죠. 모골이 송연해진다고들 하잖아요. 그때 제 느낌이 딱 그랬어요. 난데없이 나타난 시커먼 함정에 빠져 끝없는 나락으로 곤두박질하는 기분이었어요. 아마도 당신이 지었을, 아니, 당신이 지은 게 분명한 그 동영상의 제목에 제 이름과 직업이 고스란히 들어가 있더군요. '시집 다 간 홍주 간호사 고은진 얼굴 몸매 대박'이라니, 작명 센스 하나는 정말 죽여줬어요. 그건 인정할게요. 기왕 그렇게 다 까발릴 거 아예 제 핸드폰 번호도 제목에 넣지 그랬어요. 제가 더 화가 나는 건 당신이 그 동영상을 도둑 고양이처럼 찍어둔 시점이 한참 저와 사귀던 때였다는 거예요. 제가 당신을 걷어차기 전. 어떻게 그럴 수 있죠? 기념으로 두고두고 간직하려고 찍어놓은 건가요? 당신 전 약혼녀 말대로 제가 당신의 컬렉션이라도 되었던 건가요? 저 말고 다른 여자들도 그렇게 동영상을 찍어뒀던 거예요? 장백지니 종흔동이니 하는 홍콩 여배우들와 사귈 때마다 관계하는 사진을 찍어뒀다 유출시킨 진관희란 쓰레기처럼? 변명하려 들지 말아요. 어차피 변명할 수도 없는 상황이잖아요, 당신. 뭐라고 변명하고 싶은데요? 오해라고? 실수라고? 기념으로 찍어둔 동영상인데 누가 당신 캠코더의 메모리를 훔쳐가서 인터넷에 퍼뜨렸다고? 진관희처럼 고장 난 노트북을 수리점에 맡겼는데 파일을 본 직원이 퍼뜨린 거라고? 설령 그렇다 해도 앞뒤가 안 맞는 게 그렇담 어떻게 내 신상정보가 제목에 고스란히 담길 수가 있죠? 날 아는 사람이 아닌 이상

제 이름과 직업이 어떻게 그 동영상 제목에 들어갈 수가 있냐고 요. 그건 뭐라고 변명할 거죠?

정신을 차리고 보니 동영상이 LCD에 떠올라 재생되고 있더군 요. 이 원룸이었어요. 바로 여기를 무대로 타월 하나만 달랑 두르 고 침대에 걸터앉아 머리를 말리는 제가 보였어요. 이건 뭐, 다른 사람이라고 보려야 볼 수도 없었어요. 동영상 속의 여자는 두 말 할 나위 없이 저였으니까요. 그래요, 시집 다 간 홍주 간호사 고 은진. 당신 작명 센스만큼이나 당신 캠코더 성능도 정말 끝내주더 군요. 이목구비는 물론이고, 뺨에 난 뾰루지며, 겨드랑이 제모한 흔적까지도 언뜻 알아볼 지경이니 방송국 카메라 저리 가란 셈이 죠. 각도나 화면 구도를 보면 캠코더, 저 붙박이 장롱 속에 숨겨놨 던 모양인데 맞죠?

제가 욕실에서 샤워하는 틈을 타서 당신이 장롱 속에 캠코더 를 설치하고 녹화 버튼을 눌렀겠죠. 그리고 제가 나오자 당신은 천연덕스럽게 시치미를 떼고 욕실로 갔을 테고……. 캠코더는 묵 묵히 돌아가며 프레임 안에 들어온 저를 메모리에 동영상으로 낱 낱이 담았겠죠.

근데 정말 기가 막혔던 건 뭔지 아세요? 욕실에서 나온 당신이 카메라 프레임 안으로 들어섰을 때 동영상 속의 당신 얼굴에는 교묘하게 간유리 같은 모자이크 처리가 되어 있었단 거예요. 세 상에, 당신 이 영상 찍어 퍼뜨리기 전에 동영상 전문 편집기사라 도 고용해서 편집이라도 시켰던 거예요? 그렇담 정말 대단한 사람 이에요. 그래요, 그 고귀하고 존엄한 얼굴을 만천하에 드러낼 수 는 없는 노릇이죠. 저같이 미천한 홍주 간호사 낯짝이야 대한민국 방방곡곡에 널리 퍼지든, 세계만방으로 수출이 되어 국위선양을 하든 무슨 상관이었겠어요. 당신이 결국 바랐던 게 그거였겠죠? 고은진이란 인간의 매장. 다시는 사회생활을 할 수 없게 해줄 생매장. 부정하려 애쓰지 말아요. 구차해질 뿐이니까요. 어차피 이렇게 된 거 우리, 인정할 건 인정하자고요.

그 동영상을, 캠코더가 돌아가는 줄은 꿈에도 모르고 제가 당신을 부둥켜안고 모든 걸 거리낌 없이 내주는 광경이 낱낱이 담긴 그 28분 32초짜리 동영상을 감상하는 내내 저는 눈물범벅이 되었어요. 그래서 김완규 각본, 김완규 제작, 김완규 감독, 고은진 주연의 그 걸작을 제대로 감상할 수도 없었죠. 장담하는데, 여태껏 그 어떤 최루성 멜로영화도 절 그렇게 눈물 흘리게 한 적이 없었어요. 앉은 자리에서 티슈 한 곽을 다 썼으니까요. 그리고 여태껏 그 어떤 공포영화도 절 그렇게 공포에 떨게 한 적이 없었죠. 동영상이 재생되는 동안 저는 몇 번이나 실신할 뻔했으니까요. P2P 프로그램이나 파일 공유 사이트에서 이 동영상을 받아 본 남자들이 병원에서 저를 볼 때마다 뭘 떠올렸을지 짐작이 가고도 남았어요. 그 여드름쟁이들이 무슨 생각으로 저더러 똑바로 살라고 훈계했는지도 알 수 있었고요. 눈앞이 노랬고 구역질이 났어요. 화장실로 달려가 뱃속의 것을 모조리 게워내고 또 게워냈어요. 위액한 방울까지 다 게워낸 거 같았는데도 자꾸만 헛구역질이 났어요. 도저히 울렁거리는 가슴을 진정시킬 수가 없어서, 도저히 정신을 차릴 수가 없어서 샤워기를 틀고 욕실 바닥에 웅크리고 앉았죠. 샤워기에서 차디찬 물줄기가 정수리로 쏟아지는 와중에도 뜨끈한 눈물이 쉴 새 없이 얼굴을 타고 흘렀어요. 수많은 사람들

앞에 발가벗겨진 채 나뒹구는 것만 같은 수치와 절망과 공포. 오르지 못할, 오를 수도 없는 나무를 쳐다본 대가라고 하기엔 그 고통이 너무나 컸어요. 전 그냥 남들처럼 사랑하고 다른 여자들처럼 사랑받고 싶었을 뿐인데……. 내가 왜 이런 고통을 겪어야 하는 건지 도저히 이해할 수도, 용납할 수도 없었어요.

가장 먼저 떠오른 해법은 역시 자살이라는 극단적 선택이었어요. 정말이지 죽고만 싶었죠. 몇 번이고 맥이 뛰는 손목을 내려다보았어요. 그리고 거기서 꽃처럼 피어나는 피를 상상했죠. 그치만 억울했어요. 제가 왜 죽어야 해요? 무슨 죽을죄를 졌는데요? 죄라곤 남자 하나 잘못 만난 죄밖에 없잖아요. 그게 죽을죄라면 당신은 뭐죠? 몰래 찍은 동영상으로 한 여자의 인생을 산산이 망가뜨린 당신은 버젓이, 꿋꿋이 살아 있잖아요. 근데 제가 왜 죽어요. 못 죽어요, 억울해서 못 죽어요.

그렇게 몇 시간을 앉아 있었는지 몰라요. 나중엔 눈물샘마저 바닥 나 버린 것처럼 눈물도 안 나오더군요. 그제야 물귀신처럼 물을 뚝뚝 흘리며 욕실 밖으로 기어 나왔어요. 물기를 닦을 생각도 못하고 걸레 조각처럼 방바닥에 널브러져 멍하니 침대 밑을 바라봤어요. 밤 열 시가 넘은 시간인데다 방에 불도 켜지 않아서 침대 밑은 관속처럼 어두컴컴했죠. 차라리 저 밑으로 기어 들어가 세상이 멸망하는 그날까지 안 나오고 싶단 생각이 들었어요.

그 순간 숨이 멎는 줄만 알았어요. 그 침대 밑의 어둠 속에 누가 있는 거예요. 보이지는 않았지만 분명히 있었어요. 누가 침대 밑에서 숨죽이고 절 지켜보고 있었다니까요. 뚫어져라 저를 바라보는 시선을 똑똑히 느낄 수 있었어요. 희미하게나마 번들거리는 눈알을 본 것도 같았어요. 제가 장담하는데 그건 절대 착각 아니었어요. 그건 오관으로 느낀 게 아니라 육감으로 알아차린 감각이었어요.

비명을 지르고 싶었어요. 근데 입에서 소리가 안 나오는 거예요. 가위에 눌린 것처럼 옴짝달싹할 수가 없었어요. 누굴까. 어떻게 들어왔을까. 분명히 문단속 신경 썼는데……. 여자 혼자 사는 집이라 디지털 도어락까지 달았는데……. 어떻게 내 집에 들어와서 침대 밑까지 숨어든 걸까. 도둑일까. 뭐라도 훔치러 왔다가 내가 들어오는 바람에 침대 밑으로 몸을 숨긴 걸까. 그랬다가 나와 딱 마주친 걸까. 그런 생각들이 두서없이 느릿느릿 떠올랐다가 사그라졌어요.

그때 탁자 위에 올려둔 핸드폰이 울렸어요. 그 바람에 얼어붙었던 몸이 스르륵 풀렸죠. 전 놀란 고양이처럼 벌떡 튕겨 일어나 전화기를 집어 들었어요. 그리고 전화기를 든 채 맨발로 현관문을 열고 튀어나왔어요. 침대 밑에 숨어 있는 괴한이 당장이라도 달려 나와 입을 틀어막고 흉기를 들이밀 것만 같은 불안감에 전화를 받았어요. 도둑이나 강도가 전화 통화 중인 사람한테는 섣불리 해코지를 못한다는 사람들 얘기가 기억났거든요. 당신이 딴여자랑 모텔 들어가는 걸 본 거 같다고 귀띔했다던 친구 있죠? 전화를 걸어온 건 그 친구였어요. 그 친구 목소리를 듣자마자 또울음보가 터졌어요. 제가 울먹이며 말을 잇지 못하니 친구가 깜짝 놀라서 무슨 일이냐고 캐묻더군요. 한참 만에 간신히 울음기를 추스르고 집에 도둑이 든 거 같다고 말했어요. 그러곤 다리에 힘이 풀려 그 자리에 풀썩 주저앉았죠. 얼마 지나지 않아 친구가 경찰 둘을 대동하고 달려왔어요.

"어머, 은진아, 왜 그래? 어떻게 된 거야? 도둑은? 응?"

대문 앞에 쪼그리고 앉아 있던 절 보고 친구가 묻더군요. 꽤 나 놀란 눈치였어요. 하긴 안 놀라는 게 이상하죠. 비도 안 오는 날씨에 흠씬 젖은 몰골로 넋이 나가서 대문 앞에 주저앉아 있었 으니…… 사정 얘기를 하고 경찰이랑 친구 부축을 받아 겨우 집 까지 갔어요. 현관문은 활짝 열려 있었죠. 집은 텅 비어 있었고 요. 아무래도 제가 문을 열고 나간 틈을 타 도둑도 달아난 모양 이었어요. 제 자취방이 다세대 주택 이층이긴 했지만 옆집 발코니 와 거리가 얼마 안 돼서 건너뛰면 대문을 거치지 않고도 충분히 꽁무니를 내뺄 수 있는 구조였거든요. 혹시나 해서 경찰들이 먼 저 집 안으로 들어가서 침대 밑을 들여다보고 매트리스까지 들춰 봤는데 역시나 아무도 없더군요. 욕실까지 뒤져본 후에야 경찰이 들어오라고 손짓했어요.

"그 새끼, 튀었나 보네."

경찰 둘 중 나이 들어 보이는 경찰이 요 근래 이 동네에 좀도 둑이 기승이라며 도어락을 바꿔 달라고 하곤 그냥 넘어가려는데 그 사람보다 열 살은 어려 보이는 젊은 경찰은 고개를 자꾸만 갸 웃거리더군요.

"거 이상하네. 침대 밑에 사람 숨어 있었던 거 확실해요? 침대 밑에 깔판 밭이 많아서 상식적으로 사람이 들어가 있기가 쉽지 않은데…… 자물쇠도 디지털이라 열고 들어오기도 힘들고, 문을 억지로 딴 흔적도 없고, 방범창에 창문도 다 잠겨 있어서 창문으 로 들어온 거 같지도 않고…… 도둑 들면 신발 자국 남는 게 보통이거든요. 남의 집 털러 들어오면서 신발 벗고 들어오는 도둑은 없잖아요. 그죠? 근데 장판도 깨끗하고……. 집 안도 뒤진 흔적 하나 없이 깔끔한 걸 보면……."

절 미심쩍은 눈으로 보던 경찰한테 친구가 지금 불 난 집에 부채질 하냐고 막 따졌어요. 늙은 경찰도 그만하면 됐으니 가자고 젊은 경찰을 잡아끌더군요. 경찰들이 돌아가고 난 후 친구가 제 얼굴을 들여다보며 묻더군요.

"너 진짜 무슨 일 있지? 도둑이 아니라 딴 거, 그보다 더 심각한 거."

아니라고 부인할 여력도 없고, 앞으로 어떻게 해야 할지 상의할 사람이 있어야 할 것 같아 친구한테 당신의 작품을 보여주고 사실 대로 털어놨죠. 그 친구, 동영상 보더니 얼굴이 흙빛이 되더군요.

"미쳤어, 미쳤어, 기가 막혀서 말이 안 나오네. 그 인간 미친놈 아니니? 산 사람을 매장시켜도 유분수지, 어떻게 지가 사귀었던 여자 몰카를 인터넷에 뿌릴 수가 있어. 여자 인생에 저런 동영상이 얼마나 큰 리스큰데……. 세상에, 남자 잘못 만나면 신세 망치는 거 하루아침이라더니. 아후, 너도 그렇지, 사람을 봐가며 만나든 자든 했어야지. 내가 그 인간 기생오라비같이 생긴 거만 번듯하고 말발이 장난 아닐 때부터 알아봤다. 그러게 내가 귀띔해 줬을 때 끝냈음 이런 일도 없었을 거 아냐. 야, 길에서 사람들이 널 알아볼 정도면 벌써 이 동영상 인터넷에 파다하게 퍼진 거야. 얼른 검색해 봐."

혹시나 하는 마음에 인터넷 P2P 프로그램을 다운 받아 깔아봤어요. 설마 했는데 검색 창에 제 이름을 쳐 보니 제가 주연한 동영상이 검색 결과로 주르륵 뜨더군요. 당신이 지어낸 제목대로 대박이었어요. 이미 엑기스만 편집한 축약본까지 돌아다닐 지경이었으니 대박 맞죠. 그 축약본은 제목까지도 축약되어 있었는데 그 제목이 뭐였는지 아세요? '시집 다 간 년'이었어요. 시집 다 간 년! 제가 처한 상황을 단 다섯 자로 축약한 그 제목이야말로 정말이지 촌철살인 아닌가요. 거기다 어느 060 성인 폰팅 업체는 제가 저희들 전속 회원이라도 되는 양 제 동영상에 '업계 최고 성공률 보장! 24시간 여성회원 대기 중' 따위의 자막을 발 빠르게 띄워서 파일 공유 사이트에까지 퍼뜨리고 있더군요. 왜, 우리나라가 IT 강국이라고들 하잖아요. 그때 그 말을 정말이지 몸서리치게 실감했어요. 당신이 제작비 한 푼 안 들이고, 아, 당신 얼굴에 모자이크 처리하는 비용은 들었겠네요, 주연 배우와는 한마디 사전 협의도 없이 제작한 그 동영상이 인터넷 선을 타고 무수한 사람들에게 홀씨처럼 퍼져 나간 거예요. '씨, 씨, 씨를 뿌리고, 꼭꼭 물을 주었죠. 하룻밤 이틀 밤 쉿, 쉿, 쉿, 뽀드득 뽀드득 뽀드득 싹이 났어요.' 그 「씨앗」이란 동요처럼, 당신이 떼어줬던 도둑놈의 갈고리처럼.

수소문 끝에 제 동영상이 검색되는 P2P 사이트 고객센터에 전화를 걸었어요. 그쪽에서 뭐랬는지 알아요? 그 동영상 못 없앤대요. 무슨 수를 써도 없앨 수가 없대요. P2P 서비스는 개인과 개인의 컴퓨터를 연결해서 파일을 공유하는 구조이기 때문에 제 동영상을 다운 받은 수천, 수만의 사람들이 전부 파일을 삭제하지 않는 이상 그 동영상을 없앨 수가 없다는 거예요. 검색 금칙어로 등

록은 해주겠지만 그건 최소한의 조치일 뿐이지 근본적인 해결책
은 될 수 없다더군요. 더구나 해외에 서버를 둔 성인 사이트의 경
우에는 국내에서 손을 전혀 쓸 수도 없다는 거예요.

당신, 그렇게 고디바, 고디바, 하더니 정말 절 레이디 고디바로
만들려고 작심했던 거예요? 제가 먼저 당신한테 헤어지자고 말
한 게 그렇게 분하고 괘씸했나요? 그게 남한테 보여선 안 될 동영
상을 인터넷에 뿌릴 정도로 앙심을 품을 일이었냐고요! 그게 제
인생을 송두리째 짓밟아야 직성이 풀릴 정도로 죽을죄였냐고요!
그래서 그런 짓을 한 거예요? 그렇다면 당신은 정말 개만도 못한
인간이에요. 개만도 못한!

당신이 원하는 바가 그거였다면, 내가 만인 앞에 발가벗은 고
디바가 되는 거였다면 당신이 원하는 대로 이루어진 거예요. 이제
만족하세요? 한때나마 당신을 사랑했던 여자를 진짜 '시집 다 간
년'으로 만들어놓고 나니, 속이 후련하냐고요.

화가 나요. 눈물이 나요. 한때 당신이란 인간을 사랑했다는 게,
그래서 내 모든 걸 내주었다는 게, 그로 인해 내 인생이 이렇게
망가져 버렸다는 게, 당신이란 남자를 만나서 내 인생이 회생 불
능으로 끝장났다는 게 생각할수록 분하고 원통해요. 가슴속에
커다란 바윗덩이가 턱 하니 얹힌 것만 같아요. 커다란 바윗덩
이가!

아, 언성 높여서 미안해요. 어차피 이젠 돌이킬 수도 없는 일,
원망은 해서 뭣하겠어요. 다 부질없는 짓이죠. 그래도 그땐 당신
의 변명이라도 듣고 싶었어요. 대체 무슨 꿍꿍이로 그런 짓을 저
질렀는지, 그걸 묻고 싶었어요. 친구도 일단 당신한테 연락을 해보

라더군요. 전화를 걸어봤죠. 없는 번호이오니 확인 후 다시 걸어
달라는 안내만 흘러나오더군요. 그 밤중에 친구랑 택시 타고 이
원룸까지 와보기도 했어요. 굳게 잠겨 있더군요. 아무리 두들겨도
나오는 사람은 없었어요.

"안 되겠다, 야. 일단 경찰에 신고부터 해. 경찰이 수배를 하든
어쩌든 잡아주겠지. 그딴 인간은 콩밥 좀 먹어야 정신 차리지."

사태를 파악한 친구가 그렇게 충고했어요. 고맙게도 그 친구,
자기 일인 것처럼 걱정해 주고 혹시라도 제가 약하게 마음먹을까
봐 밤새 제 자취방에서 같이 자면서 두런두런 위로도 해주고, 다
음날 출근 전에 경찰서까지도 동행했어요. 저요, 그때까지만 해도
경찰서에 가서 고소나 신고를 하면 그래도 뭔가 해결될 줄로만
알았어요. 순진했죠. 그리고 당신이란 남잘 너무 얕봤어요.

"이 친구, 지난달에 호주로 출국했다고 나오는데요."

사이버범죄 담당 경찰이 당신 신원조회를 해보더니 그러더군
요. 실낱같은 희망마저 툭 끊기는 기분이었어요. 의자가 제 몸을
지탱해 주지 않았더라면 분명 그 자리에 무너져 내렸을 거예요.

"방법이 없어요, 방법이. 그 친구 입국할 때까지 기다리는 수밖
에. 동영상 유포 좀 했다고 우리가 호주까지 쫓아갈 수도 없고, 인
터폴에 수사 공조를 요청할 수도 없는 노릇이고……. 뭐 이민 간
건 아니니까 기다리세요. 언제고 입국할 때 공항서 덮치면 돼요."

경찰의 그런 무사안일이 더 절망적이었어요. 세상에 믿을 게
없구나 하는 허탈과 절망에 온몸의 맥이 쭉 빠져나가더군요. 허
공을 바라보며 경찰한테 물었어요. 당신이 체포되어 재판을 받게
되면 어느 정도의 처벌을 받게 되느냐고.

"죄질 나름이고 판사 나름이긴 한데 요즘은 하도 이런 일이 비일비재해서 이슈가 되고 그러다 보니까 처벌 수위가 전보단 높아졌어요. 성폭력범죄 처벌 및 피해자보호 등에 관한 법률 위반 혐의로…… 용철아, 전에 애인 동영상 돌린 놈 몇 년 때렸지?"

옆에서 조서를 작성하던 경찰이 대수롭잖게 대답하더군요.

"2년이요."

"아니, 뭐가 그렇게 적어요? 무슨 군대도 아니고……. 사람 인생을 망쳐놨는데, 완전 간접 살인이잖아요, 이거."

친구가 목에 핏대를 세우고 따졌더니 그 경찰이 되레 손사래를 치더군요.

"아유, 그것도 파격적으로 때린 거예요, 그놈 죄질이 나빠서. 그 여자 이메일로 들어가서 주소록에 등록된 사람들한테 그 동영상하고 사진을 보냈대나 뭐래나. 판결 때도 피해자의 인격과 명예에 대한 살인이나 마찬가지다 뭐 그런 얘길 판사가 했대든데……."

피해자의 인격과 명예에 대한 살인의 죗값이 고작 2년이라니……. 도무지 믿기지가 않았어요. 신고고 고소고 할 마음이 싹 가셨어요. 전 당장 눈앞이 낭떠러지인 판국에 당신은 시드니의 휘황찬란한 오페라하우스에서 희희낙락대며 여자들이랑 노닥거리고 있을지도 모른다고 생각하니 정말 피가 거꾸로 솟는 것만 같았어요. 그래요, 당신이야 귀국해서 체포되고 재판 받는다 쳐도 한 2년 감옥 들어가 기분전환 좀 하고 나오면 그걸로 끝이겠죠. 어쩌면 당신의 그 든든한 아버님께서 손을 써서 일찍 빼줄지도 모르는 거구요. 그렇게 끝낼 순 없었어요. 제가 철딱서니 없이 당신 같은 난봉꾼을 만난 대가를 치러야 한다면 당신도 제 인생을 망가뜨린 대가를 치러야 하는 거 아닌가요. 안 그래요? 그게 공평한 게임이죠.

일단 모든 걸 접어두고 경찰서를 나왔어요. 친구가 뒤따라 나오며 고소장이라도 써놓고 가야 할 것 아니냐고, 그래야 나중에 그 인간이 법적으로 처벌을 할 것 아니냐고 붙들었지만 못 들은 척했어요. 물러터진 대한민국 헌법으로는 당신 죗값의 발톱만큼도 치르게 할 수 없었으니까요. 심장이 분노와 살의로 활활 타오르는 것만 같았어요. 만약 그때 당신이 내 눈앞에 나타났다면 전 무슨 수를 써서라도 당신을 그 자리에서 난도질했을 거예요. 지금 생각하면 당신이 호주로 가 있었던 게 당신에겐 차라리 다행인지도 모르겠네요.

그리고 채 사흘도 안 되어 또 일이 터졌어요. 병원에 출근했는데 병원 동료들이 저를 대하는 눈빛부터가 전과는 확연히 다른 거예요. 저를 흘끔대는 그 사람들의 시선들에서도 혐오와 멸시가 묻어나더군요. 그래요, 동영상을 본 다른 사람들의 눈빛과 다를 바 없었죠. 평소에 절 친언니처럼 따르던 후배 간호사도 차갑게 이러더군요.

"언니, 원장님이 좀 보자시던데요."

평소의 살갑던 말투는 온데간데없는 그 애 말에, 올 게 왔구나 하는 생각이 들었어요. 다만 그게 제가 예상했던 것보다 훨씬 더 빨리 찾아왔을 뿐이죠. 그래요, 당신이 만들어낸 그 걸작의 포자가 병원 동료들에게도 날아가 그 사람들의 시신경에 뿌리를 내린 거였어요. 제가 밥을 먹고 잠을 자고 숨을 쉬는 매 순간에도 그 동영상이 인터넷을 터전 삼아 박테리아처럼 분열하고 또 분열

하며 무수한 개체로 증식하고 있다고 생각하니 치가 떨리고 숨이
막히더군요. 원장실로 들어가는 제 뒤통수에 따가운 눈총들이
도둑놈의갈고리처럼 달라붙었어요. 원장실에서 원장과 마주앉았
는데 그분 시선만으로도 전 그분 입에서 나올 말들을 훤히 짐작
할 수 있었어요.

"어, 고 간호사가 우리 병원에 들어온 지 얼마나 됐죠? 4년이던
가? 지각, 결근 한 번 안 하고 열심히 일해 줘서 참 고마워요. 빈
말이 아니라 고 간호사가 그동안 우리 병원에 기여한 바가 참 커
요. 근데…… 병원도 다른 업종과 마찬가지로 입소문이란 걸 무시
할 수가 없어요. 사람들 보는 눈도 그렇고……:

그 말을 하는 원장도 다른 사람들과 다를 바 없는 눈초리로
저를 위아래로 훑고 있었어요. 그 분도 분명 제 동영상을 봤을 거
란 느낌이 들더군요.

"에, 이대로 방치했다간 우리 병원 이미지에도 심각한 데미지
가 올 수도 있을 거 같아서 어렵사리 꺼내는 말이니까 너무 상처
받지 말고 너그러이 이해해 줘요. 그동안 열심히 일했으니까 고
간호사도 잠깐 쉬면서 재충전할 때도 됐고……. 내 말 무슨 말인
지 알아듣겠죠?"

무슨 말인지 뼈저리게 알아들어서 또 하염없이 눈물이 났어
요. 직장에서까지 이런 꼴을 당해야 하는 게 너무나 수치스럽고
서글퍼서 입술을 깨물었어요. 하마터면 목구멍으로 치미는 뜨거
운 덩어리를 원장한테 쏟아낼 뻔했죠. 하지만 꾹꾹 눌러 담을 수
밖에 없었어요. 눈을 내리깔고 원장이 앉아 있는 책상 다리만 말
없이 바라봤죠. 그러다 갑자기 소스라치게 놀라 자리에서 벌떡

일어섰어요. 그 바람에 제가 앉았던 의자가 요란하게 나가떨어졌어요. 의사가 놀란 눈으로 절 올려다보더군요. 그 책상 밑의 비좁고 그늘진 공간에 눈이 있었어요. 저를 들여다보는 눈. 침대 밑에 숨어 저를 바라봤던 그 눈이었어요. 핏발이 그물맥처럼 곤두선 눈알. 제 속을 들여다보는 눈초리. 원장이 뭐라고 말을 했지만 아무런 소리도 들리지 않았어요. 제 신경은 온통 저를 훔쳐보는 책상 밑의 시선에 쏠려 있었거든요. 입술을 달싹이며 전 책상 밑을 가리켰어요. 그치만 원장의 시선은 겁에 질린 제 얼굴에 붙박여 떨어지지 않았어요. 전 뒷걸음질 쳤어요. 책상 밑에 웅크리고 절 들여다보는 눈초리가 소름끼쳐서 숨조차 제대로 쉴 수 없을 지경이었죠. 그길로 원장실을 뛰쳐나왔어요.

친구는 제가 헛것을 본 거라고 했어요. 그게 다 충격과 공포가 만들어낸 허상일 뿐이라고, 침대 밑에 숨어 있던 눈초리도 다 제 가슴 속의 상처가 만들어낸 환영일 뿐이라고……. 네, 저도 그렇게 믿고 싶었어요. 그치만 그 눈빛이 너무도 생생한 걸, 손만 뻗으면 그 미끄덩한 눈알이 손끝에 닿을 것만 같은 걸 어떡해요. 당사자가 아니니 그렇게 쉽게 단정할 수 있는 거예요. 막상 그 눈과 마주치면 그런 말이 안 나올 수가 없어요.

실성한 여자처럼 미친 듯이 뛰어 자취방으로 돌아오자마자 현관문을 걸어 잠그고 온 집 안을 뒤집었어요. 침대 매트리스 밑, 옷장 속, 싱크대, 창 틈, 욕실……. 아무것도 없었어요. 아무 흔적도 없었고요. 이불을 뒤집어쓰고 침대 구석에 웅크린 채로 목 놓아 울었죠. 한탄과 원망, 불안과 공포. 극도에 다다른 그런 감정들을 구토하듯 쏟아냈어요. 정말이지 살아 있다는 것 자체가 지옥 같았어요. 그날부터 집에 틀어박혔죠. 아무도 안 만났고 누구하고도 연락 끊고 지냈어요. 간호사로 일하여 시집 밑천으로 벌어뒀던 저축을 나무좀처럼 야금야금 파먹으며 살았어요. 어차피 앞으로 살아가며 시집 갈 일은 없을 테니까요. 그러니 저축도 필요 없게 된 거죠. 생활에 필요한 물건들은 되도록 인터넷으로 시켰어요. 제 인생을 이 지경으로 내몬 인터넷이 그럴 땐 또 유용하더군요. 왜, 양날의 검이라고들 하잖아요.

불가피하게 외출을 해야 할 때에는 선글라스와 마스크와 모자로 얼굴을 가리고 나섰어요. 그 모습이 수상쩍게 보였는지 사람들이 저를 '뭐야, 쟤는?' 이러는 눈으로 흘끔대더군요. 그치만 동영상을 본 뭇시선들이 들러붙는 것보다는 차라리 나았어요.

일주일이나 지났나, 그 사람이 집에 찾아와 현관문을 두드렸어요. 전화도 안 받았거든요. 받고 싶지도 않았고, 받아도 할 말이 없고…… 그랬더니 이 사람, 제 주소를 수소문해서 찾아왔나 봐요. 하긴 달리 심부름센터 주임이겠어요. 그치만 그 사람이랑 대면할 자신이 없어서 문도 안 열어줬어요. 그 사람이 문 앞에 서서는 저한테 미안하다고, 그냥 묻어둘 걸 잘못했다고 사과했어요. 하지만 그 사람이 미안해할 일도, 그대로 묻어둔다고 묻힐 일도 아니었죠. 그 사람, 혀가 풀린 걸로 봐선 술을 꽤 마신 모양이었어요. 끝까지 대답을 안 하고 버텼는데 근 세 시간을 문 앞에서 기다리더군요. 새벽이 다 되어서야 혹시 밤을 꼬박 샌 건 아닌가 싶어 문을 열어봤는데 그 사람, 가고 없더라고요. 대신 현관문 틈에 쪽지 하나가 끼워져 있었어요.

'은진 씨, 언제든 제가 필요하면 연락 주세요.'

볼펜을 한 자 한 자 눌러쓴 그 쪽지를 보는데 눈물이 핑 돌았어요. 그래도 날 이렇게 생각해 주는 사람이 아직도 세상에 있구나 싶어 가슴이 저릿저릿했어요. 그치만 그 사람도 절 이 악몽에서 헤어나게 해줄 수는 없었죠. 그날 밤, 그 눈이 또 제 앞에 나타났으니까요.

그날도 샤워를 하러 욕실로 들어섰어요. 하루라도 몸을 씻지 않으면 사람들이 보냈던 그 진득진득한 시선들이 각질처럼 피부에 들러붙어 있다가 몸에 뿌리를 내리는 것만 같았거든요. 샤워기를 틀자 시원한 물줄기가 쏟아졌어요. 바디클렌저로 몸을 닦고 샴푸로 머리를 감았어요. 샴푸 거품이 얼굴로 흘러내려 눈을 질끈 감았는데 바로 그때 누가 절 노려보고 있는 것 같은 느낌이 스멀스멀 고개를 드는 거예요. 서둘러 거품을 닦고 샤워기를 잠갔어요. 쏟아지는 물줄기로 요란하던 욕실 안이 금세 조용해졌어요. 들리는 소리라곤 샤워 꼭지에서 물방울이 똑똑 떨어지는 소리뿐이었죠. 사방을 휘둘러봤어요. 근데 절 지켜보는 눈은 어디에도 안 보이는 거예요. 욕실 문도, 창문도 단단히 닫혀 있었고, 눈에 들어오는 거라곤 욕실 수납장과 변기, 거울과 타일이 전부였어요. 눈을 들이대고 절 지켜볼 틈새는 그 어디에도 없었죠. 하지만 착각이라 여기고 의심을 거두기엔 그 느낌이 너무나 강렬했어요. 심장 박동이 두근두근 빨라지기 시작했어요. 분명 욕실 어딘가에 절 들여다보는 눈이 있었어요. 도대체 어디에 박혀 있는 걸까. 전 욕실 바닥을 내려다봤어요. 동그란 배수구, 그 배수구를 막고 있는 스테인리스 덮개에 세로줄로 난 구멍으로 저를 들여다보는 눈알이 보였어요. 핏발이 선 눈알을 희번덕거리며 저를 들여다보는 그 눈초리와 마주친 순간 저는 그 자리에서 까무러쳤어요.

눈을 뜨자 욕실 천장의 타일이 보였어요. 까무러치면서 바닥에 부딪쳤는지 뒤통수가 욱신거리긴 했지만 별 이상은 없는 모양이었어요. 천만다행이었죠. 만약 그 자리에서 뇌진탕이라도 일으켜 죽었다면 전 찾아오는 사람도 없이 며칠이고 몇 달이고 까맣게 썩어 들어갔을 거예요. 욕실 배수구로 더듬더듬 기어가서 들여다봤는데, 그 눈은 온데간데없었어요.

부질없는 짓인 줄 알지만, 저 정신과 치료까지 받았어요. 그간 있었던 일을 털어놓았더니 의사가 그러더군요.

"제가 보기엔 불안장애가 망상장애로 발전한 게 아닌가 싶네요. 은진 씨의 동영상이 인터넷에 유포된 후로 모든 사람들이 나를 지켜볼 거란 불안과 공포가 실제론 없는 환각을 만들어내는 거예요. 증상이 심각한 편이니 약물치료를 받아보시는 게 좋겠네요. 약물이 도파민이나 세로토닌 같은 신경전달물질을 조절해 줘서 증상에 호전이 있을 수도 있습니다."

그래요, 의사는 그 눈이 실제론 없는 환상이라고 했어요. 제 불안과 공포가 만들어낸 망상. 하지만 과연 그럴까요. 병원에 다녀온 며칠간은 약을 꾸준히 먹었더니 증상이 호전되는 듯했어요. 근데 잠깐이었어요. 일어나지 말았어야 할 일이 일어나는 바람에 모든 게 다시 원점으로 돌아갔죠.

집에 틀어박힌 지 한 달이 넘은 어느 날, 제 부모님이 자취방으로 들이닥친 거예요. 두 분 얼굴이 벌겋게 달아올라 있었어요. 엄마는 집 안으로 들어서자마자 다짜고짜 제 귀뺨을 올려붙이셨어요. 짝짝짝.

"멍청한 년, 망할 년! 계집애가 처신을 어떻게 하고 다녔기에 인터넷에 그딴 동영상이 나돌아? 엉?"

뺨이 얼얼한 아픔보다 부모님이 그 동영상의 존재를 알아차렸다는 사실이 더 큰 충격이었어요. 두 분 다 시골에서 농사짓는 분들이고 인터넷은 전혀 할 줄 모르는 분들이라 그분들이 그 동영상의 존재를 알아차리리라곤 정말 상상도 못했거든요. 나중에 알게 되었지만 저보다 세 살 어린 남동생이 친구들에게서 얘기를 듣고 그 동영상을 보게 되었대요. 남동생도 몇 날 며칠을 고민하다 저한테 연락했는데 제가 전화를 통 받지 않아서 고심 끝에 부모님께 그 사실을 알렸다나 봐요. 엄마는 그 자리에 주저앉은 제 머리채를 붙들고 흔들어대며 절규했어요.

"어떻게, 어떻게 니가 이럴 수가 있어? 어쩌다 이 지경이 됐어? 어디 남자가 없어서 그런 새끼랑 엮였어? 온 세상에 그런 동영상이 파다하게 퍼졌는데 어디 시집을 가겠어, 사회생활을 하겠어? 세상 사람들이 전부 널 알아보는데!"

한참을 절규하던 엄마는 결국 저를 붙들고 통곡했어요. 동영상을 만들고 퍼뜨린 원흉인 당신이 호주에 나가 있다는 사실을 일러주자 그 통곡은 더 커졌어요. 옆에서 엄마를 뜯어말리는 아버지의 눈시울도 붉게 젖어 있는 걸 보니 정말이지 가슴이 갈기갈기 찢기는 것만 같았어요. 한참 만에 아버지가 통장 하나를 내밀면서 그러시더군요.

"수술해라. 요샌 성형 기술이 발전해서 얼굴도 딴판으로 바꿔 준다더라."

그동안 농사지어 한 푼 두 푼 모은 돈을 못난 딸의 성형 자금으로 내미시는 부모님 앞에서 전 아무 말도 못하고 오열할 수밖에 없었어요. 함께 내려가자는 부모님을 간신히 설득해 시골로 보낸 그날 밤, 그 눈이 또 나타났어요. 집 안에서 절 들여다볼 수 있는 모든 틈이란 틈은 다 테이프며 시트지, 실리콘 따위로 꼭꼭 틀어막아 놨는데도 말짱 헛일이었던 거예요.

집 안의 불을 다 끄고 침대에 누워 전전반측하다 몇 시간 만에 언뜻 잠이 들었던가 봐요. 근데 잠결에 또 그 빌어먹을, 누가 절 쳐다보는 느낌이 고개를 쳐들었어요. 고은진, 눈 뜨지 마. 눈 뜨면 안 돼. 아무것도 없어. 다 망상일 뿐이야. 아무리 마음을 다잡아 봐도 신경은 자꾸만 그 눈초리에게로 쏠렸어요. 지척에서 절 들여다보고 있다는 느낌이었어요. 저주했어요. 시선을 알아차리는 그 빌어먹을 육감을 송두리째 도려내고 싶었어요. 그치만 시간이 갈수록 더 소름끼치고 또렷해지는 그 느낌을 도저히 무시할 수가 없었죠. 눈 뜨지 마, 고은진, 눈 뜨지 말라니까! 아무리 속으로 외쳐 봐도 허사였어요. 신화나 전설에서 현자가 아무리 돌아보지 말라고 신신당부해도 주인공들은 결국 돌아보고 말잖아요. 저도 끝내는 눈을 번쩍 뜨고 말았어요. 아, 정말 뜨지 말아야 했어요. 눈을 뜬 순간, 그 눈알들과 마주쳤으니까요. 실핏줄이 가득 몰린 그 눈으로 놈들은 어둠 속에서 절 들여다보고 있었어요. 하나가 아니라 수십, 수백이었어요. 방 안에 가득 찬 놈들이 코앞에서 절 들여다보며 오징어 눈알처럼 희번덕거렸어요. 집 안의 틈새와 구멍을 틀어막으면 될 거라 생각했던 제 판단은 오산이었어요. 그제야 알게 되었지만 놈들에게 필요한 여건은 오직 어둠뿐이었어요. 숨어서 저를 들여다볼 수 있는 어둠. 그제야 알게 된 건 또 있었어요. 제 주위에서 아우성치는 그 눈들이 원하는 바가 무엇인지…….

다음날, 날이 밝자마자 그 사람한테 전화를 걸었어요. 간곡히 부탁했죠. 당신이 입국하게 되면 저한테 꼭 연락 달라고. 인고의 기다림 끝에 그 사람한테서 연락이 온 게 바로 어제였어요. 전 그 사람한테 매달렸어요. 도와달라고. 물론 사람을 그런 식으로 이용하면 안 되는 거 알지만 그땐 정말 매달릴 사람이 그 사람밖에 없었어요. 그 사람, 정말 순정파더군요. 아무런 대가도 없이 제 무리한 부탁을 들어줬거든요. 그 사람, 이 못난 고은진이란 여자를 위해 이 원룸 앞에서 하룻밤을 꼬박 잠복하고 있다가 여기로 들어서던 당신을 제압하고 기절시키고 재갈을 물리고 그 의자에 꽁꽁 묶어주기까지 했어요. 제가 그 사람한테 해줄 수 있는 일이라곤 진심을 담은 마지막 키스뿐이었는데……. 그래요, 당신이 정신을 차리기 전에 그 사람을 보냈어요. 그걸로 그 사람이 해줄 일은 끝난 셈이니까, 나머지는 다 제 몫이니까.

이제 시간이 됐어요. 이 동영상의 대미를 장식할 시간.

봐요, 저 캠코더에 들어와 있는 빨간 불이 안 보이시죠? 당신 캠코더예요. 당신이 저 몰래 동영상을 찍어 만천하에 알리는 데에 기여한 그 캠코더라고요. 당신이 기절해 있는 동안 전 저 캠코더를 삼각대에 고정시키고 녹화 준비를 해두었어요. 당신 의식이 돌아온 즈음 전 녹화 버튼을 누르고 이 얘길 시작한 거예요. 저 캠코더가 여태껏 제가 당신한테 들려드린 모든 얘기와 영상들을 낱낱이 담았어요. 제가 당신께 들려드릴 얘기는 이걸로 다 끝났으니 이제 당신이 저지른 죗값에 대한 대가를 드리는 일만 남왔네요. 어쩜 P2P 프로그램이나 파일 공유 사이트를 통해 이 동영상을 다운 받아 감상할 사람들은 사설이 너무 길다고 지루해 할지도 몰라요. 그치만 친절한 사람들이 알아서 엑기스만 추려 축약본을 만들어 또 돌릴 테니 그건 걱정할 거 없어요. 이제부터 제가 당신께 드리는 선물이 바로 그 엑기스가 될 거예요. 이거 보세요, 도구는 얼마든지 있어요. 바라바리 싸왔죠, 당신을 위해. 자, 어떤 걸 고를까요? 메스? 송곳? 실톱?

이제 전 당신을 장님으로 만들 거예요. 당신이 그토록 추앙하던 고디바와 피핑톰. 전 이미 만인 앞에 고디바가 됐어요. 그래서 지금도 이렇게 실오라기 하나 걸치지 않고 당신 앞에 서 있는 거 잖아요. 안 그래요? 그러니 이제 당신도 피핑톰이 되어야죠. 그래야 지금도 우릴 지켜보고 있는 저 눈들 앞에 완벽해질 수 있는 거예요. 안 보여요? 전 보이는데……. 이 원룸 안에 빼곡히 들어차서 득시글거리고 있는데……. 봐요, 저것들이 어둠 속에서 절 들여다봤던 눈들이에요. 핏발 선 눈알을 희번덕거리며 우릴 들여다보는 피핑톰들. 정말 안 보여요? 상관없어요. 당신도 곧 보게 될 테니까요. 그것보다요, 이 동영상 제목으로 뭐가 좋을까요. 처음엔 '고디바와 피핑톰'으로 할까 했는데 아무래도 너무 은유적이라 사람들이 잘 안 보겠죠? 그래서 말인데, '시집 다 간 년 2탄'은 어때요? 간결하면서도 자극적이지 않아요? 괜찮을 거 같아요. 1탄을 재미있게 본 사람이라면 분명 2탄도 다운 받아 볼 거예요.

당신이 고디바 초콜릿 상자를 저한테 내밀었던 그날, 당신이 농담 삼아 그랬죠? 제가 고른 하트 모양의 초콜릿이 당신 심장이었다고……. 그래요, 저 당신을 장님으로 만들고 나면 진짜로 당신 심장을 가져가려고 해요.

아이 참, 발버둥치지 말아요. 당신이 아무리 몸부림을 쳐봐야 달라질 건 아무것도 없어요. 돌이킬 수도 없고요. 그 재갈 물린 입으론 누구한테 도와달라고 소리도 못 질러요. 그냥 당신의 운명을 받아들이세요. 저도 모든 걸 체념하고 제 운명을 받아들이기로 했으니까요. 그게 바로 지금 이 순간에도 절 지켜보는 도둑놈의갈고리들이 원하는 바거든요.

상상해봐요. 당신이 죽고 난 후에도 이 동영상은 인터넷이란 바람을 타고 멀리, 아주 멀리까지 퍼져 왕성하게 번식할 거예요, 도둑놈의갈고리처럼. 멋지지 않나요?

자, 그럼 눈 크게 떠요. 지금부터 시작할 테니까.

플루토의 후예

이종호

1964년생. 2005년 김종일, 장은호와 함께 공포소설창작집단 매드클럽을 결성. 「한국공포문학단편선 시리즈」에 단편 「아내의 남자」, 「폭설」, 「은혜」를 수록했으며, 중편 『므이』, 장편 『흉가』, 『분신사바(영화원작계약)』, 『이프(영화원작계약)』 등을 출간했다. 시리즈물 『귀신전(영화원작계약)』 5권 집필 중이다. 네이버 카페 '유령의 공포문학'을 운영하고 있다.

1

이곳은 한강의 멋진 야경이 내려다보이는 스카이라운지 창가다. 우린 맛있는 저녁을 먹은 후 와인을 곁들여 즐거운 대화를 나누었다. 누가 먼저 포근한 의자에 몸을 묻고 창밖으로 시선을 돌렸는지는 기억나지 않는다. 은은한 조명이 영서의 볼을 발그레하게 물들였다. 영서와 난 모처럼 여유를 부리며 신비스럽기까지 한 밤의 분위기에 흠뻑 취했다. 생각해 보니 이런 시간을 가지는 게 상당히 오래만이다. 결혼식이 다가올수록 오히려 함께 있을 수 있는 시간은 점점 줄어들었다. 각자 회사일도 있었지만 무엇보다 결혼 준비로 바빴던 탓이다.

우린 사흘 후 결혼한다.

모든 사람이 그렇겠지만 내게도 결혼은 특별한 의미를 지닌다. 근 20년 가까운 세월을 혼자 살아왔기 때문이다. 단지 가족과 떨어져 지냈다는 의미가 아니라 가족이 없다는 소리다. 그래서 난 결혼 그 자체보다 가족이 생긴다는 사실에 더 흥분되고 설렌다.

처음 영서네 집에 인사를 갔을 때 분위기가 잠시 가라앉았던 순간이 있었는데 가족 얘기가 나왔을 때였다. 영서가 미리 얘기를 하지 않았는지 그녀의 아버지가 가족관계를 물어왔고 난 어릴 때 형을 비롯한 부모님 두 분이 모두 돌아가셨다고 답했다. 당시 영서 부모님은 상당히 놀라는 기색이었고 이내 무슨 사고로 돌아가셨는지 물었다. 지금껏 대부분의 사람들이 그런 식으로 물어왔다.

무슨 사고였냐고.

하긴 가족이 같은 날 한꺼번에 죽었다는데 달리 어떤 상상을 할 수 있을 것인가.

"무슨 생각해?"

고개를 돌리니 영서가 나를 빤히 쳐다보고 있다.

"그냥. 창밖을 보고 있었어."

그녀가 말했다.

"거짓말. 결혼하고 나서도 그런 표정 짓고 있는 거 보면 속상할 것 같아."

"내 표정이 어땠는데?"

"본인은 모르겠지만 가끔 지금처럼 생각에 잠겨 있을 때가 있어. 그런 때는 표정이나 분위기가 평소와 완전히 달라서 낯선 사람처럼 느껴질 정도라고. 그런 얼굴 보고 있으면 과거의 일이든 현재의 일이든 내가 모르는 엄청난 비밀을 민석 씨 혼자만 간직하고 있는 것 같은 생각이 든단 말이야. 그래서 내가 다가갈 수 없을 정도로 아주 멀리 있는 사람처럼 느껴지기도 하고."

"내가 그랬어?"

오히려 놀란 얼굴로 반문하자 영서가 말했다.

"결혼하고 나서 그런 기분 들면 안 될 것 같아. 혹시 말이야, 민석 씨 가족과 관련된 거라면 지금 내게 말해 줬으면 좋겠어. 가족 얘기 나올 때 늘 그런 표정을 지었거든. 지금도 가족 생각하고 있었던 것 아냐?"

딱히 가족 생각이라고 단정 짓긴 어려웠지만 옛날 일을 생각하고 있었던 건 맞다.

"가족들이 어떻게 돌아가셨는지 한 번도 내게 얘기해 준 적 없잖아. 이젠 나도 들어야 할 자격이 있는 거 아닌가?"

그러고 보니 다른 사람은 물론 영서에게도 부모님과 형의 죽음에 대해 정확하게 얘기한 적이 없다. 대충 얼버무리거나 그냥 병으로 돌아가셨다는 애매한 답으로 넘어가는 게 고작이었다. 지금 그 얘기를 들려준다면 영서가 늘 궁금해 하던 또 다른 질문에도 답할 수 있을 것이다. 영서가 그토록 좋아하는 고양이를 내가 왜 싫어하는지. 우리가 결혼하더라도 고양이만큼은 왜 절대로 키울 수 없는지.

영서가 내 얼굴을 뚫어지게 쳐다보며 답을 기다리고 있다. 아무래도 오늘은 쉽게 넘어가지 않을 테세다. 나는 주저하다가 19년 만에 처음으로 가족의 죽음과 관련한 그 기이한 일에 대해 입을 연다. 어쩌면 얘기를 해줘도 아무도 믿어주지 않을지 모르지만.

심지어 영서조차도.

"우리 아버지는……"

난 잠시 숨을 골랐다.

'우리 아버지'라는 말을 입 밖에 내는 게 너무 낯설었다.

"아버지는 빌라를 지어서 분양하는 일을 하셨어. 당시 빌라가 처음 등장했을 때인데 지금의 아파트보다 인기가 더 있었지. 집을 지어서 남들에게 파는 아버지셨지만 정작 우리 집은 남의 집에서 전세를 살던 때였어. 그래서 아버지가 빌라를 분양해 번 돈으로 제일 먼저 한 일도 바로 우리 집을 사는 일이었지. 그게 내가 중학교 1학년 때였어. 그 집은 변두리에 있었고 낡고 음침했지만 우리가 이전에 살던 집과는 비교도 할 수 없을 정도로 컸어. 아버지는 나중에 땅값이 오를 걸 대비해 그 집을 사셨던 거야. 하지만 우린 그 집으로 들어가지 말았어야 했어. 물론 나 때문에 그 일이 생긴 셈이지만."

2

그랬다. 우린 그 집에 들어가지 말아야 했고 그 모든 비극은 나로 인해 일어났다.

적어도 나는 그렇게 생각했다. 아무리 다른 사람들이 내 탓이 아니라고 해도 그렇게 생각할 수밖에 없다. 죽는 순간까지도 내려놓을 수 없을 어둡고 무거운 죄의식은 지금도 마음 한구석에서 지친 표정으로 나를 응시하고 있다.

처음으로 집을 갖게 된다는 사실에 들떴던 가족들은 이사한 집에 들어가 보고는 적잖이 실망했다. 넓기만 했지 폐가라 해도 과언이 아닐 정도로 낡은데다 집이 너무 외진 곳에 있었기 때문이다. 집 뒤쪽으로는 야산이 있었는데 기분 나쁜 기운을 뿜어내는 아카시아 나무가 무성했고 누구의 것인지도 모를 버려진 사당집까지 있어 분위기가 음산하기 짝이 없었다.

무엇보다 끔찍했던 건, 날이 저문 후 집 밖에서 수십 마리의 음산한 고양이 울음소리가 들려오는데 집 안엔 커다란 쥐가 들끓는 기이한 상황이 벌어진다는 점이다. 밤에는 고양이 울음 때문에 잠을 설치기 일쑤였고 낮엔 쥐와 마주친 엄마의 비명을 하루에도 몇 번씩 들어야 했다.

식구들이 불평을 늘어놓자 아버지는 완고한 음성으로 말했다.

"집이 좀 낡긴 했지만 넓으니까 얼마나 좋으냐? 불편하더라도 조금만 참고 살다보면 10년 후쯤엔 땅값이 지금의 열 배는 넘게 올라갈 거다."

순간 형과 나는 이집에서 자그마치 10년을 살아야 할지도 모른다는 불안감에 눈앞이 캄캄할 지경이었다.

그때 형은 고등학교 3학년이었고 나는 중학교에 막 입학했을 때였다. 이후에도 아버지는 식구들이 집에 대한 불평을 늘어놓을 때마다 늘 그런 식의 논리를 펴곤 했다. 엄마가 쥐 때문에 못 살겠다거나 집 뒤에 있는 사당이 기분 나쁘고 겨울이 되면 외풍이 너무 심할 것 같다고 걱정을 해도, 형과 내가 학교까지의 거리가 너무 멀다고 불평을 해도 아버지는 한결같이 "그래서 그렇게 싼 가격에 나온 거야. 안 그랬으면 우리가 이런 집을 어떻게 사?"라며 오히려 소리를 질렀다. 집에 관한한 아버지는 예전처럼 가족들의 말에 귀를 기울이던 자상한 모습이 아니었다. 그 누구도 아버지의 생각을 바꿀 수는 없었다.

집에는 2층에 있는 두 개를 합해 방이 모두 열한 개가 있었는데 아버지는 이집은 세를 놓기 위해 방을 많이 만든 것 같다며 우리도 남는 방을 세를 놓는 게 좋겠다고 했다.

그런 아버지의 제안에 엄마의 반응은 냉랭했다. 엄마가 비꼬는 것처럼 말했다.

"세를 놓으려면 수리라도 해야지 이런 집에 누가 들어오겠어요?"

"싸게 내놓기만 하면 왜 안 들어와? 주인도 사는데!"

"그런 싼 가격에 이런데 들어와 살려고 하는 사람들이 오죽하겠어요? 애들도 있는데 괜히 이상한 사람들 집에 들였다가……"

하지만 엄마는 더 이상 말을 잇지 못했다. 아버지가 "잠자코 하라는 대로 해!"라고 소리를 지르며 주먹을 쳐들었기 때문이다. 실제로 엄마를 때리진 않았지만 나는 그런 아버지의 모습을 처음 봤기 때문에 충격을 받았다. 물론 엄마의 충격은 나보다 훨씬 더 했을 것이다.

아버지의 사업은 이사를 한 후부터 어려움을 겪기 시작했다.

아버지는 자나 깨나 입에 '돈' 소리를 달고 다녔고 화를 내는 일이 점점 많아졌다. 사업이 꼬이는데다 식구들의 불평에 끊임없이 방어논리를 펴려니 짜증스럽기도 했을 것이다. 아버지는 거의 매일 술에 취해 들어왔다. 하지만 그것만으로 설명할 수 없는 이상한 불안감이 아버지를 비롯한 우리 가족들의 마음을 무겁게 짓누르고 있었다.

이전에 집안 분위기를 생동감 있게 만들었던 엄마의 활기도 이
사를 온 후 흔적도 없이 사라졌다. 아버지가 변한 것에 심리적 충
격을 받은 것일 수도 있겠지만 나는 엄마가 정신 나간 사람처럼
넋을 잃고 앉아 있는 모습을 자주 볼 수 있었다. 그럴 때 엄마를
보면 전혀 다른 세상에 가 있는 사람처럼 보였다. 엄마는 밤에 잠
을 잘 이루지 못했다. 요즘으로 말하면 우울증에 가깝다고 할 수
있을 것이다.

형도 몹시 예민해진데다 매사에 신경질적이었다. 전에 살던 집
에선 함께 방을 쓰며 이것저것 챙겨주기도 하고 놀이상대도 되어
주었는데 이사를 한 후 방을 따로 쓰고부터는 아예 그럴 기회가
사라졌다. 어느 순간 형에게 거리감이 느껴졌고 그가 갑자기 어
른이 된 것 같았다. 다른 식구들도 마찬가지였다. 전에 살던 비좁
은 집에서는 보지 않으려 해도 자연스럽게 얼굴을 부딪칠 수밖에
없었는데 이집에선 그럴 일이 없었고 가족 간의 유대감도 그만큼
빠르게 멀어졌다.

자연 나는 이전보다 혼자 있는 시간이 월등히 많아졌다. 엄마
는 뭘 물어도 건성으로 대답하기 일쑤였고 학교 생활에 대해 먼
저 물어보는 일은 더더구나 없었다. 물론 초등학생이 아닌 중학생
이 되었기 때문에 이전처럼 엄마의 손길이 필요치 않다고 생각했
을지도 모른다. 하지만 나는 그게 이유의 전부라곤 생각지 않는
다. 그 집을 감싸고 있던 이상한 기운이 우리 가족에게 좋지 않은
영향을 끼친 것이다.

나는 당시 새로 전학한 학교에서 어려움을 겪고 있었다. 선생

님은 유독 내게만 엄격하게 구는 것 같았고 아이들은 귀신들린 집에 산다고 놀렸다. 왜 아이들이 우리 집을 귀신들린 집이라고 하는지는 며칠 후 형의 얘기를 듣고 알았다. 밤에 형이 갑자기 마당으로 불러내더니 이상한 말을 했다. 형은 마당에 낮게 깔려 있는 이상한 안개를 가리키며 말했다.

"이런 집에는 이사를 하지 말았어야 해! 이집과 뒷산엔 귀신이 산대. 저기 이상한 기운들, 저게 죽은 사람들의 넋이래."

형의 얘기를 듣는 순간 오싹하고 소름이 끼쳤다. 형의 말처럼 밤만 되면 정체를 알 수 없는 푸른색의 기운이 집 주변을 에워쌌다. 언뜻 보면 안개처럼 보이기도 했지만 다른 집은 괜찮은데 유독 우리 집만 그런 걸 보면 단순히 안개라고 단정 지을 수가 없었다.

"그게 무슨 소리야?"

내가 놀라서 반문하자 형이 두려움이 섞인 음성으로 중얼거렸다.

"동네 사람들이 뭐라는 줄 알아? 이집은 귀신이 사는 집이래. 뒷산에 사당집 봤지? 이집은 거기 사는 귀신의 집이래. 요 밑에 슈퍼 할머니 있지? 그 할머니가 알려주더라. 나쁜 일 당하기 싫으면 얼른 이사 가라고. 고양이 소리와 함께 낯선 사람이 찾아오면 절대로 집에 들이지 말라면서."

그러고 보니 동네 사람들이 나만 지나가면 이상한 시선으로 흘끗거렸던 게 생각났다. 또 반 아이들이 '귀신들린 집에 사는 아이'라고 놀렸던 이유도 그제야 알 것 같았다. 형이 진지한 표정으로 말했다.

"너도 정신 똑바로 차리고 조심해. 자칫하면 귀신한테 홀려서 나쁜 일을 당하게 될 수도 있으니까."

하지만 형은 뭘 조심하라는 건지 어떻게 하라는 건지 그 무엇도 알려주지 않았다. 다만 그날 이후로 형은 학교에서 공부한다는 핑계로 가능한 늦게 집에 들어왔다. 때론 친구 집에서 잔다는 핑계로 외박을 하기도 했다. 반면 나는 견딜 수 없을 정도로 외로웠고 스트레스와 불안감이 마음속에 자꾸만 쌓여갔다.

플루토를 만난 건 그 무렵이었다. 그날도 학교에 갔다 와서 거실에 무료하게 앉아 있는데 어디선가 고양이 울음소리가 들려왔다. 낮에 고양이 소리가 들려오긴 처음이었다. 소리를 듣는 순간 소름이 돋을 정도로 온몸에 생기가 돌았다. 벌떡 일어나 소리가 들려온 쪽으로 재빠르게 움직였다. 예전부터 애완동물을 키우고 싶었지만 집이 좁은데다 아버지가 무서워 말도 꺼내지 못했던 것이다.

소리는 집 뒤편에서 들려왔다. 나는 무너진 담벼락에 붙어서 담 너머를 살폈다. 똑바로 사당이 보이는 뒷산엔 무성한 아카시아 나무를 뚫고 스며든 오후의 햇살이 곳곳에 기괴한 그림자를 만들어 놓고 있었다.

내 존재를 알았는지 울음소리가 뚝 그쳤다. 숨을 죽이고 있다가 얼른 부엌으로 갔다. 평소 엄마가 고등어를 자주 구워주었기 때문에 부엌에는 늘 먹다 남은 생선이 있었다. 살점이 조금 남은 생선을 가져와 담벼락 옆에 놓고 고양이가 나타나기를 기다렸다. 이전까지의 무료함과 외로움은 눈 녹듯이 단번에 사라졌다.

대체 어떤 녀석일까. 이전에 살던 집과 달리 잘만 하면 아버지

몰래 녀석을 키울 수 있을지도 모른다는 기대와 흥분이 날 들뜨게 만들었다. 사당의 안쪽에서 뭔가가 움직인 건 숨을 죽이고 지켜본 지 30분이나 지나서였다. 얼마 전 아버지에게 사당이 뭐냐고 물었더니 죽은 사람의 위패를 모시는 곳이라고 했다. 다시 위패가 뭐냐고 묻자 아버지는 죽은 사람의 영혼 같은 것이라고 대답했다. 그렇다면 사당은 정말로 형이 말한 것처럼 귀신이 사는 집이 되는 셈이었다. 녀석은 바로 그런 사당에 살고 있었다. 귀신과 함께.

잔뜩 몸을 도사린 녀석이 노란 눈으로 노려봤다. 언뜻 봐도 집고양이는 아니었고 까만 털로 뒤덮인 놈의 덩치는 그동안 봐왔던 어떤 고양이보다 커보였고 한쪽 눈에 칼자국처럼 길게 난 상처가 인상적이었다. 꼼짝도 않고 웅크리고 있던 놈은 내가 담벼락에서 몇 발자국 물러나자 조심스레 앞으로 나왔다. 놈은 내게서 눈을 떼지 않은 채 생선 앞으로 다가와 혓바닥을 내밀고 핥더니 제법 게걸스럽게 먹기 시작했다. 나는 놈이 생선을 다 먹어치우고 유유히 본래의 자리로 돌아가는 모습을 보고 짜릿한 감동을 느꼈다. 놈과 처음으로 교감을 나누었다는 생각이 들었던 것이다.

그날 이후 매일 생선을 들고 놈을 찾았다. 놈을 만날 생각에 하루 종일 마음이 들떠서 공부도 못할 지경이었다. 놈에겐 플루토란 이름을 지어줬다. 얼마 전 형의 방에서 『검은고양이』란 책을 읽었는데 거기 나오는 고양이 이름이 플루토였다. 소설이 얼마나 무서웠던지 며칠 동안 악몽에 시달렸다. 놈에게 플루토란 이름을 지어준 건 녀석의 이미지가 소설에 나오는 고양이와 닮았고 무엇보다 검은고양이였기 때문이다.

플루토는 더 이상 나를 경계하지 않았다. 내가 바로 코앞에서 지켜보는데도 서슴없이 다가와서는 음식을 먹었다. 오히려 식사시간이 지나도 나타나지 않으면 시끄럽게 울어대며 부르기까지 했다. 플루토는 가져다주는 음식을 당연한 듯 먹어치우면서도 결코 고분고분해지지 않았다. 손을 뻗어 쓰다듬기라도 할라치면 이내 털을 곤두세우고 이빨을 드러내곤 했던 것이다.

그래서인지 플루토는 보통의 고양이 같지 않았다. 음식을 다 먹은 후 놈은 금방이라도 허물어질 것 같은 사당의 지붕 위로 뛰어올라가 도전적인 눈빛으로 나를 내려다보곤 했다. 놈의 눈길은 마치 '너 같은 겁쟁이는 절대로 여기에 올 수 없지!'라고 비웃는 것처럼 보였다.

나는 플루토와 함께 있는 동안 마치 인간을 대하고 있는 것 같은 착각을 느끼기 시작했다. 인간관계에서나 느낄 질투와 멸시의 감정을 놈에게 느꼈던 것이다. 나는 무시하는 것 같은 놈의 건방지고 도도한 눈빛이 싫었다. 고양이 주제에 밥을 주는 사람을 주인으로 섬기기는커녕 오히려 고개를 빳빳이 쳐들고 위에서 군림하려는 듯한 태도가 비위에 거슬렸다.

할 수만 있다면 플루토를 여느 애완동물처럼 주인의 보호 아래서 고분고분 복종하는 고양이로 길들이고 싶었다. 손을 내밀면 손을 핥고 만져주면 행복한 얼굴로 바닥에 늘어지는 그런 보통의 고양이 말이다. 어떻게 해야 그렇게 할 수 있을까. 놈을 길들이고 괴롭히기 위한 가장 효과적인 무기는 음식밖에 없다는 생각이 들었다.

나는 다음날부터 플루토에게 음식을 제공하지 않았다. 내가 나타나자 놈은 느릿하게 다가왔다가 음식이 없다는 걸 알고는 의아한 눈으로 쳐다봤다. 동물들이 음식 앞에서는 본능적으로 변하기 마련인데 놈의 태도는 여전히 건방지고 도도했다.

"음식을 먹고 싶으면 고분고분하게 굴어. 난 네 주인이야. 알았어?"

나는 제법 위협적으로 말하고 플루토에게 손을 내밀었다. 놈은 다가오는 손을 가만히 지켜보다가 갑자기 발톱으로 손목을 할퀴었다. 날카로운 아픔에 얼른 손을 거둬들였지만 이미 손목에는 붉은 두 개의 줄이 생긴 뒤였다. 놈은 음식을 주지 않으면 그렇게 복수하겠다는 듯 오히려 앙칼지게 울어댔다. 놈은 노려보며 털을 곤두세웠고 날카로운 이빨을 드러냈다. 발광하는 노란 눈동자에는 적의와 위협이 이글거리고 있었다. 나는 쓰라린 통증과 함께 참을 수 없는 분노를 느꼈다.

"그동안 맛있는 음식을 갖다 준 은혜도 모르는 너 같은 같잖은 고양이 새끼는 콱 밟아서 죽여 버려야 해!"

나는 살기등등한 눈으로 놈을 노려보며 당장에라도 목덜미를 움켜쥐고 잡아 흔들고 싶은 충동에 사로잡혔다. 나는 몸을 떨면서 으르렁거렸다. 어떻게 하면 놈을 공포에 사로잡히게 할 수 있을까. 어떻게 하면 내 힘을 놈에게 과시할 수 있을까. 놈을 잡아 박스 같은 곳에 가둬두고 분이 풀릴 때까지 마음껏 유린해 주고 싶었다. 누가 주인인지, 짐승은 주인한테 어떻게 굴어야 하는지 제대로 가르쳐주고 싶었다. 속이 풀릴 때까지 굶기고 때리고 싶었다. 정말로 간절하게 놈에게 복수한 후 지배하고 싶었다.

하지만 플루토는 나처럼 겁 많은 중학생 따위에게 잡힐 고양이가 아니었다. 플루토는 날랬고 나는 무서워서 가까이 다가가지도 못하는 사당을 제집으로 삼고 있는 녀석이었다. 놈은 어느새 사당 지붕에 올라앉아 쓰린 손목 때문에 고통스러워하는 내 모습을 지켜보며 한가롭게 털 손질을 했다. 나는 놈을 노려보며 분을 삭여야 했다.

"앞으로 다시는 생선 맛을 못 볼 줄 알아! 그리고 잡히지 않도록 조심하는 게 좋을 거야!"

그날 밤 다른 고양이 울음은 들리지 않는데 플루토만 밤새 시끄럽게 울어댔다. 어린아이의 울음소리를 닮은 놈의 소리는 듣는 사람의 심장을 날카로운 발톱으로 긁는 것처럼 아프게 파고들었다. 놈은 밤새도록 그런 식으로 나를 괴롭혔고 잠을 설치게 만들었다.

다음날 고양이 소리 때문에 잠을 제대로 못 잤다며 투덜거리는 형에게 나는 플루토 얘기를 해준 후 함께 잡자고 부추겼다. 잡아서 길만 잘 들이면 밤마다 천정을 뛰어다니며 집 안에 득실거리는 쥐 문제도 쉽게 해결될 수 있을 것이라고 말했다. 뜻밖에도 형은 상당히 적극적으로 나왔다. 우린 모처럼 의기투합해서 어떻게 플루토를 잡을지 고민했고 함정을 만들기로 했다. 우린 플루토가 없는 틈을 타 정성스럽게 구덩이를 팠다. 늘 음식을 놓아두던 자리에 고양이 한 마리가 빠질 수 있도록, 한 번 빠지면 여간해서 밖으로 나올 수 없도록 충분히 깊고 넓은 구멍을 팠다. 구멍 위에는 얇은 발판을 걸친 후 흙으로 덮었다. 마지막으로 맛있는 생선을 올려놓았음은 말할 나위가 없다.

우린 담벼락에 숨어 플루토가 나타나기를 기다렸다. 형은 30분을 못 견디고 자리를 떴지만 나는 부지깽이와 플루토에게 씌울 목줄을 들고 끈기 있게 기다렸다. 얼마의 시간이 흘렀을까. 잠깐 졸고 있던 나는 날카로운 고양이 울음에 화들짝 잠이 깼다. 구덩이를 들여다보니 플루토가 그 아래서 발광을 하고 있었다. 놈은 나를 올려다보며 발톱을 곤두세우고 처절하게 울어댔다.

지금 돌아보면 당시 내가 얼마나 정서적으로 피폐하고 불안했는지 그 일을 통해 짐작할 수 있다. 환경이 변하고 가족들이 변하자 모든 게 두렵고 혼란스러웠다. 밑도 끝도 없는 불안감이 매순간 바늘로 콕콕 찌르는 것처럼 뇌세포를 자극했고 하루에도 몇 번씩 마음 한구석이 허물어지는 절망과 허탈한 기분을 맛봐야 했다. 그런 불안감을 떨치기 위해 대부분의 시간을 플루토에 대한 증오심을 키우거나 벌레를 잡아 모으고 또 그것들을 한 마리씩 죽이는 일로 소일했다.

집에서의 문제는 학교에서도 이어졌다. 마치 도미노가 쓰러지듯 마음을 지탱하던 울타리가 연이어 허물어졌다. 사실 학교에서의 심리적 충격은 집에서보다 훨씬 심각한 상황이었다. 초등학교 때 나는 누구보다 모범생이었고 공부도 잘했다.

그런데 중학교로 진학해 전학을 하자마자 그 모든 것들이 한순간에 뒤집혔다. 모범생이었던 나는 새로운 학교에서 문제아에 왕따로 추락한 것이다. 아이들은 귀신 붙은 집에 산다고 따돌렸고 선생님에겐 준비물이며 급식비 따위를 가져오지 않았다는 이유로 하루가 멀다 하고 혼이 났다. 이전에 한 번도 맞은 적이 없는 따귀를 담임에게 거의 매일 맞다시피 했다. 하지만 가족 중 어느 누구도 그런 사실을 알지 못했고 알고 싶어 하지도 않았다.

플루토는 함정에서 빠져나오기 위해 발톱을 세우고 필사적으로 흙을 긁어댔다. 하지만 그럴수록 구덩이는 오히려 넓어지고 함정은 견고해졌다.

"이제야 네가 그동안 주제도 모르고 얼마나 까불었는지 알겠냐? 이 배은망덕한 고양이 새끼야!"

나는 이전에 단 한 번도 해본 적이 없는 욕설을 쏟아내며 들고 있던 부지깽이로 플루토를 내리찍기 시작했다. 처음엔 그럴 생각이 전혀 없었는데 그 순간에 뭔가가 머릿속에서 부글거리며 끓어오르던 분노의 뇌관을 건드린 것 같았다. 온몸에서 무시무시한 살기가 뿜어져 나왔고 영혼은 분노의 광기에 흠뻑 취해 있었다. 살기 위해 발버둥치는 플루토의 처절한 울음소리와 무섭게 발광하는 소리가 심장을 찢어발기는 것처럼 고막을 파고들었다.

나는 알 수 없는 열기에 휩싸여 끝이 뾰족한 부지깽이로 놈의 몸을 마구 찍어댔다. 폭풍처럼 격렬하게 몰아치던 광기가 사라지고 정신이 들었을 때 나는 바닥에 주저앉아 멍하니 허공을 주시하고 있었다. 몸에서 뭔가가 빠져나간 것 같은 허탈감이 마치 자위를 한 후의 느낌과 비슷했다.

함정 안을 들여다보니 플루토는 진작 숨이 끊어진 뒤였다. 구덩이는 검붉게 물들어 있었고 손에 들고 있던 부지깽이에도 끈적거리는 피가 달라붙어 있었다. 플루토의 탁한 동공이 핏빛 구덩이 안에서 무표정하게 올려다보고 있었다. 그 모습은 어떤 괴물보다 무서웠고 이후에도 종종 꿈속에 등장하곤 한다. 함정을 만드느라 파냈던 흙으로 구덩이를 덮었다. 눈앞에서 플루토의 모습이 사라진 것만으로도 오그라들었던 심장에 다시 공기가 채워지며 숨을 쉴 수가 있었다. 나는 그걸로 플루토와의 인연을 끝낼 수 있으리라 생각했다.

하지만 플루토는 바로 다음날 부활했다. 나는 덮어놓았던 구덩이가 파헤쳐진 걸 보고 전율에 사로잡혔다. 구덩이 안에 있어야 할 플루토의 시체도 사라지고 없었다. 검붉은 피로 물든 주변의 흙만 아니었다면 전날의 모든 일들이 실은 꿈속에서 일어난 악몽이 아니었을까 의심했을지도 모른다. 그날 이후 나는 단 한 번도 마음을 푹 놓고 잔적이 없다. 지금까지도.

플루토는 직접 눈앞에 나타난 적은 없지만 늘 주변을 맴돌며 자신의 존재를 일깨워줬다. 엄마가 부엌에 남겨놓은 생선이 없어진 건 시작에 불과했다. 언젠가는 아침에 방을 나오는데 뭔가 딱딱한 게 밟혀서 보니 방문 앞에 죽은 쥐가 놓여 있었다. 쥐의 목에는 이빨 자국이 남아 있었는데 나는 그게 플루토의 소행임을 믿어 의심치 않았다.

열네 살의 내 사고는 제한적이면서 단순했고 또한 선입견이 강했다. 쥐를 그렇게 죽일 수 있는 건 고양이밖에 없을 테고, 그 주변에서 내가 본 고양이는 플루토가 유일했으며, 놈이 아니라면 죽은 쥐를 내 방문 앞에 갖다놓았을 리가 없다고 확신했다. 놈의 복수가 시작됐다는 걸 어렴풋이 직감할 수가 있었다.

진짜 소동은 그로부터 며칠 뒤에 일어났다. 그날은 모처럼 식구들이 한데 모여 저녁을 먹으려던 참이었다. 마당 구석에 놓아둔 장독을 열고 간장을 푸던 엄마가 미친 듯이 악을 써댔다. 우리가 저녁상을 팽개치고 마당으로 달려 나갔을 때 엄마는 하수구에 대고 토악질을 하는 중이었다. 아버지가 놀란 음성으로 소리를 질렀다.

"왜 그래? 뭔데 그래?"

엄마가 쥐어짜는 것 같은 신음을 흘리며 손으로 장독을 가리켰다. 아버지가 소리치자 형이 얼른 손전등을 가지고 나왔다. 아버지가 손전등을 켜서 장독 안을 살피다가 굳은 얼굴로 우릴 돌아보고 말했다.

"너희들은 들어가서 밥이나 마저 먹도록 해!"

하지만 형도 나도 호기심 때문에 그럴 수가 없었다. 형이 눈을 빛내며 물었다.

"그 안에 뭐가 있는데요?"

아버지가 난처한 듯 엄마와 우릴 번갈아보더니 장독 안으로 손을 넣어 뭔가를 끄집어냈다. 손으로 들어 올린 시커먼 물체에서 간장이 주르륵 흘러내렸다. 아버지가 손전등으로 그 물체를 비추는 순간 형과 나 또한 엄마와 마찬가지로 토악질을 시작했다. 그건 긴 꼬리에 거의 축구공 만하게 몸이 퉁퉁 불어 오른 커다란 쥐였다. 언제 그 안에 들어가 죽었는지는 모르지만 죽은 쥐의 사체에서는 계속해서 간장이 흘러나왔다. 말하자면 온 식구들이 죽은 쥐가 들어 있는 간장을 내내 먹었던 셈이었다. 게다가 아버지는 이번 간장이 유난히 맛있다며 끼니 때마다 밥에 비벼먹기까지 했다.

엄마가 어서 그 끔찍한 걸 치우라고 비명을 질렀다. 아버지는 쥐를 쓰레기통에 버리고는 무슨 생각인지 그대로 집을 나갔다. 엄마는 충격이 심했는지 바로 몸져누운 후 거의 일주일 가량 식사를 하지 못했다. 밥만 먹으려고 하면 간장에 불은 쥐의 이미지가 떠올랐고 또 그것이 불은 간장을 먹었다는 연산 작용으로 이어져 토악질이 나왔던 것이다. 형과 나도 엄마와 마찬가지로 한동안 밥을 제대로 먹을 수가 없었다. 가족들은 무거운 뚜껑으로 닫아놓은 장독 안에 어떻게 그렇게 큰 쥐가 들어갈 수 있었는지 의아해했지만 나는 그게 플루토의 짓이란 걸 확신할 수 있었다. 놈은 귀신과 함께 살던 고양이니까 무슨 일이든 가능했던 것이다.

저녁을 먹다 말고 집을 나간 아버지는 밤이 늦어서야 돌아왔는데 그의 손에는 작은 상자가 들려 있었다. 그 안에서 '야옹'하고 고양이 소리가 들렸다. 아버지가 상자를 열고 노란 줄무늬 고양이를 꺼내며 중얼거렸다.

"망할 놈의 쥐새끼들! 누가 이기나 어디 한번 해보자!"

그러면서 아버지는 함께 들고 있던 검은 비닐봉지에서 쥐덫을 비롯해 쥐약까지 꺼내더니 집 안 구석구석에 설치하거나 뿌리기 시작했다. 아버지가 사온 고양이는 플루토와 달리 온순하고 귀여웠다. 내가 목덜미를 쓰다듬으면 이내 스르르 눈을 감곤 했다. 그 고양이에겐 특별한 이름 대신 그냥 '냥이'라고 부르기로 했다. 아버지의 극약처방 덕분인지, 냥이 덕분인지 쥐는 확연히 줄어들었다. 플루토도 한참 동안 나타나지 않았다. 나는 놈이 완전히 사라져서 다신 돌아오지 않았으면 하고 간절히 바랐다.

본격적인 여름을 앞두고 긴 장마가 지루하게 이어지던 어느 날이었다. 비는 전날 밤부터 쉼 없이 내렸다. 나는 그날따라 유난히 극성스러운 고양이 울음에 밤잠을 설쳐야 했다. 다음날 아침 마당에서 엄마의 호들갑스런 목소리가 들려왔다. 눈을 비비며 마당으로 나가자 엄마는 고양이 집 앞에 쪼그리고 앉아 있었다. 아침

8시가 넘었는데 밖은 여전히 어두컴컴했고 비도 계속 내리고 있었다. 엄마가 천진한 아이처럼 말했다.

"여기 좀 봐봐. 고양이가 새끼를 낳았어."

냥이가 새끼를 낳았다는 소리에 '어디어디?'하며 엄마 곁으로 달려갔다. 모두 네 마리의 새끼가 서로 뒤엉켜 냥이의 품에서 꼼지락거리고 있었다. 새끼들을 본 나는 영문을 알 수 없는 위화감에 사로잡혔고 이어진 엄마의 말에서 그 위화감의 정체를 알 수가 있었다.

"이상하네? 아빠가 까만 고양인가 봐?"

마침 그 순간 천둥과 함께 번개가 내리쳐서 나는 자리에서 거의 펄쩍 뛰어오를 정도로 놀라 비명을 질렀다. 엄마가 무슨 남자가 그렇게 겁이 많으냐고 핀잔을 줬지만 아무런 말도 할 수가 없었다. 노란 냥이의 품에서 꼼지락거리는 검은 고양이 새끼들. 그랬다. 그들은 모두 칠흑 같은 빛깔의 검은 고양이들이었다. 심장이 목구멍까지 튀어 오르는 것 같았고 머리끝이 쭈뼛거리며 일어났다. 나는 본능적으로 플루토가 어딘가에서 나를 지켜보고 있지 않을까 주위를 두리번거렸다.

지겹게 내리는 비는 도무지 그칠 기미가 보이지 않았다. 텔레비전 뉴스에선 내내 물난리 소식이 흘러나왔다. 우리 동네도 아래쪽 지역이 침수되어 형과 나는 학교를 하루 결석해야 했고 아버지 역시 출근을 하지 못했다. 고양이 울음소리와 악몽 때문에 잠을 제대로 이루지 못한데다 높은 습도와 후덥지근한 날씨까지 더해 불쾌지수가 최고조에 달했다.

나는 식구들이 하천이 범람한다는 소식에 밖으로 나간 틈을 타 냥이에게 다가갔다. 손에는 아버지가 냥이를 넣어왔던 철재박스가 들고 있었다. 냥이와 새끼들을 그 안으로 밀어 넣었다. 평소 나를 잘 따르고 온순하던 냥이는 별다른 저항 없이 나른한 표정으로 내 행동을 지켜보기만 했다. 나는 냥이와 새끼들을 넣은 박스를 들고 비가 쏟아지는 비탈길을 달려 내려갔다. 박스 안에서 냥이와 새끼들이 마구 부딪히며 충격을 받는 감촉이 손끝에 생생하게 전해졌다. 그제야 어떤 위협을 느낀 냥이가 날카롭게 울어댔다.

나는 숨을 헐떡이며 금방이라도 범람할 것처럼 물이 불은 하천 앞으로 다가섰다. 넘실거리는 물살에 온갖 쓰레기와 부유물이 뒤섞여 하류로 쓸려 내려가고 있었다. 위험을 느낀 냥이와 새끼들의 울음소리가 소름이 끼칠 정도로 처절하게 변했다. 나는 장대비가 쏟아지는 거센 물살 속으로 박스를 집어던졌다. 무거운 박스는 잠깐 물 위에 머무르다 이내 물 속으로 가라앉았다. 지겨운 냥이의 울음소리도 더 이상 들리지 않았다.

그날 밤 집을 둘러싼 안개가 유난히 짙어진 것 같았다. 어둠이 내리면서 사방에서 고양이 울음소리가 들려왔다. 여러 명의 어린 아이가 한꺼번에 돌아가며 우는 것 같은 그 소리는 평소보다 훨씬 음산하고 소름이 끼쳤다. 그것은 마치 냥이의 죽음을 알고 있다고 원망하는 고양이들의 울부짖음처럼 들렸다.

나는 너무 불안하고 무서워 2층으로 올라가 형의 방 문을 두드렸다. 안에서 아무런 대답이 없어 문을 열었더니 형은 책상에 스탠드만 켜놓은 채 방 문을 등지고 창문 쪽으로 돌아앉아 있었다.

"형, 뭐해? 고양이 소리 안 들려?"

내가 물었지만 형은 양 무릎을 모으고 그 위에 턱을 괸 채 아무런 대답도 하지 않았다. 그 분위기가 너무 이상해 조심스럽게 형 옆으로 다가갔다. 내가 옆에 왔는데도 형은 창밖에 시선을 고정한 채 미동도 하지 않았다. 창밖은 칠흑 같은 어둠이 자리하고 있었고 굵은 빗방울이 요란하게 유리창을 두들기고 있었다.

"형, 지금 뭐하는 거야?"

그러자 형이 돌아보지도 않고 뜻밖의 대답을 했다.

"사람들을 보고 있어."

"사람들?"

나는 그저 멍하니 앉아 있다고 생각했는데 형이 뭔가를 보고 있었다는 사실에 놀라 얼른 창밖을 내다봤다. 창문으로 보이는 건 온통 칠흑 같은 어둠뿐이었다. 설혹 저 너머에 뭔가 있다하더라도 방 안에서 그것들이 보일 리가 없었다.

"난 아무것도 안 보이는데 뭐가 보인다는 거야?"

그때 말이 끝나기가 무섭게 퍼런 섬광을 동반한 번개가 내리쳤다. 짧은 순간 나는 분명히 봤다. 사당집 앞에 유령처럼 서 있는 수십 명의 사람들을. 빗속에서 그들은 무표정한 얼굴로 형의 방 창문을 올려다보고 서 있었다. 나는 형의 방 창문으로 사당집이 정면으로 내려다보인다는 사실을 그때 처음 알았다. 나는 떨리는 음성으로 물었다.

"형, 저 사람들이 다 누구야?"

형이 더듬거리며 대답했다.

"나도 모르겠어. 저녁 내내 저렇게 서서 우리 집을 보고 있어."

형이 고개를 돌리고 나를 쳐다봤다. 형의 눈동자에 영문을 알 수 없는 두려움이 서려 있었다.

초인종이 울린 건 그때였다. 시계를 쳐다보니 밤 11시를 조금 넘긴 시각이었다. 이런 야심한 밤에 누가 찾아온 것일까. 해가 저문 후 우리 집을 찾아온 사람은 그때껏 아무도 없었다. 심지어 어떤 사람들은 우리 집 근처에 오는 것조차 꺼려했다.

형이 뭔가에 홀린 것처럼 스르르 자리에서 일어났다. 형은 돌아서서 나에게 무슨 말인가를 하려는 듯 입을 달싹거렸지만 정작 입으론 어떤 소리도 새나오지 않았다.

형의 몸이 빙그르르 돌았다. 그랬다. 형이 몸을 돌린 게 아니라 몸이 형을 돌렸다는 표현이 더 맞을 것이다. 그건 마치 자기 의지와 상관없이 움직이는 인형극의 꼭두각시를 연상시켰다. 나는 부자연스럽게 걸어가는 형의 뒤를 따라 밖으로 나갔다.

1층으로 내려간 우린 마침 안방에서 나오는 아버지와 마주쳤다. 기이한 건 아버지 역시 형과 마찬가지로 뭔가에 홀린 사람처럼 무표정하게 걷고 있다는 점이었다. 비가 쏟아지는 마당엔 푸른 기운이 살아있는 것처럼 꿈틀거리고 있었다. 아버지가 '끙'하는 신음과 함께 마당을 가로질러 가서는 대문을 열었다.

열린 대문 앞에는 생전 처음 보는 여자가 서 있었다. 멀리서 봐도 상당히 예뻤다. 뜻밖에도 여자는 아버지의 어깨너머로 시선을 던져 마루에 서 있는 나를 똑바로 쳐다봤다. 여자와 눈길이 마주치자 오싹한 전율이 등골을 타고 내렸다.

여자는 화사한 노란 꽃무늬 원피스를 입고 있었다. 여자가 상냥하게 말했다.

"방을 세놓는다고 해서 왔습니다. 맞나요?"

아버지가 약간 몽롱한 음성으로 답했다.

"그럼요. 방은…… 많습니다."

여자가 말했다.

"당장 제가 사용할 수 있나요?"

아버지가 반문했다.

"지금 당장?"

여자가 교태 섞인 웃음을 흘리며 말했다.

"사정이 너무 급해서요."

아버지가 갑자기 연극이라도 하는 것처럼 크고 부자연스러운
목소리로 외쳤다.

"무, 물론이죠! 얼마든지 그렇게 해요!"

여자가 한층 간드러지는 목소리로 또박또박 말했다.

"밤늦게 죄송하지만…… 제가 당신의 집으로 들어가도 되겠습
니까?"

목소리도 그렇지만 대화 내용도 부자연스럽기 짝이 없었다. 그
건 마치 암호를 연상시키는 정형화된 문장 같았다.

대답을 기다리는 여자의 얼굴에 초조함이 묻어났다. 여자는
집 안으로 들어오고 싶어 안달이 나 있는 사람처럼 몸을 비비꼬
았다. 아버지의 대답을 기다리는 그녀의 입이 주문이라도 거는 것
처럼 소리 없이 빠르게 움직였다. 아버지는 선뜻 대답을 하지 못
하고 괴로운 듯 몸을 비틀다가 뭔가에 저항하는 것처럼 힘겹게
말했다.

"다…… 당연히 들어와도 되지만 이…… 이거 어쩌죠? 바……
방을 하나도 치우질 않아서 무척 지…… 지저분합니다. 만약 살

려면 도…… 도배도 좀 하셔야 될 테고. 아무래도 오늘 밤엔 어…… 어려울 것 같은데요."

여자가 짜증스럽게 말했다. 마치 아버지의 저항을 억누르는 것 같은 완고한 음성이었다.

"그런 건 아무래도 상관없어요!"

여자가 아버지를 노려보더니 다시 그 연극 같은 대사를 뱉어 냈다.

"이제 내가 당신의 집 안으로 들어가도 되겠습니까?"

그야말로 글자 하나 틀리지 않은 기이한 질문이었다. 여자가 다시 입을 빠르게 움직였고 멀리서도 아버지의 어깨가 가늘게 떨리는 게 보였다.

문득 일전에 형이 들려준 말이 떠올랐다.

'요 밑에 슈퍼할머니 있지? 그 할머니가 알려주더라. 나쁜 일 당하기 싫으면 얼른 이사 가라고. 고양이 소리와 함께 낯선 사람이 찾아오면 절대로 집에 들이지 말라고.'

나는 아버지에게 여자를 들이지 말라고 소리치고 싶었지만 바로 그 순간에 아버지가 체념처럼 말했다.

"그럼…… 들어와요!"

아버지의 말이 떨어지기가 무섭게 여자는 재빠르게 발을 안으로 집어넣었고 순식간에 대문을 넘어섰다. 초조해하던 여자의 얼굴에 비로소 만족스런 미소가 떠올랐다. 여자는 상기된 표정으로 천천히 집 안을 둘러봤다. 그건 마치 오랫동안 떠나 있다 다시 돌아온 옛 주인 같은 모습이었다. 여자의 눈이 가늘어지더니 먼 기억을 더듬는 것처럼 중얼거렸다.

"다시 이집에 발을 들이는 게 얼마만인지."

여자가 집 안으로 들어서자 갑자기 아버지가 몸이 가려운 것처럼 온몸을 긁기 시작했다. 목덜미도 긁고 셔츠 속으로 손을 넣어 가슴도 긁고 머리도 마구 긁어댔다. 단순히 가려워서 긁는 정도가 아니라 아플 정도로 심하게 북북 긁어댔다. 아버지가 연신 몸을 긁으며 힘겹게 물었다.

"예전에…… 이집에서…… 살았던…… 모양이죠?"

여자가 야릇한 웃음을 짓고 말했다.

"네. 아주 오래 전에."

여자가 마당을 가로질러 오자 이번엔 옆에 있던 형이 또 아버지처럼 몸을 긁기 시작했다. 둘은 약속이나 한 것처럼 똑같은 행동을 했다.

다가온 여자는 그런 형을 거들떠보지도 않은 채 나만 뚫어지게 쳐다봤다. 여자가 마치 이전부터 날 알고 있는 것처럼 익숙하게 말했다. 아니 실제로 여자의 표정이 눈에 익었다.

"안녕, 꼬마야?"

여자가 내 머리를 쓰다듬고는 가만히 얼굴을 들여다보며 이상한 말을 했다.

"여긴 본래 우리들의 집이었어. 주인이 죽자 뒷산으로 쫓겨나긴 했지만. 그땐 이 집에 쥐 같은 건 얼씬도 하지 못했지."

난 여자의 말을 어떻게 해석해야 할지 알 수가 없었다.

뭔가 말을 하려고 할 때 아버지가 몸을 긁으며 고통스럽게 물었다.

"그…… 그럼, 방은 어디로?"

"예전에 즐겨 찾던 방이 있어요. 2층에 있는데 거기 창문으로 보면 뒷산의 사당이 아주 잘 보이거든요. 거길 쓰고 싶어요!"

내가 소리쳤다.

"거긴 형 방이에요!"

내 말이 떨어지기가 무섭게 형이 쥐어짜는 것처럼 말했다.

"꽤…… 괜찮아요. 그냥…… 내 방을 써요……. 난…… 도…… 동생하고 같이 쓰면 되니까."

숨을 헐떡이는 형의 마지막 말은 거의 신음에 가까웠다. 여자가 만족스런 표정을 짓더니 멋대로 2층 계단을 올라갔다. 여자가 사라지자 아버지와 형이 거의 동시에 거실에 쓰러졌다. 둘은 몸을 비비꼬며 고통스럽게 신음을 흘리기 시작했다.

"아버지 왜 그러세요? 형 왜 그래!"

하지만 두 사람은 말을 하지 못했다. 뭔가 말을 하고 싶은데 소리가 나오지 않는 모양이었다.

그때 안방에서 비명이 들려왔다. 안으로 들어가 보니 놀랍게도 엄마 역시 비슷한 증상을 보이며 몸을 뒤틀고 있었다.

의사를 데려와야 할 것 같았지만 홍수로 도로가 끊겨 불가능했다. 그렇다고 이웃에 도움을 청할 수도 없었다. 그렇잖아도 귀신 들린 집이라고 꺼림칙하게 생각하는데 지금의 광경을 보면 어떤 반응을 보일지 충분히 짐작이 갔다.

난 이러지도 저러지도 못한 채 다시 거실로 나왔다. 아버지와 형은 너무 심하게 긁어 벌써 온몸에 피부가 벗겨져 피가 맺혀 있었다. 난 급한 대로 약상자를 가져와 아버지와 엄마, 그리고 형에게 차례로 피부 연고를 발라줬다. 약이 얼마 없어 상처가 가장 심한 목덜미 쪽을 집중적으로 발랐다. 연고가 효과가 있었는지 식구들의 증세는 다소 진정되는 기미를 보였다. 다만 여전히 말은 하지 못했고 손짓발짓으로 힘겹게 간단한 의사를 전달하는 게 전부였다.

아버지와 형은 방에 들어가 쉬고 싶어 했다. 난 아버지를 부축해 안방 엄마 옆에 눕혀드리고 형은 내 방으로 데려와 눕혔다. 그다지 추운 날씨가 아님에도 불구하고 형은 부들부들 떨면서 두꺼운 이불을 몸에 둘둘 말고 앓는 소리를 냈다. 몸에서 불덩이처럼 열이 났고 이따금 고통을 참지 못해 비명을 내지르기도 했다. 잠시 후엔 비슷한 비명이 안방에서도 들려왔다.

내가 할 수 있는 일은 그저 지켜보는 것밖에는 없었다. 온갖 두려운 상상들이 끊임없이 머릿속을 들락거렸다. 그런데 가만히 보고 있자니 형의 몸이 점점 둥그스름하게 오그라드는 것 같다는 생각이 들었다. 단지 몸을 웅크린 정도가 아니라 등뼈가 휜 게 아닐까 착각이 들 정도로 몸이 극단적으로 굽어보였던 것이다.

형은 몸을 웅크린 상태에서 양발을 붙인 후 무릎이 배에 닿게 오므렸고 양손은 가지런히 모아 턱밑으로 바싹 끌어당긴 기묘한 자세를 취하고 힘겹게 숨을 헐떡였다.

그런 자세로 옆으로 누운 형의 모습은 과연 내 형이 맞나 싶을 정도로 기이했고 우스꽝스럽기까지 했다. 난 구석에 웅크리고 앉아 그런 형의 변화를 숨죽이고 지켜봤다. 말을 하고 싶은지 색색거리며 바람 빠지는 소리를 내던 형이 힘겹게 내 쪽으로 고개를 돌렸다. 순간 난 너무 놀라 비명을 지를 뻔했다. 형의 두 눈이 새빨갛게 변해 있었던 것이다. 그것은 마치 감정이 전혀 없는 인공으로 만든 빨간 눈알처럼 보였다.

마침 마루에 있던 벽시계가 자정을 알리는 열두 번의 종소리를 냈다.

그러자 형이 턱과 무릎에 달라붙은 손과 발을 힘겹게 움직이며 날 향해 기어오기 시작했다. 둥그스름하게 변해서 꿈틀거리며 기어오는 형의 모습은 도저히 사람이라고 할 수가 없을 정도로 기괴했다. 난 그런 낯선 형의 모습에 두려움을 느꼈다.

그리고 다음 순간 형의 입에서 흘러나온 소리는 내가 죽을 때까지 잊을 수 없을 정도로 끔찍하고 무서운 것이었다. 바로 발끝까지 기어온 형이 힘겹게 고개를 들어 날 올려보더니 "찌익! 찌익! 찌익!"하고 쥐의 울음소리를 냈던 것이다.

난 자리에서 펄쩍 뛰어오르며 비명을 질렀고 형을 밀치고 밖으로 뛰쳐나갔다. 거실에는 내가 나올 줄 알았다는 듯 그 여자가 서 있었다. 여자만이 아니었다. 우리 집 마당에 언제 들어왔는지 사람들이 하나 가득 들어서 있었다. 그들의 모습이 어딘지 모르게 눈에 익었다.

놀랍게도 그들은 조금 전 뒷산 사당 앞에서 형의 방 창문을 보고 있던 바로 그 사람들이었다. 노인도 있었고 건장한 남자도 있었으며 대여섯 살 정도 돼 보이는 어린아이도 섞여 있었다. 그들은 원망하는 것 같은 눈빛으로 날 노려보았고 눈에선 짐승한테서나 볼 수 있는 광채가 이글거리고 있었다.

여자가 날 보더니 서늘하게 말했다.

"집 안에 쥐가 너무 많아서 살 수가 있어야지. 그래서 쥐를 잡을 사람들을 부른 거야."

여자가 눈짓을 하자 마당에 있던 사람들이 내 곁을 지나 마치 자기들 집인 양 서슴없이 거실로 올라섰다. 뜻밖에도 그들은 내 방과 안방으로 우르르 몰려 들어갔고 잠시 후 방 안에선 아까 형의 입에서 흘러나온 것과 같은 쥐의 울음이 요란하게 들려왔다. 공포와 고통에 사로잡혀 내지르는 쥐의 울음소리는 이전과는 비교도 할 수 없을 정도로 처절하고 끔찍하게 들렸다.

난 무슨 일이 벌어지고 있는지 방으로 들어가 확인할 용기가 나지 않았다. 난 사시나무처럼 몸을 떨며 마당을 보다가 다시 한번 경악했다. 비가 쏟아져 질척거리는 마당에 사람 발자국은 없고 고양이 발자국만 어지럽게 찍혀 있었던 것이다.

옆에서 지켜보던 여자가 부들부들 떠는 내 어깨에 손을 얹고는 질문인지 뭔지 모를 이상한 얘기를 했다.

"너도 언젠가는 새끼를 낳겠지?"

날 노려보는 여자의 입은 웃고 있었지만 그 눈길은 심장을 얼어붙게 만들 정도로 차가웠다. 집 안에서 고양이 울음소리가 들려왔다. 처음엔 한 마리에서 두 마리, 세 마리, 네 마리…… 고양이 수는 점점 불어났고 그 소리도 점점 커졌다.

어느새 난 울면서 마당으로 내려섰고 뒷걸음질을 쳤다. 그런 나를 누군가가 막아섰다. 돌아보니 새까만 양복을 입은 건장한 남자가 무시무시한 눈으로 나를 내려다보고 있었다. 그의 한쪽 눈에 어디서 본 듯한 깊은 상처가 나 있었다. 남자가 기묘하게 웃으며 내 얼굴에 입김을 불어넣었다. 순간 난 다리에 힘이 풀리며 그대로 정신을 잃고 말았다.

다음날 난 동네 사람들에게 발견되어 병원으로 향했고 일주일쯤 지난 후에 식구들의 사망 소식을 들을 수가 있었다. 경찰 조사 결과 가족들은 모두 쥐약을 먹고 사망한 것으로 판명됐다. 난 식구들의 몸에 이상한 점이 없었느냐고 묻고 싶었지만 소리는 그냥 입 안을 맴돌다 사라졌다. 몸에 이상한 부분이 있었다면 아마도 경찰에서 먼저 물어왔을 것이다. 난 나중에 따로 경찰의 조사를 받았지만 그 누구도 믿어주지 않을 고양이 인간들에 대한 얘기는 하지 않았다. 아니, 할 수가 없었다.

난 시종일관 아무런 기억도 나지 않는다고 대답했다. 경찰에선 자살과 사고사를 놓고 고민하다가 가족들이 쥐약이 들어 있는 음식을 모르고 먹어 일어난 사고사인 것 같다는 최종 결론을 내렸다.

3

이야기가 끝나고 고개를 들자 영서가 눈을 동그랗게 뜨고 쳐다보고 있었다. 난 그녀의 눈을 똑바로 쳐다볼 용기가 나지 않아 얼른 시선을 아래로 떨어트리고 조금 남은 와인을 마저 입 안으로 흘러 넣었다. 솔직하게 얘기를 하는 게 나았을지 이번에도 대충 얼버무리고 지나가는 게 나았을지는 알 수가 없다. 마찬가지로 그때 왜 플루토와 냥이에게 그런 끔찍한 일을 저질렀는지 지금 생각해도 후회가 되고 죄스럽다.

난 영서가 먼저 어떤 얘기라도 해주길 바라며 창밖으로 고개를 돌렸다. 얘기를 시작하기 전까지만 해도 올림픽대로 위로 차량의 불빛들이 길게 꼬리를 물고 정체돼 있었는데 지금은 차들이

훤하게 뚫린 도로 위를 빠르게 질주하고 있다. 영서가 무척 상기된 표정으로 물었다.

"궁금한 게 있어."

"뭔데?"

"마지막에 민석 씨가 보고 정신을 잃었다는 그 사람의 정체는 뭐야?"

"아마도 그는…… 플루토였던 것 같아. 까만 양복을 입고 있었는데 비록 사람의 모습이었지만 플루토의 얼굴 그대로였어. 눈에 상처도 그렇고."

영서가 고개를 끄덕이곤 물었다.

"그럼, 그 노란 옷을 입었다는 여자는 혹시 냥이?"

"확신할 순 없지만 그렇다고 생각해. 어때? 너도 내 얘기가 믿기지 않지?"

영서가 묘하게 웃으며 말했다.

"솔직히 정말 그런 일이 있었다는 게 선뜻 믿기지는 않지만 이야기를 하는 민석 씨 표정을 보고는 적어도 지어낸 얘기는 아니란 걸 알 수가 있었어. 민석 씨가 정말 그런 일이 있었다고 믿는다면 그런 거지 뭐. 그리고 그 얘기가 사실이든 아니든 마음이 많이 홀가분해졌어. 상상하던 것하고는 완전히 다른 얘기였지만 적어도 우리 사이를 가로막고 있던 깊은 감정의 심연이 사라진 것 같아서."

"솔직히 나도 가끔은 정말 그런 일이 있었나 싶어. 경찰 말대로 식구들이 자살한 혹은 사고로 죽은 충격으로 어떤 환상에 사로잡혀서 스스로 그런 얘기를 지어낸 것일 수도 있고."

영서가 이전과 달리 상당히 진지한 표정으로 물었다.

"근데 말이야. 플루토는 왜 민석 씨만 살려준 것일까? 민석 씨 말대로라면 가장 원한을 품어야 할 사람이 바로 민석 씨잖아."

"나도 한동안은 그 이유가 무척 궁금했는데 나중엔 이런 생각이 드는 거야. 차라리 살려두는 게 더 고통스럽고 진정으로 복수하는 거라고 생각하지 않았을까. 실제로 난 아직도 매일 악몽을 꾸며 오랜 세월을 가족도 없이 외롭고 힘겹게 살고 있으니까."

"그럴 수도 있겠네. 하지만 앞으론 그렇게 힘들게 살면 안 돼. 민석 씬 더 이상 혼자가 아니니까. 민석 씨가 힘들어지면 나도 불행해질 거야. 늘 내가 옆에서 민석 씨 지켜줄 테니까 그런 끔찍한 기억 같은 건 이제 폐기처분해 버려."

난 마음 한구석이 찡해지는 기분을 느끼며 희미하게 웃었다.

"그럼 그 사당은 지금 어떻게 됐어? 한 번 가봤어?"

"응. 몇 년 전에 가봤는데 흔적도 없이 사라졌더라고. 대신 우리 집과 뒷산이 있던 자리에 커다란 병원이 들어섰어. 나중에 알게 된 얘기지만 예전에 그 집을 지은 사람이 고양이 애호가였대. 그 사람이 살아있을 때만 해도 집 안에는 수십 마리의 고양이가 있었는데 어떻게 하다가 집이 팔리자 고양이들이 집에서 쫓겨나 뿔뿔이 흩어진 거지. 주인이 죽자 자식들이 생전에 고인이 무척 좋아하던 뒷산에 사당을 만들어 위패를 모셨던 거야. 그랬더니 놀랍게도 흩어졌던 고양이들이 다시 몰려들었다는 거지. 아마도 플루토가 그 고양이들의 대장이 아니었을까?"

영서가 장난스럽게 웃으며 말했다.

"그럼, 그 병원에 입원한 환자들은 매일 고양이 꿈만 꾸는 거

아냐?"

"적어도 예쁘고 귀여운 고양이 꿈은 아닐 거야. 이제는 내가 왜
그렇게 고양이 싫어하는지 알겠지?"

영서가 풀이 죽은 얼굴로 고개를 끄덕이곤 말했다.

"할 수 없지 뭐. 얘기 들어보니깐 아무리 내가 고양일 좋아해
도 키우자는 소리는 차마 못하겠다."

"아무튼 미안해. 네가 그렇게 좋아하는 고양이도 못 키우게 해
서. 그만 갈까?"

영서가 고개를 끄덕이곤 자리에서 일어나다가 물었다.

"참, 아까 얘기 끝나면 물어보려고 했는데 그 여자가 한 말 있
잖아? 뭐였더라? '안녕, 꼬마야. 너도 어서 새끼를 낳아봐야지.' 였
나?"

내가 고개를 끄덕이자 영서가 인상을 찡그리며 말했다.

"이상해. 다른 건 모르겠는데 그 말을 듣는데 기분이 괜히 섬
뜩해지는 거 있지. 민석 씨는 괜찮아?"

듣고 보니 나도 그 말이 날카로운 가시처럼 목구멍에 탁 걸리
는 기분이 들었다. 이제 사흘 후면 내게도 가족이 생기고 머지않
아 자식들도 생길 것이다. 난 나도 모르게 낮은 소리로 여자가 했
던 얘기를 중얼거려보았다.

"너도 어서…… 새끼를 낳아봐야지?"

그 순간 영서가 배를 잡고 웅크렸다. 내가 놀라서 소리쳤다.

"왜 그래?"

영서가 손사래를 치며 말했다.

"아냐. 괜찮아. 갑자기 뱃속에서 뭔가가 발로 차는 것 같았어."

영서가 다시 몸을 펴고는 심호흡을 하고 말했다.

"대체 뭐였지? 잠깐 나 화장실 좀 다녀올게."

화장실로 향하는 영서의 뒷모습을 보며 난 사뭇 불길한 예감에 사로잡혔다. 황급히 주변을 살폈다. 혹시라도 어딘가에 플루토의 두 눈이 있는 건 아닌가 하고. 앞으로는 평생 자식이 어떻게 되지 않을까 마음 졸이며 살아야 하는 건 아닌지. 내게 가족이 생기는 순간 플루토의 진짜 복수가 시작되는 건 아닌지. 갑자기 모든 게 혼란스러워졌고 서늘한 두려움이 처음부터 예정되어 있던 것처럼 눈앞에서 넘실거리기 시작했다.

폭주

황태환

1984년생. 온라인에서 아이디어가 번득이는 공포단편을 주로 써왔고 KBS 이야기 배틀프로그램인 「이야기발전소」에 여러차례 출연해 좋은 반응을 얻었다.

콰앙!

큰 소리에 놀라 눈을 떴다. 방바닥에 넘어진 얼룩소 탁상시계
는 오전 9시를 가리키고 있었다. 잠을 깨고 미처 정신을 차리기
도 전에 창밖에서 또다시 큰소리가 울려 퍼졌다.

콰앙!

LPG 가스통 수십 개를 동시에 터뜨린 것 같은 소리였다. 쿵쿵
거리는 심장소리를 들으며 베란다로 달려갔다. 폭음 때문인지 창
문 한 귀퉁이에 실금이 가 있었다. 손가락으로 살짝 건드리는데
다시 한 번 폭음.

유리가 마저 박살이 났고 난 머리를 감싸고 웅크렸지만 손톱만
한 유리 파편이 얼굴에 튀어 뺨에 생채기를 만들었다. 나는 아프
다는 생각도 잊은 채 한쪽 손으로 뺨을 누르고 창밖을 내다봤다.

바람도 안 부는데 공기 중에 먼지가 자욱했다. 같은 단지에 있는 아파트 건물들의 유리창이 대부분 깨져 있었고, 깨진 유리창 너머로 고개를 내민 사람들이 나처럼 어리둥절한 표정을 짓고 있었다.

나는 소리가 들렸던 방향을 눈으로 쫓았다. 차들이 드문드문 주차되어 있는 하상주차장. 그 너머 8층짜리 개인 병원. 옹기종기 늘어선 모텔들이 차례로 시야에 들어오지만 특별히 이상한 점은 보이지 않았다. 소리는 그보다 더 먼 곳에서 들려온 것 같았다. 그때 먼 하늘에서 집채만 한 돌덩이가 떨어져 내렸다. 영화가 아닌 현실에서 그런 장면을 보게 될 줄은 몰랐다. 이번에는 아까보다 훨씬 큰소리와 충격파가 밀어 닥쳤다. 나는 겁에 질려 양손으로 귀를 틀어막아야 했다. 남아 있던 유리창들이 날카로운 소리를 내며 깨져 나갔다.

"씨발, 이게 다 뭐야?"

정신이 하나도 없었다. 돌덩이가 떨어진 산등성이 너머에선 하얗게 연기가 피어오르고 있었다. 대체 무슨 일이 일어나고 있는 거지?

거실로 달려가 TV를 틀었다. 마침 속보가 방송되고 있었다.

……습니다. 유엔 안보리는 정례 브리핑에서 "현재 49개의 운석군이 지구를 향해 날아오고 있으며, 이것을 막을 방법은 전무하다."고 밝혔습니다. 안보리는 이어 "나사에서 급파한 보이저 5호기가 기체 결함으로 달에 불시착한다는 연락을 끝으로 30시간가량 교신이 두절되었다."라며 프로젝트는 사실상 실패한 것으로 잠정 결론지었습니다. 운석

이 떨어지게 되면 최초 충격 30분 안에 15억 명의 인류가 사망할 것으로 전문가들은 예측했으며, 24시간이 지나기 전에 지구상의 모든 생물이 멸종…… 미국 켄터키 주 렉싱턴에 사는 대학생 27세의 조니 블랑쉐 씨가 이를 처음 발견하여 제보……

머리를 단정하게 빗어 넘긴 아나운서가 떨리는 목소리로 말을 이어갔다. 자신이 하는 말을 스스로도 믿지 못하겠다는 듯 다소 멍한 표정이었다. 그는 여덟 시간 후면 지구가 멸망하게 될 거라는 말을 끝으로 읽던 원고를 집어 던지며 괴성을 질렀다. 아나운서의 난동에 화면은 데스크 위에 흐트러진 뉴스 대본을 잠시 비추다가 광고로 넘어갔다. 도저히 믿을 수가 없어서 다른 곳으로 채널을 돌렸지만 사정은 마찬가지였다. 헬기를 타고 찍은 영상인 듯 화면은 까마득한 상공에서 지상을 내려다보고 있었다. 방사형으로 된 운석 구덩이가 수십 킬로미터 반경에 걸쳐 형성되어 있었고, 피해지역인 중소도시의 절반가량이 구덩이에 매몰된 채 도시 곳곳에서 하얀 연기가 피어올랐다.

헬기가 지상으로 하강하면서 화면은 조금 더 구체적인 것들을 보여주기 시작했다. 거리를 뒤덮은 먼지 부유물과 그을음 사이로 폐허가 된 도시의 전경이 적나라하게 드러났다. 기이한 형태의 층을 이루며 소나무 껍질처럼 쩍쩍 갈라진 지면에는 녹아버린 도로 표지판과 세상 다 산 늙은이처럼 쭈글쭈글한 자동차 몇 대가 거꾸로 처박혀 있었다. 화면에 담기는 어느 곳에서도 온전한 건물은 찾아볼 수 없었고 그나마 형체를 유지하고 있는 것들도 토사에 파묻혀 무너지기 일보 직전의 상태였다. 아직도 온기가 남아 있을 것 같은 시체들이 거리 곳곳에 아무렇게나 방치되어 있었으며 들개 한 마리가 시체를 뜯어먹는 장면이 순간적으로 화면을 스쳤다.

잠시 후 카메라는 피사의 사탑처럼 맥없이 기울어진 대형마트 위를 날고 있었다. 건물 옥상에는 백여 명의 생존자들이 모여서 구조 요청을 하고 있다. 조금 더 가까이 다가가려는 순간, 어디선가 큰 소리가 들리더니 헬기가 불안하게 요동쳤다. 공중을 한 바퀴 선회하여 다시 제자리로 돌아왔을 때는 먼지만 자욱했고 대형마트는 흔적도 없이 사라진 후였다.

"말도 안 돼."

마치 영화를 보는 듯 비현실적인 장면의 연속이었다. 거대한 운석이 떨어지고, 빼곡하게 밀집하여 하나의 유기체를 연상시키던 고층빌딩들이 도미노처럼 붕괴된다. 도시에 갇힌 사람들은 충격과 공포에 휩싸여 우왕좌왕 하다가 죽었다. 화면을 계속 보고 있자니 심장이 오그라드는 느낌이었다. 덜덜 떨리는 손으로 리모컨을 눌러 텔레비전을 껐다. 무거운 정적이 거실에 내려앉자 머릿속이 텅 빈 것처럼 아무런 생각도 떠오르지 않았다. 불안하고 초조해서 뭐부터 해야 할지 갈피를 잡을 수가 없었다. 나는 소파에 앉아 다리를 달달 떨면서 애꿎은 손톱만 잘근잘근 씹어댔다.

인터넷은 어떨까?

나는 방으로 들어가 컴퓨터를 부팅시키고 평소 자주 가던 인터넷 카페에 접속했다. 짐작대로 난리가 났다. 하루 평균 4, 5개에 불과하던 게시물이 127건이나 올라왔고, 사이트 왼쪽 하단에는 그날 다녀간 방문객 숫자가 벌써 만 명이 넘어섰다.

게시판은 그야말로 난리였다. 지구 종말을 맞이하여 잠들어 있던 인류의 추악한 본성이 용트림이라도 하는 건지, 싸구려 욕설이 난무했고 말도 안 되는 낚시 글이 마구잡이로 올라와 있었다. 아무거나 하나 클릭하자 버퍼링이 5초쯤 이어지다가 글이 떴다.

제가 비밀을 하나 알려드리겠습니다. 정부가 핵전쟁에 대비해 지하 30킬로미터 깊이의 대피소를 만들었다는 거 알고 계십니까. 이 대피소는 국회의사당 지하에 숨겨져 있고, 총 면적이 여의도 공원의 6배에 달하며, 1500명이 50년간 먹을 수 있는 식량과 지하급수 시설을 갖춘 난공불락의 요새라고 합니다. 당장 그곳으로 출발하십시오. 대피소 지하 280층에 가면 태권브이도 있으니까 여차하면 그거 타고 우주로 떠나도 됩니다.

클릭.

한 번 대주실 여성분 구합니다. 어차피 세상도 끝장나는 마당에 처녀로 죽긴 억울하다거나 아니면 혼자 죽기 무섭다 하신 분 있으면 쪽지 주십시오. 참고로 저 키 184에 얼굴 다니엘 헤니랑 조인성 반반씩 섞어 놓은 것처럼 생겼음.

클릭.

지구 종말을 맞아 지름킹 쇼핑에서 마구 쏩니다. 최고급 방독면 세트 39,900원, 휴대용 분말 소화기 9,500원, 독일제 맥가이버칼

12,500원, 가정용 구급상자 풀세트 42,000원, 무자극 천연 선크림 14,500원(방사능 차단가능). VIP고객에게만 전하는 특별한 이벤트! 십만 원 이상 구매 고객에게는 현직 특수부대 요원이 직접 쓴 『운석 충돌에서 살아남는 100가지 방법』을 증정해 드립니다.

클릭.

내일 입대하는데…… 잘된 건가?

클릭.

계속 보고 있자니 정말 한심하네요. 막말에, 욕설에, 근거 없는 유언비어까지. 상황이 이렇다고 해서 인간의 존엄성마저 버릴 작정입니까? 이래서야 동물과 다를 게 뭡니까? 정신들 차리고 야동 보면서 딸이나 잡으세요.

클릭.

혹시 대전에 사시는 분 있나요? 지금 여기 장난 아닙니다. 월평동 쪽에서 웬 미친놈들이 나타나서 지나다니는 사람들 막 죽이고 있습니다. 쇠파이프로 머리 찍고 여자들 강간하고…… 벌써 50명은 넘게 죽었어요. 씨발 지금은 다른 데로 갔는데 월평동에 사시는 분들 조심하세요. 졸라 살벌합니다.

"하……"

나는 인터넷 창을 끄고 의자에 쪼그려 앉아서 다시 손톱을 깨물었다. 끈적끈적한 불안이 가슴을 꽉 막고 있어 숨을 쉬기가 힘들었다. 정말로 지구가 멸망하는 건가? 장난 아니고 진짜로?

그럼 이제 뭘 해야 하지?

죽음에 대처하는 법은 어디서도 배운 적이 없었다. 학교에서는 살아가는데 필요한 지식을 가르쳐줬고, 군대에서는 죽이고 살아남는 기술을 연마했다. 서점에 진열된 온갖 책들은 더 잘 먹고 잘사는 방법만을 기록하고 있었으며 텔레비전, 라디오, 신문 다 마찬가지였다. 거대 운석은 그야말로 예상치 못한 변수였다. 이토록 넓은 지구에서 숨거나 달아날 곳이 없다는 사실이 절망을 불러일으켰다. 끊었던 담배 생각이 간절했다.

차라리 교회라도 가볼까. 태어나서 한 번도 교회 문턱조차 밟아본 일이 없지만, 그래도 상황이 이렇게 되자 뭔가 의지하고 싶어졌다. 죽음 이후에 아무것도 없다고 생각하니 너무 억울하고 무서웠다.

나는 안절부절 못하고 거실을 왔다 갔다 했다. 입이 바짝 말라버렸다. 냉장고 문을 열고 오렌지 주스를 꺼내 병째 마시고 있는데 문 밖에서 비명소리가 들렸다. 영화나 텔레비전에서 듣던 틀에 박힌 비명과는 차원이 달랐다. 인간의 오장육부에서 치민 온갖절망을 목을 비틀어 쥐어 짜낸 듯한 절규. 듣기만 해도 심장이 저려왔다. 가뜩이나 지구 멸망 소식 때문에 초조해 죽겠는데 저런소리라니. 오렌지 주스를 제자리에 넣어 두고 냉장고 문을 닫으려는 순간 '꽉'하며 전기가 나갔다. 심장이 점점 오그라들었다.

운동화를 구겨 신고 현관문을 열자 매캐한 화약 냄새와 함께 뿌연 먼지가 피어올랐다. 연기를 들이마시자 잔기침이 났다. 나는 외투로 코와 입을 가리고 눈을 가늘게 떴다.

미리 복도에 나와 있던 주민 네댓 명이 전부 나를 쳐다봤다. 하얗게 질린 얼굴에 퀭한 눈동자가 지금 벌어지는 일들이 진짜 현실이라고 말해주고 있었다.

그때 조금 전에 들었던 비명소리가 들렸다. 주민들의 시선이 일제히 그곳으로 향했다. 너무나도 일사불란한 동작에 까닭 모를 두려움이 일었다.

"이게 무슨 소리예요?"

나는 평소 안면을 트고 지내던 508호 아저씨에게 물었다. 그가 손가락을 뻗어 어딘가를 가리켰다. 지상주차장 동편 아파트 관리사무소 쪽이었다. 놈들은 겁에 질려 울고 있는 소녀의 머리통을 쇠파이프로 막 내려치는 참이었다. 둔탁한 소음이 울렸고 소녀는 외마디 비명소리와 함께 바닥에 쓰러져 팔다리를 달달 떨어댔다.

"나이스 헤드샷!"

어떤 놈이 그렇게 외쳤다.

나는 터져 나오는 비명을 손으로 막아야 했다. 소녀뿐만 아니라 복도에서 내려다보이는 광경 대부분이 온통 피와 시체였다. 몇몇 노인들이 처참한 모습으로 관상목 아래 쓰러져 있었고, 그 옆으로 정장 차림의 젊은 남자가 기형적으로 함몰된 자신의 두개골을 부여잡고 사지를 바들바들 떨어대고 있었다.

책가방을 매고 죽은 꼬마, 대변과 소변으로 얼룩진 야쿠르트 아줌마의 유니폼, 피로 물든 유모차, 머리가 박살난 중년 남자와 깨진 머리통에서 흘러나온 정체불명의 흔적들, 그리고 아직도 살아서 꿈틀거리는 부상자들까지!

이 지옥도를 일일이 열거하자면 끝이 없을 지경이다. 놈들은 이 순간에도 끊임없이 무자비한 살육의 행진을 이어갔다. 눈앞에서 벌어지고 있는 광경을 도저히 믿을 수가 없다. 나는 발작적으로 외쳤다.

"경찰에 신고했어요?"

"전화가 먹통이야. 해도 오겠냐만."

그의 말대로였다. 휴대폰 액정 화면은 진작부터 통화권 이탈 표시만 내보내고 있었다. 젠장, 무시무시한 놈들이 나타나 사람들을 죽이고 있는데.

"아, 아저씨 살려주세요. 잘못했어요."

빨간색 마티즈 안에 숨어 있던 여인이 놈들에게 발각되어 개처럼 끌려나왔다. 치마가 찢어져서 가늘고 하얀 허벅지가 훤히 드러났지만 아무도 그런 건 신경 쓰지 않았다.

"제가 왜 아저씨예요. 누나가 저보다 몇 살은 많아 보이는데. 그리고 가만 좀 계셔 보세요. 괜히 잘못 맞으면 아프기만 하고 죽지도 않으니까."

잔인한 말을 잘도 지껄이며 놈이 쇠파이프를 휘둘렀다. 뒤통수를 정통으로 얻어맞은 여자의 입에서 '꽥' 하는 조건반사음이 터졌다. 여인은 고개가 45도쯤 꺾인 채로 쓰러졌다.

놈들은 모두 열두 명이었다. 쇠파이프와 망치 따위로 무장한 놈들은 아파트 지상 주차장을 유유히 배회했다. 산책이라도 나온 것처럼 한가롭게 거닐다가 눈에 띄는 사람이 있으면 죽였다. 규칙과 질서가 사라진 세계에선 폭력만이 유일한 진리였다.

"아, 씨발년. 내가 죽일라 했는데."

"지랄, 먼저 죽이는 게 임자 아니야?"

멀리서 보기에도 앳돼 보이는 얼굴들이지만 주민들은 숨소리도 내지 못하고 놈들의 행동을 지켜보기만 했다. 둔탁한 쇠파이프의 마찰음만이 아파트단지의 정적을 깨는 유일한 소음이었다. 놈들 중 몇 명은 바닥에 늘어진 시체를 아파트 경비실 쪽으로 끌고 가 쌓아 났다. 시체의 탑이 높아질수록 아스팔트에 번지는 피의 양도 기하급수적으로 불어났다. 나는 생지옥을 엿보고 있는 기분이 들었다.

철컹.

등 뒤에서 504호 문이 열렸다. 화들짝 놀라서 바라보자 뚱뚱한 남자가 슬리퍼를 끌면서 걸어 나왔다. 수염이 듬성듬성 돋아난 얼굴은 괴상할 정도로 무표정이었고 짙은 눈 그늘과 메마른 입술에서 근심이 묻어났다. 추운 날씨였지만 반팔에 추리닝 차림이었다. 목 늘어난 하얀색 티셔츠에는 김치 국물 같은 것이 잔뜩 묻어 있다. 그는 얼빠진 표정으로 복도를 서성거리다가 갑자기 복도 난간에 올라섰고 누가 말릴 새도 없이 아래로 떨어져 버렸다.

쿵.

떨리는 시선으로 아래를 보니 남자는 바닥에 '큰 대(大)'자로 뻗은 채 움직이지 않았다. 빨간 피가 그의 머리통을 중심으로 불규칙하게 번져갔다. 잠시 후 위층 어딘가에서 시간차를 두고 두 명이 더 떨어졌다. 쿵 하는 소리가 났고 둘 다 즉사했다. 나는 머릿속이 뒤죽박죽이었다.

"으악."

이번에는 주차장 쪽이었다. 어린아이의 비명소리가 아파트 단지를 쩌렁쩌렁 울렸다.

"대체 뭐하는 놈들일까요?"

나는 줄담배를 피워대는 옆집 아저씨에게 착 가라앉은 목소리로 물었다. 아저씨는 고개를 저으며 담배 연기를 내뿜었다.

"세상이 망한다고 하니까 숨어 있던 진짜 괴물들이 뛰쳐나온 게 아닐까? 특히 저기 파란 모자 쓴 놈. 저 새끼는 프로가 틀림없어. 어떻게 저렇게 사람을 잘 죽이지?"

순간 날카로운 경적 소리가 고막을 때렸다.

빠앙!

우리는 대화를 중단하고 소리가 난 곳으로 고개를 돌렸다. 회색 아반떼가 아파트 지상 주차장으로 난입하는 중이었다. 먼지를 잔뜩 뒤집어 쓴 자동차는 시체를 마구 타넘으며 위태롭게 질주하다가 경비실 철제 울타리에 범퍼를 부딪치고 멈췄다. 플라스틱 파편이 피처럼 후두둑 떨어져 내렸다. 운전자는 포기하지 않고 다시 시동을 걸었지만 바퀴 어딘가에 시체가 끼었는지 차는 움직이지 않았고 엔진 공회전 하는 소리가 시끄럽게 울렸다.

쇠파이프들이 먹잇감을 발견한 하이에나처럼 차를 향해 슬금슬금 다가갔다. 당황한 운전자가 문을 열고 나오려 했지만 차량과 울타리 사이에 낀 시체 때문에 그것도 여의치가 않았다. 나는 눈을 가늘게 뜨고 운전자의 얼굴을 살폈다. 아니겠지…… 아닐 거야…… 불길한 예감이 심장을 옥죄어왔다. 목구멍에 뭐가 걸린 것처럼 아무 말도 할 수가 없다. 우왕좌왕 하는 사이 먼저 도착한 쇠파이프가 다짜고짜 자동차 보닛을 후려쳤다.

"꺄악."

쿵쾅거리는 소음이 비명을 삼켰다. 차는 종이처럼 구겨지기 시작했다. 떨어져 나간 사이드 미러가 공중으로 붕 치솟았다가 바닥에 통기며 산산조각이 났다. 쇠파이프 열두 개가 만들어내는 불협화음이 허공에서 얽히고설켜 바늘처럼 고막을 파고드는 느낌이었다. 운전석에 앉아 있던 여자의 머리채를 잡고 차 밖으로 끄집어낸 안경잡이가 쇠파이프로 그녀의 다리를 후려쳤다. 비명을 지르며 나동그라진 여인이 살려달라고 빌었지만 놈들은 웃음으로 답했다.

파란 모자가 장작을 패듯 쇠파이프를 휘둘렀다.

"나이스 샷."

놈들이 환호성을 지르며 박수를 쳤다. 바닥에 널브러져 사지를 바들바들 떨어대던 여자는 재차 가해진 쇠파이프 질에 머리를 얻어맞고 움직임을 멈췄다. 동시에 내 머리통이 깨진 것처럼 두통이 밀려왔다. 눈앞이 뿌옇게 흐려지더니 어느 순간 오장육부에서 치민 불덩이가 볼을 타고 흘러내렸다. 팔다리가 사시나무처럼 떨렸고 통제능력을 상실한 내분비 기관에서 마구 뿜어대는 호르몬 때문에 머릿속이 혼란스러웠다.

"엄마……."

그러니까 방금 우리 엄마가 죽었다. 나는 넋이 나간 것처럼 멍하니 있다가 집으로 들어가 불안하게 눈동자를 굴렸다. 눈물샘이 고장난 것처럼 흐르는 눈물 때문에 앞이 잘 보이지 않았다. 연신

소매로 눈가를 훔치며 고개를 두리번거렸다. 싱크대 앞에 꽂힌 주방용 식칼 세트를 발견하고 얼른 달려가서 빼들었다. 안전사고를 대비해 하나같이 칼끝이 뭉툭하게 잘려 있었다.

나는 식칼을 내려놓고 선반 아래 수납장을 차례로 열어젖히며 무기가 될 만한 것을 찾았다. 쓸 만한 게 별로 없다. 눈에 불을 켜고 집 안을 샅샅이 훑은 후에야 베란다 구석에 처박아 둔 공구함을 발견했다. 뚜껑을 열고 가장 무식해 보이는 망치와 스패너를 꺼내 양손에 나눠쥐었다. 차갑고 단단한 금속으로 절절 끓는 분노가 흘러들어갔다.

양손에 연장을 쥐고 나오다가 복도에 서 있던 옆집 아저씨와 눈이 마주쳤다. 짧은 순간 많은 정보가 오고갔다. 그는 내 손에 들린 것이 흉기라는 것을 깨닫고 의아한 표정으로 쳐다보다가 번개같이 집으로 뛰어 들어갔다. 다른 주민들도 마찬가지였다. 한 뼘쯤 열린 문틈으로 눈만 배꼼이 내밀고 지켜보던 506호 여자도 나와 눈이 마주치자 허겁지겁 문을 닫아걸었다. 나는 충혈 된 눈으로 주차장을 응시했다. 어머니가 죽어 있다. 편두통에 시달리던 어머니가 머리를 얻어맞고 죽었다.

"개새끼들 다 죽었어!"

견딜 수 없는 분노가 발끝에서 머리끝까지 차올랐다. 도저히 놈들을 죽여 버리지 않고는 사라지지 않을 분노가 내 세포 하나하나에 집요하게 달라붙어 말초신경을 자극했다. 그렇다면 죽인다. 복수다!

옷소매로 눈물을 닦고 길게 늘어진 복도를 바득바득 따라 걸어 엘리베이터 앞에 섰다. 하강 버튼을 거칠게 두 번 눌렀는데 전기가 나갔는지 엘리베이터는 8층에서 꼼짝도 하지 않았다.

"씨발 관리비는 꼬박꼬박 받아 처먹으면서."

나는 망치로 버튼을 때려 부수고 비상계단 쪽으로 걸음을 옮겼다.

"아……"

4층에 내려갔을 때 층계참에 서서 얼쩡대던 여자가 날 보고 얼음처럼 굳었다. 여인의 손을 꼭 붙들고 있던 사내아이가 탄성을 질렀다.

"우와, 망치다."

"못써 그럼."

여인이 황급히 아이의 입을 틀어막았다. 겁에 질린 모자(母子)를 지나 계단을 내려가며 한마디 던졌다.

"아이 잘 챙기세요."

다시 눈물이 나올 것 같았다.

흔들리는 걸음으로 1층에 도착했다. 온갖 저질스런 낙서로 뒤덮인 복도는 횡으로 길게 뻗어 있고, 한 집 간격으로 3미터 길이의 기둥이 난간을 받치고 있었다. 복도가 끝나는 양쪽 지점에 여닫이로 된 유리문이 있는데 나는 유리문 옆 기둥에 몸을 숨기고 고개만 살짝 내밀었다.

놈들은 또 다른 희생자의 몸을 난도질 하고 있는 중이었다. 어디서 구했는지 전깃줄 같은 것으로 여자의 몸을 칭칭 동여맨 뒤 관상목의 가지와 줄기가 만나는 V자 홈에 걸어놓고 무자비하게 두들겨대고 있다.

도저히 맨 정신으로 지켜보기 힘든 광경이었다. 마음 같아선

당장 튀어나가 저 살인귀들을 모조리 죽여 버리고 싶었지만 현실
은 달랐다. 놈들은 쇠파이프를 들었고 머릿수도 저렇게 많다. 과
연 할 수 있을까? 내가…… 할 수 있겠어?

염병할!

그러려고 내려와서 망설이는 건 또 뭔데! 비굴하게 도망쳐봤자
어차피 몇 시간 후면 다 뒈지는 건 마찬가지 아닌가. 절대로 놈들
을 용서할 수가 없다. 특히 파란모자 저 새끼는 반드시 죽인다. 두
어 차례 깊게 심호흡을 하고 천천히 유리문을 열 때였다.

"개새끼들!"

바위처럼 단단해 보이는 남자였다. 그는 야구방망이와 식칼을
양손에 나눠 쥐고 몸을 부들부들 떨며 서 있었다.

"어서 내 동생 살려내!"

"뭐야 저건?"

"네 동생이 누군데?"

남자가 손등으로 눈물을 훔치며 야구방망이를 뻗어 쓰레기 분
리수거함 아래 쓰러져 있는 교복차림의 중학생을 가리켰다. 머리
가 박살났고 왼쪽 눈이 없었다.

쇠파이프들은 어처구니가 없다는 듯 낄낄거리며 그를 쳐다
봤다.

"병신, 저걸 어떻게 살리냐. 너도 저렇게 만들어 줄 수는 있지
만."

"못하면 너희들도 죽는다."

"지랄하네."

남자가 '으아아!' 괴성을 지르며 달려들었고 열두 개의 쇠파이

프 중 하나가 남자의 목덜미를 후려쳤다. 그는 괴상한 억양으로
비명을 지르며 바닥에 쓰러졌다. 흥분한 쇠파이프가 쓰러진 것을
두어 차례 더 짓밟았다.

"깜짝 놀랐네."

"이 새끼 이거 뭐야? 좆만 한 새끼가 무슨 주인공처럼 나타나
가지고."

"놀랐잖아 새꺄! 죽어. 뒈져 이 좆같은 새꺄! 이 새끼! 이 호로
새끼!"

놈들은 남자의 양손을 부러뜨리고 무릎을 으깨버린 뒤 꿈틀거
리는 머리통에 마지막 일격을 가했다. 그는 비명조차 지르지 못하
고 허우적거리다가 끝내 숨을 거뒀다.

나는 절반쯤 열었던 유리문을 소리 없이 닫고 기둥 뒤에 몸을
숨긴 뒤 그 상태로 주저앉아 방망이질 치는 심장을 다스려야
했다.

"어휴, 씨발……"

뜨겁게 달아올랐던 머리는 그만큼 빨리 차갑게 식었다.

저런 놈들에게 복수를 한다고? 겨우 이런 걸로? 양손에 쥔 녹
슨 연장을 보자 오싹 소름이 끼쳐왔다. 나는 기둥에 숨어서 고개
만 내밀고 놈들을 관찰했다. 잠깐 쉬는 타임인지 놈들은 모여서
담배를 피우고 있다. 다시 들려오는 목소리.

"하나도 안 보여. 새끼들이 다 눈치 까고 숨은 것 같아."

"그럼 슬슬 이동해 볼까."

"어, 잠깐만 저기 뭔가……"

으악!

나는 화들짝 놀라서 기둥 뒤에 찰싹 달라붙었다. 얼을 빼고 있다가 놈들 중 하나와 눈이 마주쳐 버린 것이다. 팔다리에서 힘이 쭉 빠져나가는 기분이었다. 심호흡을 두어 번 한 다음 혹시나 싶어 한쪽 눈만 내밀고 살펴보니 체크무늬 남방을 입은 녀석이 쇠파이프를 덜렁거리며 내 쪽으로 다가오고 있었다.

불알이 쪼그라드는 것 같았다. 달아나야 한다고 생각했지만 움직일 수가 없었다. 다리가 풀려버린 걸까. 진정하자. 만약 날 본 거라면 놈이 혼자서 올 리가 없다. 괜히 움직이다가 들키기라도 하면 그것처럼 바보 같은 일이 어디 있겠는가. 가만히 있는 거다. 놈이 나를 알아채지 못하도록.

아니다. 그럴 리가 없다. 눈까지 마주쳤는데.

어느새 놈의 발자국 소리가 지척에 도착해 있었다. 눈앞이 핑핑 도는 것처럼 어지러웠다. 나는 숨 쉬는 것조차 잊어버리고 문을 쳐다봤다.

'제발 열리지 마라.'

내 바람과 달리 아파트 현관문이 오래된 금속 특유의 마찰음을 내며 천천히 열리기 시작했다.

끼이이익.

심장이 가슴을 뚫고 튀어나갈 것처럼 쿵쾅거렸다. 망치와 스패너를 얼마나 세게 쥐고 있었는지 손가락이 아플 지경이었다.

"야, 거기서 뭐해? 웬만큼 죽인 것 같으니까 이제 다른 데로 가자."

반쯤 열렸던 유리문이 열릴 때와 같은 소리를 내며 닫혔다. 발소리가 멀어지길 기다렸다가 참았던 숨을 토해냈다. 건전지가 다된 장난감 로봇처럼 팔다리를 축 늘어뜨리고 있자니 관자놀이에서 땀이 주르륵 미끄러져 내렸다. 그때였다.

"나 잠깐만."

다시 문이 열리고 그놈이 기어코 복도 안으로 들어왔다. 놈은 빠르게 주위를 훑어보고는 쇠파이프를 벽에 세워두고 내게 등을 돌린 채 오줌을 누기 시작했다. 이상한 일이었다. 우리는 틀림없이 눈이 마주쳤는데, 그놈은 마치 나 따윈 안중에도 없다는 듯 콧노래를 흥얼거리며 배설의 쾌감을 맛보고 있었다. 오줌을 다 누면 내가 당할 게 뻔했다. 난 극도로 긴장한 채 놈의 뒤로 다가갔다.

쪼르르르

오줌을 누던 놈이 슬그머니 내 쪽으로 고개를 돌렸다. 낭패의 기색이 역력한 눈빛이었다. 그렇지만 이정도로 어린 녀석일 줄은 몰랐다. 키는 제법 컸지만 이마에 여드름이 가득한 것이 갓 중학교나 졸업했을까 싶다. 나는 분노에 사로잡혀 손에 쥔 쇠망치를 찬찬히 들어올렸다. 갑자기 녀석이 더듬거리며 변명을 했다.

"형, 저 그게 아니라요."

"아니긴 뭐가 아니야, 이 씨발놈아."

쇠망치를 쥔 손에 묵직한 타격감이 느껴졌다.

놈은 자신이 누던 오줌 바닥에 얼굴을 파묻고 경련을 일으켰다. 난 녀석을 보며 한동안 멍하니 있다가 어떤 예감에 화들짝 고개를 들었다. 눈앞에 쇠파이프를 든 멀대 같은 녀석이 서 있었다. 놈은 고개를 죽 빼고 서서 쓰러진 녀석과 나를 번갈아 쳐다봤다.

나는 마른침을 꿀꺽 삼켰다. 녀석은 이제 내 눈동자에 시선을 고정시킨 채 눈만 끔뻑거렸다. 마치 '네가 이런 거야?' 하고 묻는 것처럼. 나는 대답 대신 망치를 들어올렸다. 칼날 위에 올라선 것처럼 전신이 팽팽한 긴장으로 당겨졌다. 놈도 움직였다. 우리는 누가 먼저랄 것도 없이 서로 들고 있던 무기를 휘둘렀다. 쇠파이프와 스패너가 부딪치자 '까앙' 하는 쇳소리와 함께 불꽃이 튀었다. 손이 떨어져 나갈 듯 저려왔지만 이를 악물고 버텼다. 무기가 짧은 만큼 가까운 거리에서는 내가 더 유리했다. 나는 즉시 왼손에 든 망치를 휘둘러 녀석의 옆구리에 한 방 먹였다. 성공이다.

"아아악. 아파."

놈은 쇠파이프 대신 옆구리를 부여잡고 쓰러져 비명 같은 신음소리를 흘렸다. 최소한 갈비뼈 서너 개는 나갔을 거다. 맛이 어떠냐? 이 개새끼야.

그때 소란스러운 소리가 들려왔다.

"저 새끼 뭐야?"

"야 이 씹새끼야. 너 일로 와봐."

나머지 놈들이 살기가 등등한 얼굴로 달려왔다. 나는 눈을 질끈 감고 계단을 마구 뛰어 올라갔다. 뒤에서 유리문이 박살나며 욕설이 날아들었다.

"거기서 개새끼야."

"서란다고 서는 병신이냐 내가?"

어차피 몇 시간만 지나면 멸망해 버릴 코딱지만 한 행성인데 뭐가 무섭다고 벌벌 떨고만 있겠는가.

둘을 해치우고 나자 찌를 듯한 살기에 내 자신이 먹혀버릴 것 같았다. 나는 단숨에 1층에서 5층까지 뛰어 올랐다. 쉬지 않고 복도로 들어서는 순간 검은 그림자 하나가 눈앞을 가로 막았다. 왜 놈들이 내 앞에 있는가, 하는 생각은 뒤로 미루고 무작정 망치를 휘둘렀다.

'쩍'하며 섬뜩한 마찰음이 울렸다. 여인이 단말마의 비명을 지르며 바닥에 고꾸라졌다. 너무 순식간이어서 여인의 손을 붙잡고 있던 꼬마는 무슨 일이 벌어졌는지도 모르는 것 같았다. 다른 감상적인 생각을 할 겨를도 없이 한 놈이 벌써 바로 앞 계단을 오르고 있었다. 나는 들고 있던 스패너를 녀석에게 집어 던졌다. 운이 좋았는지 빙글빙글 돌며 날아간 쇳덩이가 녀석의 미간에 적중했다. 나는 집으로 달리기 시작했다.

이제 남은 놈은 9명.

흔들리는 시야에 반쯤 열린 507호의 현관문이 보였다. 어차피 도망갈 곳도 도움을 청할 곳도 없으니 집에 들어가서 버티는 거다. 그때 뒤에서 놈들이 던진 쇠파이프가 간발의 차로 어깨를 스치고 날아갔고, 나는 다이빙하듯 집 안으로 뛰어 들어가 문을 닫았다. 문이 닫히기 직전, 농구화를 신은 다리 하나가 아슬아슬하게 틈새를 비집고 들어왔다. 놈은 미친개처럼 발광을 했다.

"에이익. 개새끼야. 이 개새끼야."

나는 필사적으로 놈의 다리를 밀어냈다. 여기서 무너지면 끝장이다. 주먹으로 정강이를 마구 후려쳤지만 끄떡도 하지 않는다. 어지러운 발자국 소리들이 빠른 속도로 가까워졌다. 순간 신발장 옆에 떨어져 있는 포크가 눈에 들어왔고 나는 그것을 잡아 혼신의 힘을 다해 녀석의 발등에 박아 넣었다.

"아윽."

외마디 비명소리와 함께 발이 빠져나가자 잽싸게 문을 닫았다. 잠금 장치를 걸어두고 삼켰던 숨을 모조리 토해내었다. 잠시 후 엄청난 쇠파이프 질이 현관문을 부술 듯이 쏟아졌다. 요란한 굉음이 연달아 울리며 문짝이 엿가락처럼 우그러들었다. 이제 어떡하면 좋지? 나는 베란다로 달려가 창밖을 내다보았다. 머리가 아찔했다. 5층은 뛰어내리기엔 너무 높다.

"씨발!"

이렇게 되면 이판사판이다. 어디 끝까지 가보자. 이 개새끼들아.

공구함에서 되는대로 연장을 챙기기 시작했다. 펜치, 중망치, 장도리, 드라이버, 송곳, 프라이, 대못 몇 개, 볼트, 너트…… 오, 여기 좋은 게 있다. 절단기. 나는 중망치와 장도리를 허리춤에 차고 송곳을 벨트에 끼워 두었다. 그리고 족히 1미터는 되어 보이는 절단기를 들고 무기가 될 만한 것을 찾아 뱀처럼 눈알을 번뜩였다. 물론 쇠망치 따위가 아무리 많아도 혼자서 쇠파이프 9개를 상대할 수는 없는 일이다. 총이라도 있다면 얼마나 좋을까.

총을 떠올리는 순간 좋은 생각이 났다.

나는 전에 조카가 가지고 놀던 물총을 꺼내 들고 화장실로 뛰어 들어갔다. 세탁기 옆엔 섬유유연제와 합성세제, 옥시크린, 그리고 가장 뒤쪽에 락스까지 줄지어 늘어서 있었다. 물 대신 락스를 가득 채운 후 펌프질을 해서 공기를 잔뜩 압축시켰다. 이건 눈에 들어갔을 때 방치하면 자칫 실명이 될 수도 있는 위험한 거다. 개새끼들 모조리 장님으로 만들어주마. 나는 물총을 목에 걸고, 동선을 고려해 적당한 곳에 절단기를 세워두었다. 이걸로 충분한가.

아니다. 아무리 락스라고 해도 물총 따위로 놈들과 싸울 순 없다. 와일드카드가 될 만한 것을 찾아야만 한다. 저 빌어먹을 새끼들을 모조리 보내버릴 수 있는 뭔가를.

"경첩을 부셔, 경첩을."

"야, 새끼야 그게 경첩이냐? 저거, 저거 새끼야."

"너는 씨발 어려운 말 좀 쓰지 마."

그러는 동안에도 종잇장처럼 구겨진 문은 당장이라도 열릴 것처럼 들썩이고 있었다. 쏟아지는 쇠파이프 질에 기가 다 질릴 정도였다. 저런 걸 맞으면 얼마나 아플까? 오금이 저렸다. 죽도록 얻어맞다보면 다진 고기가 되어버릴 것이다.

오감을 모두 동원해서 집 안을 샅샅이 훑던 내 시선은 가스밸브 위에서 멈췄다. 밸브, 밸브……. 그래, 저거다. 어차피 이판사판. 나는 절단기를 들고 가스렌지 앞에 섰다. 그리고 가스 밸브와 연결된 고무관을 잘랐다. 일이 잘못되면 모두 함께 죽는 거다. 비스듬히 잘린 고무호스를 타고 역한 도시가스 냄새가 거실에 모이기 시작했다. 베란다 창문이 깨졌기 때문에 거실 유리문을 닫아걸고 놈들을 기다렸다. 금이 가 있긴 해도 이 정도면 거실을 밀폐된 공간으로 만들기엔 충분했다. 심장이 미친 듯이 날뛰었다.

이윽고 너덜해진 문이 굉장한 소음을 내며 열렸다. 나는 거두절미하고 들고 있던 물총으로 가장 앞서 들어오던 놈들의 얼굴에 락스를 퍼부어 주었다.

"죽어라, 이 개새끼들아."

"으아악, 내 눈……"

"크하악…… 뭐야 이거……"

무턱대고 들이치던 두 놈이 가늘게 뻗어나가는 물줄기에 얼굴을 얻어맞고 비명을 질렀다. 양손으로 얼굴을 가리고 바닥에 쓰러져 발광을 한다. 그 틈을 타서 잽싸게 몸을 웅크리고 달려드는 조그마한 씨방새의 사타구니를 걷어차 버렸다. 아직 변성기도 지나지 않은 앳된 비명소리가 맥없이 울리는 것을 보자 실낱같은 희망이 가슴속에 피어올랐다. 역시 어린 애들이다. 잘하면 어쩌어찌 상대를 해볼 수도 있지 않을까. 나는 정신없이 밀려드는 생각의 격랑을 이어갈 겨를도 없이 물총을 난사하며 괴성을 질렀다.

죽어라 이 나쁜 놈들아!

그때 별안간 뒤쪽에서 쇠파이프 하나가 빠르게 날아들었다. 단단한 쇠붙이가 광대뼈를 때리자 눈앞에서 별이 번쩍 했고 나는 쓰러졌다. 어쩌면 몇 초쯤 기절이라도 하고 있었는지 모른다.

"아윽."

정신을 차렸을 땐 왼쪽 눈이 보이지 않았고 놈들이 날 에워싼 채 비릿한 웃음을 흘리고 있었다. 몸을 일으키려하자 파란 모자가 쇠파이프로 내 배를 내려찍었다.

"이 좆만 한 새끼."

쿠억.

그 한 방으로 뱃속에 있는 것을 모조리 게워내야 했다. 물론 먹은 게 없었던지라 헛구역질만 몇 번 했는데 그것만으로도 벌써 죽을 듯이 괴로워졌다. 나는 바닥을 북북 기며 달아나려 했지만 어림없다는 듯 내 등짝으로 다시 한 번 쇠파이프가 내리꽂혔다. 너무 아파서 비명도 나오지 않았다. 눈앞으로 운동화 한 짝이 날아들었다. 제멋대로 고개가 돌아가더니 입 안에서 딱딱한 것들이 핏물과 함께 쏟아졌다. 대여섯 개의 이빨 조각이 초라하게 거실 바닥을 나뒹굴었다. 나는 손으로 입을 가리고 흐느적거렸다. 정신이 하나도 없어서 아픈 줄도 잘 몰랐다. 뭐야, 겨우 이대로 죽는 건가? 나는 힘겹게 숨을 토해내며 주머니에 손을 집어넣었다. 라이터가 만져진다.

"씨발놈아 뭐? 담배 피게?"

내가 주머니에서 라이터를 꺼내자 안경잡이가 코웃음을 쳤다. 나는 고개를 저었다. 대신 부들부들 떨리는 손가락을 뻗어 가스 밸브를 가리켰다.

"고무관 끊어진 거 보이지?"

"뭐, 어쨌다고 그게?"

"잠깐만 저 새끼 저거…… 가스 샌다."

당황하는 놈들을 향해 힘겹게 말을 이었다.

"이제부터 움직이면 죽는 거야."

정적이 찾아왔다.

놈들은 예상치 못한 상황에 서로 눈치만 봤다. 나는 시위라도 하듯 손을 높이 들어보였다. 지포라이터가 형광등 불빛을 받아 번쩍였다. 내가 줄날 바퀴를 돌리는 순간 이 쇠로 된 회전체가 라이터 부싯돌과 마찰을 일으키며 화학적인 연소를 진행시키게 될 것이다. 그러면 찰나의 순간 생명을 얻은 불꽃이 거실에 가득 찬 도시가스와 만나면서 수천억 배의 힘으로 나와 녀석들을 무자비하게 찢어발기고, 태워버리며, 결국 그 압도적인 힘 아래 모두가 굴복하게 될 것이다.

"마, 말로 하자. 그거 내려놓고."

순간 옆에서 쇠파이프가 날아와 라이터를 든 손을 후려쳤다. 라이터는 안전 난간에 맞고 복도 바닥으로 튕겨 나갔다.

"어휴, 이 새끼가 사람 놀래키고 있어."

나는 절망적인 기분이 되어 바닥에 늘어졌다. 파란 모자가 신이 나서 소리쳤다.

"야, 니네 둘은 여기 와서 이 새끼 팔이랑 다리 좀 잡아봐. 교육 좀 시켜야겠다."

그의 명령이 떨어지자 놈들이 일사불란하게 움직였다. 두 놈이 내 팔과 다리를 잡고 고정시켰다. 파란 모자가 위치를 가늠하더니 힘차게 쇠파이프를 휘둘렀다. 왼손이 단숨에 부러지며 지금까지 경험한 적 없는 종류의 고통이 밀려들었다.

"으아아아악…… 아아아아악……."

나는 목이 찢어지도록 비명을 질렀고 동시에 누가 입에다 발길질을 했다.

순간 귀가 먹먹해지며 '삐'소리가 길게 늘어졌다. 이것은 이명 현상이다. 나는 허약체질이라 어려서부터 엄마 손을 붙잡고 한의원엘 자주 다녔는데, 거기서 말하기로는 기력이 쇠하거나 성관계를 너무 많이 해서 정력이 소모되었을 때 주로 나타나는 증상이라고 했다. 하나 추가하자면 발차기에 얼굴을 맞았을 때도 들린다.

현실도피성 망상에 젖어 있을 무렵 오른손이 부러졌다. 나는 비명을 질렀지만 목구멍에서는 아무런 소리도 나지 않았다. 너무 아프면 비명도 안 나오는 것 같다. 쇠파이프는 더 때리고 싶었는지 한 번 더 공중으로 치솟았다.

놈들은 두 다리마저 부러뜨린 후에야 공격을 멈췄다. 기절이라도 하고 싶었지만 아플수록 정신은 또렷해졌다. 입에서 거품 섞인 침이 마구 흘러내려 턱과 바닥을 적셨다. 눈물, 콧물에 침까지 범벅이 되어 비명을 지르다가 배를 걷어차이고 나서 입을 다물었다.

"아 씨발 신발에 피 묻었어. 야, 누가 이 새끼 끝장낼래?"

"당연히 나지."

포크에 발등을 찍혔던 놈이 말했다. 놈은 쇠파이프를 지팡이 삼아 절뚝거리며 다가왔다. 나는 아까 베란다에서 뛰어내리지 않은 것을 후회했다.

휴대폰 벨소리가 들린 것은 그때였다. 요즘 유행하는 여성 댄스그룹의 히트곡이 거실 안의 무거운 정적을 밀어내며 신나게 울려 퍼졌다. 놈들이 지금까지 하던 행동을 멈추고 소리가 나는 곳으로 고개를 돌렸다. 벨소리의 주인은 파란 모자였다. 그가 호주머니에서 휴대폰을 꺼내 발신번호를 확인하더니 외쳤다.

"야, 잠깐만 다 조용히 해봐. 우리 엄마한테 전화 왔어."

그러자 절뚝이가 못 참겠다는 듯 까칠하게 한 마디 했다.

"전화는 나가서 받아 새꺄. 지금 상황 심각한 거 안 보여? 네가 뭔데 아까부터 이래라 저래라야? 아무것도 아닌 새끼가. 엄마는 무슨, 지랄하고 자빠졌네."

험악한 분위기로 절뚝이와 눈싸움을 벌이던 파란모자가 전화를 받았다.

"엄마, 무슨 일이에요? 밖에 잠깐 나왔어요. 지금 길드 사람들 만나서 뭣 좀 하느라고…… 응, 금방 들어갈게요. 에, 학원? 학원은 무슨 오늘 같은 날……"

그리고 침묵.

"네, 네…… 알았어요. 끊을게요."

전화를 끊은 놈이 황망한 표정으로 고개를 갸우뚱하더니 긴장한 목소리로 말했다.

"야, 텔레비전 켜봐."

"왜? 뭔데 그래?"

"켜보라면 그냥 좀 켜봐. 잔말 말고."

그 중 하나가 리모컨을 눌러 텔레비전을 켜자 뉴스 속보가 방송되고 있었다.

……해서 영국 로이터 통신은 달에 불시착한 보이저 5호가 핵폭탄 200여 톤을 터뜨려 운석의 이동경로를 바꾸는데 최종 성공했다고 밝혔습니다. 그러나 함장 존 닐 대령을 비롯해 9명의 승무원은 끝내 빠져나오지 못하고 달과 함께 최후를 맞았다고 합니다. 정부는 이 같은 소식에 유감을 표명한 뒤 한 시간 전부터 비상계엄령을 선포하고 치안 유지에 만전을 기하고 있습니다. 특히 대전시에서 쇠파이프를 든 십여 명의 괴한들이 나타나 무차별 살인행각을 벌이고 있다는 제보가 속출함에 따라 군경 합동부대가 출동하여 일대를 포위하고 있다는 소식입니다. 비상계엄령이 선포된 상황이니만큼 총기류 사용허가가 났다며 경찰 관계자는 시민들에게 외출을 삼갈 것을 당부 했습니다……. 인권단체에서는 총기사용 허가에 강력 반발하고 나섰으나…… 새로운 소식 들어오는 대로 전해드리겠습니다.

정적이 밀려왔다.

지금까지 희희낙락하던 놈들이 술렁이기 시작했다. 주황색 기지바지를 입은 뚱보가 떨리는 목소리로 말했다.

"설마, 우린 아니겠지?"

"나는 엄마가 학원 빼먹지 말라고 해서 먼저 가볼게. 다들 몸 조심해라. 나중에 메신저에서 모이자고."

파란 모자가 가장 먼저 현관문을 뛰쳐나갔다. 두세 놈이 화들짝 놀라서 따라 나갔고 나머지도 우물쭈물 하다가 일제히 달아나기 시작했다. 들어올 때와 마찬가지로 나갈 때도 난리법석이었다. 발소리가 서서히 작아지다가 이내 완전히 사라졌다.

갑자기 무거운 정적이 찾아왔다. 엉망이 된 거실에 혼자 남아 몸을 떨어대고 있자니 지독한 악몽 속에 갇힌 기분이었다. 이렇게 살아남는 것인가. 웃음인지 울음인지 모를 신음이 비실비실 새어 나왔고 주체할 수 없이 눈물이 흘렀다.

"ㅎㅎㅎ…… 으ㅎㅎㅎ흑……"

얼마의 시간이 흘렀을까. 무슨 소리가 들려 간신히 고개를 들어보니 옆집 아저씨가 기웃거리며 안으로 들어왔다. 언제 옷을 갈아입었는지 깔끔한 흰색 와이셔츠에 면바지를 입었고 머리에는 젤까지 발라 빗어 넘겼다. 그가 환하게 웃으며 말했다.

"이제 걱정할 필요 없어. 지구는 무사하니까. 게다가 방금 인터넷에서 내가 뭘 보고 왔는 줄 알아? 글쎄 그 사람들 막 죽이던 애들 있잖아. 걔들 수배전단이 떴더라고. 햐, 인터넷이 무섭긴 무서워. 무슨 온라인 게임하다가 만난 애들이라는데 학교에서 성적도 다들 상위권이었다네. 벌써 신상정보까지 싹 떴어. 지구가 멸망하는 줄 알고 그랬던 것 같은데 걔들도 이제 인생 종친 거지."

옆집 아저씨가 쪼그려 앉더니 행복한 표정으로 담배를 꼬나물었다. 거실에 가스냄새가 가득했지만 이상하게 우리 둘 다 다른 생각을 하지 못했다. 그의 손에 복도에 내던졌던 지포라이터가 들려 있었다. 라이터를 켜며 아저씨가 설레는 음성으로 말했다.

"지구도 안전해졌고 이제부턴 뭘 할 거야?"

불귀(不歸)

우명희

1972년생. 「한국공포문학단편선 시리즈」에 단편 「들개」, 「담쟁이집」을 수록했다.

1989년 5월, 그 마을은 환한 대낮인데도 어둠이 짙게 배어 있었다. 하늘을 올려다보았다. 두껍게 낀 구름이 솔개처럼 빙글빙글 내 머리 위를 도는 것 같다. 가방을 내려놓고 잠시 자리에 주저앉았다.

"엄마, 왜 그래?"

때가 탄 곰 인형을 가슴에 품은 딸아이가 제 나이답지 않게 근심스러운 표정으로 내게 말했다. 나는 딸아이의 머리를 한번 쓰다듬고 자리에서 일어났다.

"머리가 좀 아파서……"

다리가 휘청거렸다. 가까스로 아이의 손을 잡고 몸을 바로 세웠다.

"우리 솔이, 힘세구나."

솔이가 큭큭 소리 내어 웃었다.

우리가 타고 왔던 버스가 모래바람을 흩날리며 왔던 방향으로 되돌아간다. 뿌연 먼지가 커다란 구름이 되어 우리를 감쌌다.

"솔아, 입이랑 코 막아."

확 불어 닥친 모래바람 때문에 눈도 제대로 뜰 수 없었다. 나는 인형을 잡는 아이의 손목을 끌고 버스 소리가 사라질 때까지 빨리 걸었다. 일곱 살 난 아이가 따라올 수 없을 만큼 빠른 속도지만 딸아이는 군말 없이 나와 발을 맞추며 달리다시피 걸었다. 걷는 동안 나는 어떠한 생각도 하지 않기로 했다.

'어머니 죽으면 장사 지내 줄 사람도 없어. 부탁해, 솔이 엄마……'

죽기 전, 남편이 내게 한 말이었다. 갑작스런 부탁에 나는 할 말을 잃었다. 7년 전 우리는, 그의 부모님과 철전지원수가 되어 그집을 떠났고 다시는 연락하지 않을 거라 맹세했다. 그러나 우리가 집을 나온 이듬 해, 시아버지는 심장마비로 죽었고 뒤늦게 소식을 접한 남편은 어머니와 줄곧 연락을 하고 지냈던 것이다. 어머니마저 중병에 걸리자 그이는 내게, 어머니를 찾아가 달라고 부탁했다. 혈혈단신으로 병마에 시달릴 어머니가 가엾게 느껴졌는지 늦게나마 자식 된 도리가 하고 싶었던 모양이다. 남편이 교통사고로 죽은 지 석 달 후, 그의 어머니가 위독하다는 소식을 접하고 짐을 싸야 했을 땐 고약한 절망감 때문에 죽고만 싶었다. 죽어가는 남편이 남긴 유언이 아니었다면 내겐 어림도 없는 소리였다. 그의 어머니가 내게 했던 짓을 생각하면 지금도 이가 부득부득 갈린다.

휘이익 —

비닐하우스를 지나 마을 어귀에 다다랐다. 걸음을 멈추고 눈을 비벼 모래먼지를 닦아냈다. 흐릿했던 시야는 안개가 걷히듯 또렷해졌다. 세찬 바람이 모래먼지를 쓸고 저 멀리로 달아나고 있었다. 집 안에서 방귀를 뀌어도 밖에서 다 들릴 만큼 마을은 조용했다. 곧 모내기 작업을 준비해야 할 바쁜 시기지만 한낮인데도 일을 하는 사람은 없었다. 고개를 돌렸다. 마을을 감싼 둥글고 얕은 산은 검푸른 빛을 띠고 있었는데 전에 보았을 때보다 갑절로 커보였다. 아까부터 그랬다. 이곳에 발을 들이지 말았어야 했다는 후회가 계속 내 발목을 잡고 늘어진다. 돌아가고 싶은 충동을 누르느라 애꿎은 딸의 손목을 주물럭거리고 있다는 것도 몰랐다. 무엇이 불안한지 솔이도 인형을 꼭 껴안고 내게 바짝 달라붙어 있었다. 나는 아이를 안심시키기 위해 밝게 웃었다.

"이제 다 왔어."

아이는 여전히 아무 말도 하지 않았다.

"조금만 더 가면 돼."

솔이가 고개만 까닥한다. 우리는 인적도 없는 마을의 좁은 길을 걷기 시작했다.

마을 어귀를 조금 지나면 코딱지만 한 구멍가게가 있고 한쪽은 밭과 비닐하우스, 반대편은 인가들이 있다. 인가는 작은 도랑을 중심으로 두 군데로 나뉘어져 있고 어머니의 집은 마을의 끝인 산자락에 위치해 있다. 그런데 나는 주위를 두리번거리다가 이상한 점을 발견했다. 시골 같지 않게 거의 모든 집의 대문이 닫혀

있었다. 내가 이곳을 떠나기 전까지만 해도 볼 수 없었던 광경이
었다. 오로지 한 집만이 저 멀리서 바람에 철컹대는 대문소리를
냈다. 희한한 건 눈으로 확인하지 않아도 그것이 어머니의 집임을
직감적으로 알 수 있다는 사실이었다.

끼이익 — 탕 — 끼익 — 탕 — 탕 —

어서 오라고 재촉하듯 소리는 더욱 요란해졌다. 다시는 열리지
않도록 단단히 잠가두고 빨리 이곳을 도망치고 싶었다.

"엄마, 배고파……"

"그래. 이제 다 왔어. 할머니 집에서 밥 먹자."

나는 그렇게 말해버렸다. 안전지대 안에서 적에게 덜미를 잡힌
느낌이었다. 나는 입술을 지그시 깨물고 딸아이의 작은 손을 꽉
잡았다.

예전 그대로였다. 마당 귀퉁이엔 닭장이 있고 그 옆엔 고추를
가꾸던 텃밭이 있다. 흙으로 쌓은 낮은 담장과 키가 큰 나무 한
그루. 마당을 가로지르는 붉은 나일론 빨랫줄엔 파리 떼가 꼬인
굴비 한 묶음이 걸려 있었다. 달라진 거라곤 닭장이 텅 비어 있고
고추밭에 고추가 없다는 점이었다. 그저 앙상한 골조에 똬리를 튼
누런 줄기뿐이었다.

"누구냐?"

어머니였다. 여전히 독기가 잔뜩 묻어나는 카랑카랑한 목소리
다. 늙고 병든 노인이 작은 소리에도 저렇게 귀가 밝다니. 세월에
대한 묘한 배신감이 느껴졌다. 나는 대청마루로 올라서서 아이를
위로 끌어 앉혔다. 그리고 솔이가 방 안을 볼 수 없도록 대청마루

가장자리로 갔다. 가방에서 밀크캐러멜 하나를 꺼내 아이의 손에
쥐어주었다.

"여기서 잠깐 기다리고 있어."

"엉."

문을 열었다. 지독한 악취가 풍긴다. 지린내와 음식 썩은 내가
범벅이 되어 달려드는 통에 고개를 돌리지 않을 수 없었다. 문을
반쯤 열어두고 어머니와 멀찌감치 떨어져 앉았다.

"문 닫아! 추워!"

"냄새가 나요. 좀 있다 닫을게요."

7년 전에 그랬다간 머리채를 잡혔을 것이다. 어머니는 정자세
로 누워 빛바랜 천장만 바라보고 있었다.

"왜 왔냐?"

"아범이······."

눈물이 왈칵 치솟았지만 침을 한번 꿀꺽 삼키고 다시 말을 이
었다.

"아범이······ 아프시다고 해서요······."

"아비는 잘 있냐?"

어머니는 자신의 아들이 비명횡사한 사실을 모르고 계셨다. 내
가 말을 하지 않았으니 모르는 건 당연한 일이고 나는 그 사실을
말하지 않을 작정이다. 어차피 죽게 되면 저승에서 만나게 될
것을.

"네. 많이 바빠요."

"이 어미가 죽어도 안 나타날 거야. 그놈은."

"어디가 편찮으세요?"

"보면 몰라, 이년아!"

봐도 모르겠다. 어디가 어떻게 아픈지. 7년 전과 전혀 다를 바 없어보였다. 오히려 몸은 더 불어나 홑이불을 덮고 있는데도 그 크기가 웬만한 무덤 같았다. 그러나 발밑에 놔 둔 요강과 설탕봉지, 플라스틱 세숫대야에 담긴 구정물을 보고서야 거동이 불편하다는 사실을 알아챘다. 싸고, 먹고, 씻는 것을 이 방 안에서 모두 해결했을 그 광경이 눈앞에 그려져 무심코 웃음이 났다. 나는 재빨리 웃음을 거두고 어머니께 물었다.

"병원에는 갔다 오셨어요?"

"일 없어. 가서 밥이나 차려와."

"엄…… 마."

그때 솔이가 기어들어가는 소리로 나를 불렀다. 어머니가 솔이의 목소리를 듣고 흠칫 놀랐다. 방문을 닫으려고 재빨리 자리에서 일어났지만 솔이는 이미 문 밖에 떡하니 서 있었다. 아이를 데리고 도망치고 싶은 순간이었다. 검버섯이 낀 뚱뚱한 얼굴이 천천히 문간을 향하더니 쭉 찢어진 두 눈이 딸아이의 얼굴에 가시처럼 와 박혔다. 못 볼 걸 본 것 마냥 어머니의 표정이 딱딱하게 굳어졌다. 그런데 솔이는 의외로 덤덤했다.

"엄마, 할머니야?"

"으응……."

"할머니 아파?"

"응."

"엄마, 나 배고파."

나는 잠시 혼란에 빠졌다. 어머니는 내게 공포의 대상이자 적이었다. 그러나 솔이는 어머니를 보고도 전혀 무서워하지 않았다. 내가 가진 두려움 때문에 딸아이까지 저 늙은이를 두려워한다고 생각했던 것이다. 딸아이는 순진하게도 그때의 일을 기억하지 못한다. 그도 그럴 것이 그땐 솔이가 내 뱃속에 있을 때니까.

7년 전 겨울이었다. 나는 솔이를 가졌고 남편을 따라 이 집으로 왔다. 백정의 딸이니 집안에 들일 수 없다며 어머니는 나를 방안에도 들어오지 못하게 했다. 석 달 뒤 남편은 어머니를 설득해 간신히 그와 이곳으로 왔지만 어머니는 나를 굴러다니는 개똥보다 하찮게 여겼고 사사건건 내쫓으려고 수단과 방법을 가리지 않았다. 나는 어떻게든 어머니의 마음을 돌리려고 무던히도 노력했다. 그러나 배가 점점 불러 올수록 오히려 어머니의 신경은 더욱 날카로워졌고 급기야 대청마루에서 나를 밀어 떨어뜨리기에 이르렀다. 뱃속에 아이만 없어진다면 이 모든 게 해결되리라 생각했던 것이다. 대청마루에서 내동댕이쳐졌을 때 뱃속의 아이도, 나도 죽는구나 라는 느낌이 들 정도로 고통스러웠다. 뱃속이 뒤틀리고 허리가 끊어질 듯 아팠다. 마당을 뒹굴며 도와달라고 빌었지만 시아버지마저도 그저 잠자코 지켜볼 뿐이었다. 그이가 돌아온 건 한 시간 뒤였다. 부리나케 조산소로 달려갔지만 늙은 조산사는 서둘러 큰 병원으로 옮기라고만 했다. 그제야 사태의 심각성을 깨달은 그는 나를 들쳐 업고 대학병원으로 달렸다.

'도대체 왜 이리 조심성이 없어! 항상 조심해야 한다니까.'

나는 빨래를 널다 미끄러졌다고 대충 둘러댔다. 사실대로 말했다간 불 같은 성격의 그가 가만히 있을 리도 없었으며 남편이 집을 비운 동안 혼자서 감당해야 할 시부모님을 생각하면 눈앞이 깜깜했기에 그럴 수밖에 없었다. 수술 후 솔이는 세상 밖으로 나왔고 건강이 회복되는 동안 인큐베이터 속에서 지내야 했다. 어쨌든 솔이는 살았지만 어마어마한 병원비가 우릴 기다리고 있었다. 남편은 그의 부모님에게 병원비를 융통하기 위해 근, 한 달을 사정했다. 결국 돈을 융통하긴 했으나 그 대가는 실로 뼈를 깎는 또 다른 고통이었다.

'저런 계집년 하나 살리려고 오백씩이나 쓴 거야! 미친 연놈들아!'

옹알이도 못하는 작은아이를 보고도 안쓰러워하기는커녕 눈에 띌 때 마다 못 잡아먹어 안달이었다. 어머니에겐 구박의 대상이 하나 더 늘어난 셈이었다.

'기집들은 쓸모가 없어!'

어머니는 이 말을 늘 입에 달고 살았다. 그랬기에 나는 어머니가 솔이에게 무슨 짓을 할지 몰라 매일 가슴을 졸였고 절대 단둘이 있게 내버려 둘 수 없었다. 어머니는 내가 백정의 딸이라서가 아닌 막연히 미워해야 할 대상이라서 나를 괴롭히는 것 같았다. 그러던 어느 날, 점심참을 챙겨 밭으로 나간사이 솔이가 사라져 버렸다. 10분 전까지만 해도 대청마루에 앉아 부채질을 하시던 어머니도 온데간데없었다. 두 시간 뒤에 돌아온 어머니를 붙잡고 묻자 자신은 모른다며 시치미를 뚝 뗐다. 더 이상 참을 수 없었다. 나는 남편에게 달려가 이 모든 사실을 이야기했다. 솔이가 없어진 것은 물론, 어머니가 내게 했던 잔인한 모든 일들까지. 그이는 내 이야기에 놀라움을 금치 못했다. 어머니가 나를 마음에 들어 하지 않는다는 것은 알지만 그렇게까지 심할 줄 몰랐다며 그는 자리에서 벌떡 일어나더니 자기 옆에 세워둔 낫을 집어 들었다. 집안이 온통 발칵 뒤집혔고 일은 그렇게 커져버렸다.

솔이는 불법으로 아이를 입양시키는 50대 남자의 손에 가 있었다. 어머니가 받은 돈은 150만 원. 우리는 통장을 탈탈 털어 브로커에게 돈을 쥐어주고 솔이를 그곳에서 데리고 나올 수 있었다.

'죽여 버리겠어!'

정말 그럴 수 있었다. 그의 어머니가 내 눈앞에 있었다면 그 여자의 목을 분지르고 손으로 직접 심장을 뜯어냈을 것이다. 분하고 억울해 눈물이 멈추질 않았다. 남편은 나를 설득했고 우리는 다음 날 바로 그 집을 나왔다.

부엌은 그야말로 난장판이었다. 먹을 거라곤 하나도 없고 기껏해야 묵은 쌀과 김치 그리고 빨랫줄에 널린 굴비뿐이었다. 솔이에게 먹이려고 가지고 온 소시지를 굽고 누렇게 변한 쌀로 미음을 만들어 어머니에게 갔다. 내가 오기만을 기다리고 있었는지 방문을 열자마자 엉덩이를 좌우로 뭉그적거리며 자리를 잡았다. 죽을 때가 다 되었다는 말은 새빨간 거짓말이었군. 일단 두고 보기로 하고 자리에 앉아 숟가락을 어머니의 손에 쥐어주었다. 그러자 어머니는 내 손을 착 뿌리치더니 "먹여줘야지!" 라고 소리를 질렀다.

"숟가락도 못 들 정도로 아프세요?"

"그래! 이 년아!"

"자꾸 욕하시면 저 갑니다."

"가라 이 년아, 누가 무서워할 줄 알고!"

노망이 난 건지 아니면 아직도 내가 그때의 지지리 못난 며느리라고 생각하는지, 기가 차서 웃음이 났다. 미음을 푼 숟가락을 어머니의 입에 들이댔다.

"자, 아 하세요."

어머니는 아이처럼 입을 벌리다말고 갑자기 킁킁거리며 냄새를 맡았다.

"나 죽으라고 양잿물이라도 탄 겨? 죽이 왜 누래?"

해가 뉘엿뉘엿 넘어갈 때가 되어서야 건넌방으로 갔다. 이부자리를 펴고 솔이를 옆에 눕혔다. 나는 아이가 잠들 때까지 작은 가슴 위를 토닥이며 꼬질꼬질 때가 탄 방 안을 둘러보았다. 이 방은 그이와 내가 쓰던 방이었다. 비록 보잘 것 없는 누추한 방이지만 우리가 사랑을 나누고 서로를 위로하던 유일한 안식처였다. 지금도 그의 체취가 느껴진다.

사고가 나기 전날 밤 꿈자리가 뒤숭숭해 남편에게 외출하지 말라고 했던 기억이 난다. 그의 사고 소식을 접한 날은 토요일이었고 거친 날씨에 폭우까지 내렸다. 꿈에서도 그랬다. 엄청난 비가 내리는데도 우리는 한껏 들 뜬 기분으로 솔이가 가고 싶어 했던 동물원에 가기로 했다. 대문을 나서니 번호판도 없는 까만 택시 한 대가 집 앞에 대기하고 있었다. 불길한 기분이 들긴 했지만 별 의심 없이 뒷좌석에 올라탔다.

'곰 세 마리가 한집에 있어, 엄마 곰 아빠 곰 애기 곰⋯⋯.'

우리는 동물원으로 향하는 택시 안에서 솔이의 노래를 들었다. 그이는 아이의 노래를 들으며 박수를 쳤고 나는 그 모습을 보며 참 행복하다고 느꼈다. 그런데 그의 박수소리가 점점 귀에 따가울 정도로 크게 들렸고 나는 귀를 막았다. '그만 해, 여보!' 그는 멈추지 않았고 나는 가쁘게 숨을 몰아쉬며 택시기사에게 차를 세워달라고 말했다. 그런데 방금까지도 운전을 하고 있던 운전석은 텅 비어 있었다. 나는 소리쳤다. '여보, 기사가 사라졌어!' 그는 내 말에 아랑곳하지 않고 계속 박수를 쳤고 솔이도 노래를 멈추지 않았다. 다시 운전석으로 고개를 돌렸을 때, 거기엔 색동저고리를 곱게 차려입은 묘령의 여자가 있었다. 핸들에 손도 대지 않은 채 박수를 치며 즐거워하는 솔이와 남편을 무표정하게 바라보고 있었다. 나는 운전석에 앉은 그 여자에게 앞을 보라며 소리쳤다. 여자는 백미러를 통해 섬뜩한 시선으로 나를 노려보더니 그와 솔이, 그리고 나를 차례로 바라보았다. 그리고 나는 잠에서 깼다. 다음 날 저녁, 집으로 돌아오던 남편이 교통사고를 당한 것이다. 소식을 듣고 헐레벌떡 병원으로 달려갔을 땐 그는 혼수상태였다. 사흘 후, 그는 깨어났지만 미안하다는 말과 함께 어머니를 부탁한다는 말만 남기고 죽어버렸다. 그 후부터는 기억이 없다. 그 동안 잠은 잤는지, 밥은 어떻게 먹었는지 심지어 남편의 죽음을 솔이에게 뭐라 설명했는지조차 생각나지 않는다.

끼익 — 끽.

잠귀가 그리 밝은 편은 아니지만 삐걱대는 소리에 저절로 눈이 떠졌다. 눈을 뜨자 소리는 들리지 않았다. 속으로 잘못 들었겠지 하며 잠을 청하자 다시 소리가 들려왔다. 발소리였다. 어머니가 볼 일이 생겨 변소로 가는 거라면 몰라도 한밤중에 누가 찾아올 리는 없었다. 그런데 이상한 것은 내 몸의 두 배가 넘는 어머니의 발소리라기엔 턱없이 가볍게 들렸다. 문을 열어 확인해 보려다 그만두었다. 어머니와 마주치면 괜히 말도 안 되는 트집을 잡아 기관총처럼 요란한 폭언을 쏘아댈 것이 분명했기 때문이다.

졸음이 몰려왔다. 내일은 바쁜 하루가 될 것이다. 대학병원으로 가서 어머니의 상태가 어느 정도인지 의사를 만나 보아야 한다. 남편 말로는 생명이 위태로울 만큼 심각해 반년을 채 넘기지 못할 거라고 했다. 무슨 암이라고 했던 것 같은데 귀담아 듣지 않아 기억이 가물가물하다. 따져보면 이제 어머니에게 남은 시간은 두 달이 채 되지 않는다. 빠르면 빠를수록 좋다. 나는 의사로부터 '확답'을 듣기 위해 내일 병원으로 간다.

한 시간가량 떨어진 지방 대학 병원 주치의는 남편과 함께 왔던 괄괄한 시어머니를 기억하고 있었다. 나는 어머니가 거동이 불편한 것 외엔 여전히 정정하며 모르긴 해도 10년은 더 버틸 것 같다고 우스갯소리를 했다. 주치의는 놀라워하면서도 죽음에 임박할 때엔 오히려 병세가 호전되는 듯 정정해 보이는 환자들도 있다고 했다. 그러나 그것은 일시적인 현상일 뿐이라고 덧붙였다. 내가 듣고 싶었던 말이었다.

중국집에 들러 자장면을 먹고 반찬거리를 산 후 버스에 올랐다. 피로가 밀려와 자리에 앉자마자 깜빡 잠이 들었고 깨어났을 땐 버스가 익숙한 장소로 들어서고 있었다. 버스엔 나와 딸아이 그리고 40대 아주머니가 한 명 있었다. 나보다 먼저 버스에서 내린 아주머니가 힐끔힐끔 뒤를 돌아보았다. 나는 애써 웃는 낯으

로 목례를 했지만 눈이 마주치자 내 시선을 얼른 피했다. 그러고
는 버스 문이 열리자마자 회색 통바지가 펄럭거리는 소리가 나도
록 뛰기 시작했다. 기분이 언짢긴 했지만 그러려니 했다.

마을 어귀로 들어서자 방금 전 버스를 함께 탔던 아주머니가
구멍가게 앞에서 서너 명의 부녀자들에게 정신이 팔린 채 뭐라고
속닥대고 있었다. 이야기를 하며 슬금슬금 눈동자를 굴리는 모습
이 어찌 우리 이야기를 하고 있는 것 같았다. 그때 최고로 나이가
많아 보이는 여자와 스치듯 눈이 마주쳤다. 여자는 금세 시선을
피했지만 나는 덤덤하게 그쪽을 향해 천천히 걸어갔다. 나와 눈이
마주친 여자가 옆 사람의 허리를 쿡쿡 찔렀고 그들의 눈빛이 나
에게로 한데 모아졌다. 그들의 표정은 모두 심각할 정도로 경직되
어 있었는데 내가 점점 더 그쪽으로 다가가자 내게 쏠린 시선들
은 약속이라도 한 듯 모두 뿔뿔이 흩어졌다.

"오늘은 계란부침까지 했으니 일어나요."

어머니는 들은 체도 않고 고개를 홱 돌렸다. 어찌된 영문인지
이 늙은이는 날이 갈수록 힘이 솟는 것 같다.

"요번 주까지 제가 여기 있을 거고 다음 주엔 작은 어머니 보
고 와 있으라고 하세요."

대답이 없다. 다시 큰소리로 어머니를 불렀다.

"어머니!"

"왜!"

성난 목소리가 되돌아왔다.

"아직도 동생분하고 사이 안 좋으세요?"

괴팍한 성격 때문에 어머니는 달랑 하나 있는 여동생과도 사이가 나빴다.

"어머니, 그게 더 낫죠? 나보다 작은 어머니……"

"그년 죽었어."

지금 나를 놀리는 건가. 어떻게 남아난 사람이 하나도 없단 말인가. 나는 잠시 할 말을 잃고 김이 모락모락 피어나는 죽사발만 바라보다가 힘들게 입을 열었다.

"저는 여기 계속 있을 수 없어요. 어머니도 몸이 그리 나쁜 것 같지 않으니 이웃 중에서 친하게 지내시는 분이……"

"시끄러! 이 동네 있는 것들은 죄다 미친 연놈들이여!"

어머니는 하던 말을 멈추고 거칠게 숨을 몰아쉬었다. 마을 사람들에 대한 적개심을 드러내기엔 말로는 부족한 듯 보였다.

"그 연놈들이 씨를 말리려고 작정을 한 겨."

완고한 노인이라는 평판이 자자했던 어머니는 마을사람들과도 어울리지 못했다. 그렇다고 사이가 나빴다는 건 아니다. 내가 기억하는 바로는 어머니는 마을사람들에 대해 이러쿵저러쿵 말을 하는 법이 없었다. 적어도 내 앞에선 그랬다. 그렇기에 이곳에서 평생을 지낸 어머니가 갑자기 그런 말을 할 땐 그만한 이유가 있을 것이다. 도대체 마을사람들과 무슨 일이 있었기에 어머니는 저토록 광분을 하는 걸까.

"누가 무슨 말을 해도 믿지 마. 절대. 다 거짓말인게. 호로잡놈들!"

어머니는 알 수 없는 말만 계속 지껄여댔지만 이유 따위는 묻지 않았다.

다음날 아침 눈을 떴을 땐 솔이가 옆에 없었다. 오래간만에 깊이 잠을 잘 수 있어 몸은 한결 개운했지만 솔이가 자리에 없으니 더럭 겁이 났다. 나를 깨우지 않고 화장실에 갈 리도 없을 텐데. 서둘러 방을 나와 화장실부터 갔다. 집 뒤편에 마련된 재래식 변소는 일곱 살 아이가 혼자 해결하기엔 위험했다. 행여나 똥통에 빠지지는 않았을까 불안해 견딜 수가 없었다. 솔이는 없었다. 가슴을 졸이며 마당으로, 부엌으로, 다시 방으로 솔이를 찾아 헤맸다. 집을 나와 비닐하우스며 밭에도 가보았다. 밭에서 호미질을 하는 부녀자 둘을 제외하곤 아무도 없었다. 심장이 쿵쾅쿵쾅 뛰기 시작하고 몸이 뜨거워졌다. 솔아! 솔아! 하며 소리를 질렀다. 호미질을 하던 두 여자가 동시에 나를 쳐다보았다. 그리고 낮게 뭐라고 중얼대더니 하던 일을 계속했다.

"요만한 아이 못 보셨어요?"

나는 밭에 있는 부녀자들을 향해 소리쳤다. 그러나 그들은 쪼그리고 앉은 채 뒤로 돌더니 내 말을 못 들은 척했다. 두 다리가 후들거려 뗄 수조차 없었다. 한 시간을 넘게 동네를 헤집고 다니다가 집으로 다시 돌아왔을 때 솔이는 대청마루에 걸터앉아 사색이 된 내 얼굴을 보며 히죽댔다. 마치 술래를 따돌리고 교묘하게 숨는데 성공한 양 우쭐대는 것 같았다. 나는 소리를 꽥 지르며 솔이에게로 달려들었다.

"어디 있었어!"

"집에 있었는데."

"어디? 집 안 구석구석 다 찾았는데."

"엄마, 바보."

"뭐?"

"헤헤."

어머니는 내가 머리맡에 놓아두었던 사탕을 쥐 죽은 듯이 빨고 계셨다. 죽 그릇도 간장종지도 깨끗이 비어 있었다. 무슨 생각에 빠져 있는지 내가 들어오는 것도 모르고 쪽쪽 소리를 내가며 기계적으로 사탕을 빨았다. 오후 2시가 되어 딸아이의 점심을 챙기고 방으로 들어와 몸을 뉘었다. 어머니의 점심은 챙기지 않았다. 귀찮았다. 아니 귀찮은 게 아니라 어쩌면 어머니가 빨리 죽어줬으면 하는 바람이 들어 그랬는지 모른다. 나는 이불을 홱 뒤집어썼다. 어머니만 생각하면 끓는 죽처럼 속이 부글거렸다. 한참을 그렇게 누워 있었다. 그런데 식사 때가 두 시간이나 지났는데도 어머니 방은 조용하기만 했다. 오기 때문일까? 아니면 죽은 여동생이 떠올라 심란해서일까? 낯선 고요함에 내가 초조해질 정도였다.

하릴없이 부엌으로 가서 식사를 챙겨 나왔다. 이렇게 조용한 걸 보면 얼마나 골이 난 걸까. 나는 방 안으로 들어가기 전에 무슨 소리가 들리는지 문에 귀를 바짝 갖다 댔다. 코 고는 소리도, 쑥쑥 대는 거친 숨소리도 들리지 않는 것이 영 심상치 않았다. 나는 슬그머니 방문을 열었다. 방문이 열리는 순간 깜짝 놀랐다. 딸아이 솔이가 우두커니 서서 어머니를 내려다보고 있는 게 아닌가. 딸아이에게까지 몹쓸 말을 할까 싶어 절대 할머니 방에 들어가지 말라고 단단히 일렀었다. 그런데 솔이는 방문이 열린 것도 모른 채 겁도 없이 그렇게 서 있었다.

"솔……"

나는 솔이를 부르기 전에 머리가 쭈뼛 서는 섬뜩한 기운을 느꼈다. 그건 다름 아닌 솔이를 올려다보는 어머니의 얼굴이 극도로 겁에 질려 있었기 때문이다. 이미 죽어버렸는지 입을 헤 벌린 채 미동도 하지 않았다. 무엇을 보았기에 저러는 걸까. 나마저 등을 보이고 서 있는 솔이에게 겁이 날 정도였다.

"솔아!"

삐딱하게 고개를 돌린 솔이가 나를 보자 배시시 웃었다.

"너, 여기서…… 뭐하니?"

"할머니한테 재미있는 이야기 해주고 있었어."

"무슨 이야기?"

"비밀이야."

솔이는 설설 뒷걸음질치며 방 밖으로 나갔다. 그러고는 쫄래쫄래 건넌방으로 들어가 조용히 문을 닫았다.

나는 그날 밤 쉽게 잠들 수 없었다. 어머니 때문이었다. 마지막으로 안방에 들어갔을 때 어머니는 등을 보인 채 누워계셨다. 내가 몇 번이나 불러 보았지만 대답이 없었다. 불을 끄고 나오긴 했지만 자꾸만 불길한 생각이 든다. 아침까지도 말짱하던 어머니가 솔이가 그 방으로 들어가고 난 후부터 이상해진 것 같아 더욱 마음이 불편했다. 나는 솔이를 품안으로 바짝 끌어안았다. 그때였다. 이틀 전에 들었던 발소리가 또 들려왔다. 어머니가 일어나셨나. 나는 솔이가 깨지 않도록 바로 뉘이고 자리에 앉았다. 끼익 — 끼 —

발소리는 대청마루를 위를 계속 맴돌고 있었다. 어머니의 발소리라기엔 너무 얕고 조심스러웠다. 그렇다고 발소리를 들키지 않으려고 살금살금 걷는 소리도 아니었다. 몸이 가벼운 사람이 보통의 걸음으로 걸을 때 나는 소리였다. 이곳으로 온 후 단 한 번도 어머니가 자리에서 일어나는 모습을 본 적이 없다. 어머니가 아니라면 누구지? 문을 열어보고 싶어도 오싹한 느낌이 들어 자리에서 옴짝달싹 할 수 없었다.

이윽고 마루 위를 서성이던 발소리가 멈췄다. 드륵 — 방문 열리는 소리가 났다. 어머니가 용변을 보고 방으로 들어간 모양이다. 나는 그제야 길게 숨을 토해냈다. 그런데 이상한 건 한참이 지나도 방문 닫히는 소리가 나지 않는 것이다. 문을 그냥 열어놓고 주무시는 건가. 나는 어머니의 방에 문이 열렸는지 확인해 보기 위해 자리에서 일어났다. 그때 부스스 하게 눈을 뜬 솔이가 갑자기 내 팔을 붙잡았다.

"엄마…… 가지 마……"

"할머니 방에 좀 가보려고."

"가지 마."

비몽사몽간에 내 손을 잡고 가지마라고 말하는 딸아이의 얼굴을 쳐다보자 뭐라고 표현할 수 없을 만큼 기괴한 느낌이 들었다. 막연히 어리광을 부리는 것 같지는 않았다. 나는 자리에서 일어나다만 어정쩡한 자세로 싸늘한 정적이 도는 방 안을 휘 둘러보았다. 그러고는 왜 그러냐고 물어보기도 전에 솔이는 다시 잠들었다. 나는 아이가 잠 든 것을 보고 자리에서 일어나 슬그머니 방문을 열어보았다. 어머니의 방문은 닫혀 있었다.

다음날 아침 일찍 죽을 끓여 어머니에게로 갔다. 어머니는 어제 저녁 그 자세로 잠들어 있었다. 쟁반을 바닥에 두고 숟가락으로 죽을 한 번 휘저은 후 어머니를 불렀다. 대답이 없자 그릇 안에 숟가락을 꽂고 다시 어머니를 불렀을 때야 아찔한 기분이 들었다. 혹시 죽은 것은 아닐까. 바닥에 무릎을 대고 엉금엉금 기어 등을 보이고 누운 어머니에게로 다가갔다. 몸뚱이를 돌리려고 손을 뻗었지만 선뜻 만지기가 두려웠다. 떠나보내고 싶은 마음은 굴뚝 같았지만 막상 죽었다고 생각하니 마음 한구석이 짠했다. 두 손으로 어깨를 잡고 커다란 몸뚱이를 돌려 눕혔다. 어렵잖게 몸을 움직일 수 있었지만 반쯤 열린 눈꺼풀 속 검은 눈동자와 눈이 마주치자 나도 모르게 심장이 쿵쿵거렸다. 그냥 봐서는 꼭 죽은 사람 같았다. 푸르뎅뎅한 피부색과 탄력이 전혀 느껴지지 않는 빳빳한 몸뚱이, 멈춰진 호흡.

고개를 숙여 어머니의 입과 코에 귀를 갖다 대고 집중해서 숨을 느껴보려 했다.

호흡이 없다. 어머니는 죽었다. 비로소 어머니는 죽은 것이다.

나는 건넌방으로 가서 가방 안에 든 수첩을 꺼내 미리 알아온 장의사의 연락처를 쭉 찢어 안방으로 돌아왔다. 그리고 죽은 어머니의 머리맡에 있는 까만 전화기 앞으로 가서 수화기를 들었다. 오랫동안 쓰지 않아 먼지가 쌓인 수화기를 치맛자락에 슥슥 닦았다. 수화기를 귀에 바짝 갖다 대고 다이얼을 돌렸다. 두 번째 다이얼을 돌릴 때서야 전화기가 먹통이라는 사실을 알았다. 나는 수화기를 내려놓고 전화기를 방구석으로 밀었다. 내 행동은 놀랄 만큼 차분하고 흐트러짐이 없었다. 피식 웃음이 났다.

"실례합니다!"

낮은 담장으로 고개를 쭉 내밀고 소리쳤다. 하늘색 철문으로 된, 어머니의 집에서 가장 가까운 인가였다. 강풍이라도 몰아치면 집채가 날아가 버릴 것처럼 보잘 것 없었고 마당은 야트막한 키로 자란 잡초가 무성했다. 언뜻 보면 오랫동안 비워진 폐가처럼 보였으나 빨랫줄에 걸린 갓 세탁된 작업복을 보면 누군가 사는 것 같기도 했다.

"아무도 안 계세요?"

세 번이 넘게 소리쳤지만 대답은 없었다. 이른 아침이라 모두 일을 나가고 집은 비어 있는 듯했다. 막 그곳을 빠져나오는데 수건을 목에 두른 40대 남자가 이쪽으로 걸어오고 있었다. 나는 한 걸음에 달려가 그 남자 앞에 섰다. 그는 갑자기 나타난 나를 보자 흠칫 놀랐다.

"저…… 부탁이 있어 그러는데."

남자는 자신의 앞에 나타난 낯선 여자를 뚫어지게 쳐다보았다. 어깨를 뒤로 빼고 나를 경계하는 모습은 전에 본 부녀자들과 같지만 내 시선을 피하진 않았다.

"어머니가 돌아가셨어요. 장의사에게 연락을 해야 할 거 같은데…… 전화가……"

남자는 금세 대답하지 않았다. 나는 그렇게 말해놓고 내가 누구이며 죽은 사람이 누구인지 말하지 않을 것을 깨달았다.

"저는 저기 사는 분의 며느립니다. 장의……"

나는 깨진 기왓장이 보이는 지붕을 가리켰다. 남자는 내 손가락이 가리키는 지붕을, 찬바람에 오들오들 떠는 나를 번갈아 쳐다보더니 성난 사람처럼 나를 밀치고 지나갔다. 사람이 죽어 도움을 청하는데 어찌 이리도 매정할 수 있는지 슬그머니 울화통이 일었다. 이대로 가만히 있을 수만은 없었다. 나는 큰 소리로 그를 불러 세웠다.

"이봐요!"

그가 건성으로 뒤를 힐끗 돌아보았다.

"어머니가 돌아가셨는데 좀 도와줄 수 없나요?"

"그 작자들 장사 지내 줄 사람 여긴 없으니 딴 데 가서 알아보라고!"

"뭐요?"

"그 노인네 초상 치르는 대로 이 마을을 떠나는 게 좋을 거야. 안 그러면…… 에이 퉤!"

그는 말을 하다말고 바닥에다 가래침을 퉤 하고 뱉었다. 화를 내고 따지고 싶은 생각이 싹 달아났다. 구멍가게에서 본 부녀자들뿐만 아니라 동네 사람들 모두 우리를 외면하고 있었던 것이다. 도대체 무슨 일이 있었던 걸까. 이 의문들이 나를 화나게 했다. 알 필요도 없고 알고 싶지도 않지만 알아야 할 것 같았다. 마치 내가 이곳으로 와야 했던 것처럼 이 일도 내가 알아야만 할 것 같은 께름칙한 기분이 들었다.

다리가 후들거릴 정도로 뛰었다. 이집 저집을 돌며 도움을 청해봤지만 모두 거절당했다. 전화 한 통 쓰는 것조차 허락하지 않았다. 간신히 구멍가게 김 노인이 전화를 쓸 수 있게 해주었지만 이웃동네 장의사에 부탁을 해야 할 거라는 의미심장한 말을 했다. 나는 김 노인에게 왜 마을 사람들이 우리를 외면하는지 말해

달라고 보챘다. 김 노인은 비바람에 들썩이는 유리창을 바라보며 한숨을 푹 내쉬었다. 셔츠에서 구겨진 담뱃갑을 꺼내 담배 한 개비를 입에 물고 아득하게 먼 기억을 떠올리듯 허공을 응시했다.

"아주 오래 전이지. 우리 기복이가 열 살 때니까. 지금 자네 집 큰 어르신은 이 동네 유지였어. 죽은 자네 시어머니의 시어른들 말이야. 부부내외가 아주 꼬장꼬장했지. 지금 자네 어머니는 원래 그 집 며느리가 아니었어. 알고 있었나? 원래 그 집 며느리는 양가집 규수였는데, 글쎄 아이를 가지지 못하는 거야. 3년이 지나도록 소식이 없자 지금의 자네 시어머니를 데려온 거지."

그는 거기서 말을 끊고 담배를 깊게 빨았다.

"자네 시어머니는 원래 그 집에서 일하는 머슴 딸이었는데 데려오자마자 떡 하니 아들을 낳아 준 거야. 처음엔 그저 씨받이로 데려온 건데. 첫째아들이 아장아장 걷기도 전에 또 둘째를 가졌는데 아, 글쎄 또 아들인 거야. 그게 자네 남편 아닌가? 첫째는 죽었으니까."

남편에게서 한 살 많은 형이 있었다는 소릴 들은 적이 있다. 초등학교 입학을 앞두고 갑작스런 사고로 죽었다고 했다.

"씨받이로 온 여자가 며느리자리를 꿰찬 거지. 말도 마. 원래 있던 며느리 고함소리가 예까지 들렸으니까. 매질당하는 소리 말이야. 언젠가 한 번은 거지몰골로 나를 찾아와서는 갓난쟁이 아들 하나를 훔쳐달라고 말하는데, 제 정신이 아니었어. 그러던 어느 날부터 그 며느리가 소리 없이 사라졌지. 자네 집에선 원래 며느리가 미쳐서 집을 나갔다고 했지만 마을사람들은 그 말을 믿지 않았어. 모두들 맞아 죽었다고 생각하지. 그런데 희한한 건 그 여

자가 사라지고 난 후부터 마을에 흉흉한 일들이 벌어지기 시작
하는 거야. 아이들이 살 수가 없어. 이 마을엔. 핵교 들어가기 전
에 병이나 사고로 죽어버리지 뭐야. 쯧쯧, 그러니 이 마을에 저주
가 씌었다고들 생각하지."

나는 김 노인의 이야기를 듣고 새로운 사실을 알게 되었지만
터무니없는 소문 따위에 마을사람들이 우리를 외면한다는 사실
은 어이가 없었다. 나는 김 노인의 이야기를 골몰한 눈빛으로 끝
까지 경청하는 척했지만 내 머릿속은 내내 어머니의 초상을 치러
줄 장의사를 찾아 빨리 이 마을을 뜨고 싶은 생각뿐이었다.

솔이는 대청마루에 서서 죽은 어머니가 있는 방 안을 들여다
보고 있었다. 나는 부리나케 마루로 올라서서 안방 문을 소리 나
게 닫았다. 그리고 아이의 손을 끌고 건넌방으로 가서 다시는 안
방에 서성거리지 못하도록 다시 한 번 주의를 주었다.

그날 밤, 두 남자가 집으로 찾아왔다. 60대 노인과 젊은 남자인
데 쳐진 입을 꾹 다문 모습이 언뜻 보아도 부자지간처럼 꼭 닮았
다. 노인은 황달기가 있는 노란 눈으로 마당 곳곳을 훑으며 두 팔
을 크게 벌린 채 걸어 들어왔다. 조심스럽게 다가가 누구냐고 묻
기도 전에 노인은 불쑥 입을 열었다.

"고인이 어디 있노?"

장의사였다. 너무 반가운 나머지 노인의 손을 덥석 잡을 뻔
했다.

"저, 저 방이에요."

나는 불 꺼진 안방을 가리켰다. 두 남자가 저벅저벅 마당을 가

로질러 대청마루 위로 우뚝 올라섰다. 그리고 뒤를 돌아 나를 힐끗 쳐다보더니 집에 혼자 있냐고 물었다. 나는 그렇다고 답했다. 노인과 젊은 남자가 안방으로 들어가더니 내게 들어오란 말도 없이 문을 닫았다. 안방에 불이 켜지고 두 남자의 그림자가 작은 띠살창으로 비쳤다. 대청마루에 서서 그들이 나오기만을 기다리고 있을 때 이번엔 사십대로 보이는 중년여자가 찾아왔다. 여자는 우중충한 색상의 한복차림이었는데 어디에선가 본 듯한 얼굴이었다. 나는 한 걸음씩 다가오는 그녀를 지켜보며 그녀가 누구인지, 어디서 보았는지 기억해 내려 애썼다. 가지런한 눈썹과 작은 입술을 가진 단아하고 소박한 인상이었다. 그러나 파내버린 무덤처럼 푹 꺼진 눈언저리와 그 속으로 보이는 초점 없는 눈동자는 왠지 으스스했다. 여자는 자로 잰 듯 일정한 보폭으로 어느새 불쑥 내 앞으로 다가섰다. 그러고는 불 켜진 안방을 넌지시 바라보았다.

"누구……"

나는 목소리를 낮춰 그녀에게 물었다.

"어머니가 돌아가셨다는 소리 들었어요."

여자는 늘어진 엿가락처럼 천천히 말했다. 마을사람들은 어머니가 죽었다 해도 눈 하나 깜짝하지 않을 터인데 그렇다면 이 늦은 밤 집을 찾아온 여자는 마을 근처에 사는 먼 친척이라도 되는 걸까. 어머니와 각별한 사이라면 내가 머무르는 동안 왜 단 한 번도 찾아오지 않았을까. 쓸데없는 궁금증이 솔솔 피어올랐지만 곧 생각을 접고 낮게 말했다.

"찾아주셔서 고맙습니다."

여자와 나는 죽은 어머니가 있는 방으로 시선을 돌렸다. 그 사이 나는 어머니의 장례를 치르기 위해선 누군가의 도움이 절실히 필요하며 마침 그녀가 도움을 줄 거란 생각을 했다. 갑자기 마음이 급해졌다. 무슨 말을 어떻게 꺼내야 할지 난감하지만 지금 부탁하지 않으면 다시는 그녀를 볼 수 없을지도 모르기 때문이다. 나는 조심스럽게 입을 열며 고개를 돌렸다.

"저……"

그리고 여자를 마주보는 순간, 나도 모르게 머리칼이 곤두섰다. 그 여자는 나와 같이 어머니가 있는 안방을 바라보고 있다고 생각했다. 그러나 그녀의 시선은 솔이가 있는 건넌방을 향해 있었다. 무표정한 얼굴로 그곳을 바라보던 여자는 나와 눈이 마주치자 삽시간에 표정을 바꿔 서늘하게 웃었다. 순간 당황했지만 나도 그녀를 따라 허옇게 웃었다.

"새댁, 이리 와 봐!"

때마침 안방에서 노인이 소리쳤다. 이 어색한 자리를 피하게 된 것은 다행이지만 노인의 부름이 왠지 심상치 않았다.

"방에 들어가 봐야 할 거 같네요. 다음에 식사라도……"

여자는 말없이 고개를 끄덕이며 돌아섰다. 끝내 도움을 청할 수 없었지만 스멀스멀 기어드는 찝찝한 기분 때문에 오히려 그녀가 빨리 자리를 떠나주길 내심 바라고 있던 터였다. 여자가 대문을 빠져나가 내 눈에서 사라질 때까지 지켜보다가 안방으로 후다닥 달려 들어갔다. 안방으로 들어갔을 때 두 남자는 어머니를 등진 채 앉아 있었다. 노인은 굳은 표정으로 나를 위아래로 훑어보더니 켕하고 콧소리를 냈다. 뜸을 들이며 말을 하지 않자 나는 점점 초조해지기 시작했다. 구멍가게 김 노인의 말대로 그들이 마음을 바꿔 장사를 지내주지 않겠다거나 장례비를 두 배로 요구할 지도 모른다는 따위의 불안감이 아니었다. 그보다 더한 말을 들을까봐 겁이 났다. 이윽고 그가 입을 열었다.

"너거 어머니 안 죽었다."

머릿속이 하얘졌다. 누군가 옆에 없었다면 고함을 질렀을지도 모른다. 나는 비명을 삼키려고 입을 틀어막았다. 절대 있을 수도 없고, 있어서도 안 되는 일이 지금 눈앞에 일어났다.

"준비는 해둬라. 그리 오래 사실 것 같진 않고만."

그 어떠한 말도 나를 위로 할 순 없었다. 이를 악물었다. 어머니에 대한 분노가 서서히 다시 고개를 들기 시작했다.

그들이 돌아간 후 일찌감치 자리를 펴고 누웠다. 자리에 눕자마자 솔이는 금세 잠이 들었지만 저 질긴 생명력을 타고난 어머니를 보며 하루하루 죽을 날만 손꼽아 기다려야 한다는 사실에 오히려 나는 정신이 더 말짱해졌다. 이틀, 딱 이틀만 두고 보다가 이 집을 떠날 거라 다짐하며 거칠게 이불을 머리끝까지 덮고 억지로 잠을 청했다. 이리저리 몸을 뒤척이다가 간신히 잠에 빠질 무렵 대청마루를 밟는 발소리에 눈이 번쩍 떠졌다. 끼이익 — 끽.

이불을 어깨까지 내리고 귀를 기울였다. 끼이익 — 끽. 분명한 발소리였다. 거의 매일 밤 들려온 발소리가 오늘따라 소름끼치는 건, 눈 하나 깜빡이지 못하는 어머니가 자리를 털고 일어났다는 사실이었다. 나는 두 눈을 동그랗게 떴다. 미닫이문에서 눈을 뗄 수가 없었다. 달빛을 받아 생긴 거뭇거뭇한 그림자가 누런 한지를 바른 띠살문에 거짓말처럼 나타났다가 금세 사라졌다. 그것을 보는 것만으로도 심장이 벌렁거리고 숨이 막힌데 대청마루를 뱅뱅 돌던 어머니가 벌컥 문이라도 열면 이대로 심장이 멈춰버릴 것만 같았다. 솔이를 품에 꼭 껴안고 두 눈을 질끈 감았다.

"엄마……"

너무 세게 껴안았는지 아이가 잠에서 깨고 말았다.

"솔아, 얼른 자."

나는 그렇게 말하면서도 방문에서 눈을 뗄 수가 없었다.

"엄마, 무서워?"

솔이가 물었다.

"뭐가?"

"할머니야."

"누구라고?"

"저 소리……"

"할머니는…… 못 일어나."

"이집에 할머니 한 명 더 있어."

나는 솔이의 말이 어처구니없으면서도 한편으론 간담이 서늘해졌다. 그때 발자국소리가 어렴풋이 들리는가 싶더니 이내 사라졌다. 소리가 사라지고 난 후 한참이 지난 후에야 솔이의 말대로 어머니가 아닐지도 모른다는 불길한 생각이 들었다. 그렇다면 솔이가 말한 또 다른 할머니는 누구란 말인가.

나는 엉금엉금 기어 문간으로 갔다. 그리고 남의 집을 엿보듯 조심스럽게 문을 열었다. 좁은 틈새로 보이는 마루엔 아무도 없었다. 슬그머니 문을 열고 대청마루로 나왔다. 낮게 깔린 구름이 달빛을 가려 마당위로 음산한 그림자를 만들어냈다. 훅하고 숨을 쉬자 입에선 하얀 입김이 뿜어져 나올 정도로 공기는 차가웠다. 셔츠의 앞섶을 여미며 마당을 휘 둘러보았다. 안방문도 닫혀 있고 어머니의 신발도 가지런하게 놓여 있었다. 이상한 점은 없었지만 까닭 없이 뒷덜미가 묵직해지는 기분이 들었다. 서둘러 방으로 들어가려는데 문득 이상한 기분이 들었다. 나는 마루 위에 서서 마당 쪽으로 걸어갔다. 면바지 두 개와 수건 그리고 솔이의 하얀 원피스가 걸린 빨랫줄을 유심히 바라보았다. 저절로 고개가 기울어졌다. 유독 솔이의 원피스만이 바람에 춤을 추듯 출렁이고 있었기 때문이다. 나는 마루를 내려와 마당에 섰다. 비를 쏟을 것처럼 날은 우중충했지만 바람은 불지 않았다. 그렇다. 바람 한 점 없다. 나는 요란하게 펄럭이는 솔이의 원피스를 잡으려고 손을 뻗었다. 거의 손에 닿아 잡으려는 찰나였다. 원피스는 갑자기 물 먹은 것 마냥 축 늘어지더니 바닥으로 떨어졌다. 요상하고 불길한 예감이 칼바람처럼 스치고 지나갔다. 나는 아이의 원피스를 바닥에 내버려둔 채 방으로 뛰어 들어갔다.

죽 그릇을 들고 서서 고민에 빠졌다. 빈사상태의 어머니에게 끼니를 챙긴다는 것은 무의미했다. 괜한 짓인 줄 알면서도 마지막 식사가 될지 모른다는 생각에 죽과 간장 종지를 바닥에 두고 방을 나왔다. 그런데 어찌된 영문인지 그날 저녁 방으로 들어갔을 때 그릇은 깨끗이 비어 있었다. 귀신이 곡할 노릇이었다. 다음 날도 마찬가지였다. 죽기는커녕 푸르뎅뎅한 얼굴에 점점 붉은 핏기가 돌기 시작했다. 언제 무슨 일이 있었냐는 듯 어머니가 자리에서 벌떡 일어날 것만 같아 불안해 견딜 수가 없었다. 그러나 어머니가 살아난다는 건 불가능하다. 의사도 장의사도 그랬다. 곧 죽을 거라고. 두고 볼 요량으로 매번 끼니를 챙겨 방 안에 두고 나왔다. 수시로 방 안을 훔쳐보며 작은 소리에도 귀를 기울였다. 불시에 들이닥치기를 하루에도 수십 번, 어머니는 그 자세 그대로였지만 죽 그릇은 언제나 깨끗이 비어 있었다. 이틀은 사흘이 되고, 사흘은 닷새가 되었다. 나를 괴롭히기 위해 작정을 하고 죽은 척하는 게 아닌지 의심이 들 정도였다. 온종일 안방에서 시간을 보낸 적도 있었다. 그런 날에는 어머니는 송장처럼 꼼짝도 하지 않았다. 오로지 내가 보지 않는, 내가 듣지 않는 시간에만 움직였다. 그런 일이 가능한지 도저히 믿을 수가 없었다. 어머니와 나의 종잡을 수 없는 숨바꼭질이 계속되던 어느 날 나는 문을 박차고 들어가 채 식지 않은 죽 그릇을 들고 나와 버렸다. 두고 볼 것도 없었다. 피를 말려 죽일 작정으로 내가 없는 동안 밥을 처먹고 밤마다 대청마루를 맴도는 것이다. 이 늙고 요망한 요귀가!

나는 더 이상 식사도 챙기지 않았고 안방 근처엔 얼씬도 하지 않았다. 살이 썩어 문드러질 때까지, 끝까지 내 눈으로 지켜보리라는 강렬한 오기가 발동하기 시작했던 것이다.

어스름하게 날이 밝아올 때야 부슬부슬 비가 내리기 시작했다. 조금씩 내리던 비는 점점 거칠어졌고 이따금 하늘에선 번쩍번쩍 불꽃이 튀곤 했다. 나는 그때까지도 잠들 수 없었다. 궂은 날씨 때문만이 아니었다. 아까부터 계속 안방에선 얕은 신음소리가 들려오고 있었다.

"무울…… 무울…… 물…… 줘……."

이틀을 굶겼다. 그러나 빈사상태였던 어머니는 오히려 더 말짱해지고 있었다. 의식이 되살아나고 있는 것이다. 그 소리를 듣지 않으려고 귀를 막았지만 소용이 없었다. 절대 다시 살아나서는 안 될 존재가 보란 듯이 소리치고 있었다.

"이년아! 무울, 물가지고 와!"

숨이 막히고 사지가 발발 떨렸다.

'저런 계집년 하나 살리려고 오백씩이나 쓴 거야! 미친 연놈들아!'

뜨거운 분노로 똘똘 뭉쳐진 불덩이가 목구멍까지 차올랐다. 참을 수가 없었다. 계속해서 물을 달라고 외치는 검은 마왕의 손아귀를 벗어날 방도는 단 하나뿐이었다. 스스로 죽지 못한다면 누군가 죽이는 것이다.

"할머니 돌아가셨어. 오늘 서울 갈 거야."

장롱에서 가방을 꺼내 옷가지들을 마구 쑤셔 넣기 시작했다.

"할머니 안 죽었잖아."

솔이가 퉁하게 대꾸했다.

"죽었어."

"안 죽었어! 빨간 치마 입은 할머니가 그랬어. 이 집에서 같이 살자고."

"자꾸 이상한 소리 할래? 여기 빨간 치마 입은 할머니가 어딨어!"

"있어! 엄마는 바보라서 못 보는 거야!"

"너 자꾸 이상한 소리하면 여기 두고 간다!"

"가! 혼자 가! 나 서울 안 가!"

"뭐?"

솔이는 아끼던 곰 인형을 대청마루에 내팽개쳐 둔 채 바삐 일어섰다. 제대로 먹이지 못해서인지 하루가 다르게 야위어가고 예전만큼 나와 같이 있으려 하지도 않았다. 나의 말이라면 웬만해선 듣던 아이가 이번만큼은 절대 지지 않으려고 갖은 생떼를 부렸다.

"엄만 왜 할머니를 싫어해?"

마른 양말을 탈탈 털어말다 흠칫 놀랐다. 알 필요도 없고 알아서도 안 될 이야기란 생각에 못들은 척 대답하지 않았다. 대답이 없자 솔이가 다시 물었다.

"왜 싫어하냐고?"

"……"

대답을 회피하려고 밖으로 나가려는데 솔이가 툭 내뱉듯 말했다.

"우리를 싫어하니까?"

나는 솔이의 말에 걸음을 멈췄다. 누가 무슨 소리를 어떻게 했는지 몰라도 일곱 살 난 아이가 이해하기엔 너무 잔인했다. 누가 그 따위 소릴 했냐고 버럭 소리를 질렀다.

"누가 그런 말을 해!"

솔이는 그저 나를 노려볼 뿐이었다. 내 딸이 아닌 것 같다. 나는 아이를 붙잡고 누가 그런 소리를 했냐고 끝까지 캐묻고 싶었지만 그 사실을 곧이곧대로 받아들일 수도 있다는 생각에 더 이상 말을 꺼낼 수가 없었다.

"서울 안 가!"

솔이가 도망치듯 문으로 내달린다. 문 밖으로 빠져나가려는 솔이를 잡아 방 안으로 끌고 왔다. 손목을 잡힌 아이가 몸을 바짝 웅크린 채 완강하게 버티다가 어느새 정신이 빠진 사람처럼 내 손아귀에서 벗어나려고 거칠게 반항했다. 그럴수록 내 손가락은 더욱 힘이 들어갔고 솔이의 손은 벌겋게 달아올랐다. 급기야 솔이가 내 손등을 손톱으로 꾹 찍어 눌렀다. 아픔도 느껴지지 않았다. 나도 이성을 잃고 솔이에게 지지 않으려고 몸부림치고 있었다. 왜 그랬는지 모른다. 멈추고 싶었지만 그럴 수 없었다. 질세라 솔이의 손목을 뒤로 꺾어버렸다. 악! 비명을 지르는 솔이의 눈에서 살기를 띈 희미한 광채가 번뜩였다. 그것을 보자 가슴이 철렁 내려앉았다. 얼떨결에 솔이의 손목을 놔버렸다. 그때였다. 솔이가 손톱을 세워 나의 오른뺨을 무서운 기세로 할퀴었다. 피할 새도 없었다. 섬뜩한 침묵이 흘렀다. 오른뺨을 감싼 손이 부들부들 떨렸다. 아찔한 고통은 잠시뿐이었다. 그러나 나는 숨소리조차 낼 수 없을 만큼 극심한 공포에 사로잡혔다.

솔이는 방금 무슨 일이 일어났는지조차 모르는 듯한 표정으로 숨을 가쁘게 몰아쉬고 있었다. 아이는 나와 시선을 마주치지 못하고 뺨을 할퀸 자신의 손가락을 꼼지락거렸다. 차라리 아까처럼 울며 떼를 쓰면 좋으련만 솔이는 이상하리만치 온순하게 방구석으로 가 앉더니 무릎을 세워 그 사이로 얼굴을 푹 박았다. 작은 어깨가 부풀었다 졸아드는 것을 보자 눈물이 핑 돌았다.

안방으로 가서 문을 활짝 열어젖혔다. 방 안은 어두침침했고 무서우리만치 조용했다. 방 안에 밴 역한 지린내에 욕지기가 일었다. 거칠게 문을 닫고 퍼질러 누운 몸뚱이를 노려보았다. 몸을 움직인 흔적은 없었지만 이불 밖으로 삐져나온 오른손은 뭔가를 움켜쥐려는 듯 오그라져 있었다. 얼마 떨어지지 않은 곳에 텅 빈 밥그릇이 놓여 있었다. 그 와중에도 뱃속을 채우고 싶었던 모양이다. 가증스럽고 요망한 노인네 같으니라고!

하얀 수건을 양옆으로 팽팽하게 당겼다. 주먹을 쥔 왼쪽 손등부터 수건을 칭칭 감았다. 심장 뛰는 소리가 크고 좀 더 빨라졌지만 정신은 평소보다 몇 배로 또렷했다. 내 머릿속은 단 한 가지 생각뿐이었다. 죽음!

이상한 것은 나의 마음이었다. 두려움과 분노, 단 한 줌의 가책도 느끼지 않았다. 그저 덜렁덜렁 달고 다니는 커다란 혹 덩어리를 가위로 싹둑 잘라내고 싶을 때처럼 얼른 이 일을 해치우고 싶은 심정뿐이었다. 나는 지쳤고 역한 지린내며 뚱뚱하게 부푼 몸뚱이에 신물이 나 있었다.

콧등을 타고 주르르 흘러내린 땀방울이 어머니의 입 안으로 뚝 떨어졌다. 둘둘 말아 단단하게 뭉친 수건을 어머니의 입 가까이로 천천히 가져갔다. 저 까만 구멍 속에 집어넣고 온 힘을 다해 누르면. 나는 미처 생각을 다 마치기도 전에 그 몹쓸 인간의 입속에 수건을 쑤셔 박았다. 입을 틀어막자 나의 입 밖으로 뜨거운 열기가 훅 터져 나왔다. 거의 동시에 어머니가, 아니 괴물이 눈을 번쩍 떴다. 나도 모르게 몸이 들썩 움직였다. 붉은 실핏줄이 드러난 노란 눈알이 비현실적일 만큼 크게 느껴졌다. 겁이 났지만 멈출 수는 없었다. 노란 눈알 속에 겁에 질려 울고 있는 솔이의 모습이

비춰졌기 때문이다. 이대로 멈췄다가는 솔이와 나는 이 요귀의 손
아귀에서 영영 벗어날 수 없게 될 것이다. 이년을 죽이지 않으면
우리가 죽는다! 눈을 크게 뜨고 상체에 힘을 실어 힘껏 눌렀다.
온 몸이 뜨거워지고 근육들이 빠르게 수축되었다. 보지 않아도
내 얼굴은 터지기 직전의 시한폭탄처럼 붉게 달아올라 있음을 느
낄 수 있었다.

죽어, 죽으라고!

코뼈가 두둑하고 부서지는 소리가 났다. 온몸이 땀으로 범벅이
된 후에야 바닥에 쓰러졌다. 식은땀으로 축축하게 젖은 옷이 얼
음장처럼 차갑게 느껴질 무렵 서서히 한기가 들기 시작했고 온몸
은 걷잡을 수 없이 떨렸다.

눈을 떴을 땐 나는 건넌방 이부자리 위에 널브러져 있었다. 아
무것도 변한 것이 없었다. 방안도 그대로이고 시간도 소리 없이
흘러가고 있었다. 내가 무슨 짓을 했는지조차 까마득했다. 꿈을
꾼 건 아닌지 계속해서 기억을 더듬어 보았다. 솔아……

나는 힘없이 솔이를 불렀다. 하얀 원피스를 입은 솔이가 머리
맡에 서서 나를 내려다보고 있었다. 그제야 마음이 놓였다.

"솔아, 엄마랑 자자."

나는 혼잣말 하듯 작게 읊조렸다. 솔이가 웃었다. 누워서 솔이
를 올려다보고 있다는 사실도 잊은 채 거꾸로 보이는 솔이의 얼
굴이 귀신처럼 무섭게 느껴져 몸서리가 쳐졌다.

"솔아, 이리와."

손을 뻗었다. 쇳덩이를 달아놓은 것처럼 천근만근 무겁다.

"솔아, 엄마랑……"

'무…… 울, 물 줘…… 목 말라……'

우리는 동시에 소리가 나는 쪽으로 고개를 돌렸다.

'무울…… 물 줘……'

죽었다고 생각한 어머니가 물을 달라고 신음하고 있었다. 순간적으로 구역질이 났다. 시큼한 위액이 입 밖으로 줄줄 흘렀다.

안 돼, 이럴 수 없어! 내가 죽었단 말이야. 내가 죽었다고!

자리에서 일어나려고 안간힘을 썼지만 소용없었다.

"솔아, 엄마 좀 일으켜……"

그러나 솔이는 내 말은 들은 체도 않고 문간으로 처벅처벅 걸어가더니 미닫이문을 활짝 열어젖혔다.

"솔아, 안 돼! 가지 마!"

솔이는 뒤도 돌아보지 않고 대청마루를 지나 안방으로 다가갔다. 그리고는 척하는 소리가 나도록 안방 문을 열어보았다. 솔아, 문 닫아, 라고 외쳐보지만 솔이의 귀에 내 고함소리가 들릴 리가 없었다. 나는 입을 뗄 수 없었으니까. 솔이가 나를 보며 낄낄 소리 내어 웃었다. 그때 어두컴컴한 안방, 어딘가에서 꿈틀대는 움직임이 느껴졌다. 솔이, 거기서 나와!

어둠 속에서 서서히 모습을 드러내기 시작한 것은 어머니였다. 서슬이 퍼런 눈을 부릅뜨고 손톱을 세워, 필사적으로 방을 기어 나오고 있었다. '무울…… 물 줘……'

솔이는 그것도 모르고 하얀 치맛자락을 흔들며 정신없이 웃고 있었다.

"솔아! 뒤를 보라고!"

거대한 괴물이었다. 방 안을 가득 메운 거대한 몸뚱이가 앞으로 조금씩 쭉쭉 당겨오고 있었다. 나는 자리에서 일어나려고 필사적으로 몸부림쳤다. 그러나 몸이 바닥에 착 달라붙어 떨어지지 않았다.

"솔아, 도망쳐!"

거북이 등딱지마냥 거무죽죽한 몸통이 얼추 솔이의 발언저리까지 다가왔을 땐 나는 두 눈을 꾹 감고 말았다. 제발!

얼마나 지났는지 모른다. 솔이는 내 옆에서 잠들어 있었다. 머리가 빠개질 듯 아팠지만 기억은 또렷하게 남아 있었다. 툭. 툭. 툭― 축. 축. 축― 발소리라고 생각한 나는 허겁지겁 솔이를 끌어안으며 바짝 긴장한 채로 방문을 주시했다. 위기감을 느낀 몸뚱이가 달아나라고 소리치고 있었다. 곤히 잠든 솔이를 재빨리 방구석에 눕히고 이불로 덮었다. 주섬주섬 옷가지들을 챙겨 아이의 몸뚱이 위로 던지고 커다란 가방으로 누운 자리 주변에 담을 쌓았다. 자리에서 일어나 솔이의 형체가 보이는지 다각도로 살폈다. 감쪽같다. 가방과 옷가지들을 쌓아둔 것처럼 보였다.

방을 나서야 하는데 좀처럼 발이 떨어지지 않았다. 나는 이불에 덮여 보이지 않는 솔이를 힐끗 쳐다보고는 스스로 용기를 가질 수 있도록 주먹을 꾹 쥐었다. 발꿈치를 세우고 방문 앞으로 걸어갔다. 땀으로 젖은 손이 동그란 문고리를 잡아 열었다. 발자국소리라고 생각했던 것은 앞을 볼 수 없을 만큼 억수같이 내리는 빗소리였다. 이대로 아무것도 볼 수 없고, 아무것도 들을 수 없었으면 좋겠다. 맨발로 쏜살같이 부엌으로 달려갔다. 그것으로부터 몸을 보호할 만한 흉기가 필요했다. 부뚜막에 둔 식칼을 보자마자 칼자루를 단단하게 말아 쥐었다. 끝이 날렵한 칼을 품고도 다리가 휘청거린다.

대청마루를 살금살금 기어올라 안방 문 앞으로 다가갔다. 어머니가 방밖으로 나올 수 없도록 밖에서 방문을 걸어 잠가야 했다. 그러나 방문에 손이 닿기도 전에 문이 벌컥 열릴까 두려워 링 모양의 손잡이를 벽에 고정된 고리에 거는 것이 맘처럼 쉽지 않았다. 가까스로 고리에 손잡이를 걸고 튕기듯 뒤로 물러섰다. 대청마루에 웅크리고 앉아 언제 튀어나올지 모를 그것을 향해 칼을 세웠다.

비는 그쳤지만 사위는 안개로 자욱했다. 웅크린 자세로 모로 누워 있다가 바닥을 긁는 소리에 발딱 일어났다. 깜빡 잠이 들긴 했지만 칼을 쥔 손은 여전히 뻣뻣하게 힘이 들어가 있었다. 북북. 박박. 안방에서 나는 소리였다. 보이지 않는 저편을 향해 칼을 치켜세웠다. 바닥을 긁는 소리가 점점 가까워질수록 굳어버린 심장이 쩍쩍 갈라지는 것 같다. 깊게 숨을 들이쉬는 찰나였다. 푹. 기다랗게 자란 시커먼 손톱 하나가 한지를 바른 문살에 갈고리마냥 척 걸렸다. 푹. 푹. 껍질을 깬 새끼 뱀처럼 하나 둘, 종이를 뚫고 꿈틀댔다. 문 전체가 들썩대기 시작했고 문이 통째로 뜯겨나갈 것만 같았다.

'물…… 무울 줘.'

숭숭 뚫린 구멍으로 샛노란 불빛이 반짝였다. 눈이었다. 괴물의 눈. 나는 본능적으로 달려들어 찢어진 구멍 안으로 칼을 쑤셔 넣었다. 허공을 찢어발기는 비명과 함께 칼자루가 방 안쪽으로 쑥

빨려 들어갔다. 별안간 신음소리가 뚝 끊겼다.

쿵—

느리고 탁한 굉음이었다. 문짝이 대청마루 위로 쓰러진 것이다. 나는 자지러지며 뒤로 물러났다. 고개를 들었을 때 눈앞에 펼쳐진 끔찍한 광경에 입이 쩍 벌어졌다. 어두컴컴한 방 안엔 새카맣게 뚫린 눈을 제외하면 너무나 온전한, 징그러울 정도로 건강해 보이는 7년 전 어머니가 거기에 있었다. 하나님이 존재한다면, 하나님이 인간을 창조했다면 절대 만들지 말았어야 할 생명체가 거기에 우뚝 서 있었던 것이다. 인간의 모습을 한 살무사 같았다. 독살스런 눈깔에서 황금빛 광채가 번쩍인다. 달아나려 해도, 맞서 싸우려 해도 몸이 말을 듣지 않았다. 그것이 움직이기 시작했다. 한손으로 칼자루를 쥐고 눈에 꽂힌 칼을 빼려고 안간힘을 썼다.

으아악— 물을 달라고 신음하던 소리는 곧 괴성으로 뒤바뀌고 이윽고 눈에서 칼이 뽑혔다.

"재수 없는 년, 뒤져 이년아!"

눈에서 뽑아든 칼은 순식간에 내 얼굴로 날아들었다. 식칼은 아슬아슬하게 내 이마를 스치고 건넌방 문에 꽂혔다. 정신이 번쩍 들었다. 나는 문에 꽂힌 칼을 재빨리 뽑아들었다. 쿵쿵쿵. 대청마루가 들썩인다. 잠시 고개를 돌린 사이에 그것은 무서운 기세로 내게 달려오고 있었다. 몸을 웅크린 채 칼을 든 손을 쭉 뻗었다. 간발의 차이로 괴물의 가슴에 칼이 꽂혔다.

"죽어! 죽으라고!"

그게 끝이 아니었다. 두툼한 손이 내 머리채를 잡고 늘어졌다.

나는 온힘을 다해 가슴에 꽂은 칼을 오른쪽으로 비틀며 더 깊게 쑤셔 넣었다. 칼을 더 깊게 꽂아 넣을수록 내 머리채를 잡은 괴물의 손이 더욱 거칠어졌다. 머리가죽이 통째로 뜯겨 나갈 것 같았다. 나의 몸뚱이는 구겨진 종이처럼 괴물의 가슴팍에 짓눌려 허우적대고 있었다. 숨이 막혀 더 이상 힘을 쓸 수가 없었다. 칼자루가 손에서 미끄러지듯 빠져나갔다. 괴물은 그 틈을 놓치지 않고 분풀이를 하듯 나를 바닥으로 내동댕이쳤다. 나는 대청마루에 머리를 박고 마당으로 나뒹굴었다. 7년 전, 그때의 일이 주마등처럼 스쳐 지나갔다. 눈곱만큼도 아프지 않았다. 두려움이 사라진 것도 그때였다. 나는 죽을힘을 다해 대청마루로 뛰어올라가 그년의 가슴에 꽂힌 칼을 빼들고 이를 갈듯 내뱉었다.

"죽어! 죽어 없어지라고!"

마지막 발악이었다. 칼끝이 괴물의 눈을 파고들자 시뻘건 피가 분수처럼 내 얼굴로 뿜어졌다. 눈에서 코로, 코에서 목으로 나의 칼부림은 지칠 줄 모르고 계속 되었다. 오로지 죽여야 한다는 생각뿐이었다. 살이 찢기고 뼈가 부서지는 소리가 귀가에 더 이상 들리지 않을 때야 나는 동작을 멈췄다. 칼은 빗장뼈에 단단히 박혀 있었다. 넝마처럼 닳고 헤진 머리통에서 뽀얀 연기가 피어올랐다. 꿈틀대던 몸뚱이가 드디어 멈췄다. 죽은 것일까, 정말 죽은 걸까? 얼굴이라고 하기도 뭣한 으스러진 자리를 주시하다가 조심스럽게 귀를 갖다 댔다. 숨은 멈췄다. 어머니는 죽었다. 시나브로 다시 살아난다고 해도 다시 죽일 것이다. 어둡고 긴 악몽의 터널에서 벗어나는 순간이었다.

"솔아!"

나는 건넌방으로 달려가 딸아이를 덮은 이불과 옷가지들을 헤쳐 냈다. 곰 인형을 껴안은 솔이가 쥐 죽은 듯이 누워 있었다. 얼마나 겁에 질렸는지 나를 보고도 꿈쩍도 하지 않았다. 아이를 품에 얼싸안았다.

"솔아, 가야 돼! 일어나!"

시간이 없다. 저 괴물은 다시 일어날지 모른다. 뒤돌아보았다. 뜨뜻한 피가 채 식지 않은 괴물이 우리를 향해 널브러져 있었다. 한 손으로는 솔이의 눈을 가리고 문간으로 다가갔다. 대청마루는 피로 홍수가 난 거 마냥 발 디딜 틈이 없었다. 문지방을 넘기 전에 아이에 귀에 대고 작게 말했다. 솔아, 하나 둘 셋 하면 앞만 보고 뛰는 거야. 하나. 둘. 세……

끼익 — 끽.

발소리였다. 나는 셋을 세다말고 그 자리에 얼어붙었다. 분명한 발소리였다. 그때, 섬광 같은 빛줄기가 하늘 위를 길게 갈랐다. 끼익 — 끽 — 뭔가 등허리를 스치고 지나갔다. 화들짝 놀라 뒤돌아보니 벌건 피로 물든 대청마루 위로 크고 작은 발자국이 하나 둘 나타나기 시작했다. 달아나야 해!

미끄러지듯 대청마루를 지나 마당으로 달렸다. 굵은 빗줄기가 사정없이 눈앞을 가렸다. 파란 철문을 박차고 필사적으로 달렸다. 질퍽한 흙바닥에 발이 푹푹 빠져 좀처럼 속도를 낼 수 없었지만 달리는 것을 멈추지 않았다. 몇 걸음 떼지도 않았는데 벌써부터 몸이 무겁다. 달아나지 못하도록 무언가가 내 발목을 잡고 늘어지는 것 같다. 게다가 눈을 감고 있는 것처럼 앞이 깜깜해 어디로 달리고 있는지조차 가늠할 수 없었다.

"솔아! 달려!"

솔이는 말이 없다.

"솔…… 아."

마치 꿈을 꾸기라도 하듯 방금까지도 옆에 있던 아이가 감쪽같이 사라져버렸다. 비에 젖은 곰 인형이 내 손아귀에서 웃고 있었다. 솔아! 주위를 둘러보아도 솔이는 보이지 않았다. 비는 멈췄지만 사방은 뿌연 안개로 덮여 한치 앞을 내다볼 수 없었다. 왔던 방향으로 되돌아가 가는 수밖에 없었다. 솔아! 어딨니! 나는 딸아이의 이름을 애타게 부르며 정신없이 달렸다. 안개가 걷힌 지점에 다다르자 움직임이 둔해졌다. 두려움 때문이다. 거기에는 마치 내가 되돌아오기를 기다렸다는 듯이 어머니의 집이 보였고 솔이가 저기에 있을 거란 막연한 짐작이 나를 두렵게 만들었다.

아까부터 발갛게 녹슨 철제 대문이 바람에 덜컹이고 있었다. 쾅! 대문을 박차고 마당으로 뛰어들었다. 솔이는 거기에 있었다. 빗물이 들어차 피바다가 된 대청마루 위에 등을 보인 채 앉아 있었다. 무언가에 정신이 팔려 내가 들어온 줄도 모르고 있다. 솔아! 내 목소리를 들었는지 아이의 작은 어깨가 움츠러들었다. 나는 순식간에 달려가 아이의 손을 낚아채고 마당으로 끌고 내려왔다. 온통 피를 뒤집어 쓴 아이가 허연 이를 드러내며 웃었다. 무엇이 그리 행복한지 낄낄 소리 내 웃는다.

"솔아, 여기서 나가야 해!"

나는 다짜고짜 아이의 손목을 세게 부여잡고 전력을 다해 뛰기 시작했다. 채 1분도 지나지 않았다. 솔이의 손을 놓치지 않으려고 아등바등하는 사이, 무언가 내 손아귀를 빠져나가는 섬뜩한 기분이 들었다. 솔이는 옆에 없었다. 나는 피로 물든 두 손을 멍하게 바라보았다. 솔아! 그때 쾅하고 대문이 닫히는 소리가 저 멀리서 들려왔다. 천천히 뒤돌아 그곳을 응시했다. 어머니의 집이다. 뒷산도, 얕은 도랑도 보이지 않았다. 안개 속에 가려져 모호한 형체만 드러날 뿐이었다. 빛깔이 전혀 느껴지지 않는 수묵화처럼 온 세상이 납빛으로 물들어 있었지만 쌀쌀하고 우중충한 음기를 발산하는 어머니의 집만은 진저리 칠 정도로 또렷해 보였다. 정신을 바짝 차리고 대문 가까이 다가섰다. 축축하게 젖은 손을 뻗었다. 대문을 밀쳐내려고 하자 거짓말처럼 문이 스르르 열렸다.

솔이는 목이 달아난 시체 옆에 앉아 노래를 부르고 있었다.

"곰 세 마리가 한집에 있어, 엄마 곰 아빠 곰 애기 곰……"

나는 얼빠진 사람처럼 군데군데 피 웅덩이가 생긴 마당 중간에 서서 아이의 노래를 들었다. 매일같이 듣던 노래였는데 어느 순간부터 솔이의 노래를 듣지 못했던 것 같다. 지금껏 내게 불러주지 못해 미안했는지 솔이는 같은 노래를 반복해서 부르고 있다.

솔이의 등 뒤로 검은 그림자가 드리워진다. 축 늘어진 두 팔과 구부정한 어깨를 한 기다란 그림자들이 솔이 주위를 둥글게 에워싸더니 느린 걸음으로 빙빙 돈다. 검은 그림자들에 가려 솔이의 모습이 깜박이는 불빛처럼 보였다가 사라진다.

나는 더 이상 도망치지 않았다. 그들은 솔이를 놓아주지 않을 것이다.

솔이는 동이 틀 때까지 노래를 멈추지 않았다.

도축장에서 일하는 남자

유선형

2008년부터 공포소설에 흥미를 느껴 공포 단편들을 쓰기 시작했다. 이후 악몽을 꿀 때면 아이디어를 얻기 위해 스스로 꿈에 몰두하는 습관이 생겼다. 여러 캐릭터와 사건을 조합해서 다양한 스타일의 글을 쓰는 것이 현재의 목표다.

그날도 남자는 술에 취해 비척비척 밤길을 걷고 있었다. 집으로 돌아가기 위해 그는 어둔 언덕길을 올랐고, 그러자 비늘처럼 땀이 돋아나기 시작했다. 언덕은 경사가 깊고 길어 술기운은 사라지고 불쾌한 끈적거림만 남아 짜증이 치밀었다. 게다가 취기는 가셨어도 후유증은 그대로였던지 다리마저 뜻대로 움직여지지 않았다. 남자는 곧바로 나자빠져 바닥에 부딪치려던 찰나에 겨우 지면을 밀어냈다.

"씨발!"

축축하고 악취 나는 뭔가에 손바닥이 젖어 있었다. 손을 털고 일어나 길가의 철제 울타리를 걷어찼다. 폭력 묻은 소음은 어둠을 타고 메아리를 일으켰다. 그는 문득 아래를 내려다보았다. 울타리로 막힌 언덕길은 높이가 10미터쯤 되었는데 낡은 가로등이 그 아래 난 골목길에 노란 불빛을 내뿜고 있었다.

남자는 그대로 바지춤을 내리고 서서 소변을 봤다. 그리고 더러운 물줄기가 아래로 아래로 떨어지는 걸 보면서 작게 낄낄거렸다. 고물 엘리베이터가 그를 집 앞에 내려놓은 것은 그로부터 10분쯤 지났을 때였다. 상하운동을 하는 상자에서 걸어 나오자 센서등이 켜졌다. 계단식 아파트 604호. 계단으로 통하는 복도의 철문은 늘 한 짝이 열려 있다. 그러나 전등이 후진 탓에 철문 너머는 완벽하게 깜깜하여서 그 어둠 속에 무언가 숨어 있다 해도 알아차릴 수 없을 것이었다. 남자는 현관문에 이마를 기댄 채 초인종을 눌렀다.

띠리디리리 띠리리리리 띠리리리띠리리……

신경질적인 멜로디가 밤을 갈랐다. 그런데도 안에선 아무런 기척이 없었다. 그리고 술에 취한 이 남자에겐 눈곱만큼의 인내도 없었다.

"야, 당장 못 열어? 엉! 죽고 싶어?"

그는 문을 있는 대로 걷어찼다. 그래도 반응이 없자 주먹으로 초인종을 때려댔다.

"야 이 씨발!"

쿵쿵쿵쿵쿵쿵쿵쿵쿵……

띠리디리리 띠리리리리 띠리리리띠리리……

불쾌한 화음이 거세어지기 시작했을 때 옆집 문이 벌컥 열렸다.

"거 조용히 좀 합시다! 예? 대체 지금이 몇 신 줄……"

그러나 옆집사내는 끝까지 불평을 토할 수 없었다. 거칠게 날아든 신발이 귀를 때렸기 때문이다. 사내는 바닥에 떨어진 검정 구두를 아연한 눈으로 봤다.

"이, 이 이봐요! 지금 뭐……"

입을 열기가 무섭게 취한 남자가 달려들어 옆집사내는 황급히 문을 닫았다.

"야 이 개새끼야! 불만 있으면 나와 봐! 어어 그래, 어디 나와서 시불짝거려 봐라. 이 씨발 새끼가."

문 안쪽에선 아무런 소리도 들리지 않았다.

"안 나와? 뭣 한다고 안 나와? 병신 같은 게 뭐라고 지랄이야. 하! 좆도 아닌 게 지랄이, 퉤."

남자는 굳게 닫힌 문을 성에 찰 때까지 걷어찼다. 그리고 그 앞에 가래를 뱉고서 뻐근한 어깨를 폈다.

그때, 그때였다.

후덥지근한, 느릿한, 강한 바람이 부는 듯한 느낌이 들었다. 바람은 남자의 전신을 감싸듯이 에워쌌다. 요상한 느낌이었다. 마치 계단 아래의 암흑에서부터 뭔가 실려 온 것 같은.

"어?"

그리고 바람에 슬쩍 들리는 현관문을 봤다. 문은 처음부터 열려 있었던 것이다.

이 정신 나간 여자가 문단속도 하지 않고 대체 어딜 쏘다니러 나갔단 말인가.

남자는 즉시 눈을 부라리며 안으로 들어갔다. 집 안은 바깥보다 배로 어두웠다. 현관에 신발을 팽개치고 내딛자 오른편엔 거실, 왼편엔 부엌이 보인다. 예의로라도 음식을 챙겨놓은 낌새도 없이 식탁은 말끔히 치워져 있었다. 마치 한 번도 쓰지 않은 새

것마냥.

머릿속에서 불온한 생각들이 빠르게 회전했다. 이 여자가 대체 어딜 갔을까. 어제 좀 얻어맞았다고 시위라도 하는 건가.

"이게……"

더러운 수를 쓰고 있어! 남자는 빙글빙글 제자리를 돌기 시작했다. 뜨거운 분노가 머릿속을 휘저었다.

그건 그렇고, 어딜 간 거지? 갈 데도 없는 게. 돈을 갖고 있을 리도 없고. 기껏해야 아파트 벤치에 앉아 있다 새벽녘이면 들어오겠지. 그렇겠지. 하지만 이 여자가 여태껏 이 정도로 집을 나간 적이 있었던가.

여자가 집을 나간 것은 이제까지 단 한 번뿐이었다. 이상했다. 겨우 이 정도로 집을 나가다니.

혹시 이거 작정하고 나간 거 아냐?

정신이 빡 들었다. 어젯밤의 구타를 핑계로 얼씨구나 하고 웬 놈팡이에게 굴러들어간 것은 아닐까하는 생각에 피가 거꾸로 솟았다.

"죽여 버리겠어."

남자는 이를 갈면서도 여자가 짐을 챙겨나갔는지부터 확인해야겠다고 생각했다. 그리고 그때서야 목이 타들어갈 듯한 갈증을 알아차렸다.

소파 옆에 정수기가 있고 마침 그 위에 컵이 하나 놓여 있었다. 그는 컵을 쥐고 벌컥벌컥 물을 들이켰다. 몇 번이나 들이켰다. 그런 다음 안방으로 가기 위해 뒤돌아섰다. 그때 어둔 베란다에서 뭔가를 봤다.

순간 몸이 얼어붙었다. 천장에서 내려와 있는 빈 줄이 사람 목을 기다리듯 드리워져 있었고 그 곁엔 검은 그림자가, 여자가 거기에 있었다. 퀭한 눈으로 그를 쳐다보고 있었다. 머리카락은 아무렇게나 풀어헤치고 가구처럼 우두커니 서서는 그 눈빛만이 묘한 에너지를 가진 채 남자를 주시하고 있었다. 퍼런 달빛이 베란다에 떨어져 내려 여자의 왼쪽 눈에 어제의 그것이 분명한 피멍 자국이 선명히 보였다. 그 잔혹하게 검푸른 색채가.

그가 분노한 것은 많이 놀랐기 때문은 아니었다. 고작 이 여자에게서 잠깐이나마 두려움을 느꼈다는 사실이 그 알량한 자존심을 짓뭉갠 것이었다.

"⋯⋯이, 이 망할!"

남자는 TV리모컨을 움켜쥐고 베란다로 돌진했다. 그러나 몇 발짝 걷지도 않아 몸이 무너져 내렸다. 후덥지근한, 느릿한, 강한 바람이 분 것 같다고 느낀 동시에 거짓말처럼 취기 혹은 졸음이 그를 덮쳤다.

그렇게 남자는 물 먹은 솜처럼 수면세계로 가라앉았다.

스스스스슷⋯⋯ 스스스스스⋯⋯

의식이 깊이 가라앉은 가운데, 몸이 붕 떠올랐다가 어딘가로 질질 끌려가는 것 같은 느낌이 들었다.

다시 눈을 떴을 때 주위는 환했다. 숙취도 두통도 없는 것이 상당히 상쾌한 기분이었다. 침대는 푹신했고 실내온도도 적당했다. 하지만 남자는 곧 자신이 아무것도 입고 있지 않다는 사실을 알아챘다.

그리 넓지도 좁지도 않은 방은 침대와 한 칸짜리 옷장, 천장에 설치된 에어컨, 그리고 작은 욕실이 전부였다. 남자는 일어나 옷장 문을 열어보았다. 안에는 작업 유니폼으로 보이는 흰색 올인원 슈트와 역시 같은 컬러의 앞치마, 장갑, 양말, 속옷이 복제된 것처럼 몇 벌씩 수납되어 있었다. 그는 잠시 망설이다 속옷과 슈트, 양말을 걸쳤다. 그런 다음 고민하기 시작했다.

여긴 어디일까. 도대체 누가 나를 이곳으로 옮겼을까.

실마리가 될 만한 것을 찾아보려고도 했으나 금세 포기할 수밖에 없었다. 방 안은 멸균이라도 한 것처럼 깨끗해 그야말로 無의 상태였던 것이다. 심지어 창조차 없어 바깥을 내다볼 수도 없다. 시계가 없으니 시간도 알 수 없다. 그 무엇도 알 수 없다. 그렇게 혼란에 빠져 주저앉았던 남자는 곧 깜짝 놀라고 말았다. 시끄럽게 사이렌이 울려댔기 때문이었다. 문 밖에서 소란스러운 발소리들이 들렸다. 잠시 주저하다가 남자는 문을 열고 나가보기로 했다.

방 안엔 에어컨 리모컨 따위도 없어 남자는 앞치마를 뭉쳐서 움켜쥐었다. 괜히 하나를 남겨두는 것이 뭣해 장갑도 챙겼다. 현관에 장화가 놓여 있기에 발을 넣었다. 딱 맞았다. 남자는 숨을 고르고 문을 열었다.

딸칵.

넓은 회색 풍경이 시야로 뛰어들었다.

주의를 기울인 것이 허무하도록 방 밖의 세계는 그에게 전혀 관심이 없었다. 그는 칙칙한 복도 풍경에 눈을 찌푸렸다. 어둠이 웅크리고 있는 통로에 낡은 형광등이 섞여들어 음울한 잿빛을 자

아내고 있었다.

수명이 머지않은 듯한 삿갓 쓴 백색등이 2미터 간격으로 삐걱대고 있고, 그 아래로 흰 유니폼을 입은 사람들이 한 줄로 걸어가고 있었다. 그들의 옷은 남자가 걸친 것과 같았다.

남자는 어떻게 행동해야 좋을지 몰랐다. 이 이상한 곳에서 나가고 싶은데 어디로 가야 출구인지 알 수 없었다. 복도도 방 안과 마찬가지로 창이 없어 아무런 정보도 얻을 수 없다.

그는 지나가는 사람에게 말을 걸어보기로 결심했다. 고를 필요 없이 아무라도 좋았다. 반듯하게 정돈된 인간행렬에 다가가는 것이 썩 내키지는 않았지만 그는 건장한 체격의 어느 중년 남자에게 말을 붙여보았다.

"이보쇼, 여기서 나가려면 어느 쪽으로 가야 됩니까?"

중년 남자가 느릿하게 돌아보았다. 행렬이 일순 정지했다. 줄은 중년이 한 발 옆으로 비켜서고 나서야 다시 움직였다.

"보아하니 신참인가 보군요."

중년이 말했다.

"예?"

"6015번이로군. 당신 저 방에서 나온 게 맞지요?"

그가 가리킨 손을 따라 시선을 옮기자 '6015'라는 녹슨 문패가 붙어 있는 것이 보였다.

"나는 5980번입니다. 자, 얼른 가죠."

남자는 중년의 단정 짓는 듯한 태도에 불쾌감을 느꼈다.

"가다니 어딜요? 나가는 길을 물어봤잖습니까."

"그건 나도 모릅니다. 아니 곧 알게 될지도 모르지."

중년이 어두운 얼굴로 중얼거렸다.

"일단 작업장으로 가죠. 차차 적응하게 될 겁니다."

어쩔 수 없이 남자는 일단 행렬에 합류하게 되었다.

그들을 따라 긴 복도를 쭉 걸어갔다. 복도 좌측에는 남자가 나온 방과 같이 숫자 적힌 문들이 늘어서 있었고 사람들은 우측에 붙어서 걸었다. 조금 지나자 더 이상 방들이 보이지 않게 되어 그곳은 단지 기나긴 시멘트 통로가 되었으며, 좀 더 걷고 나자 커다란 은색 문이 나왔다. 벽면의 아래부터 천장 끝까지, 좌우 끝은 고개를 돌려야 전부 눈에 들어올 만큼 높고 긴 문이었다. 많은 사람들이 줄에서 빠져나와 그 앞에 섰다. 그중에는 남자와 중년도 끼어 있었다.

"여긴 뭐고 저 사람들은 어디로 가는 겁니까?"

나머지들이 계속해서 걸어가는 것을 가리키며 남자가 물었다.

"저들은 우리보다 먼저 도착한 사람들입니다. 아마도 방혈구역이나 내장처리실로 가는 것이겠지요."

"뭐라고요?"

남자의 반문은 벽이 갈라지는 것처럼 자동으로 문이 활짝 열리는 소리에 묻혔다. 깨끗하고 인조적인 소리였다. 문 앞에 서 있던 사람들이 일제히 안으로 들어섰다. 남자도 얼떨결에 그들을 따라 들어갔다.

"여긴 도체를 세척살균하고, 냉각에 보관까지 담당하는 4호실입니다. 도축의 마지막 단계를 처리하는 곳이라고 할 수 있지요."

중년이 설명했다.

그곳은 매우 널찍한 밀폐공간으로, 머리 위로 줄 맞춰 있는 쇠막대에 갈고리 꿰진 고깃덩이들이 잔뜩 걸려 있었다. 그리고 저기 저 왼쪽 벽면에는 처얼컥, 처얼컥, 소리내며 불그스름한 도체들을 뱉어내는 거대한 기계가 있다. 그 고압세척기는 자동차를 훑고 토해내는 세차기계처럼 고기들을 통과시킨 다음, 한 칸씩 앞으로 이동시켜서 오른편 끝에 있는 컨테이너까지 밀어내고 있었다. 열린 문에서 뿜어져 나오는 냉기에 남자는 컨테이너가 냉동고라는 걸 알 수 있었다.

"……나랑 잠깐 얘기 좀 합시다."

남자는 혼란스러웠다. 중년은 잠시 그를 쳐다보더니만 하나 둘 자리를 찾아가는 사람들을 비켜나 한쪽 구석으로 남자를 데려갔다.

"이해합니다. 뭐가 뭔지 잘 모르겠지요? 사실 나도 잘 모릅니다만 보시다시피 여긴 도축장입니다. 처음 온 사람은 여기 4호실에서 일주일간 일을 해야 하고, 일주일이 지나고 나면 도체를 분할작업하는 3호실로 옮기게 되지요. 내가 아는 건 그게 전부입니다."

"잠깐, 잠깐만."

남자는 신경질적으로 머리를 헝클어뜨렸다.

"봐요, 아저씨. 아저씨가 좀 오해를 하고 있는 거 같은데, 나 여기 사람 아니거든요? 고기 공장 같은 데 취직한 적 없다고요. 자고 일어나보니까 아까 그 방이었는데 뭐가 일주일을 일하고 어쩌고야…… 그래 여기 관리자! 관리자는 어디 있습니까? 뭐가 잘못돼도 한참 잘못된 거 같은데 말이야. 장난하는 것도 아니고 어디 이런 좆같은 옷 입혀 놓고 부려먹으려고, 씨발. 그 개새끼가 그년 이랑 짜고 사람 병신 만들려고 아주 작당을 한 거 같은데 말이 지⋯⋯."

남자는 화를 못 이겨 씩씩거리기 시작했다.

"이봐요, 그건 나도 마찬가집니다."

그때 갑자기 중년남자가 언성을 높였다. 체격 좋은 그가 언짢은 얼굴을 하여 남자는 저도 모르게 혀를 굳혔다.

"예?"

"누군들 여기 일하러 온 줄 아십니까? 나도 이런 데 찾아온 적 없어요. 여기가 북한에 붙어 있는지 미국에 붙어 있는지도 모르는 판국에."

그러고는 중년은 불만스러운 표정으로 주위를 둘러보았다. 그 곳에도 창문은 없었다. 있는 것은 천장의 덩치 큰 공기청정기 겸 온도조절기뿐.

"나도 눈을 떠보니 이곳이었단 말입니다."

그리고 또다시 사이렌이 울리기 시작했다. 아까처럼 귀를 아프게 하는 음이었다.

"대기신호로군. 이제 일을 시작해야겠네요. 댁은 우선 자리부터 확인해 보시죠."

중년은 귀 아픈 소음이 울려 퍼지는 허공을 물끄러미 바라보다가 사람들이 웅성웅성 모여 있는 곳을 가리켰다. 그러고는 재빨리 어딘가로 사라져버렸기 때문에 남자는 하는 수 없이 그가 말한 대로 움직였다.

벽에는 기호와 숫자들이 가득한 종이가 붙어 있었다. 남자는 눈이 아플 정도로 치열하게 박혀 있는 숫자들을 보며 멍하니 섰다.

……뭐 어쩌라고?

그때 마침 말을 거는 이가 있었다.

"혹시 6015번입니까?"

"그런데요?"

곁눈으로 돌아보자 30대 초반 정도로 보이는 젊은 남자가 서 있었다.

"빨리 갑시다. 늦으면 조 공동책임으로 취급된다고요. 어서요."

남자는 책망하는 듯한 말본새에 욱해서 몸을 틀었다. 그 순간, 망막 속으로 달려드는 광경에 그는 강한 압박을 받았다. 젊은 남자 뒤쪽으로 흰 유니폼을 입은 사람들이 각자 제자리에서 로봇처럼 대기하고 있었다. 그 공간 속에 흐트러진 요소라고는 오직 자신 하나뿐인 것 같은 기분이 엄습해 들었다.

"어서요!"

다시 재촉 받은 남자는 얼떨결에 녀석을 따라 나섰다. 젊은 남자가 그를 데려간 곳은 냉동고 앞 한가운데 열이었다. 주위를 살펴보니 한 레일당 한 사람씩 서 있었다. 옆의 컨테이너에서 냉기가 새어나와서인지 한기가 들어 등을 움츠렸다. 그와 동시에 '철컥' 하고 고기들의 공중행진이 끝났다. 남자는 코앞에서부터 저 멀리 고압세척기까지 줄지어 매달린 핑크색 덩어리들을 봤다.

"오늘이 처음이시죠? 저는 김덕일이라고 합니다."

옆 레일에 선 젊은 남자가 한결 누그러진 얼굴로 말을 걸어 왔다.

"아, 예. 배인규입니다."

남자는 떨떠름하게 대꾸했다.

"참, 아이고 제가 깜박했네요. 작업 전에는 복장을 제대로 갖춰야 됩니다, 배형. 거 앞치마하고 장갑 얼른 쓰세요. 그거 없으면 안 되거든."

젊은 남자가 말했다. 또 사이렌이 울렸다. 짜르르르릉 울리는 소음은 길어 남자는 왠지 견딜 수 없는 기분이 들었다.

"어이, 잠시만."

"예?"

젊은 남자가 돌아봤다.

"뭐가 잘못된 거 같은데. 나 여기 일하는 사람 아니거든."

말하는 도중, 천장에서 유리 덮개가 내려와 제일 앞쪽에 있는 도체를 둘러쌌다.

"뭐야 이게?"

남자는 적잖이 당황했다.

"여기 조절기 보이죠?"

그러자 김 뭐시기라는 놈이 다가와 고기걸이 기둥에 부착된 리모컨을 가리켰다.

"한 덩어리당 10초 정도 누르고 있으면 돼요. 누르기만 하면 기계가 알아서 아래위로 소독해 주니까. 아셨지요, 배형?"

남자는 섣불리 화내지 않으려 애썼다.

"근데 이봐요, 아까 들었어? 나 여기 다니는 사람 아니라고. 누구……"

"여긴 다들 그래요."

김 뭐시기가 남의 말을 잘라먹으며 얘기했다.

"자고 일어나보니 여기였다, 술로 뻗어서 정신 차리고 보니 여기였다. 뻔하죠. 일부러 여기 온 사람은 아무도 없어요."

남자는 그 말에 갑자기 속이 메스꺼워지는 듯한 느낌을 받았다. 어쨌거나 젊은 남자는 계속해서 지껄였다.

"여기서 일주일 일하고 나면 내장처리실로 가게 되죠. 그러면 상황을 좀 더 알 수 있을 걸요. 난 오늘로 5일째니까 뭐든 알게 되면 배형한테 알려 드릴게."

남자와 김 뭐시기의 레일을 제외한 모든 줄이 뜨거운 물을 뿜으며 도체를 살균하기 시작했다. 자신과 젊은 녀석만 그렇게 정지해 있었다. 불현듯 강렬한 의문 하나가 목구멍에서 고개를 처들려 했다.

대체 왜 다들 얌전한 개처럼 따르고 있는 건가.

"아참, 그리고 작업을 소홀히 할 생각은 하지도 마세요. 다 배형 생각해서 하는 말입니다."

남자는 마치 마음을 읽기라도 한 양 덧붙이는 젊은 남자를 삐딱하게 쳐다봤다.

"뭔 일이라도 나나 보지?"

남자가 비아냥거렸지만 상대의 얼굴은 심각했다.

"여기 있는 사람들이 다 바보로 보입니까? 벨이 울리면 다음 행동을 하라는 지시에 따라야 하고, 하루에 배당된 일은 전부 끝내야 하고, 자신의 작업장에서 이탈해서도, 남의 작업장에 난입해서도 안 되죠. 그게 이곳 규칙이에요."

"그건 누가 정한 거야? 여기 주인장은 어디 있는데?"

"그야 모르죠. 아는 건 이에 반항하면……"

느려지는 답변에 남자는 어쩐지 불길해졌다.

"반항하면?"

"쥐도 새도 모르게 사라진다는 거죠. 나도 몇 번이나 봤다고 요. 바로 전까지 옆에 있었는데 돌아보니 없더라, 이겁니다……. 괜히 이 많은 사람들이 이 짓거릴 하고 있는 게 아니라고요."

남자는 반사적으로 주위를 둘러보았다. 수많은 사람들이 무덤 덤하게 버튼을 눌러 고기를 소독하고 또 소독하고 있었다. 결국, 남자는 앞치마를 걸쳐 입을 수밖에 없었다.

작업은 생각보다 번거롭고 고되었다. 하루에 자신에게 배당된 양의 고기를 전부 살균, 냉각, 냉장보관까지 해야 한다는 것 자체 가 상당히 빡빡한 일이었기 때문이다. 우선은 한눈팔지 않고 도 체를 살균해야 했고 그걸 모아서 냉동고로 가져간다. 그다음 도 체를 옮기는 것에 그치지 않고 순각 냉각까지 마친 후 예냉실에 넣어야 했다.

남자는 눈을 몇 번 끔뻑였다.

"하하. 꽤 피곤하죠?"

맞은편에 앉은 김씨는 입 속에 밥을 떠 넣고 있었다.

"아, 뭐."

남자는 애매하게 말을 흘렸다. 공장의 부품처럼 반복 작업을 계속하던 중 사이렌이 울렸고, 지금은 흰 유니폼들 속에 섞여 급 식소에 앉아 있다. 역시 같은 옷을 입은 남자들이 떠준 밥과 반 찬, 국을 식판에 받아서 젊은 남자와 함께 테이블에 앉았다. 음 식은 딱히 맛없는 것도 아니었지만 잘 넘어가지 않는다. 오글오글

붙어 앉아 똑같은 복장을 하고 식판을 휘어져대는 꼴이 꼭 감방처럼 느껴졌기 때문이다.

"에이, 그래도 배형 꽤 빠르던데요."

젊은 남자가 너스레를 떠는 것이 왠지 먼 곳의 소리처럼 들렸다.

4호실, 2일째.

사이렌 소리에 남자는 내키지 않는 눈을 떴다. 곧장 세면실에서 씻고, 면도하고, 복장을 갖춘 뒤 복도로 나왔다. 복도에서 긴 줄을 따라 작업장으로 이동해서 작업을 시작, 도중 2번의 식사시간이 있었지만 날고기 특유의 누린내 때문에 밥맛이 없어서 절반가량을 남겼다.

점심시간이 끝난 후, 남자는 복도에 모여 뭔가를 상의하는 듯한 예닐곱 명의 인부들을 보았다. 비위 상할 만큼 한 줄로 단정하게 이동하는 것이 이곳에선 보통이었으므로 자연 눈길이 간 것이었지만 그네들이 뭘 하는지에는 관심 없었다. 간간히 욕지거리 섞인 대화가 오가는 옆을 지나면서 그 무리 중 한 명과 눈이 마주쳤으나 그게 다였다.

4호실, 3일째.

사이렌 소리에 남자는 내키지 않는 눈을 떴다. 준비를 하는데 불처럼 짜증이 치밀었지만 며칠 더 참아보기로 마음먹고 작업실로 향했다. 그는 자신을 이곳에 처넣은 놈이 며칠 내로 모습을 드러내지 않는다면 무슨 짓을 해서라도 기어 나오게끔 만들 작정이었다.

작업장으로 들어가려는데 입구에서 누가 자신을 쳐다보고 있었다.

뭐야 이 새끼는?

어디서 본 것 같기도 했으나 역시 모르는 인간이었다.

작업은 생각보다 번거롭고 고되었다. 하루에 자신에게 배당된 양의 고기를 전부 살균, 냉각, 냉장보관까지 해야 한다는 것 자체가 상당히 빡빡한 일이었기 때문이다. 우선은 한눈팔지 않고 도체를 살균해야 했고 그걸 모아서 냉동고로 가져간다. 그다음 도체를 옮기는 것에 그치지 않고 순각 냉각까지 마친 후 예냉실에 넣어야 했다.

아침, 점심, 저녁 모두 김씨와 먹었다. 그는 내일부터는 3호실로 옮긴다며 "뭔가 알게 되면 말씀드릴게." 라고 말했다.

4호실, 4일째.

눈을 뜨는 것 자체가 힘들었다. 컨디션이 나쁘거나 한 것은 아니었다. 반대로 지나치게 좋은 정도라 트집인진 몰라도 그게 오히려 기분 나빴다.

일을 하면서도 계속해서 울컥울컥 화가 치밀어 올랐다. 작업실과 함께 급식소도 바뀌었으므로 김씨와는 만날 수 없었다. 혹시 복도에서라도 볼 수 있지 않을까 싶었으나 놈은 코빼기도 보이지 않았다.

급식소를 나오는 길에 누군가가 말을 붙였다.

"저, 여 오신 지 나흘째죠?"

"근데, 누구쇼?"

남자는 비틀린 기분에 무심코 낯선 자를 노려봤다.

"여기 갇힌 지 닷새 되는 사람입니다. 저쪽에 있는 사람들도 죄 비슷비슷하게 왔어요."

그가 가리키는 방향을 보자 예닐곱의 남자들이 모여 있기에, 얼굴을 자세히 살펴보니 그저께 눈이 마주쳤던 인부였다.

"아, 그런데 무슨 볼일이라도?"

"단도직입적으로 말할게요. 오늘 여길 나갈 생각입니다, 우리 는."

그렇게 선언하는 낯선 사내의 눈은 분노로 번들거리고 있었다.

"아시다시피 다들 영문도 모르는 새에 끌려오질 않았습니까? 바보처럼 그냥 당하고 있을 순 없지요. 안 그래요? 안 그렇습니 까? 생각 있으시면 저쪽으로 가서 얘기 좀 하죠."

그들과 이야기하면서 남자는 그들의 출신지나 직업이 제각각, 연령도 제각각, 단 하나 공통점이라고는 자신이 왜, 어떻게 끌려 오게 되었는지 모른다는 점뿐이라는 것을 알게 되었다.

"신종 인신매매라고 아십니까?"

무리 속의 누군가가 말했다. 그치는 무작위로 납치당해 외국공 장에 팔려온 것이 분명하다며 침을 튀겨대었다.

어쨌거나 그들의 계획은 단순했다. 얌전히 작업을 끝내고 방으 로 돌아간 뒤 취침 종이 울리고 나면 복도로 나와 도주한다는 것 이다. 남자는 그들의 뜻엔 동의하였지만 그들이 제시한 방법이 미 심쩍었다.

"난 여기를 잘 모르지만……."

남자가 입을 열자 모두가 주목했다.

"우리가 나가는 걸 막으려는 놈들이 있으면? 여길 감시하고 있는 놈이 있으면 어쩔 거요? 이런 맨몸으로 몇 놈이나 되는지, 뭘 갖고 있는지도 모르는데."

그러자 그를 데려온 사내가 의기양양하게 말했다.

"그건 걱정 없습니다. 내장 적출실에서 빼돌린 물건이 있어요. 아주 훌륭한 것들이죠."

"아니 그런 건 어떻게, 최고 오래된 사람이 6일이라면서요?"

"2호실에서 일하던 분이 수고해 주셨습니다."

"그래요? 근데 그 사람은 같이 안 간답니까?"

"그분은 지금 행방을 모릅니다."

별 뜻 없이 물어본 것이었지만 돌아온 대답은 사뭇 비통했다.

"아마도 연장을 빼돌린 사실이 들통나 놈들에게 당한 거겠지요. 그분을 위해서라도 꼭 여길 나가야 됩니다."

"그래요. 보시면 아마 놀랄 거요. 아주 험악한 물건들이지. 우리처럼 건장한 자들이 무기를 들고 있다면 놈들도 섣불리 건들지 못할 거요."

"그래, 꼭 나가야지! 이 빌어먹을 놈의 공장!"

밤이 되었다. 복도의 불이 일제히 꺼지고 취침을 알리는 벨이 울렸다. 남자는 약속대로 문을 열고 나와 어둠 속을 이동했다. 곧 전원이 모였다. 슬슬 암흑에 익숙해지기 시작한 눈앞에서 리더가 자루를 끌렀다.

"다들 모였지요. 어디 보자, 전부 여덟이 맞군. 좋아. 하나씩 골라 들어요."

클수록 좋겠지. 남자는 손잡이가 길고 날이 번쩍 선 칼을 집어 들었다.

"자, 그럼 갑시다!"

"가자!"

그들은 작업장 반대방향으로 달리기 시작했다.

복도는 길었고, 적막했고, 어두웠다. 특히나 그 끝나지 않는 길이는 침묵이나 어둠보다도 몇 갑절이나 더 지독하여 탈출자들의 목적의식까지 위협할 지경이었다.

"젠장할. 대체, 후, 하…… 대체 얼마나 더 가야, 되는 거요?"

어떤 자가 숨을 헐떡이며 말했다. 기나긴 복도를 얼마나 달렸는지 누구도 알지 못했다.

"그러게, 왜 끝이 없어?"

망연히 달리던 남자의 마음에도 불안이 스며들었다.

"다들 잠깐 서 봐요. 잠시……."

리더의 말에 하나 둘 사람들이 멈춰 섰다. 그들은 잠시 숨을 골랐다. 그때 누군가 말했다.

"어? 한 명이 없는 것 같은데?"

"뭐?"

"전부 여덟 아니야?"

어두워서 흐릿하게 형체만 보일 뿐 서로의 얼굴은 분간할 수가 없다. 그들은 미아처럼 불안하게 주위를 힐끔거렸다.

"뭐, 뭐야. 왜 여섯밖에 없어!"

누군가 외쳤다.

"뭐라고?"

"아니. 여덟 맞구만, 이 뭐! 혼란시키지 마시죠."

"씨, 누가 정리 좀 해봐! 한 명이 비어. 일곱밖에 없다고!"

"하나 둘 셋 넷 다섯 여섯 일곱…… 한 명이 없어!"

"소리 좀 낮춥시다! 이러다 누가 오기라도 하면 어쩔 거요!"

"그러는 댁은!"

혼란이었다. 이런 씨발. 남자는 작게 욕설을 중얼거렸다.

"그만! 우리 침착합시다. 이러다 계획이 틀어지면 어쩔 겁니까."

리더가 그들을 진정시키며 제안했다.

"좋습니다. 그럼 제가 한 명씩 부를 테니 대답하세요. 천천히 부를 거니까 잘 듣고 꼭 자기 이름에 답해요, 알겠습니까?"

약간의 실랑이 끝에 그들은 리더의 말에 응했다. 그는 한 사람씩 호명하기 시작했다.

"나요."

"네."

"예."

"배씨."

남자의 이름이 불렸다.

"예."

남자가 대답했다. 리더는 다음 사람을 호명했다.

"심씨."

공허한 침묵이 감돌았다. 리더는 다시 한 번 이름을 불렀다.

"심씨?"

그러나 역시 답은 없었다. 출발할 당시는 여덟, 그러나 현재 그들은 일곱이었다.

"먼저 간 거 아닙니까?"

"아니, 심씨는 내 뒤에 있었소. 방금 전까지만 해도 있었는데……"

"방금 전까지 있었다고요?"

"그렇소. 왜 이렇게 머냐고 그랬지."

"다른 사람 목소릴 착각한 게 아니고?"

"분명 심씨 목소리였다니까. 아니면 나한테 그 말을 한 사람 있으면 나와 보쇼!"

"그만하고 어서 갑시다! 앞서 간 게 아니라면 뒤쳐졌거나 일부러 빠졌겠지. 그런 거라면 더 이상 우리가 상관할 바가 아니잖습니까. 어서 갑시다!"

일리 있는 말이었다. 그들은 어정쩡하게 납득한 채 다시 뛰기 시작했다.

하지만 복도는 여전히 길었고, 적막했고, 또 어두웠다.

"권씨! 권씨가 없어. 권씨가 없다고. 어떻게 된 거야!"

그리고 발작적으로 내지르는 목소리에 각자가 억누르고 있던 것들이 곪아터지기 시작했다.

"소리 낮춰! 다 조지려고 작정했습니까!"

"씨발, 또 누가 없다잖아. 확인부터 하자고요!"

"뭐 씨발? 이 양반이 아까부터 듣자,"

"꺼 꺼져, 가까이 오지 마!"

암흑 속에서 어떤 머저리가 칼을 휘둘렀다. 차가운 금속이 지

도축장에서 일하는 남자 237

나는 선이 번뜩였다.

"으악!"

"무슨 일이야?"

"저 미친 자식이 내 팔을 그었어!"

"이봐요, 진정해요! 지금 뭘 하는 건지 알고 있습니까!"

흥분해서 고함을 지르는 사람도, 그런 그들을 진정시키려는 사람도 있었다. 그러나 소란을 피운 사나이는 말을 들으려하지 않았다.

"오지 마! 이 더러운 끄나풀 새끼들…… 오면 다 죽여 버릴 거야. 어? 다 죽여 버린다니까!"

쉭. 쉭. 칼날이 공기를 갈랐다.

저 미친 새끼! 미칠 거면 곱게나 미칠 것이지.

남자는 다른 사람들처럼 뒤로 물러났다. 그도 더 이상 참을 수가 없었다. 그때 한 사내가 달려들어 순식간에 놈을 때려눕혔다. 턱을 얻어맞은 머저리는 바로 뻗어버렸다.

"젠장."

리더가 중얼거렸다.

"자, 그럼 누가 있는지 없는지 확인해 봅시다."

아무도 대꾸하지 않았지만 그는 호명을 시작했다.

"권씨?"

"……."

"없군."

"……진짜로 사라졌어."

방금까지만 해도 그들은 일곱이었다. 하지만 현재 그들은 여섯이 되었다.

"이제 여섯뿐인가."

"대체 무슨 일이 일어나고 있는 거야?"

"두 명이나 아무도 모르는 사이에 되돌아갔다는 건 말이 안 되질 않소!"

"그걸 왜 당신이 정해?"

"모르면 가만히나 계쇼. 말 좀 듣자고!"

그들은 떠들었다. 떠들고, 불안해하고, 서로를 증오하기 시작했다.

"맙소사."

칼질하던 녀석을 제압한 사나이가 허무한 감탄사를 내뱉었다.

"또 뭡니까? 왜 그래요?"

"여섯이라고요? 틀렸소. 다섯이지. 여기 있던 양반이 없소. 기절한 양반이 도망이라도 갔나? 아니. 아니오. 내가 계속 바로 옆에 있었다고……."

조용해진 것은 찰나, 이내 남은 자들 사이에 치열한 말싸움이 오갔다. 돌아가겠어. 겁쟁이. 뭐야 이 새끼가. 진정해. 지랄하네. 여기까지 와서 돌아갈 수 없어. 닥쳐.

남자도 그들에 섞여 언성을 높이고 욕을 하며 본성을 드러냈다. 서로가 어른이라는, 타인이라고 하는 얄팍한 예의는 벗겨지고 그들은 마음껏 쌍욕을 뱉으며 서로를 헐뜯어댔다. 주먹다짐이 오가기 일보직전이었다. 하지만 그들에게는 공통의 목적이 있었다. 바로 이 고기공장을 빠져나가야 한다는 것. 언어구사가 미숙하고 거칠다고 해서 그들이 어린애인 것은 아니었다. 평화롭지 못한 일련의 과정들을 거치고 나서 그들은 합의를 봤다. 이곳을 빠져나가기 전까지는 서로 협력하기로.

"다들 잡았죠? 빠진 사람 있습니까?"

이제 와서 존댓말이라니 좆같은 허세였다. 대장이라도 되는 양 시늉하는 것도 아니꼬왔다. 그러나 남자는 참았다. 시커먼 사내 다섯이서 손에 손잡고를 연출하는 것도 징글맞았다. 그것도 남자는 참았다.

옆 사람과 팔짱을 끼고 손에 든 연장을 가슴 앞에 둔 채, 다섯 명은 나란히 뛰기 시작했다. 우스꽝스럽기 짝이 없는 일이었지만 적절한 선택이었다. 곧 확신할 수 있게 되었으니까.

그는 순간 무슨 일이 생긴 건지 잘 알 수가 없었다. 그건 옆 사람, 그러니까 한 사람을 건너뛴 옆의 인간도 마찬가지인 것처럼 보였다. 그들에게 잽싼 욕설이 떨어졌다.

"갑자기 왜 서고 지랄이야!"

"뭐야! 빠지고 싶어?"

남자는 서늘한 옆자리의 오싹함에 쉬이 입을 열지 못했다.

"씨, 씨발. 뭐야 이게? 뭐냐고!"

"또 한 놈이 사라졌어. 망하겠군. 젠장."

남자가 말했다. 목소리에 짜증도 욕도 실을 수 없었다.

침묵.

그리고 그들은 서로의 눈치를 살폈다. 남자의 말이 사실이었기 때문이다. 남자와 또 다른 얼뜨기 사이에 끼어 있던 녀석, 심지어 양쪽으로 팔짱까지 끼고 있던 인간이 사라졌다. 말 그대로 '없어진' 것이었다.

동시다발적으로 행동들이 일어났다. 욕을 내뱉고, 불결한 것을 떨치는 것처럼 서로의 팔을 끊어냈다. 일제히 뒤로 돌았고 왔던 길을 되돌아 경주라도 하듯 달아나기 시작했다. 그것이 경주라면 필시 죽음의 레이스였다.

복도는 그들의 난잡한 발소리를 공허한 메아리로 되돌릴 뿐 침묵했다. 남자의 심장은 비참하게 팔딱댔고 허파는 맹렬하게 팽창과 수축을 반복했다. 정신없이 도망치면서 그는 한 가지 섬뜩한 사실을 눈치챘다. 5인분의 발소리, 그것은 특정한 양의 소리를 내고 있었다. 그런데 방금 그 소리 중 일부가 사라진 것이다. 1인분의 소리가. 다른 발의 주인들도 그걸 아는 듯했다. 그 증거로 발들이 더욱 필사적으로 빨라졌다.

또, 또 하나가 없어졌다. 누군가는 흐느꼈다. 가쁜 숨소리 틈으로 얄궂게 징징거렸다. 어디선가 우적우적 쩝쩝거리는 소리가 들렸다. 무엇을 먹는 듯한, 부드러운 야채 같은 게 아니라 질긴 무엇을 씹는 듯한 소리가 났다. 착각일지도 몰랐다. 남자는 너무 빨리 달리고 있었고 자신의 심장박동과 쉭쉭대는 바람 소리만으로 고막이 가득 찼으니까. 그는 착각이길 빌었다.

이제 남은 사람은 세 명. 얼마나 뛰었는지도 모른다. 숨이 가쁜 것을 넘어 아팠다.

"으악!"

어디선가 단말마가 들렸다. 이제 남은 사람은 두 명. 뭔가가 쫓아온다거나 뒷사람을 낚아챈다거나 공격하는 기척은 완전히, 전혀 없었다. 소리도 없었다. 그렇다. 빌어먹게도 아무것도 없었다. 그런데도 하나씩 사라진다. 뒤로 돌아 칼을 쥐고 행동을 취해볼 엄두도 나지 않는다. 왜냐하면 뒤에는 아무것도 없기 때문이다.

그러나 한 놈씩 잡혀가기 때문이다.

머리가 이상해지고 있었다. 콧구멍과 목구멍을 게걸스럽게 벌름거리며 산소를 빨아들였다. 단 하나 남은 타인의 발소리가 영원한 연인처럼 절대적으로 느껴졌다.

안 돼! 사라지지 마.

그러나 그마저도 사라졌다. 소리도 기척도 뭣도 없이.

남자는 계속 달리고 달리고 또 달렸다. 흐윽, 하고 소릴 냈다. 그게 숨을 들이쉰 소리인지 흐느낀 소리인지 자신조차도 알 수 없었다. 등 뒤, 양옆, 전방, 그 어디나 어둠이 있다. 그때 검은 복도에서 반짝이는 어떤 것이 있었다. 아.

「6015」

남자의 방문패였다. 달리던 남자는 벽면으로 몸을 날렸다. 등줄기가 서늘해졌다. 뒤에 뭐가 다가온 것처럼. 땀이 흥건한 손이 손잡이를 돌린 건 그와 동시에 일어난 일이었다. 그는 문을 열었고 방 안으로 쏟아져 들어갔다.

쾅!

발로 차, 문을 닫았다.

……방이다. 내 방이다.

남자는 대자로 바닥에 뻗었다.

4호실, 5일째.

사이렌 소리와 함께 눈을 떴다. 이상한 건지 모르겠지만 몸도 마음도 상쾌했다. 준비를 마치고 작업장으로 가 일을 하기 시작했다. 남자는 세척기에서 나온 고기를 소독하고 또 소독하고 그렇게 한 구간을 끝내고 나면 그것들을 냉동고로 밀어 넣었다. 늘 그렇듯이 작업은 번거롭고 고되었지만, 어제까지의 짜증은 거짓말처럼 사라져버렸다.

4호실, 6일째.

사이렌 소리와 함께 눈을 떴다. 몸도 마음도 상쾌한 상태로 준비를 마치고 작업장으로 가 일을 하기 시작했다. 남자는 세척기에서 나온 고기를 소독하고 또 소독하고 그렇게 한 구간을 끝내고 나면 그것들을 냉동고로 밀어 넣었다. 늘 그렇듯이 작업은 번거롭고 고되었지만 일을 마치고 나면 그 나름대로 성취감을 느낄 수 있었다.

4호실, 7일째.

사이렌 소리와 함께 눈을 떴다. 몸도 마음도 상쾌한 상태로 준비를 마치고 작업장으로 가 일을 하기 시작했다. 남자는 세척기에서 나온 고기를 소독하고 또 소독하고 그렇게 한 구간을 끝내고 나면 그것들을 냉동고로 밀어 넣었다. 늘 그렇듯이 작업은 번거롭고 고되었지만 일을 마치고 나면 그 나름대로 성취감을 느낄 수 있었다.

오늘은 도체살균실에서 일하는 마지막 날이었다. 내일부터는 3호실, 도체분할 작업장으로 옮기게 될 것이다.

도축장에서 8일째, 3호실 1일째.

남자는 어두침침한 복도에서 줄을 따라 이동했다. 어제까지와 달리 그는 처음 나오는 은색 문에서 멈춰 서지 않고 한 구간을 더 걸었다.

도체분할실은 커다랗게 열리는 은색 자동문과 하얀 벽면 같은 건 4호실과 다를 바 없었으나, 군데군데 보이는 빨간색이 어떤 이질감을 느끼게 했다.

"어디보자. 6015, 6015……."

"어이, 배형!"

익숙한 목소리에 뒤를 돌아보자 김씨가 저쪽에서 손을 흔들고 있었다. 의외로 남자는 그와의 재회에 반가움을 느끼며 다가갔다.

"아아, 김씨. 여기 일은 어때?"

"응. 4호실보다 편해요. 비린내가 좀 나서 그렇지."

김씨가 코를 쥐는 시늉을 했다.

"비린내? 나는 잘 모르겠는데."

"모르시는 소리. 절로 가면 달라질 걸요. 참. 그나저나 배형, 자리는?"

"어, F조 31열."

"그래요? 밥은 같이 먹자고요."

오랜만에 김씨와 대화를 나누고서 남자는 작업줄에 섰다. 그러자 김씨가 말한 비린내가 코를 때리는 걸 느낄 수 있었다. 세척이 안 된 상태라 방혈작업을 거쳤다 해도 핏물이 배어 있는 탓인 듯했다. 3호실의 작업은 도체를 이분할하는 것과 도체의 척수를 제거하는 일을 분담하도록 되어 있었는데, 남자는 분할을 담당하게 되었다.

긴 작업대 위에는 무시무시해 보이는 절단기가 달려 있고 그 아래엔 반투명한 플라스틱 통이 놓여져 있었다. 통 안에 가득 찬 뻘건 것이 그가 작업해야 할 도체들이었다. 그것을 꺼내기 위해 허리를 굽히자 비릿한 냄새가 콧구멍을 자극했다. 찌는 듯이 더운 날의 지하철 안, 향수나 데오드란트가 지워진 인간들에게서 나는 듯한 냄새였다. 일그러진 얼굴이 핏물에 비쳐보였다. 어쨌거나 그는 한 덩어리를 꺼내어 작업대에 얹었다. 왠지 모르게 고기가 몹시 불편하게 여겨졌다.

"빨리빨리 좀 합시다."

뒤에서 척수제거를 담당하는 놈인지가 그를 재촉했다. 남자는 절단기를 켜고는 도체를 잡아 척추 정중앙에 맞추어 전용톱을 통과시켰다.

부우우우우웅……

기계는 절단면이 감탄스러울 정도로 매끄럽게, 남자의 유니폼과 얼굴에 핏방울을 때려대며 고기와 뼈를 이등분했다. 그가 작업한 이분도체는 자동으로 뒤로 밀려나 진공흡입기로 척수를 제거 당하게 되어 있었다.

"이야, 수고하셨습니다."

식판을 받아 앉으며 김씨가 말했다. 남자는 김씨와, 김씨 특유의 사교성으로 끌어들인 낯선 남자 한 명과 함께 밥을 먹게 되었다.

"배형, 여기는 장형이라고 3호실에서 6일된 형님. 그리고 이쪽은 오늘 3호실로 오신 배형입니다."

소개에 낯선 남자가 무뚝뚝하게 고개를 까딱해 보였다. 그자는 풍채 좋은 체격에 머리는 바짝 짧았고, 목과 손등 위로 복잡한 문신이 꿈틀거리고 있었다.

조폭 똘마니군, 하고 남자는 생각했다.

아침 메뉴는 밥, 김치, 콩자반, 오징어볶음, 육개장이었다. 그것이 남자를 불편하게 만들었다. 뻘건 육개장의 색깔, 그리고 거기서 풍기는 고기냄새가 속을 울렁거리게 하며 식욕을 떨어뜨렸기 때문이었다.

"배형, 왜 이렇게 안 드세요?"

"아니. 먹고 있어."

남자는 식판을 오른쪽으로 밀어놓고 깨작깨작 반찬만 집어먹었다.

"그나저나 말이죠. 작업장에 도체들, 대체 뭐의 고기일까요?"

국물을 후루룩 마시며 김씨가 말했다.

"……"

남자는 문득 문신사내가 이제껏 한마디도 하지 않았다는 걸 깨달았다. 그는 묘한 기분을 떨쳐내며 대답했다.

"글쎄, 돼지가 아닐까."

"아니, 돼지는 아니에요. 내 옆 사람이 정육점을 했는데 돼지고기는 분명 아니라 하더라고요."

"그러면 소겠지 뭐."

"소라고 하기엔 너무 작지 않습니까, 배형. 아, 송아지일 수도 있겠네요."

"그렇군. 송아지."

남자가 그렇게 맞장구치자 작게 실소하는 소리가 났다. 김씨가 의아한 얼굴로 장씨를 쳐다봤다.

"당신들은 좋겠소. 그렇게 생각할 수 있어서."

무표정하던 문신사내의 얼굴이 슬쩍 웃는 표정이 되었다. 자조하는 것 같기도 한 그 얼굴은 어딘지 소름끼치는 구석이 있어서 김씨조차 아무런 대꾸를 하지 못했다. 벌써 깨끗이 빈 식판을 들고서 그는 그렇게 자리를 떠나갔다.

"그럼 양고기인가?"

한참 후, 김씨가 불쑥 중얼거렸다.

하지만 그러했던 것도 첫날의 부적응이었을 뿐, 차차 남자는 피비린내에 완전히 적응하여 힘들지 않게 작업을 해나갔다. 김씨도 이상한 낌새가 있었는지 더 이상 장씨에게 식사를 권하지 않았고, 그 이튿날부터는 장씨가 거기에서 일한 지 일주일이 다 되었으므로 더 이상 3호실에서 모습을 볼 수 없게 되었다.

그리고 남자가 이분도체 작업을 한 지 사흘째, 김씨가 7일째 되던 날 김씨가 말했다.

"저 배형, 이건 확실한 건 아닌데. 2호실을 거쳐서 1호실에서 방혈작업까지 하고 나면 서빙을 하게 된다는 소문이 있더라고."

"뭐? 서빙?"

"쉿! 확실한 건 아니라니까요."

"됐고, 자세히 얘기해 봐 김씨."

"이 위층이 엄청나게 큰 레스토랑이라는 말이 있어요."

질릴 정도로 새하얀 천장을 가리키며 김씨는 속삭였다.

남자는 바닥에 엎드려 있었다. 위잉위잉 하고 기분 나쁜 기계

음이 들렸다. 왠지 모르게 오싹한 기분이 들었다. 추운 건 아닌데
뭔가 싸아한, 희미하게 불쾌한 느낌이었다. 그렇구나. 자신이 아무
것도 입고 있지 않다는 것을 남자는 깨달았고 불현듯 등 위가 그
늘졌다. 누군가가 그를 내려다보고 있는 것이다. 고개를 돌려 누
군지 확인하고 싶었으나 뜻대로 되지 않았다. 그의 몸은 마치 죽
은 고깃덩이 같았다. 팔다리? 그것들은 당최 제대로 붙어 있기는
한 건지 1밀리미터도 꿈틀거리지 않았다.

벌어진 눈꺼풀, 벌거벗겨진 몸뚱이, 처박힌 고개. 그림자가 다
가왔다. 순간 강렬한 불길함이 남자를 뒤덮었다. 혓바닥 아래까
지 욕이 치밀어 올랐지만 혀는 물론 입술, 입가의 근육 한 줄기까
지도 움직여지는 게 없었다. 그림자의 두툼한 손이 남자의 정수리
에 닿았다. 그는 깨달았다.

놈은 그가 지금 이토록 열렬히 사고하고 있다는 사실을 알지
못한다. 놈은 그를 무심한 돌덩이쯤으로 여기고 있다.

정수리에 난 머리카락이 당겨졌다. 턱이 5센티미터쯤 들렸다.
앞이 어두워졌다. 놈의 엄지가 오른쪽 눈알에 닿았고 나머지 손
가락은 턱을 잡았다.

……뭐, 뭘 하려는 거지?

공포. 답은 곧바로 나왔다.

쿵!

우지끈. 소리가 났다. 그림자를 봤다. 빠르게 아래쪽으로 떨어
지는 그림자다. 소리는 턱이 빠개지는 소리다. 누구의? 바로 자신
의 턱이 빠개지는 소리다. 왜.

왜……?

남자는 이제 바닥을 보고 있지 않다. 45도 위를 보고 있다. 시멘트. 하얀 페인트가 칠해진 시멘트벽이다. 어떻게.

어떻게……?

자신이 한 일이 아니다. 그는 눈알조차 깜박일 수 없으니까. 그렇게 고개가 향하도록 '된' 것이다. 목뼈를 내리쳐 부숨으로써.

바닥에 뭔가가 흐르고 있다. 아마 자신의 피일 것이었다. 뜨끈할 것이 분명한 그 온도가 느껴지진 않지만 망막 아래로 언뜻 비쳐드는 그것은 붉고 붉다. 다시 그림자가 한껏 치켜들린다. 새하얀 벽에 그 용맹한 형상이 비친다. 아.

도끼다. 도끼로 그의 목을 내려치는 것이다.

쿵!

또 한 번 턱에 강한 충격이 왔다. 남자의 머리는 한층 더 꺾여 위를 향했다. 을씨년스러운 천장이 있었다. 빨간 살 사이로 흰 목뼈가 훤히 드러나 거의 다 부서졌을 것이다. 그림자는 이제 너덜거리는 목살을 완전히 도려내려 한다.

쿵!

어지러웠다. 머리가 떨어져 나가 바닥을 구른 탓이다. 그리고 마침내 시야가 정지했을 때, 남자는 피에 젖은 눈알로 그림자를 올려다보았다. 비명을 지르고 싶었지만 가능할 리가 없었다.

"으헉!"

남자의 상반신이 침대에서 튀어 올랐다. 떨리는 손으로 그는 자신도 모르게 목을 더듬거렸다. 식은땀으로 목과 얼굴이 찐득거렸다. 악몽이었다. 너무도 생생한, 그러나 전혀 내용이 기억나지 않는 악몽이다. 사이렌이 울려 남자는 멍하니 자리에서 일어났다.

그날은 김씨와 헤어지고 5일 후, 남자가 2호실(내장적출·박피 작업장)로 옮기는 날이었다.

여느 때처럼 배정표 앞에서 김씨를 만날 것이라 생각했으나 어째서인지 그의 모습은 보이지 않았다. 남자는 자신의 작업 내용과 작업줄 위치까지 모두 확인하고서도 김씨가 나타나기를 기다렸다. 시작을 알리는 사이렌이 울리고 나서야 남자는 자기 위치로 이동했다. 그는 켕기는 일이라도 있는 양 고개도 제대로 들지도 않고 더듬더듬 발을 옮겼다. 의식적으로 2호실의 광경을 살피는 것을 꺼리는 것이었다. 어쨌거나 남자는 작업을 시작해야만 했고 이미 작업대 앞에 도착했다.

그것은 3호실에서 도체를 두 조각으로 분할하던 작업대와 흡사했다. 긴 컨베이어벨트 위에 작업물이 올려져 있고, 작업이 끝나면 자동으로 움직여서 마감된 물건을 옮기고 새 물건을 앞으로 가져온다. 작업장은 내장적출 구간과 박피 구간으로 나뉘어져 내장적출이 끝난 고기를 기계가 한데 모아 박피작업을 하게 되어 있었다. 우측이 박피 구간이었으므로 그쪽은 온통 다 붉었다. 일부러 그쪽을 쳐다보지 않았지만 시야 옆으로 불타는 듯한 색감이 비치는 것이다. 피부가 벗겨져 나간 고기의 붉음이.

자, 그리고 이제 남자는 정말로 작업을 해야 한다는 것을 알았다. 그러면 우선 작업대 위의 도체를 봐야 한다. 놓여진 고기를 보고, 그 몸통을 잡고 배를 갈라서 내장을 적출하는 것이 남자의 일이다. 남자는 문득 아주 오래전 그가 중학생 혹은 고등학생일 때 개구리나 비둘기 따위의 배를 갈라 해부하던 기억을 떠올렸다.

그리고 그는 작업대 위의 덩어리를 보았다.

그것은 이미 1호실에서 머리를 제거하고 피 빼는 작업을 거친 것이었으므로 보기에 그리 나쁘진 않았다. 도체는 두부와 다리 4개가 제거되어 몸통만 있는 상태였는데, 남자는 과연 이것이 애초부터 4개의 다리를 갖고 있었을지에 관해 의문했다.

도체의 구석구석을 살펴봤다. 곧 박피작업으로 벗겨질 희고 보드르르한 껍질, 아래로 굽어 있는 어깨, 거기서 끊겨진 두 개의 무엇, 가슴에 돋아 있는 두 개의 유두, 배와 살, 또 그 아래에서 끊겨진 두 개의 무엇……. 남자의 얼굴이 경련했다.

그것은 인간이었다. 머리와 팔다리가 잘려나간 사람 몸통이었다. 그는 고개를 돌리고 구역질하기 시작했다.

'글쎄, 돼지가 아닐까.'

'아니 돼지는 아니에요. 내 옆 사람이 정육점을 하는데 돼지고기는 분명 아니라 하더라고요.'

'그러면 소겠지 뭐.'

'소라고 하기엔 너무 작지 않습니까, 배형. 아, 송아지일 수도 있겠네요.'

'그렇군. 송아지.'

'당신들은 좋겠소. 그렇게 생각할 수 있어서.'

그리고 문득 남자는 자신이 구역질을 해대면서도 어제 먹은 것들을 전혀 입 밖으로 내놓지 않고 있다는 것을 깨달았다. 그뿐인가? 사실 그의 속은 조금도 거북하지 않았다. 그렇게 의식하고나자 점점 구역질이 잦아들었다. 남자는 어쩐지 자신이 의무적으로 그러한 퍼포먼스를 행하고 있는 듯한 느낌이었다. 인육을 눈앞에 둔, 사람을 도축하는 과정의 한 집행자로서 애써 충격에 휩싸이는 윤리를 연기하는 것 같은.

그는 이제 등을 펴고 토하려는 척하던 짓을 그만뒀다. 약간 놀란 것은 분명했지만 이럴 줄 알고 있었던 것 같은 기분이 들었다. 아무렴 어떠랴. 여기서 일주일, 그리고 1호실에서 일주일 더 일하고 나면 답이 나올 것이었다. 이 망할 도축장을 빠져나갈 길이.

남자는 몸을 펴고 그의 작업대에 구비되어 있는 연장통을 보았다. 과연 훌륭한 물건들이 잔뜩 꽂혀 있었다. 날이 잘 선 갖가지 사이즈의 칼들. 이 중에 가장 멋진 놈과 같은 제품이 그의 방에도 하나 있었다. 어리석게도 섣불리 도주를 시도했던 밤, 유일한 생존자의 전리품이었다. 2주가 지나면 그는 이곳을 나갈 것이다. 그 훌륭한 놈을 가지고. 그리고 그것을 꽉 쥐고서 자신을 이 인육공장에 처넣은 개새끼와 여자를 고기처럼 다뤄주는 것도 좋을 것이다. 바로 이렇게.

콱!

칼날이 명치를 파고들었다. 방혈 작업을 마친 물건이라 피는 그렇게 나오지 않았다. 칼끝에 힘과 무게를 실어 끝까지 밀어 넣고 아래로 쨌다. 통조림을 따듯이. 남자는 작게 낄낄거렸다. 칼을 샅까지 내린 다음 양옆으로 날을 틀어서 배를 찢는다. 그는 손등으로 이마에 흐르는 땀을 훔쳤다. 이걸로 힘든 일은 다 끝났다. 이제 장갑을 한 겹 더 낀 손으로 도체 내부를 훑어 물컹물컹한 내장들을 꺼낸다. 고깃덩이의 뱃속에는 징글징글하게도 많고 긴 것들이 들어있다. 남자는 그것들을 전부 쓸어다 바닥의 통에 던져 넣었다. 마지막으로 손을 넣어 구석구석 싹싹 찌꺼기가 남지 않도록 긁어내었다.

2호실, 3일째.

남자는 점심으로 나온 시금치나물, 김치, 미역국, 고기완자, 계란말이를 깨끗이 비우고 다시 작업장으로 향했다. 내장적출 작업은 지금까지 해온 일 중에 가장 힘이 들었고, 그래서 작업시간에 맞추기가 빡빡했지만 슬슬 요령을 익히면서 속도도 붙게 되었다.

2호실, 4일째.

칼을 도체의 갈비 사이에 쑤셔 넣고 힘과 무게를 실어 아래로 쨌다. 그리고 샅까지 내린 다음 양옆으로 날을 틀어서 배를 찢었다. 그러고는 도체 내부를 훑어 물컹물컹한 내장들을 꺼내었다. 간, 소장, 대장, 허파, 심장…… 그것들은 저마다 색깔이 달랐다. 인간은 겉으로는 피부는 허옇고 털은 검은 것이 전부인 주제에 속은 불그죽죽, 푸르둥둥, 시커멓고, 회색이거나, 짙은 녹색으로 가지각색이다. 고깃덩이의 뱃속에는 징글징글하게도 많고 긴 것들이 들어 있다. 남자는 그것들을 전부 쓸어다 바닥의 통에 던져 넣는다. 마지막으로 손을 넣어 구석구석 싹싹 찌꺼기가 남지 않도록 긁어내기까지 한다.

2호실, 6일째.

남들보다 하루 작업량을 빨리 끝마쳤으므로 남자는 박피작업을 구경하면서 저녁식사와 퇴근을 알리는 사이렌이 울리기만을 기다리고 있었다. 박피는 인부들이 아닌 기계가 작업을 한다. 박피기계를 보는 건 그럭저럭 재미있었다. 투명해서 안이 들여다보이기 때문이다. 내장적출이 끝난 도체는 기계 속에서 빠르게 회전한다. 회전하면서 둥글게 사과껍질이 벗겨져 나가는 것처럼 하얀 피부가 밀려 나가고 붉은 속살이 드러나는 것이다.

2호실, 7일째.

내일부터 남자는 1호실에서 일하게 된다. 도체의 피와 두부를 제거하는 곳이다. 그는 빨리 시간이 흘렀으면 했다. 어서 1호실에서 일주일을 채우고 이곳을 나가는 거다.

엎드린 나체들. 한때 인간이었던 그 고깃덩어리들은 지금 식용에 적합한 형태가 되기 위한 첫 번째 과정을 향해 다가오고 있다. 비통한 운구차처럼 느릿느릿한 행렬들. 관처럼 엄숙한 컨베이어벨트는 넓은 작업장 전체에 줄무늬를 만들며 일정한 간격을 두고 늘어서 있다. 그리고 그 앞에 선 인부들. 1호실 인부들은 그 어떤 작업장의 사람들과도 달랐다. 뭔가가 달랐다. 물론 4, 3, 2호실의 일꾼들도 모두 차분하게 자기 일을 하고 있었지만 1호실에서 일하는 자들의 얼굴에는 그것을 넘어선 숭고함이 감돌고 있었다. 도축장 인부들의 연령은 짐작컨대 30세에서 50대 중반 즈음까지다. 그건 방혈작업과 두부제거를 담당하는 1호실 역시 마찬가지였다. 그러나 오늘 처음 이곳에 들어온 남자는 그들의 얼굴에서 지나친 숙련됨을, 마치 오랜 세월 동안 한 가지에 몰두해 온 늙은

장인과 같은 냄새를 맡았던 것이다.

남자는 거대한 작업장의 벽, 그 너머에서 좁고 합리적인 크기의 틈을 통해 등장하는 시체를 바라보았다. 나일론 발이 젖혀지며 처음으로 보이는 것은 발바닥이다. 발꿈치가 위를 향하고 발등이 바닥에 닿아 있다. 그리고 천천히 덜거덕거리며 움직이는 컨베이어벨트 위로 창백한 종아리, 무릎, 허벅지, 위를 향한 엉덩이, 등판, 어깨, 머리가 드러난다. 벌거벗은 도체의 이마가 바닥을 향하고 있는 것은 이 도축장에서 시신에게 취하고 있는 유일한 예의였다. 우중충한 색깔의 발이 가리고 있는 저 벽 너머에는 무엇이 있을까. 그는 쓸데없는 생각을 해보았다. 거기선 강력하게 모터 돌아가는 소음이 들려오고 있었다. 인간을 시체로 만드는 작업장이 있을지도 모르겠다 싶었지만 이내 아닐 것이라 부정한다. 벨트가 앞으로 옮겨놓는 고기는 딱딱하게 굳어 있기 때문이다. 갓 죽은 물건이 아닌 것이다.

하지만 아무렴 어떠랴.

바로 그것이다. 이곳 인부들의 면상이 어떻건, 옆방에서 뭘 짓거릴 하건 그와는 상관없다. 왜? 남자는 정확히 6일 후면 여길 나갈 것이기 때문이다.

그는 작업대를 내려다보면서 어떻게 하면 이 무기들을 빼돌릴 수 있을지 고민했다. 시신의 두부를 제거하기 위한 연장. 그건 아주 훌륭한 물건이었다. 그의 방에서 잠자고 있는 칼을 초라하게 만들 만큼 더 멋진. 바로 손도끼와……

남자는 그것의 정확한 명칭을 알지 못했다. 도끼 옆에 놓여 있는 것은 정원 가위와 비슷하게 생겼다. 하지만 그가 본 가장 굵은 가지용 가위보다 몇 배는 더 컸고, 그 번뜩이는 날은 맹금류의 괴팍한 부리처럼 휘어지고 날카로웠다.

작업장은 대리석이나 금속을 연마하는 것 같은 세밀한 공기와 정성스런 소리들로 가득 차 있었다. 인부들은 모두 부지런했고 2호실에서 가끔 눈에 띄던 몇몇처럼 작업을 역겨워하거나 어쩔 수 없이 한다는 기척 따윈 눈을 씻고 찾아봐도 없었다. 남자도 그들 중 한 명이었다. 그는 가위를 벌려 그 당당한 이빨을 도체의 겨드랑이에 끼워 넣었다. 그리고 깔끔하고 신속하게 팔을 잘라냈다. 가위는 손잡이의 그립감이 좋고 스프링이 탄탄해서 아주 만족할 만한 힘을 이끌어내게 했다. 남자는 1호실에서 사용하는 앞치마가 발목까지 오는 긴 길이인 이유를 납득했다. 절단·방혈처리가 되어 있지 않아서 피가 매우 흥건히 흘러나왔다. 붉은 피가 회색 컨베이어벨트 사이사이로, 또 바닥으로 흘러내렸다. 남자는 나머지 팔 한 짝도 손쉽게 절단했다. 무척이나 탐나는 연장이 아닐 수 없었다.

다리의 경우는 조금 까다로웠다. 발목이나 종아리라면 모를까, 인간의 넓적다리는 지나치게 두꺼웠다. 가위로는 허벅지 살을 파고드는 것 정도밖에 할 수 없다. 그러므로 인부들은 대개 그 부위에는 고속절단기를 사용했다. 작업대에 부착되어 있는 절단기는 LP판처럼 둥글고 납작한 절단석이 강력한 모터에 의해 회전하면서 대상을 자른다. 그대로 절단기를 돌렸다간 사방이 튀어대는 피로 진창이 될 것이 분명하기에, 가위 날을 허벅지 뼈에 닿을 때까지 집어넣고 잠시 기다렸다가 절단석에 갖다대었다. 그러면 기계는 기가 막히도록 깔끔하게 뼈를 잘라주었다.

그리고 그 마지막이 머리다.

두부를 제거할 때 인부들이 사용하는 방법은 두 가지로 나뉘었다. 하나는 다리를 처리할 때처럼 가위와 고속절단기를 쓰는 것이고, 또 다른 방법은 손도끼만으로 처리하는 것이었다. 남자는 후자를 채택하고 있었다. 그쪽이 손에 익고 편했기 때문이다. 보통 세 번이면 깨끗이 처리할 수 있었다. 한 방으로 목뼈를 부수고 두 번째로 가격함으로써 뼈를 완전히 절단한다. 그러면 뼈가 동그란 구멍을 드러낸 채 반질반질하게 빛나게 되며, 마지막으로 그 주변에 너덜거리는 피부를 잘라내는 것이었다.

"이런 망할…… 왜 이래 이거?"

"저는 이걸 안 씁니다. 괜찮으시면 바꿔드릴까요?"

남자가 뒷사람에게서 그렇게 제안 받은 것은 그가 1호실에서 작업하게 된 지 7일째, 갑작스레 절단기가 작동하지 않게 되었을 때의 일이었다. 말을 걸어온 인부는 벌건 앞치마를 수건으로 닦아내며 그를 쳐다보고 있었다.

사람고기를 다듬고 있는 주제에 신부 같은 면상을 하고 있군.

남자는 생각했다.

"그래도 됩니까? 자리를 바꿔도?"

"예. 어차피 자기 분량만 채우면 되니까 말입니다."

"아니, 그래도 그쪽과 내가 이제까지 작업한 양이 같을 리도 없고."

"아마 비슷하거나, 제가 한 것이 조금 많을 겁니다. 저는 별로 관계없습니다."

남자는 본인이 더 많은 도체를 처리했을 거라고 당연시하는 태도가 믿기지도 않는데다가 몹시 거슬리기까지 했다. 하지만 절단기 없이 작업을 마치는 건 무리였기 때문에 몇 인분 정도 손해 보는 건 감수하자 마음먹고 자리를 바꿀 수밖에 없었다.

다들 부지런히 작업을 해나가고 있었다. 남자도 그들 중 하나였다. 그는 가위를 벌려 팔을 잘라냈다. 나머지 팔도 그렇게 했다. 그다음 가위 날을 허벅지 뼈에 닿을 때까지 집어넣은 후 절단기로 다리뼈를 절단했다. 그리고 마지막은 머리다.

여느 것과 다를 바 없는 도체. 뻣뻣한 몸뚱이에 칙칙한 피부. 팔다리를 절단당해서 검붉은 피 위에 엎어져 있다. 남자는 그 목을 자르기 위해 도끼를 손에 들었다. 한 손으로 시체의 목을 뒤로 젖히자 거기에 어떤 무늬가 보였다. 짙은 보라색으로 턱 바로 아래부터 강하게 쓸린 자국이었다.

가끔 있었다. 약간의 손상을 입은 고기들이. 심하지는 않고 이것처럼 목 졸린 흔적이 있다거나 타박상, 찰과상, 어쩔 때는 손가락이 몇 개 없는 정도였다.

쿵!

그는 익숙한 손놀림으로 도체의 목뼈를 부쉈다.

쿵!

두 번째로 뼈를 완전히 절단했다.

쿵!

마지막 세 번째.

"제길."

남자는 작게 투덜거렸다. 힘이 너무 들어간 건지 머리가 떨어져

나가 바닥을 구른 것이다. 그는 초보 때나 저질렀던 실수에 투덜대며 떨어진 목을 줍기 위해 허리를 굽혔다. 그리고 순간, 무심코 그 얼굴을 보고 말았다. 머리는 피에 젖은 눈알로 남자를 올려다보고 있었다. 비명을 지르고 싶었지만 잘 되지 않았다. 남자는 바닥에 나자빠졌다. 으허, 으헉, 으허억, 이상한 신음을 내면서 뒷걸음질쳤다.

그것은 남자 자신의 얼굴이었다.

"이보세요. 무슨 일입니까?"

차분한 작업장에서 그러한 행동은 크게 이목을 끌만한 일이었다.

"이런."

어느 인부가 말했다.

"알만 하군. 왜 이렇게 됐지?"

"그의 절단기가 고장 났다길래 내가 자리를 바꿔줬어."

"그렇군. 근데 하필이면 자네 작업줄로 '그것'이 들어왔구만."

"그런가 보군."

그때 남자가 가위를 들고 벌떡 일어섰다.

"씨발……"

남자가 입을 열었다.

"더는 못 참아. 누굴 아주 병신 만들려고. 내가 이런 걸로 놀랄 줄 알아?"

그는 바닥에 떨어진 머리를 뻥 찼다. 그러고는 막무가내로 작업대를 넘어서 자리를 바꿔준 인부에게 가위 날을 들이댔다.

"너도 한 패지? 누가 시켰어, 어떤 새끼가 시켰냐고!"

핏발 선 남자의 눈은 바닥에 흘러내린 피보다도 붉었다.

"이러지 마시오."

인부는 차분히 대꾸했다. 그게 방아쇠였다. 남자는 가위를 쫙 열었다. 무시무시한 칼날이 입 벌린 순간 누군가 남자 뒤로 다가왔다. 목에 따끔한 감촉이 있었다. 그대로 그는 정신을 잃었다.

위이이이이잉……

뭔가가 빠르게 분쇄되는 소리와 진동이 느껴진다. 눈꺼풀 사이로 흰 빛이 비친다. 남자는 눈을 떴다.

빌어먹을.

거긴 여전히 1호실 작업장이었다. 성실하게 인간을 해체하는 작업이 행해지고 있는 그곳 한구석에 귀찮다는 듯이 그를 방치해뒀다.

"정신이 드시나 보네요."

올려다보자 처음 보는 사나이가 자신을 쳐다보고 있었다. 행색을 보아하니 이곳의 인부 중 하나다.

"……얼마나 지났지?"

"당신이 기절한 걸 묻는 겁니까? 그걸 질문한 거라면 5시간, 혹시 당신 고기가 주방으로 실려 간 것을 물은 거라면 2시간이 좀 넘었습니다."

사나이가 대답했다. 어째서인지 남자는 알 수 있었다. 인부의 말이 진실이라는 것을. 그는 더듬듯이 주위를 살펴보았다. 자신의 작업대 한구석이었고, 컨베이어벨트 위에는 아직 팔다리가 남아 있었다. 저 아래에는 걷어찼던 머리도. 그러나 손질한 몸통은 없었다. 그때 다른 인부가 나타나 그의 머리와 팔다리를 잽싸게 담아갔다.

"이런 씨, 대체 뭐야! 내놔, 내놓으라고!"

남자가 윽박질렀지만 소용없었다.

"나머지 부분들은 손상이 심한, 그러니까 교통사고나 살해당한 도체들 말입니다. 그것들과 같이 갈아서 사용하지요. 바로 옆방에서요."

인부는 모터 소리가 들려오는 벽을 가리키며 말했다.

"이 좆같은 덴 대체 어디야?"

남자는 놈을 후려친 다음 가위로 그 주절대는 대가리를 잘라내고 싶었다. 하지만 마취가 덜 풀린 탓에 아직 몸이 움직여지지 않았다.

"예? 보시다시피 도축장이잖습니까."

인부는 당연한 걸 왜 묻느냐는 식이었다.

"내 몸, 내 몸은 어떻게 된 거야?"

점점 힘이 돌아오는 감각에 남자는 벽을 짚고 일어섰다.

"아까 말했잖아요. 주방으로 갔다고. 지금쯤 오븐에서 잘 구워지고 있겠군요."

"그걸 어떻게 하려는 건데?"

이제 남자는 완전히 몸을 세울 수 있었다. 그러나 아직 다리가 후들거렸고 팔은 축 늘어져 있다. 그는 친절히 답해 주는 인부에게 질문을 던지며 마취가 풀리기를 조마조마하게 기다렸다. 그러면서 흘깃 가위, 그 멋진 놈을 훔쳐봤다. 별로 멀지 않은 거리에 그것이 놓여 있었다.

"레스토랑의 손님 테이블에 올라가겠죠."

"먹으면 어떻게 되는데? 하. 씨발, 죽기라도 하는 거야?"

다리는 감각이 돌아왔다. 왼팔도. 이제 오른팔만, 오른팔만 돌아오면. 남자는 짜르르르한 감각이 서서히 팔에 번져나가는 걸 느꼈다.

"……예? 지금 무슨 소릴 합니까? 당신은 이미 죽었는데요."

침묵. 침묵과 정지가 그를 에워쌌다. 그리고 소름. 남자는 이 도축장에 끌려오기 전의 일을 떠올렸다.

밤. 술에 취한 밤, 귀가했다. 그는 화가 나 있었고 집에는 여자가 없는 것처럼 보였다. 그러나 그건 사실이 아니었다. 정수기에서 물을 마신 그는…… 맙소사, 물맛이 여느 때와 다르기라도 했던가?

물을 마시고 베란다에서 여자를 봤다. 여자 옆에 사형대처럼 드리워진 줄이 있었다. 그는 여자가 어쭙잖은 자살소동이나 벌일 줄 알았지 거기에 제 목이 걸릴 것은 꿈에도 알지 못했다. 그렇게 그는 베란다로 가던 중 정신을 잃었다.

"그, 그럼 어떻게 돼? 어떻게 되냐고!"

남자는 말을 더듬었다.

"간단합니다. 사라지죠."

즉답이었다.

"뭐?"

"없어진다고요."

그는 도주를 시도한 밤, 복도에서 사라졌던 사람들을 생각해 냈다.

"막으면, 안 먹으면 돌아갈 수 있어? 살 수 있냐고! 어?"

남자는 부들거리는 팔로 인부의 멱살을 잡았다. 인부의 눈이 측은한 빛을 띠는 것 같았다. 아주 희미한 정도라 거의 알아챌 수도 없게.

"죽은 사람이 어떻게 다시 삽니까."

인부가 말했다.

"당신은 예약된 고기입니다. 그래서 규칙을 어기고도 한 번 면제되었지요. 손님에게 부탁해서 먹히지 않도록 할 수 있다면 계속 여기서 일할 수 있을 겁니다. 영원히."

영원히.

그 단어는 기이한 울림을 갖고 남자의 고막에 스며들었다. 그 제야 그는 깨달았다. 그 순간 1호실의 모든 일꾼들이 그에게 시선을 던지고 있었다. 소멸 대신 영원히 인육을 다듬도록 은총을 입은 자들. 남자의 눈에 눈물이 맺혔다.

"어, 어, 어디로 가면!"

"나가서 계단을 올라가면 주방입니다."

인부는 그 애처로운 의문을 즉시 이해했다. 남자는 허겁지겁 작업장을 튀어나갔다. 길고 침침한 복도를 달렸다. 시간·공간 감각이 모조리 뭉개졌으므로 얼마나, 어디까지 뛰었는지 모르겠지만 그는 계단을 발견하고는 단숨에 뛰어올랐다. 복도는 비현실 공간처럼 음침하게 뒤틀려 있었다. 남자는 다짜고짜 눈앞에 바로 보이는 문을 열었다. 그곳 사람들이 놀란 얼굴을 했다.

"무슨 일이시오?"

숨이 차 쉬이 말이 나오지 않았다. 그곳에선 근사한 냄새가 났

다. 향수나 데오드란트가 지워진 인간들에게서 나는 비린내를 불
과 향신료를 사용해 식욕이 당기는 향기로 만드는 요리사들. 소
멸 대신 영원히 인육을 요리하도록 은총을 입은 자들 말이다.

"고기, 내 고기!"

"아, 그거라면 방금 위층으로 갔······"

요리사가 말을 마치기도 전에 문이 쾅 닫혔다. 남자는 다시 계
단을 뛰어올랐다.

그곳은 연회장이었다. 화려하고 넓은 연회장. 4, 3, 2, 1호실 작
업장을 전부 합친 것만큼 컸다. 천장에는 맑고 은은한 빛을 뿜는
샹들리에가, 수없이 많은 테이블에는 빛나는 유리잔이, 그리고 붉
은 휘장이 드리워진 무대 위에는 우아한 선율을 연주하는 음악
가들이 있었다.

단 한 명의 불청객.

피가 칠갑된 앞치마를 입은 남자가 문을 열어젖히자 몇몇 손님
들과 경비원 전원이 그에게 시선을 던졌다. 검은 양복차림에 이어
마이크를 단 경비들이 그를 향해 다가오기 시작했다. 남자는 성
큼성큼 레스토랑의 둥근 테이블 사이를 가로지르며 더듬거리는
눈으로 고기를 찾았다. 그리고 모락모락 김이 나는 접시 4개를 솜
씨도 좋게 들고 가는 웨이터를 발견했다.

저거다!

남자는 달리기 시작했다. 다섯, 아니 여섯. 사방에 흩어져 있
던 경비원들의 몸놀림도 빨라졌다. 그는 거침없이 테이블에 앉아
요리를 처먹는 족속들을 놀래키며 뛰었다. 반면 경비들은 최대한

미식가들을 배려하며 거리를 좁혀왔다. 그럼에도 놈들은 아주 재빨랐다. 불시에 팔을 붙잡혔다. 한 녀석.

"이봐 당신,"

남자는 가차 없이 팔꿈치로 놈의 면상을 후려쳤다. 어느 테이블에서 새된 비명을 질렀다. 남자는 다시 달리기 시작했다. 놈들도 부산스럽게 몸을 놀렸다.

"꺄악!"

테이블을 뛰어 넘었다. 위에 올려진 것들이 바닥으로 쏟아졌다. 그는 떨어지는 고기포크를 잡아채 쥐었다. 그걸로 정면에서 달려오는 놈의 배때기를 쑤셨다. 고기를 다루는 일이라면 그가 놈들보다 한 수 위다. 사방에서 비명이 터졌다.

연회장은 더 이상 고상하지 않았다. 남자가 만든 진창의 소란이 가운데서부터 조금씩 번져나가고 있었다. 하지만 그럼에도 레스토랑은 너무도 넓었기 때문에, 저 가장자리의 인간들은 여전히 자신들만의 식사에 고고히 몰두하고 있었다. 그는 고개를 휘둘러 그 쥐새끼 같은 놈을 찾았다. 흰 셔츠에 검은 바지와 조끼를 입고 걸어가고 있다.

남자는 달렸다. 분노를 숨기지도 않고. 녀석과의 거리는 이제 50미터도 채 남지 않았다.

녀석이 어느 테이블에 접시들을 내려놓았다. 불그스름한 스테이크와 립, 가장자리에 요상한 풀들로 장식한 찜과 말간 탕이 되어버린 그의 몸통. 그 테이블에는 한 숙녀가 앉아 있었다. 푸른색 드레스를 입고 머리를 틀어 올린 우아한 뒷모습이었다. 그런 차림으로 남자의 고기를 전부 처먹으려 하는 것이다.

"안 돼!"

남자는 그녀를 저지하기 위해 외쳤다. 손을 뻗었다. 바로 그 순간, 마술처럼 나타난 경비들이 그를 옭아맸다. 놈들은 가차없었다. 딱딱하고 무자비했다.

"놔, 이 씨발 놈아! 잠깐. 잠깐만요. 먹지 마!"

그는 자신을 끌고 나가려는 덩치들에게 필사적으로 반항했다. 아랑곳하지 않고, 어떤 상황에도 흔들리지 않을 것처럼 숙녀는 도도하게 고기를 썰었다. 포크가 그 조각을 집었다.

"제발! 아가씨 잠시만. 내 말 좀 들어봐요!"

그녀의 손이 멈칫했다.

"그래, 그래! 당신 말입니다. 파란 옷 입은 아가씨!"

남자는 희망과 두려움으로 가득 차 외쳤다. 다시 포크가 움직였다.

"아니, 잠깐 만요! 잠시만요, 아가씨. 기다려요. 이상하게 들릴진 모르겠지만 그거 먹으면 안 됩니다. 안 된다고요. 그러니까 벌레, 그래 바퀴벌레가 들어갔다고!"

포크가 허공에서 멈췄다.

"좋아. 그래야지. 바꿔줄게요. 다른 걸로. 훨씬 좋은 걸로. 당연하죠. 하, 하하⋯⋯."

옴짝달싹도 못하도록 구속당한 채 그가 웃었다. 그때 숙녀가 그를 향해 고개를 돌렸다. 아주 천천히. 슬로모션처럼. 그녀의 드레스자락이 조명을 받아 사락거렸다. 그녀가 그를 똑바로 쳐다봤다. 그 눈빛은 묘한 에너지를 갖고 있었다. 포크는 그녀의 입술 바로 앞에 있었다.

아.

그는 몸을 떨었다. 그 순간 그를 지배한 것은 공포 아니면 절망, 혹은 둘 다일 것이다. 잔혹하게 검푸른 색채로 멍든 눈을 꿈틀거리면서 그녀는 입을 쩌억 벌렸다. 후덥지근한, 느릿한, 강한 바람이 부는 듯한 느낌이 들었다. 거대하고도 깊은 어둠이 그 입 속 구멍 안에 웅크리고 있었다. 메마른 입술이 서서히 먹이를 낚아채기 위해 팽창되어 간다. 구멍도 점점 커져간다. 그 안으로 여자가 포크를 집어넣었다. 그녀는 웃고 있다.

이런 씨…… 발.

그것은 최후의 욕설이었다. 여자는 입술로 포크를 훑어 빼내었다. 그리고 아무것도 남지 않았다. 포크 위에도, 그 어디에도.

더블

최민호

1975년생. 「한국공포문학단편선 시리즈」에 단편 「흉포한 입」, 「길 위의 여자」, 「한국스릴러문학단편선」에 「인간실격」으로 참여했다. 매드클럽에서 서식하며 현재 종말 이후를 배경으로 한 SF 호러 장편 구상에 열을 올리고 있다.

첫째 날

빗소리를 들으며 잠에서 깼다.

침대가 억센 팔로 나를 끌어안고 있는 것 마냥 일어나기가 힘들었다. 빗소리와 기억나지 않는 악몽, 어제 시작된 생리통이 겹쳐 자다 깨다를 반복하다, 새벽에 걸려온 엄마의 전화 덕분에 더 이상 잠을 이루지 못했다. 엄마는 또 병원비 때문에 앓는 소리를 했고, 내 신경질적인 반응에 거의 울음을 터트릴 뻔했다.

그래도 결근은 싫었다. 진통제를 먹은 다음 꾸역꾸역 일어나 세수를 하고, 색조화장은 포기한 채 립스틱만 바른 후 옷을 입었다. 검은 스커트에 어울릴 것 같아 검은 우산을 챙겼다. 지하철은 어제와 마찬가지로 북적거렸고 남자 하나가 뒤에 붙어 슬그머니 내 엉덩이에 손을 가져다댔다. 우산 끝으로 남자의 눈을 찌르는 상상은 지웠다. 대신 뒤로 돌아 남자의 뺨을 때리고 싶었지만, 결심을 못하고 우물쭈물하는 사이 남자가 하차해 버렸다. 놈들은 어디에나 있다. 수치심과 분노가, 안 그래도 곤두선 신경을 더 뾰족하게 만들어 놓았다.

하지만 그 뒷모습과 만났을 때, 나는 모든 것을 잊어버렸다. 안 좋은 몸 상태나, 전철의 치한, 엄마의 앓는 소리는 그 뒷모습에 비하면 너무도 현실적이었고, 그래서 사소했다.

역사의 플랫폼을 나와 회사로 이어지는 투명차양이 드리워진 아케이드 인도를 걷고 있을 때였다. 앞서 가는 수많은 사람들의 모습 중 유독 한 여자가 눈에 띄었다. 3, 40미터쯤 떨어져 있었음에도 화인처럼 뚜렷했다. 뭐라고 표현해야 할까. 내가 가장 잘 알고 있는, 오직 나만이 알아볼 수 있는 것이지만, 그 이름을 떠올릴 수 없는 것? 그 사람이 바로 그랬다. 머릿속으로 내 좁은 인간관계 안의 지인들을 하나하나 그 뒷모습과 엮으려 해보았지만 들어맞는 것은 없었다. 사람들의 사이로 언뜻언뜻, 어깨에 살짝 닿는 커트머리, 회색 시폰 블라우스, 검정 스커트가 눈에 들어왔다가 나갔다.

정수리에 떨어진 충격이 내 걸음을 멈춰 세웠다. 그녀와 나는 똑같은 옷차림을 하고 있었다. 그 사실을 알아챔과 동시에 나는 그녀의 뒷모습을 어디에서 보았는지도 떠올릴 수 있었다. 옷가게. 상점의 거울 속. 뒤태를 살피던 내 시선에 잡힌, 바로 나의 뒷모습. 상념들이 모두 손가락을 들고 홀로그램처럼 반짝이는 한 지점을 가리켰다.

'더블.'

시선이 잠깐 흐트러진 사이, 그것은 더 이상 보이지 않게 됐다.

그 단어가 몰고 온 불안은 마치 징그러운 벌레처럼 피부 위를 기어 다니며, 하루 종일 나를 휘감았다. 은행에 도착하고 나서도 일을 제대로 할 수가 없었다. 창구에서 세 번이나 연속으로 실수를 하고 컴퓨터의 지적을 받아 2시간 정직까지 당했다. 벌점이 작년 한 해의 총계보다 많았다. 과장에게 불려가 질책까지 받았지만, 그 순간에도 나는 다른 생각에 빠져 있었다.

나는 계속 스스로에게 말했다. 아니야, 그럴 리가 없어. 그냥 몸이 안 좋아서 잘못 본 것뿐이야. 그렇잖아? 요새는 더블이 출현하는 것이 아주 드물다고들 하잖아. 다들 떠들어대기는 하지만 실제로 과거에 그런 사건이 있었는지도 모르겠고. 잊어버리는 게 좋겠어. 잊어버려, 피곤해서 착각한 걸 거야. 그렇게 다독이는 목소리로, 끈질기게 그것은 더블이었다고 주장하는 가슴 한편의 말대꾸를 억눌렀다.

하지만 퇴근시간이 될 즈음에는 스스로의 다독임도 더 이상 먹혀들지 않았다. 누군가든 만나서 무언가든 이야기 하고 싶은 기분이 되었고, 약속은 없었지만 준영에게 전화를 걸어 다짜고짜 그의 회사 앞으로 간다고 선언했다. 40분 후에 강남 31구역의 상업빌딩 앞에서 만난 그는 환하게 웃으며 말했다.

"네가 이러니까 연애할 맛이 좀 나네. 만날 내가 졸라야 선심 쓰듯 만나주더니만 오늘은 무슨 심경의 대변화야?"

"내가 그랬어?"

"암요, 그러셨지요. 내가 연애를 하는 건지, 아니면 안 넘어가는 나무에 도끼질만 해대는 건지 헷갈린 때가 한두 번이었어야 말이지."

늘 있는 투덜거림이었지만, 어쩐지 새로웠다. 나는 스스로가 놀랄 정도로 스스럼없이 그의 팔에 매달렸다.

"아니, 진짜 무슨 일이야? 손끝만 닿아도 질색팔색을 하더니. 오늘은 좀 이상한데?"

"이상할 거 없어. 어디든 들어가자. 빨리."

그는 몇 마디 농담을 더 하면서 카페로 나를 이끌었다. '레몬 트리'라는 카페는 한산했다. 내부에는 요새 유행하는 바닷물 홀로그램이 깔려 있었고 2층에는 과일나무 그래픽이 무성했다. 2층 구석에 자리를 잡았다. 한동안 그가 잡담을 했다. 나는 듣는 둥 마는 둥 하다가, 와인을 가볍게 마시고 입을 열었다.

"저기, 더블이란 거 있잖아. 어떻게 생각해?"

"응?"

그가 눈을 크게 떴다. 이상한 주제를 끄집어내자 당황한 눈치였다.

"더블? 갑자기 그건 왜?"

"생각해 보면 정말 이상한 일이잖아. 어딘가에 나랑 똑같은 사람이 두 눈 멀쩡히 뜨고 있다니. 근데 그걸 또 우리는 아무렇지도 않게 받아들이고. 아니, 실제로 그런 게 있기는 할까?"

준영은 대답 없이 술을 한 모금 마시고, 몸을 앞으로 조금 숙였다. 그러고는 주변을 둘러봤다. 눈빛에 약간의 흥분이 어렸다. 그가 목소리를 한껏 낮춰서 말했다.

"이건 진짜 비밀인데, 내가 아는 사람 중에 더블을 본 사람이 있어."

"진짜?"

"그래. 친한 직장 선밴데, 몇 년 전에 같이 출장을 갔었거든. 술 한잔 하다가 그 선배가 잔뜩 취한 거야. 그 상태에서 나한테 자기 비밀을 전부 털어 놓은 거지. 아침에는 하나도 기억 못했지만."

"어떻게 본 건데?"

"어렸을 때였대. 한 열 살쯤? 더운 여름날이었는데 안방 쪽에서 뭐가 깨지는 소리가 났다는 거야. 크게 다투는 소리도 들리고. 방학이라서 집에는 자기랑 엄마밖에 없었으니까, 이상해서 가본 거지. 안방 문을 열었는데, 거기에 엄마가 두 명이 있더래."

"두 명?"

"응. 하나는 머리에서 피를 흘리면서 바닥에 쓰러져 있었고, 하나는 손에 피묻은 망치를 들고 멍하니 서 있었다는 거야. 서 있던 엄마가 그 선배를 보면서 '아무 일도 아니니까, 가서 공부해.'라고 했다던가."

침묵이 우리 사이에 내려앉았다. 준영은 웃으면서 내 빈 잔에 술을 따랐다.

"실환지 아닌지는 잘 모르겠는데, 실제로 그런 일이 생겨도 정부가 잘 처리하잖아. 게다가 요새는 잘 보이지도 않는다고 하고. 크게 문제될 것도 없어. 연예인이나 정치인 관련 스캔들이나 루머는 많지만, 그것도 다 한 때고. '빅 슬립' 이후로 강력범죄도 3배 이상 늘고 정신병원도 대호황이 됐다지만 우리는 그 사건을 직접 겪은 세대도 아니잖아. 뭐랄까, 실감이라는 게 없는 거지. 과거의 재난이라는 게 다 그렇지 뭐."

"아침에 출근하는데, 내 더블을 본 것 같아."

의도하지도 않았는데, 마치 입이 살아 움직이는 것처럼 말을 충동적으로 뱉어냈다. 준영은 멍하게 내 눈을 쳐다보았다.

"뭐라고?"

"내 더블."

그의 얼굴에서 웃음이 천천히 지워졌다. 내 눈빛에서 장난이나 농담이 아님을 읽어낸 것이다. 말이 없던 그는 씹는 담배를 꺼내며 미간을 구겼다.

"확실해?"

"……사실, 잘 모르겠어. 그냥 뒷모습만 본 거라서. 하지만 느낌이 그래. 그걸 본 사람은 알 거야. 가슴을 강하게 때리는 느낌이 있었어."

준영은 담배를 씹으며 골똘히 뭔가를 생각하더니, 지갑을 꺼냈다. 그 안을 한참 뒤적이던 그는 플라스틱 명함을 건네며 말했다.

"이 번호 저장해. 잘 아는 선배거든. 연락해 놓을 테니까, 내일 퇴근하고 한번 들러봐."

명함에는 '신경정신과 전문의'라는 직함이 새겨져 있었다. 왠지 이럴 것 같았던 예감이 들어맞아 화가 나지도 않았다. 어쩌면 이게 가장 현실적인 접근 방식인지도 몰랐다.

"나, 미친 거 아니야."

"수진아, 네가 걱정돼서 이러는 거 잘 알잖아. 요즘에는 상담소에 안 가는 사람들이 드물어. 그냥 현대인의 일과잖아. 편하게, 잠깐 쉬면서 이야기 나누는 것뿐이야. 심각할 거 하나도 없어. 전부

예방하는 차원이니까."

대학시절 동창인 현주가 생각났다. 현주는 '더블망상증후군' 때문에 멀쩡히 잘 다니던 대학을 중퇴하고 집 안에 틀어박혔다. 그 병은 누구에게나, 아무 조짐 없이 나타날 수 있다고 했다. 현주가 중퇴한 이후 딱 한 번 만난 적이 있었는데, 방 안에서 한발도 나오지 않던 그녀는 내내 불안해하며, 혹시 자기랑 이틀 전에 만난 적 없느냐고 꼬치꼬치 캐물었다. 생기가 모조리 빠져나간 두 눈동자를 이리저리 굴리면서.

나는 말없이 앉아 있다가, 명함을 휴대전화에 접촉시켜 번호를 저장하고 화장실에 간다고 말한 뒤 자리에서 일어섰다. 요의를 느끼진 않았지만 그를 피하고 싶었다. 이야기하는 게 아니었어. 이런 이야기가 어떻게 받아들여질지 잘 알았잖아. 나는 괜히 손을 씻고, 거울을 빤히 들여다보았다. 푸석푸석한 피부의 어딘지 낯선 여자가 나를 노려보고 있었다.

그때 뒤쪽의 칸막이에서 목소리가 들려왔다.

"알았어. 알았다니까! 응, 그래. 내가 내일 들를 테니까. 병원비는 너무 걱정 마."

그 화가 난 듯한 목소리에 나는 얼어붙었다. 그것은, 내 목소리였다. 은행업무 때문에 처음으로 내 목소리를 녹음해 창구에서 활용했을 때 느꼈던 그 낯섦과 친근함이, 공포로 변질돼 진득한 액체처럼 등뼈를 타고 흘러내렸다. 천천히 뒤로 돌아, 목소리가 흘러나온 칸막이 쪽을 응시했다. 목소리가 이번에는 언성을 낮춰 몇 마디 더 속삭였다. 이번에는 무슨 말인지 알아들을 수 없었다. 다만 내 것이라는 점은, 한 치의 다름도 없는 강수진의 목소리라는 점만은 확실했다. 내가 내 것을 알아보는 데에는 어떤 증거도 필요 없었다.

손이 부들부들 떨렸다. 다가가서 문을 열어젖히고도, 그대로 도망치고도 싶었다. 정신 차려, 강수진! 확인, 그래 확인을 해야 해. 저 안에 정말 내 더블이 있는지, 아니면 그냥 잘못 들은 것뿐인지.

나는 석고처럼 뻣뻣하게 굳은 다리를 달래서 한 발 앞으로 나갔다. 또 한 발 움직였다. 손을 뻗을 수 있을까? 정면으로 마주볼 수 있을까? 저것이 무엇인지, 어떤 존재인지 알아낼 수 있을까? 망설이며 팔을 들어 올리는 순간, 물을 내리는 소리가 들려왔다. 이제 나오겠지, 저 안에서, 나와 똑같은 목소리를 가진 그것이. 머릿속이 물감을 엎지른 것처럼 새하얗게 변했다.

뒤로 돌아 그 자리에서 도망쳤다.

카페를 나와 정신없이 뛰었다. 정신을 차려보니 낯설고 더러운 도심의 후미진 거리였다. 이슬비는 여전히 내리고 있었다. 속에서 자꾸만 뭔가가 치밀어 오르는 것 같아 허리를 숙이고 구역질을 했다. 하지만 아무것도 나오지 않았다. 비를 맞으며 나는 한참이나 그렇게 있었다. 몇 방울의 눈물인지, 빗물인지가 내 볼을 타고 떨어져내려 거리의 조그만 물웅덩이 속으로 사라졌다.

둘째 날

깨어났을 때는 오전 10시가 넘어 있었다.

카페에서 나온 뒤 어떻게 집에 돌아온 것인지 기억이 나지 않았다. 밤새 심하게 앓았고, 조금 잦아들었지만 여전히 미열이 눈 주위를 떠돌아다니고 있었다. 창문으로 들어와 침대에 느긋하게 누운 햇살을 보며, 오늘이 무슨 요일인지 더듬었다. 아마, 목요일이겠지. 그래, 회사. 전화부터 해야 해.

간신히 몸을 추스르며 어제 가지고 나간 토트백을 찾았지만 보이지 않았다. 현기증의 틈새로 어젯밤 카페에서 뛰쳐나올 때 토트백과 우산을 놓고 나왔음을 떠올렸다. 준영이 챙겼을 것이라 추측하며 거실의 전화기로 가 버튼을 눌렀다.

네, 어디로 연결할까요? "회사."

신호가 세 번 울리고 남자가 전화를 받았다. 화상연결은 하지 않아 모니터에는 아무것도 보이지 않았지만, 목소리로 최 대리임은 알 수 있었다.

"네, 최 대리님, 저 강수진인데요."

"아, 창구 쪽 수진 씨? 근데 웬일이야?"

"저, 오늘 몸이 좀 안 좋아서 결근했어요. 잠든 바람에 아침에 결근 확인 전화도 못 받은 것 같고요."

잠깐의 침묵 뒤에, 큰 웃음소리가 나왔다.

"무슨 장난인지 모르겠는데, 그럼 아침조회 때 내가 본 수진 씨는 뭐야?"

심장이 내려앉는 것 같은 느낌과 함께, 잠깐 숨이 막혔다.

"여보세요? 강수진 씨?"

급히 버튼을 눌러 통화를 끊어버렸다. 요동치는 가슴은 쉽사리 진정되지 않았다. 어지럼증 때문에 아무런 생각도 할 수가 없었다. 얼마나 그러고 있었을까. 갑자기 울리는 전화벨 소리에 놀라며 정신을 차렸다. 모니터에 초조해 하는 준영의 얼굴이 떠올라 있었다. 버튼을 눌러 화상으로 연결했다. 준영이 휴, 하고 한숨을 내뱉으며 빠르게 말했다.

"어떻게 된 거야? 아침에 말도 없이 사라지고, 휴대폰은 받지도 않고. 혹시나 해서 집에 건 건데……."

"아침에 사라졌다고?"

내가 거의 비명을 지르듯 반문하자, 준영의 눈이 두 배쯤 커졌다.

"그, 그래. 왜? 무슨 일 있어? 어디 아파 보이는데, 괜찮은 거야?"

"하나도 빠트리지 말고 다 얘기해. 어제 내가 카페에서 없어진 다음부터."

"무슨 소리야? 카페에서 없어지다니. 너 어제 나랑……, 그러니까 네가 그런 거 진짜 싫어하는 건 아는데, 너도 어제는 더 이상 싫은 눈치도 아니었고……."

눈을 감았다가, 치켜떴다. 가슴 속에서 불꽃이 확 일어났다. 몸이 저절로 부르르 떨렸다.

"수진아?"

"같이 잤지. 그년이랑."

"야, 너, 어제부터 진짜 이상한 거 알아? 대체 왜 이러는 거야? 나 너랑 장난으로 만나는 거 아닌 거 알잖아. 어차피 결혼할 사이에……."

"그건 내가 아니야! 아니라고!"

전화를 끊었다. 선도 뽑아 버렸다. 머리끝까지 차오른 분노로 눈앞이 흐려질 지경이었다. 눈앞에 나의 더블이 생생하게 그려진다. 화장실을 나와 준영에게 간다. 술을 마시고, 더블에 대한 이야기는 더 이상 꺼내지 않고 잡담을 나누다, 그와 함께 무인모텔로 간다. 섹스를 하고 잠들었다가, 아침에 일어나 내 백을 챙기고, 나처럼 출근을 한다.

단 하루 만에 그것이 나를 엉망으로 만들어 버렸다.

그 다음에는? 이제 뭘 하려는 거지?

인정하기 싫었지만, 그 질문의 답은 정해져 있었다. 그것은 나를 없애야만 자신을 인정받을 수 있다. 안절부절 못하며 거실을 서성였다. 대체 어떻게 해야 하지? 어린 시절부터 받아온 더블에 대한 교육은 무용지물이었다. 그 교육은 모두 자신이 아닌, 타인의 더블을 목격했을 때의 이성적인 대처 요령에 대해서만 가르치고 있을 뿐이었다. 그렇다고 이대로 앉아만 있을 수는 없었다. 나의 더블이 나를 잠식하고 있었다. 이대로라면 어느새 밀물처럼 불어, 나를 완전히 뒤덮어 버릴 것이다. 시간이 없다.

신경이 모두 끊어진 것처럼 거실 바닥에 주저앉아 있다가, 문득 그것이 내 토트백을 챙겼다는 사실을 떠올렸다. 시계를 확인하니 11시가 조금 지나 있었다. 은행에서는 11시부터 2교대로 30분간의 점심시간을 주었고, 목요일은 내가 먼저 식사를 하는 날이었다.

전화선을 꽂고, 내 전화기로 연결을 시도했다. 신호가 길게 이어지다가 정지했다. 침을 삼켰지만 넘기기가 힘들었다. 목이 바짝 말라 있었다.

"그래, 나야."

어제 화장실에서 느꼈던 익숙한 공포감이, 기묘한 안락감과 함께 혈관을 타고 구석구석으로 퍼져 나갔다. 그래, 나야? 무엇이든 다 알고 있다는 듯한 평온한 나의 목소리가 현실감을 송두리째 앗아갔다.

"당황하지 말고 기다려. 곧 갈게. 대신 도망가지 마. 그냥 전부 받아들여. 너의 전부를. 그리고 나의 전부를. 그럼 바빠서 이만."

전화가 끊긴 것은 한참 후에야 알아챘다. 억눌린 비명이 집 안 가득 번졌다.

보건경찰국 43지서는 사람들로 북적거렸다.

1층 로비에서 접수를 하고 한 시간을 넘게 기다리자 안내원이 호출을 했다. 건네받은 플라스틱 키를 들고 2층으로 올라가 4031호를 찾았다. 1층보다 사람이 적어 방은 쉽게 찾을 수 있었다. 사방이 막힌 아주 좁은 방에 의자 하나만 달랑 놓여 있었다. 사물함처럼 생긴 방이었다. 의자가 바라보는 방향의 벽에 붙은 스피커에서 남자 목소리가 나왔다.

편히 앉으세요. 중간에 저희가 끼어드는 일은 없을 테니까 상담하실 내용을 처음부터 끝까지 말씀하시면 됩니다.

피상담자의 기분을 편안하게 하려는 의도에 의해, 아마도 컴퓨터로 합성한 음성 같았다. 그것은 놈의 목소리와 비슷했고, 그 때문에 기분이 조금 나빠졌다. 나는 망설이다 입을 열었다. 어제부터 있었던 모든 일을 천천히 말했다. 마치 고해성사를 하는 것처럼 부끄러우면서도 가슴에 매달렸던 무거운 추가 떨어지는 듯한 느낌이 들었다. 뒤편에 있는 것은 신부가 아니라 무뚝뚝한 컴퓨터일 뿐이었지만, 어쩌면 그래서 이 의식이 더 성사(聖事)에 가까워진 것인지도 몰랐다.

오전의 통화에 대해서까지 이야기하자 더 이상 할 말이 없었다. 기다렸다. 1, 2분쯤 흐르자 예의 목소리가 다시 등장했다. *더 하실 말씀이 없으신가요?*

잠시 침묵.

잘 알겠습니다. 1층 5번 데스크의 D열에서 잠시 기다려주세요.

순순히, 지시대로 했다. 1층으로 내려가 기다린 지 40여 분쯤이 지나고 더 이상 참을 수가 없어 데스크의 안내원에게 항의를 하려 일어났을 때 내 번호가 불렸다. 이번에는 3층이었다. 공무원들의 일처리를 저주하면서 도착한 곳은 앞의 상담실보다 좀 더 넓었고, 정면으로 창문이 있었으며, 더불어 사람도 있었다. 쉰 살 정도로 보이는, 얼굴에 살집이 많은 남자가 '경위 박두영'이라고 쓰인 명패가 놓인 책상과 모니터 뒤에 앉아 서류를 넘기는 중이었다. 본능적으로 거부감이 드는 남자였다. 그는 방에 들어선 나를 보지도 않고 말했다.

"요 앞에 앉으시고요."

어느 지방의 말투인지 알 수 없는 사투리가 섞여 있었다. 자리에 앉는 나를 흘끔 보고, 그가 말했다.

"몇 가지만 확인하겠습니다. 강수진 씨 맞으시죠? 27세. BGI은행에 근무하시고. 맞으시지요?"

고개를 끄덕였다.

"오래 기다리시게 해서 죄송하고요. 여기, 일단 제 명함부터 챙기시고."

명함을 건네받아 아무렇게나 주머니에 집어넣으며 말했다.

"기다리는 것보다는 이리저리 가라고 하는 게 더 짜증나던데요."

"그것도 참 그렇지요. 하루에 여기 와서 상담하는 사람들이 얼마나 되는 줄 아세요? 평균 600명도 넘지요. 그 정도니 일일이 다 대면진술을 받을 수도 없고요. 할 수 없이 컴퓨터로 걸러내야 되거든요. 망상증후군이랑 실제 사건 진술이랑 구별을 안 하면 일이 끝도 없이 쌓일 판이라."

"그래서, 저는 망상증후군처럼 안 보였나요?"

"어디 보자…… 예, 뭐 일단 컴퓨터로 분석한 결과로는 그렇지요. 신뢰도는 92퍼센트 정도고. 망상증후군 특유의 징후도 안 보이고요. 그러니까 여기까지 올라오신 거지만."

"그럼 경찰에서 대책을 세워주는 건가요? 저는 어떻게 해야 되죠?"

남자는 턱밑의 수염을 만지작거리다가, 내 눈을 한 번 보고, 다시 모니터로 시선을 옮겼다.

"글쎄요, 보통 더블 관계 사건은 72시간 내에 종결이 되는데요, 일단 강수진 씨가 원하시면 중앙보건국 쪽에서 심리상담사를 붙여줄 수도 있고……."

"저기, 잠깐만요."

나는 화를 삭이며 목소리를 가다듬었다.

"제 진술 다 들으신 거 맞아요? 나한테 온다고 했단 말이에요! 네? 당장 오늘 제가 어떻게 될지도 모르는데, 심리상담사라뇨?"

그는 눈을 가늘게 뜨고, 나를 노려보며 말했다.

"그럼 뭘 원하시는 거지요?"

"네?"

"경호원이라도 붙여드려야 된다, 그런 말씀이신가?"

"경찰이잖아요! 어떻게든 보호를 해주셔야……"

"누구한테서, 누구를 보호하지요?"

순간 말문이 막혔다. 박두영 경위는 피곤이 뚝뚝 묻어나는 음성으로 말했다.

"설령 아가씨 말이 전부 다 맞다 치고요. 그래서 아가씨의 더블이 아가씨를 뭐 어떻게 해보려고 한다고 해도 말이지요, 저희로서는 둘을 차별해야 될 이유가 없지요. 안 그렇습니까? 여기서 이렇게 화를 내는 아가씨가 혹시 더블이 아닌가, 저희로서는 그렇게 생각할 수도 있고요. 특별법 제1조는 발생 시점부터 더블은 원개체와 동일한 사회적 권리를 가진다고 명시하지요? 둘은 구분이 불가능하니까, 아예 사회에서는 구분을 안 한단 말입니다. 순수하게 법적으로 말한다면 아가씨랑 접촉했다던 그 더블은 바로 아가씨 자신이란 말이지요. 자기로부터 자신을 보호한다는 법은 없지요. 이런 얘기는 전부 아시잖아요?"

"……너무, 너무 무책임해요."

남자는 턱밑을 만지작거릴 뿐 대꾸하지 않았다.

"그럼 뭐 하러 여기까지 불러 올렸죠? 그냥 집으로 돌려보내는 게 낫지 않나요?"

"뭐, 상담사를 붙여드릴 수도 있고요, 사실대로 말씀드리자면, 이렇게 하는 게 절차니까 그러지요. 우리 일이니까요."

갑자기 이런 곳에서 화를 내고 있는 내가 바보 같다는 생각이 들었다. 미련 없이 자리에서 일어섰다. 그것을 기다리던 어지럼증이 덮쳐와 나를 휘청거리게 만들었다.

"괜찮으신가요?"

남자가 자리에서 일어나며 물었지만, 나는 대답 없이 몸을 돌려 문을 향해 걸었다.

"편하게 생각하세요. 더블도 강수진 씁니다. 다른 게 아니지요."

직업적 동정이 묻어 있는 남자의 말을 뒤로 하고 방을 나왔다. 복도에는 아무도 없었다. 요새는 더블의 발생이 아주 적다. 하필이면 왜 나야? 왜? 마치 불치병에 걸린 사람처럼 그런 절망적인 의문을 떠올렸다. 사실 어쩌면, 더블이란 그와 다를 것이 없는지도 모른다.

보건경찰국을 나서자 어디로 가야 할지 막막한 기분이 되었다. 한없이 피곤했고, 미열과 어지럼증은 아직도 꽃가루처럼 내게 달라붙어 있었다. 무작정 걷다가 지하철을 탔고, 목적지도 없이 어딘가에서 내렸다. 지상으로 나와서야 17호선의 신시청 광장역이라는 것을 알았다. 시청 앞쪽으로 걷다가 피켓을 들고 부근에서 시위를 하고 있는 몇몇 사람들을 목격했다.

'더블은 정부의 생체실험이다!', '정부는 더블과 관계된 문서를 모두 공개하라!', 또는 그와 비슷한 내용의 피켓들이 십수 명의 사람들 손에 들려 있었다. 그들은 흉측하게 변형된 인체모형을 자신의 옆에 하나씩 매달고, 마스크를 쓴 채 조용히 시청 앞에 서 있었다.

아무도 정확한 사실은 알지 못했다. 지금까지도.

하지만 우리가 교육받은 공식적은 내용은 누구든지 알고 있었
다. 32년 전 지구상에서 대사건이 일어났다는 것. 태평양의 어디
쯤에서 원인미상의 자기폭발이 발생했다는 것. 그것이 핵실험에
의한 것인지, 근래에 들어 뉴스에 나오는 것처럼 거대한 입자가속
기가 폭발한 것인지는 밝혀지지 않았다. 다만 그로 인해 지구가
약 3초간 정지했다는 것을 나중에 과학자들이 찾아냈다. 그 3초
가 문제였다. 사건 이후 세계 곳곳에서 더블들이 출현하기 시작했
고, 자신과 동일한 개체들을 살해했다. 끔찍한 혼란을 거치고 발
표된 공식적인 설명은 시공간 왜곡에 의해 행성 전체가 '슬립' 현
상을 겪었다는 것이었다. 차원의 겹침 때문에 모두가 이상한 나라
로 미끄러져 떨어졌다고 할까. 어쩌면 그 설명도 납득할 수 없는
사실을 납득해야만 하는 불쌍한 인간들의 습성에 의해 조작된
것인지도 몰랐다.

하지만 어쨌든, 그런 극도의 이상 현상조차 세계는 받아들였다.
포용력이 넓다기보다는 그렇게 하지 않으면 살아갈 수 없기 때문
이었다. 사람들은 더블이 원개체와 생물학적, 사회학적으로 동일
하다는 점에 주목했다. 과학자들은 벌떼처럼 달려들어 연구했고,
둘 사이에는 아무런 차이가 없다고 선언했다. 대대적인 저항도 있
었지만 모두 더블을 인정하고 받아들이면 더 편리하고 안락하다
는 점을 곧 깨달았다. 공식적인 설명과 달리 외계인이나 정부의
음모를 주장하는 측도 많이 있었지만, 그 주장만으로 이미 일어
난 사건이 뒤집힐 리도 없었다.

더블은 다르지 않다는 것. 기억도, 몸의 세포 하나하나까지도 모두 일치한다는 것.

기억과 세포. 사회에게는 그것만이 중요했다. 보건경찰국에서 내가 확인한 것도 다르지 않았다. 내가 지워지고, 지금쯤 은행에서 퇴근할 강수진의 더블이 이곳에서 살아간다고 해서, 변하는 것은 없다. 보건경찰국은 내 사체를 수습하고 만약 목격자가 있다면 비밀의무를 지울 것이다. 그녀는 그리고 살아간다. 나는 없지만, 그녀는 이곳에 남는다. 엄마에게는 딸이 되어, 준영에게는 애인이 되어, 친구들에게는 차갑고 다소 이기적이며 공부만 하다 대기업에 들어간 친구가 되어.

그녀가 나라고? 다르지 않다고? 편하게 생각하라고? 어떻게! 어떻게 그럴 수가 있지?

나는 거리에 우뚝 멈춰 서서 입술을 깨물었다. 준비를 해야 했다. 준비를.

하이퍼마트의 호신용품 코너는 범죄율 증가와 발맞춘, 어디에 쓰이는지 알 수 없는 물건들로 가득했다. 나는 대충 둘러보다 점원의 추천으로 립스틱처럼 생긴 충격총을 구입했다. 다소 능글맞아 보이는 점원이 계산을 하면서 말했다.

"커리어우먼들한테 인기가 좋아요. 휴대도 간편하고요. 옛날 영화 중에 「007」이라고 있거든요. 그 영화에 나오는 거랑 똑같아요. 여기 뒤쪽만 누르면 총알이 튀어나가면서 상대를 감전시켜버립니다. 허벅지나 배, 이런 데 노리고 쏘시면 되거든요. 거기다 2연발이고요. 맞으면 코끼리 같은 놈이라도 한 사나흘은 꼼짝도 못할 걸요."

마트를 나오자, 엄마를 만나야겠다는 생각이 들었다. 앞으로 무슨 일이 벌어질지 알 수 없었다. 꼭 그 전에 엄마를 봐야 했다.

광역택시가 유도도로를 벗어날 즈음 어스름이 깔리다. 엄마가 사는 써일산12구의 한적한 동네에 도착했을 때는 사위가 모두 어둠에 잠겨 있었다. 9시가 조금 지난 시간이었다. 엄마는 이 동네에서 임대건물에 세를 놓고 관리인으로 살고 있었다. 건물에 도착해 엘리베이터를 타고 5층으로 올라갔다.

이상한 예감에 가슴이 두근거렸다. 예감은 501호의 문이 조금 열려 있는 것을 확인한 순간 불길한 확신으로 바뀌었다. 나는 백에 담긴 충격총을 꺼내 손에 쥐고, 발소리를 죽이며 집 안으로 들어갔다.

엄마가 거실에 줄이 끊어진 꼭두각시인형처럼 앉아, 숨죽여 흐느끼고 있었다.

"……엄마? 뭐야? 왜 그래?"

총을 바지주머니에 넣는 사이 천천히 엄마의 눈물에 잠긴 얼굴이 나를 향했다. 알 수 없는 지극한 고통이 얼굴 전체에 정으로 찍은 것처럼 아로새겨져 있었다. 일주일전 봤을 때와 너무도 달랐다. 그 사이 엄마의 얼굴이 10년 정도를 건너 뛰어버린 것만 같았다.

엄마의 떨리는 입술이 서서히 열리며 울음에 젖은 목소리가 흘러나왔다.

"수, 수진아…… 엄마는, 몰랐어. 정말 몰랐다……. 미안해, 미안하다. 너무 미안하다."

엄마 앞에 놓인 물건을 봤을 때, 나는 모든 것을 파악했다. 그리고 천정이 무너져 내리는 것 같은 느낌에 눈을 질끈 감으며 한 손으로 허벅지를 꽉 움켜쥐었다. 손톱 끝이 살을 파고드는 것이 느껴졌다. 아니야, 그럴 리가 없어! 이런 일은 절대로 있을 수 없어!

하지만 아니었다. 엄마 앞에는 확실히 내 일기장이 놓여 있었다.

한때 아이들 사이에 유행했던 손 글씨 일기장이었다. 그 안에는 오직 '놈'에 대한 저주와 증오만이 빼곡히 담겨 있었다. 가끔 나에 대한 분노도 있었다. 일기는 없었다. 저것이 왜 엄마 앞에 놓여 있는지, 내 방 책상서랍의 가장 아래쪽에서 비밀스럽게 잠들어 있어야 할 저것이 왜 이곳으로 끌려나와, 대낮의 광장에 발가벗고 선 것처럼 저렇게 있는지, 나는 단번에 알아챘다.

더블이다. 또 그것의 짓이다. 나보다 한 발 앞서 이곳으로 일기장을 가져와, 가장 보여주지 말아야 할 사람에게, 가장 보여주고 싶지 않은 것을 들이 밀어놓고 사라진 것이다. 비명이 입천장을 간질이며 밖으로 터져 나오려 했다. 두 손으로 입을 틀어막았다. 무릎이 꺾일 듯했다. 조금만 더 이대로 있다가는 내 안에 있는 모든 것이 폭포처럼 쏟아져 내릴 듯했다. 내가 텅 비어서, 흐느적거리며 녹아서, 결국엔 증발해 버릴 것 같았다.

나는 뒷걸음질 쳐, 현관으로 갔다. 엄마는 입술을 씰룩였지만, 끝내 아무 말도 하지 못했다. 등을 돌리고 나가려는 순간 엄마가 말했다.

"수진아! 가지 마! 거긴 가지 마! 다시 온 건 잘 한 거야. 가지

마! 거긴 안 돼!"

나는 멈칫했다. 엄마의 그 말에서 더블이 조금 전 이곳을 떠나 어디로 간다고 말했는지 알 수 있었다. 놈이 있는 곳. 병원으로. 하지만 왜? 여기서 무엇을 더 망가뜨리려고? 왜지? 너는 나라면 서? 그런데 왜 나를 부수고 있는 거야? 왜, 왜!

뒤에서 엄마가 다가오고 있는 것이 느껴졌다. 모래처럼 까끌까 끌한 목소리가 내 입에서 튀어나왔다.

"정말이야?"

"……."

"정말, 몰랐어?"

엄마가 바닥으로 무너지는 소리가 들렸다. 흐느낌이 커졌다. 말 하지 말았어야 한다는 후회와 비참함과 죄책감이, 수치심과 뒤엉 켜 내 온 몸에서 주룩주룩 흘러나오고 있었다. 깊게 숨을 내쉬며, 꼭 해주고 싶었던 말을 꺼냈다.

"……엄마 잘못 아니야. 엄마는 잘못한 거 없어."

집을 나왔다. 뒤에서 엄마가 다시 내 이름을 불렀다. 엘리베이 터 안의 거울을 보며 눈물을 닦았다. 닦아내고 또 닦아내도, 눈 물은 지워지지 않았다.

없애야 해! 꼭 지워버려야 해! 여태 망가진 모든 걸 다시 고쳐 놓을 거야! 병원으로 향하는 내내 내 머릿속에는 강박처럼 그 말들이 맴돌았다. 없애야 해. 저대로 놔둘 수 없어. 절대로 없어 져야 해!

그것은 분명 병원으로 향했다. 무엇을 위해 이러는지는 알 수 없었지만, 더 이상 나를 망가뜨리는 것은 참을 수 없었다. 아니, 나만이 아니었다. 그것이 모두를 망치고 있었다. 병원까지 가는 2시간이 거의 2년처럼 느껴졌다. 매니큐어 맛이 느껴지는 손톱을 씹으며, 그 시간을 견뎌내자 '호스피스 전문요양원 도착'이라는 문자가 좌석 앞 패널에서 반짝였다.

12시가 가까워 면회시간이 끝났지만, 가족들은 예외였으므로 데스크에서 간단한 확인만 받고 병실로 들어갈 수 있었다. 7층은 간호사와 의사, 간병인 대여섯을 제외하고 다른 이들은 보이지 않았다.

705호 앞에서, 창을 통해 안을 살폈다. 더블은 없었다. 이미 자신이 목적한 무슨 일인가를 마치고 다른 곳으로 사라져 버렸을지도 모르지만, 왜인지 그렇지 않으리란 확신이 들었다. 그것과 내가 다르지 않기 때문에? 그럴 수도 있다. 어쨌든 이유가 중요하진 않았다.

안으로 들어가 침대에 시선을 던졌다.

그곳에는 12년 전 내 몸을 뭉갰던 비대한 육체가 호흡기에 의존해 가느다란 숨을 이어가고 있었다. 그때 나는 그의 이름을 지웠고, 얼굴을 지웠고, 존재 자체를 내 안에서 지웠다. 하지만 기억은 끝내 떨어지지 않다가 내게 수면제를 모으게 만들고, 자살을 시도하게 부추겼다. 모든 남자들이 괴물처럼 보이게 만들었고, 그 누구에게도 마음을 열 수 없게 했으며, 단 한 번도 즐거워서, 정말로 즐거워서 짓는 웃음을 웃을 수 없게 했다.

3년 전 교통사고가 아니었다면 침대 위의 저 몸은 여전히 말을 하고, 웃고 떠들며 여느 사람들과 마찬가지로 세상에 박혀 있었을 것이었다. 하지만 지금은 그럴 수 없었다. 트럭이 그의 몸을 세상 밖으로 떨어트렸고, 나는 슬퍼하지 않았다. 조금도.

발자국 소리가 들려왔다. 이쪽으로 누군가 걸어오고 있었다.

나는 불을 끄고 재빨리 주변을 둘러보았다. 1인실에 딸린 보조실의 문을 열고, 안으로 숨어들었다. 심장소리가 너무 커 그것에게 들킬 것 같은 느낌이 들었다.

문이 열렸다. 더블이 안에 들어와, 침대 옆에 앉는 것이 보조실의 창문 너머로 보였다. 여전히 새까만 뒷모습뿐이었고, 어쩐지 얼굴을 돌려도 똑같은 뒷모습이 있을 것 같다는 기이한 생각이 들었다.

더블은 한참 침대에 놓인 육체를 응시하다, 입을 열었다.

"당신은 15살이었던 딸을 범했어."

아무도 하지 못했던, 그 누구도 감히 입 밖으로 내지 못했던 말이, 그녀의, 나의 서늘한 목소리를 타고 진실이 되었다.

"그리고 아무런 벌도 받지 않았어. 나는 죽음보다 더한 상처를 받았고, 실제로 죽으려고 했어. 하지만 죽을 수가 없었지. 엄마가 불쌍했고, 내가 불쌍했어."

흉골 부위가 딱딱해지며 응어리가 맺혔다. 크게 소리를 질러 그것을 토해내고 싶었다. 눈물이 차올라 눈앞을 뿌옇게 흐려놓았다. 엄마의 집에서도 버텼던 무릎이 꺾여, 나를 주저앉게 했다. 가슴을 움켜쥐고 가느다란 숨을 내뱉었다.

"알아? 당신 때문에 나는 아무도 사랑하지 못하게 됐어. 심지어 나 자신조차도. 이제 그 벌을 줄 거야. 오늘 변호사를 만났는데, 글쎄 그치가 뭐라고 한 줄 알아? 시효가 끝나서 방법이 없대.

시효라니. 고통엔 시효 따윈 없는 걸."

육체는 변명하지도, 화를 내지도, 부인하지도 못했다. 아무 소리도 없었다. 오직 침대의 육체를 삶과 연결시켜 주는 호흡기의 규칙적으로 삑삑거리는 소음만이 병실을 유령처럼 맴돌고 있었다.

"듣고 있지? 듣고 있는 거 알아. 나는 이게 옳은 일이라고 생각해. 당신은 벌을 받아야 하고, 그래서 이렇게 하는 거야."

호흡기의 소음이 돌연 불규칙해졌다. 일어서서 보조실 밖을 멍하니 내다보았다.

그녀가 두 손으로 침대 위 육체의 목을 감싸고, 있는 힘껏 내리누르고 있었다. 그녀의 눈을 통해, 기계로 유지되던 육체의 불꽃이 사그라져가는 것이 보였고, 그녀의 피부를 통해 내가 그토록 원했던, 혹은 원하지 않았던 죽음의 서늘함이 느껴졌다. 뭐라 이름 붙일 수 없는 수많은 감정들이 서로 맞닿은 손과 목 사이에 끼어 바스러지고 으깨짐과 동시에 다시 살아나기를 반복했다. 나는 이것을 원했어! 바로 이걸! 아니야, 원하지 않았어! 거짓말이야! 갑자기 시간이 수십 배쯤 느려진 듯했고, 온 몸에 저릿저릿한 전류가 더운 핏물 대신 흐르는 것 같았다. 손가락 하나도 꼼짝할 수 없었다.

육체가 몇 번 꿈틀거리며 버둥댔다. 그러다 갑자기 호흡기의 소음이 멎었다. 동시에 삐익, 하고 발악하는 듯한 경고음이 이어졌다. 빈틈없이 옥죄던 사슬이 풀린 것처럼 나는 그 자리에 풀썩 무너졌다. 급히 뛰어나가는 그녀의 발소리가 들렸다.

그녀는 내가 듣고 있다는 것을 알았다. 그녀는 이게 옳은 일이라고 말했다.

나는 눈물범벅이 된 채 기다시피해서 보조실 밖으로 나왔다. 벌벌 떨면서 일어나 침대 쪽을 보지 않으려 이를 악물었다. 움직여! 곧 사람들이 올 거야! 벼랑 끝에 매달려 있던 이성이 소리 높여 머릿속에서 외쳤다. 병실 밖으로 뛰쳐나갔다. 신발이 벗겨져 제멋대로 뒹굴었다. 저쪽에서 간호사 둘이 달려오고 있었다. 반대쪽으로 몸을 돌려 비상계단이 있는 곳으로 뛰기 시작했다.

셋째 날

계단을 내려오는 동안 두 번이나 넘어져 무릎이 까졌지만 통증조차 느껴지지 않았다. 그 어떤 생각도 할 수가 없었다. 병실에서 무슨 일이 벌어진 건지 가늠도 되지 않았다. 조금 전 병실의 장면이 끊임없이 머릿속에서 재생됐지만, 그것은 무채색의 오래된 영화를 보는 듯한 느낌만을 주며, 마치 정신병자의 무의미한 지껄임처럼 반복되고 있었다.

절룩거리며 움직이는 두 다리만이 내가 살아있다는 증거였다. 영원처럼 끝없이 이어지던 계단이 B3이라고 쓰여진 철문으로 이어졌다. 손이 저절로 움직여 문을 열었다. 다리가 다시 나를 이끌었다. 엘리베이터를 지나쳐 자동문이 열리자 어두운 주차장이었다. 숨을 헐떡이며 출구를 찾았다. 찾을 수가 없었다. 시야가 습기 낀 창처럼 흐려져 있어 어둠 속을 헤매는 것은 무리였다. 엘리베이터 쪽으로 돌아왔다. 버튼을 누르고 기다리는 사이 뒤편에서 끼익, 하고 철문이 열리는 소리가 났다.

그녀다. 보지 않아도 알 수 있다.

그녀를 죽이고 싶기도, 껴안아주고 싶기도 했다. 같이 울고 웃고 싶기도, 목을 조르고 싶기도 했다. 낙서한 종이를 찢듯 조각조각 내버리고도, 소중한 사진처럼 액자에 걸어 영원히 보관하고도 싶었다. 만약 그 모든 것이 동시에 허락된다면, 그렇게 하고 싶었다.

발소리를 들으며, 나는 삐걱거리는 로봇처럼 몸을 돌렸다.

3미터쯤 떨어진 문 앞에 있는 사람은 바로 나였다. 문 위에 달린 비상구등에서 나오는 푸른 불빛이 귀기어린 내 얼굴을 은은하게 비추고 있었다. 내 오른손에 들린 것은 푸른빛을 반사하는 10센티미터 정도의 날카로운 칼이었다.

몸이 바삭바삭 부서질 것 같은 느낌과 함께 면도날처럼 날카로운 살의가 반짝거리며 다른 모든 감정을 내리눌렀다. 그녀와, 나와 대면하고서야 나는, 왜 모든 더블이 살해를 반복하는가를 깨달았다. 뚜렷한 살의가 저것을 없애버리라고, 지워버리라고, 사이렌처럼 귓속에서 울려댔다.

"드디어 만났네?"

그녀가 차갑게 웃는 얼굴로 말했다.

"너는, 너는 가짜야……, 내가 아니야."

그녀가 웃음을 싹 지우며 대꾸했다.

"적반하장도 유분수지. 가짜라니? 누가 가짜야? 너야말로 내 더블이면서."

"뭐?"

"너의 그 알량한 기억이 말해주는 게 사실이라는 보장이 있어? 진실을 말해 줄게. 너는 내 더블이고, 지울 수 있는 과거에 불과해. 그런 게 더블이야. 가짜 인생을 사는 것……. 그러니까, 죽어!"

내가 칼을 치켜들고 소리를 지르며 내게 뛰어 들어왔다. 전신거울이 달려드는 것 같았다. 내 얼굴이 선명해지는 순간 간발의 차이로 칼을 피했지만 칼날이 옆구리를 스치는 것은 어쩔 수 없었다. 비명을 지르며 왼쪽으로 쓰러졌다. 아픔에 신음할 사이도 없이 번뜩이는 칼이 쓰러진 내게로 떨어지는 것이 보였다. 나는 있는 힘껏 발로 그녀의 배를 찼다.

그녀가 뒤로 나가떨어지는 틈을 타 일어나서 자동문 쪽으로 뛰었다. 자동문이 막 입을 벌리려 할 때, 뒤에서 덮치는 그녀의 기세를 느끼고 몸을 뒤집는 순간 칼날이 내 오른쪽 어깨에 박혔다. 비명을 질렀다. 아픔이 지진처럼 온 몸의 표면을 갈라놓는 것 같았다. 하지만 그녀는 나였고, 나는 누군가를 찔러 본 적이 없었다. 찌른 그녀 역시 칼날에 손을 베면서 비명과 함께 칼을 놓쳤다. 얕게 박힌 칼은 내가 그녀를 정면으로 껴안고 앞으로 쓰러지면서 떨어져나가 바닥에 나뒹굴었다. 쓰러진 그녀 위에 올라타 두 손으로 내 목을 쥐었다. 나는 거울 속으로 손을 뻗어 나를 힘껏 움켜쥐고 있었다. 그녀의 얼굴이 질식의 고통으로 일그러졌고, 내 얼굴 역시 보이지 않아도 그러리라 충분히 짐작할 수 있었다. 아니, 보이지 않는 것이 아니었다. 나는 확실히 보고 있었다. 눈이 뒤집혀 흰자위가 드러난, 새빨갛게 부풀어 올라 한 움큼의 공기를 절실히 원하고 있는 내 얼굴을. 그것은 아무도 아닌, 바로 내 얼굴이었다. 그 얼굴 때문에, 갑자기 손아귀에서 힘이 쑥 빠져나갔다.

그러자 그녀에게 잡혀 있던 두 손목이 밀려났다. 목을 놓친 나는 균형을 잃으며 앞으로 고꾸라졌다. 기회를 놓치지 않고, 이번에는 그녀가 내 위에 올라탔다. 마치 겁탈을 하려는 남자처럼 내 두 팔을 자신의 두 손으로 잡고 바닥에 단단히 고정시켰다. 숨을 헐떡이며, 코앞에 있는 내 얼굴이 말했다.

"살고 싶어? 응?"

나는 두려움과 살의, 공포와 평안, 외로움과 슬픔이 담긴 내 눈동자를 바라보며, 온 힘을 다해 손을 떼어내려고 버둥거렸다.

"왜? 넌 그냥 빈껍데기잖아. 밥을 먹고 잠을 자고, 그뿐이잖아? 그런데 왜 살고 싶어? 병신같이 살았던 기억밖에 없잖아? 아무것도 바꾸려 들지 않고, 상처는 쉬쉬 덮어버리고, 혼자 세상 고민 다 짊어진 것처럼 모두를 밀어내고. 그게 네가 가진 기억이잖아. 우리가 가진 기억이잖아! 그런 걸 가지고 살 이유가 있어?"

"아니야! 그런 게 아니야!"

"아니야? 웃기고 있네. 너는 내 더블이야. 네가 날 속일 수 있을 것 같아? 넌 실제로 사라지길 원하고 있어. 이건 쉬운 일이야. 자살만큼 쉬워. 그렇게 해 줄게. 나는 미래고, 너는 과거야. 내가 진짜 사는 거고, 넌 스스로도 진짠지 가짠지 모르는 기억만 가진 채 숨만 쉬고 있는 거야. 생각해 봐, 누가 애인하고 잤는지. 누가 놈에게 벌을 줬는지. 알겠어? 그게 사는 거야!"

그녀가 악을 쓰며 내 목을 조여 왔다. 조금 전 그녀 위에 올라탔던 내 얼굴이 저랬을까? 이렇게 악귀처럼 무서웠을까? 그랬겠지. 저게 나니까. 의식이 흐릿해지면서, 오직 나를 지워버리려 혼신의 힘을 다하는 그녀가, 내가 점점 지워지고 있었다.

이대로 끝내도 좋을까?

그럴까?

나는 끝내 답을 내릴 수가 없었다. 하지만 나는 눈을 부릅떴고, 오른손은 홀로 바지주머니로 미끄러져 들어가, 충격총을 쥐었다. 총과 함께 보건경찰국에서 받은 명함도 따라 나와 바닥에 떨어졌다. 더듬거리던 손가락이 총의 꽁무니 쪽 버튼을 꾹 눌렀다. 그녀의 머리를 향해 총알이 발사됐다. 스파크와 함께 빛이 그녀의 이마를 스쳐지나갔다. 악, 소리를 지르며 그녀가 두 손으로 얼굴을 감싸면서 나가 떨어졌다.

일어서서 숨을 골랐다. 충격총은 2연발. 기회는 딱 한 번뿐이었다. 바닥을 뒹굴며 괴로워하는 내게 다시 총을 조준했다. 내가, 과거라고? 더블이라고? 빈껍데기라고?

뱃속에서 올라오는, 내 것이 아닌 괴성을 질렀다. 막 일어서려는 그녀에게 돌진하며 내 얼굴을 향해 충격총을 들이밀었다. 나는 엄지손가락을 버튼 위에 갖다 댔고, 동시에 바닥에 떨어진 칼을 주운 그녀는 내 가슴을 향해 칼을 찔러 넣고 있었다. 그녀의, 아니, 거울 속의 내 얼굴은 나를 뼈저리게 증오하면서도 사랑하는 듯한 눈빛을 하고 있었다. 내 눈빛도 똑같겠지. 그걸 너도 보고 있을까? 알고 있을까? 충격총의 끝에서 스파크가 튀었다. 칼끝이 왼쪽 가슴에 닿았다. 서로가 가진 자신의 거울을 깨트리려고, 서로의 살의가 부딪혔다.

나는 눈을 질끈 감았다.

다시 첫째 날

박두영 경위는 새벽이었음에도 전화를 건 지 두 시간 만에 보건경찰차 두 대를 데리고 지하주차장으로 나타났다. 아무 설명을 하지 않았지만, 주변의 상황을 보고 대번에 모든 것을 이해한 것 같았다. 그는 간단한 사정청취를 했고, 따라온 보건경찰 두 명에게 주차장 카메라를 전부 확인해 보라고 지시했다.

엘리베이터가 있는 벽에 기대앉은 채 사정청취 녹음을 끝냈다. 그가 단말기를 품에 넣으면서 사체가 있는 쪽을 흘끔 보았다. 자동문 건너편의 환하게 밝아진 주차장 안에서, 들것이 흰 천에 덮힌 사체를 보건국 마크가 선명한 차에 짐짝처럼 밀어 넣고 있었다. 경위가 덮어준 시트로 몸을 더 감쌌다.

그가 요새는 희귀한 연기 나는 담배를 피워 물며 내 옆에 앉았다.

"어디 보자……, 순전히 개인적으로 궁금해서 그럽니다만, 그러니까, 어제 오신 강수진 씨 맞지요?"

나는 천천히 고개를 돌려, 기다란 담배를 물고 있는 그의 옆얼굴을 보았다.

"누굴 거 같으세요?"

"글쎄요, 일단 나한테 연락이 왔으니까 어제 그 분인 것 같기는 하지요. 근데 그 분은 저쪽이고, 이쪽 분은 그 분 소지품을 뒤져서 내 명함을 보고 연락했을 수도 있단 말이지요. 이것 참, 이러니까 더블 구별하기는 하늘의 별따기란 말이 나오지."

나는 정말로 알고 싶었지만, 알 수 없었다. 내가 과거인지, 아니

300

면 미래인지. 하지만 그의 질문에 대한 답은 알고 있었다.

"다를 거 있나요?"

내 말에 그는 헛헛한 웃음을 짓고, 담배를 바닥에 비벼 껐다.

"요새는 담배도 예전 같지 않지요, 뭐 달라지는 건 이런 거 정도지요. 고작 담배 같은 거나 달라지지……. 네, 다를 거 없죠. 달라진 건 없습니다."

"……."

"자, 이제 가시지요. 하루 이틀 정도 보건국에서 입원하시는 게 좋을 거 같고요."

나는 그의 부축을 받아 일어섰다. 주차장으로 들어가 구급차에 몸을 실었다.

모든 것이 달라진 하루가, 아무것도 변하지 않은 하루가, 천국인, 혹은 지옥인 하루가 새벽의 저편에서부터 또 다가오고 있었다.

백심원

김유라

1981년생. 제3회 황금드래곤 문학상에서 「스너프 살인」으로 중편 부문에 수상했다. 판타지 소설 『다크스톤』, 『자하드』등을 출간했다. 로맨스. 추리, 스릴러, SF등 다양한 장르에 관심이 있으며 연습장에 끼적여 놓기만 한 수많은 아이디어들을 하나하나 글로 옮기는 것이 목표다.

언어엔 힘이 있어서 내뱉은 대로 이루어지는 걸까? 중학교 때 책상 앞에서 죽겠다며 손목을 그었을 때부터 결국 난 이런 운명을 맞이할 수밖에 없던 것인가. 그것이 신의 섭리인가? 이 우주에 보이지 않는 무언가가 세계를 질서 있게 만들기 위해 언어의 법칙을 적용한 것인가?

난간 위에서 내려다보는 풍경은 살벌하다. 내 몸은 부서지고 피가 튈 것이며 머리는 서리 도중 떨어뜨린 수박처럼 으깨질 것이다. 안구가 튀어나올까봐 걱정이 됐다. 그건 너무 꼴사나우니까. 나는 항상 품위 있는 죽음을 원했다. 순식간에 끝나는 것보다는 음미하는 죽음을 원했다. 손목 자살을 동경한 것도 그 때문이었다. 피가 빠지는 동안 천천히 죽음에 접근하고 싶었다.

아니다. 거짓이다. 결국 이것은 인터넷과 인터넷이 만들어낸 언론의 힘일 뿐이다. 사이버 상의 심판자들. 인정도 도리는 모르는 그저 재미만을 위해 피해보지 않는 선에서 즐기려는 무지한 배심원들 때문이다. 이렇게 되고 싶지 않았다.

　나는 눈에 띄지 않는 아이였다. 어느 반에나 한 명씩은 있는 투명인간. 자리를 지키고는 있지만 아이들 속에 나는 없었다. 인생이란 롤플레잉 게임 같다고 생각했다. 적을 해치우면 더 강한 적이 나타나고 그놈을 해치우면 또 다른 보스가 등장한다. 이룰 수 있을지 모를 꿈을 위해 매달리지만 현실에 가로막히고 도달했다고 착각할 즈음엔 죽음이 기다리는, 태어난 것도 자기의지가 아닌데 죽을 권리 정도는 줘야 하지 않을까? 어째서 삶의 무게를 견디지 못해 자살하면 의지가 나약하다느니 정신상태가 썩었느니 라며 조롱하는 것일까.
　나의 이런 생각은 나를 자살시키겠다는 결론에 이르렀다. 명분 없는 결심은 아니었다. 다른 여자와 바람이 난 아빠, 배다른 동생, 그것을 보고 덩달아 바람이 난 엄마까지, 부모 양쪽에게 버림당해 본적이 있는가? 나 자신은 잘못 뿌려진 정액 그 이상도 이하도 아닌 것 같다.
　"지긋지긋한 년! 애새끼 때문에 참는 줄 알아!"
　"당신 따위 꺼져버려! 지연이만 아니면 정말."
　아빠와 엄마는 툭하면 서로에게 소리쳤다. 버림받은 주제에 발목까지 잡다니 나는 얼마나 가련한 존재인가. 엄마는 부부싸움이 있던 날에는 방문을 열고 내가 누워 있는 침대를 한참 동안 바라보곤 했다. 감당 못할 이야기가 나올까봐 그럴 때면 일부러 잠든 척 연기를 했다. 내가 죽어주면 둘은 각자의 인생을 찾아가겠지.

마음을 터놓을 만한 친구도 없는 내게 인터넷은 탈출구였다. 학교에서는 나조차도 따분해할 인간이지만 그곳에선 보드소녀라는 캐릭터로 살아갈 수 있었다. 얼굴과 목소리만 사라졌는데 어째서 이렇게 편안한 기분이 드는 걸까. 하루에도 수십 명씩 낯선 사람과 부딪혔지만 위축되지도 두렵지도 않았다. 시선이란 개인을 고통스럽게 하기 위해 존재한다는 생각이 다시 한 번 들었다.

"죽는 걸 두려워하지 마. 죽음은 완전한 자유지."

"자살을 욕하지만 그들이야말로 죽을 용기 하나 없어서 이 지옥을 살아가는 하찮은 생명체들이라고."

가끔 비슷한 생각을 가진 자들과 만나기도 했다. 나는 이들로부터 자살에 대한 지식을 쌓아갔다.

익사는 쉬운 자살법이다. 바다, 강, 호수뿐이 아니라 기본적으로 물이 있는 곳이라면 가능하기 때문에 80퍼센트 정도의 성공률을 보인다. 고전적이고 감정적인 자살 방법으로 노인과 여자 연인들의 동반자살에 쓰이기도 한다. 자신이 혐오스러워 참을 수 없다면 화형을 택할 수도 있다. 5리터 이상의 가솔린을 부은 시체는 3미터의 불꽃을 만들어 낸다고 한다. 이 방법은 죽음에 대한 고통을 100배 높인다. 빨리 끝내고 싶다면 달리는 차 안에서 뛰어내리거나 높은 곳에서 낙하 할 수도 있다. 질식사, 감전사, 약물, 맹독을 가진 곤충에 의한 중독……, 어떤 것은 빠르고 어떤 것은 오래 걸린다. 하지만 무엇이든 자신을 죽이는데 쓸 수 있었다.

자신과 남을 살해하는 것 중 어느 것이 더 나쁜 짓일까? 중학교 때 손목을 그은 이후 자해는 나에게 습관으로 자리 잡혔다. 고등학교 2학년이 될 때까지 손목에 낙인 된 흉터만도 줄잡아 20개가 넘었다. 커터 칼이 가장 편했지만 병조각이나 뚜껑, 포크나 나무젓가락을 부러뜨려 긋기도 했다. 면도날은 피했는데 얇고 한들거려 힘 조절을 하기 어려워서였다.

알루미늄캔을 반으로 잘라 그 단면으로 살을 긋는다. 예리하지만 치명적일 정도는 아니라 몇 번이고 그어나갔다. 죽으려고 긋는 것이 아닌 죽지 않는 것을 알기에 안전지대 속에서 행하는 나름의 해소법이었다. 장판 위로 뚝뚝 떨어지는 핏방울을 보노라면 나 자신이 스스로의 생명을 통제하고 있는 것 같아 기분이 좋아졌다. 오늘은 그날이 아니지만 원하면 언제든 죽을 수 있다는 것 말이다. 그 사실은 부모님들의 전쟁으로부터 나를 버티게 해줬다.

교실 문을 열자 모여 있던 아이들이 일제히 내 쪽을 쳐다보다 고개를 돌렸다. 나는 항상 수업이 시작되기 직전 아슬아슬 등교했기 때문에 교사라고 착각한 모양이었다.

"계속해 봐, 미주 그년 순 내숭이었잖아?"

"얌전한 고양이 부뚜막에 먼저 오른다더니, 날라리들만 불쌍하게 됐네."

"무슨 얘기 중이야?"

평소의 나는 이런 식으로 끼어들지 못했다. 무시당하면 어쩌나 하는 두려움이 작용했기 때문이다. 반에서 나는 존재감 없는 아이였고 같이 다니는 두 명을 제외하곤 내 의견을 귀담아 주는 존재는 없는 편이었다.

"옆 반 수학여행비 털린 거 있잖아? 그거 박미주 짓이래."

"그년 때문에 은영이만 의심받았잖아. 쌍년이 범생이면 범생이답게 공부나 할 것이지."

일주일 전 수학여행비로 걷은 420만 원을 도난당하는 사건이 있었다. 체육시간에 벌어진 일이었고 당시 교실에는 당번인 박미주와 농땡이를 치고 있던 날라리 몇이 남아 있었다고 했다. 평소 얌전하고 공부만 하는 박미주보다야 문제 많은 날라리 쪽이 의심을 받았는데 오늘 박미주가 교무실에 찾아가 직접 자백했다는 것이었다.

"훔치려 한 게 아니라 빌리려 했다나? 그렇게 따지면 세상천지 도둑질 아닌 게 어디 있는데?"

"그 반도 재수 똥이지. 그년 하나 때문에 여행도 못 가고 뭐야?"

솔직히 부럽다는 느낌이었다. 나같이 비사교적인 학생에게 며칠 동안의 단체생활은 피곤하고 숨 막히는 일이었다. 빠지고 싶지만 집안이 어렵다는 오해를 받거나 혼자만 튀는 행동으로 눈 밖에 나고 싶지 않았다. 주변이야 어찌되든 상관없다는 식으로 사는 것 같으면서도 속으로는 반에게 피해를 주는 인간으로 비춰지길 두려워하는 것이다.

누군가가 부탁을 하면 거절 못하고 들어준다. 다른 사람의 시선을 신경 쓰며 뒤돌아서 나에 대해 나쁜 말이라도 하지 않을까를 걱정한다. 따돌림을 받지 않으려 노력하며 이런 나라도 그들에게 필요한 존재라는 것을 인식시켜주기 위해 애쓰는 것이다.

이런 소심한 내가 자살에 성공할 수 있을까? 고갤 돌리니 구름 한 점 없는 파란 하늘 사이로 햇볕이 시리게 내리쬐고 있었다.

'떨어지자. 19일에 모든 걸 끝내는 거야.'

어떻게 끝낼지를 결정했다. 집에서 죽는다면 목을 매거나 약밖에 없을 것인데 아픈 배를 잡고 데굴데굴 구르다 발견되는 꼴사나운 짓보단 바람을 가르며 날고 싶었다. 19일을 선택한 것은 그날이 생일이기 때문이다. 생일날이 기일이 되면 죽어서도 생일 축하를 받을 수 있다. 부모님 입장에서도 두 번 챙겨야 할 번거로움이 한 번으로 주는 것이다. 또 그날은 개교기념일이기도 했는데 사람들은 좋던 싫던 개교기념일이 되면 김지연이라는 인간을 생각하게 될 것이다. 한 번쯤은 나도 타인에게 영향력을 행사하는 것이다.

p사이트는 회원수 100만의 채팅사이트로 다양한 종류의 클럽과 게시판이 활성화 돼 있었다. 대기실에서 슬러시와 아이디를 치면 그 사람의 닉네임과 지역, 인사말 따위가 뜨게 된다. 확실하게 하기 위해 난 프로필을 고쳤다.

/jaygear

보드소녀(jaygear)

18세

서울

.

6월 19일 학교 옥상에서 나는 이 세상과 작별을 고한다.

'죽기 전에 무엇을 할 수 있을까?'

처음에는 아무생각도 나지 않았다. 그러나 몇 초가 지나자 이 것저것 떠오르기 시작했다. 부모님께 손수 차린 식사를 대접하자. 몇 달째 카트에만 넣어둔 게임기를 사자. 바다를 보자. 동이 터 올 때까지 새벽 거리를 거닐자.

"지연아, 빨래 좀 널어라!"

엄마의 목소리에 인터넷 창을 꺼버렸다. 방문을 나서니 거실에 서 신문을 보던 아빠가 고갤 돌렸다.

"오늘은 외식이라도 할까?"

"밥하고 국 다 끓여놨는데 무슨 외식이람. 고등어조림 해 놨으 니 그거하고 밥 먹어요."

"사람이 만날 밥만 먹고 사나. 지연아, 어떠니? 고기 먹으러 안 갈래?"

평소와 다를 것 없는 일요일 오후에 텔레비전에선 요즘 한창 인기인 드라마를 재방송해 주고 있었다. 배는 고프지 않았지만 모처럼 가족이 뭉칠 기회라는 것에 마음이 들떠왔다. 기분 전환 을 하면 엄마와 아빠도 사이가 좋아질지 모른다.

"갈비 어때요? 오늘따라 돼지갈비가 무지 당기는데."

"것 봐, 애가 먹고 싶다잖아. 당신도 그러지 말고 가자고."

엄마는 찬밥이 남으면 처리하기 힘들다는 식으로 투덜댔지만 외출복으로 갈아입었다. 가족끼리 나와 보는 게 얼마만일까. 어릴 적엔 자주 이랬는데 울적해졌다. 아빠는 좋은 사람이었다. 어린이날과 생일엔 놀이공원으로 나들이를 갔고 크리스마스 때면 산타 역할도 잊지 않았다. 아빠에 대한 믿음은 어느 이브 저녁, 내 손에 케이크를 들려주던 아빠가 또 다른 케이크를 차 안의 여자에게 건네주는 모습을 봤을 때 끝났지만 어쨌거나 난 아빠가 좋았다.

"이집 괜찮네. 많이 먹어라. 지연아, 뭐 더 시켜줄까?"

"아뇨. 배불러요."

"당신은?"

"글쎄, 난 시원한 메밀국수나 먹어볼까?"

"앗! 차거!"

날카로운 목소리가 주변을 갈랐다. 반대쪽 테이블에 앉아 있던 여자의 옷이 젖어 있었다. 서빙하던 종업원이 실수로 물병을 건드린 모양이었다.

"씹할 년아! 눈은 거죽이 모자라서 뚫어놨어?"

"죄, 죄송합니다."

"죄송하다면 다야? 오늘 처음 입은 옷인데 어쩔 거야?"

"벗어주시면 말려드릴게요."

"띨 하게 생겨갖고 가지가지 하네. 하나뿐인 옷을 벗으면 난 뭘 입고 있으라고? 아우, 짜증나! 재수 없으니까 꺼져!"

학생으로 보이는 아르바이트생이 울 듯한 얼굴로 사라졌다. 여자는 분이 풀리지 않는지 종업원이 들어간 주방을 향해 욕설을 뱉었다.

"불쌍한데? 알바 관두면 어쩌려고."

"불쌍은 개뿔, 병신 같은 게 확 밟아버릴까 보다."

"좋은 날인데 그러려니 해라. 오늘 이렇게 노는 것도 다 미주 그 계집애 덕분이잖아. 근데 괜찮겠어?"

나는 눈을 의심했다. 어른스러운 옷차림과 화장에 가려 몰랐는데 이들은 옆 반의 날라리 무리였다. 쌍소리의 주인공인 은영이 소주병 옆의 담뱃갑에서 담배 개비를 꺼내 불을 붙였다.

"그래서 협박용 사진을 만든 거잖아. 그럴 배짱도 없는 년이야. 지금쯤 돈 만드느라 골치 깨나 썩고 있겠지."

"좀 찔리긴 하다. 적은 금액도 아닌데."

"신경 꺼. 그년이 물어 주냐? 그년 부모가 물어주는 거지. 퇴학 안 당하려면 지가 별 수 있어?"

"하긴, 당하는 쪽이 병신이지."

등줄기에 전기가 흐르는 것 같았다. 저들이 내는 잡음에 대해선 익히 들어 알고 있었다. 특히 강은영은 전에 있던 학교에서 하도 문제를 일으켜서 전학을 온 입장이었다.

"요즘 젊은 것들은 버릇이 없다니까. 원 공공장소에서 하는 짓 좀 봐."

"그러게, 기집 년들이 아무렇지 않게 담배나 피고 세상 좋아졌지."

부모님들은 노골적으로 불만을 표시했다. 그러지 마세요. 가만히 계시라고요. 나는 마음속으로 부르짖었다. 잘 나가다 왜 이렇게 꼬여버리는 걸까. 엄마가 불판 위의 고기를 앞접시에 덜어내며 소리쳤다.

"안 먹고 뭐해? 다 타잖아!"

고기를 먹는데 뒤통수가 따가웠다. 은영이 무리가 나를 잡아먹을 듯이 노려보고 있었다.

초등학교 2학년, 엄마와 시장에 간 적이 있다. 과일가게 앞 바구니에 귤이 담겨 있었다. 제철이 아닌 때 나온 귤이 신기하기도 했지만 꼭지에 붙은 녹색의 잎사귀가 눈길을 끌었다. 다른 것은 평범한데 유독 그 귤만이 동화 속에서 튀어나온 존재 같아 어린 맘에 탐이 났던 것이다.

"너 뭐 숨기는 것 없니?"

나의 행복은 그날 저녁 끝이 났다. 엄마의 표정에서 무언가 잘못됐음을 느꼈다. 조금 전까지의 만족스러움이 사라지고 두려움이 밀려왔다. 난 엄마가 어느 순간 서랍을 열고 내가 훔친 귤을 찾아낼까 조마조마했지만 엄마는 그러지 않았다. 모든 걸 알고 있다는 식의 여유를 부리며 자식이 스스로 실토하길 기다리는 것 같았다. 난 끝내 말하지 못했다. 귤이 서랍에서 썩어가는 며칠간 엄마와 눈이 마주칠 때마다 목구멍에 묵직한 것이 걸려 있는 기분을 느껴야 했다.

'내 얼굴을 알아보진 못할 거야. 반도 다르잖아?'

나는 조용했고 튀는 행동이라곤 눈을 씻고 찾아도 한 적이 없었다. 그래도 불안은 가시지 않았다. 그 옛날 유년처럼 죄를 지은 것 같고 누군가 벌을 주러 올 것만 같았다.

"뭐해? 안 먹으면 내가 다 먹는다."

"장조림은 내가 찜!"

정신을 차려보니 친구들이 반찬통을 휘젓고 있었다. 심각한 표정에서 아무것도 읽지 못했던 걸까.

"작문 숙제 했어? 우린 안 했는데."

"지연이 너도 하지 마라. 셋이 다 같이 혼나는 거야."

"난 했는데……."

"어? 진짜? 그럼 나 좀 베끼자!"

"나도 나도!"

있는 거라곤 간사함뿐이 없는 친구들과 부딪히고 있는 자신이 싫어졌다. 내 편은 아무데도 없다는 데서 오는 절망이 컸다는 게 맞을 것이리라. 그렇게 생각하자 이 상황이 역겨워져 벗어나고 싶었다.

"김지연이지?"

고갤 들자 은영이 서 있었다. 친구들은 뜻밖의 방문자에 호기심서린 표정을 지었다. 반 아이들 모두가 그런 눈치였다. 대부분의 시선이 내 쪽을 주시하고 있었다.

"밥 다 먹었으면 얘기 좀 할까?"

"저……."

"잠깐이면 돼."

부드러운 말이지만 눈빛은 그렇지 않았다. 다른 뜻을 품고 있는 말은 이런 거구나. 실감했다. 도시락 뚜껑을 대충 닫고 일어섰다. 복도를 지나 한적한 공간을 찾는 동안 계속 방광이 저렸다. 아직 아무 일도 벌어지지 않았는데 뇌는 벌써부터 무수한 데이터를 만들어내 나를 두렵게 했다.

"어제 식당에서 봤지?"

"……."

"조용히 있어. 알겠어? 낄 데 안 낄 데 가리지 않고 나서다 피 보지 말란 뜻이야."

알고 있다. 따지고 보면 박미주는 아무 상관도 없는 인물이었고 앞으로도 상관없을 인물이었다. 내가 나선다한들 날라리들이 발뺌하고 박미주가 협박을 안 당했다고 하면 그뿐이었다. 수긍한다는 투로 얌전히 있었지만 은영은 다른 식으로 생각했는지 날 벽으로 밀쳤다.

"까불지 마, 이년아, 기어오르지 말라고! 너 같은 거 손보는 건 일도 아니니까. 미주 그년이 괜히 쫄아서 고분고분한 줄 알아?"

시야가 흔들리며 아랫배에 고통이 밀려왔다. 나는 망가진 로봇처럼 중심을 못 잡고 쓰러졌다. 먼지투성이 바닥에 입술을 댄 채 몇 번이고 기침을 토했다. 배를 맞았는데 어째서 숨이 막히는 걸까.

"죽고 싶으면 마음대로 해봐. 주둥이 잘못 놀리면 어떻게 되는지 가르쳐 줄 테니까."

그날 이후로 은영은 노골적으로 나를 괴롭혔다. 점심시간이면 밖으로 불러냈고 방과 후에도 빈 교실에 몇 시간이고 붙잡혀 있어야 했다. 체육복이나 준비물을 빌려가서 주지 않는 식으로 골탕을 먹이기도 했다.

잠들지 못하고 끙끙거리는 밤이 이어졌다. 세상의 모든 일이 우연 같지만 우연으로 보이는 필연이라는 말처럼 내게 벌어지는 일들이 다 나의 죽음을 예고하는 것 같았다. 고통스러운 요소를 하나하나씩 추가해서 자살이란 필연을 이끌어내는 것 같았다.

동이 틀 때까지 뒤척이다 뜬 눈으로 밤을 지새웠다. 도시락도

챙기지 못해 종이 울리자마자 매점으로 향했다. 가판대에는 벌써
부터 줄이 늘어져 있었다. 차례를 기다리는데 누군가 어깨를
쳤다.

"이런 데 있었냐? 오늘 열라 덥다. 그치?"

은영이 무리 중 하나인 윤성주였다.

"가만 있자. 뭘 먹을까? 쫄면도 땡기고 떡볶이도 땡기고 만두
도 땡기네. 오호, 일찍 오니 크로켓도 있잖아?"

아무렇지 않게 새치기를 한 성주는 나를 밀치고 주문을 하기
시작했다. 쫄면 1인분과 김말이 천원어치를 섞은 떡볶이에 크로켓
까지 고르자 5800원이 나왔다.

"뭐해?"

"응?"

"계산 안 하고 뭐하냐고."

잔뜩 구겨진 얼굴은 화장실에서 내 머리채를 휘어잡을 때와 똑
같았다. 바보 취급 받고 있는 상황이 분명한데도 '내가 왜?' 라고
묻기가 주저되었다. 지갑에는 6000원이 있었다. 돈을 내면 나는
굶어야 한다.

"6000원밖에 없는데."

"그게 뭐?"

"도시락을 싸오지 않아서……."

"뭐 어쩌라고 병신아? 내가 그런 것 까지 따져야 하냐? 졸라
짜증나게 하네."

성주는 주문한 음식을 챙기더니 성큼성큼 사라졌다. 주인이 나
를 쳐다봤고 줄서 있던 아이들이 짜증스럽게 투덜대기 시작했다.

돈을 치르고 교실로 돌아가는데 주체할 수 없을 정도로 화가 났다. 가슴 깊은 곳에서부터 치밀어 오른 살기는 목구멍을 틀어막고 탈출구를 찾듯이 피부 위로 팽팽하게 부풀어 올랐다.

'죽여 버려.'

내 안의 또 다른 내가 속삭였다.

'어차피 자살할 거잖아. 네 자신이 저승사자가 되어 그 염병할 년들에게 죽음을 전해주는 거야.'

하지만 이내 분노에게 밀려난 이성적인 자아가 아무리 그래도 그럴 순 없다고 약한 소리를 냈다.

'왜 안 되는데? 그런 쓰레기들은 사회에 있어봤자 폐만 끼칠 뿐이야. 나중에 생길 피해자들을 위해 없애주면 좋잖아.'

살의와 체념의 감정이 실타래가 엉키듯 복잡하게 교차했다. 소극적인 대처를 할 수밖에 없던 것은 잃을 게 있기 때문이다. 나의 세상을 유지시켜야 했으므로. 나의 세상을 포기하면? 그때도 저들의 가치가 지금과 같을까?

6반 문을 열어젖히자 창가 구석에 모여앉아 분식을 먹고 있던 날라리들이 시선을 돌렸다.

"돌려줘."

"뭐?"

"돈 돌려 달라고."

"뭐라고 씨불이는 거야? 약 처먹었냐?"

"쌍년이 돌았나. 너 오늘 한 번 죽어볼래?"

책상 위에 포크가 있었다. 그걸 쥐고 네 살배기가 도화지에 낙서를 하듯 위아래로 그어댔다. 덤벼들던 날라리들은 얼어붙은 것

처럼 자리에 멈췄다. 멈추지 않고 더 힘을 주었다. 붉은색 줄이 수
도 없이 생겨나며 보풀이라도 일어난 것처럼 살갗이 너덜거렸다.

"말로만 그러지 말고 진짜로 죽여 봐."

"……."

"해보라니까. 못해? 그럼 앞으로 건드리지 마."

그 사건이 어떻게 비춰졌는지 몰라도 은영이 무리는 더 이상
나를 괴롭히지 않았다. 오히려 멀리서 걸어오다가도 나를 보면 방
향을 바꿨다. 반 아이들의 태도도 달라졌다. 위험한 물건 보듯 피
하는 부류도 있지만 대부분은 호의를 갖고 친한 척을 했다. 끝나
면 곧장 집으로 갔는데 놀러가는 무리에 끼거나 패스트푸드 점에
서 수다를 떨기도 했다. 가사 실습 때 같은 조가 되자고 청하거나
점심시간에 도시락을 갖고 내 책상으로 건너오는 아이들이 생겨
난 것도 전에 없던 변화였다. 갑자기 학교생활이 즐거워져 '이래도
되나?'란 의문이 들었다.

새벽녘 요란한 소리에 눈을 떴다. 빗줄기가 사정없이 창문을
두드려대고 있었다. 온 세상을 쓸어버릴 것처럼 비는 기세 좋게
퍼부어댔다. 수학여행을 가는 부담으로 늦게까지 잠을 못 이뤘던
나는 어설픈 수면으로 부은 눈을 확인하며 컴퓨터를 켰다. 부모
님께 편지를 써야겠다는 생각은 며칠 전부터 해왔는데 지금이 적
기 같았다.

워드프로그램을 열다가 로그인을 했다. 한동안 사이트에 들어
와 보질 못해 보나마나 스팸 메일이 엄청 쌓여 있을 것이다.

보드소녀(jaygear)님 환영합니다.

· 편지읽기

· 편지쓰기

· 수신확인

· 받은편지

· 클럽편지 (7)

· 보낸편지

· 임시보관

· 스팸편지 (22)

· 휴지통

편지함을 정리하는데 상단의 쪽지 아이콘이 깜박였다. 평소 스
팸 메일은 자주와도 쪽지가 오는 경우는 드물었기에 의아했다.

격추왕(hartmann)

세상은 밝아요. 무슨 일인지 모르지만 힘내세요!

줄리아푸우(ajdajd)

보드소녀님, 프로필에 쓴 말 진짜 아니죠? 거짓말이죠? 무섭게 왜
그래요. 푸우한테 얘기해 봐요.

이토(alcmgktl)

생명은 스위치처럼 껐다 켰다 할 수 있는 게 아닙니다. 잃어버린 생
명은 영원히 복원할 수 없습니다. 부모님을 생각해 보세요.

그린파파야(dlgpwjd)

너 같은 인간이 제일 한심해. 자살할 용기 있으면 악착같이 살아라.
병신.

브라이언(bryangim)

아무리 힘들어도 죽는 건 용서받지 못할 죄입니다. 환생도 못하고
지옥에 떨어질 걸요. 연락 주세요. 같이 고민해 봅시다.

친구 등록을 해둔 아이디도 있지만 대부분은 처음 보는 아이
디였다. 내 프로필이 이 정도로 이슈가 되었나? 대기실에서 아이
디를 쳐보면 희한한 프로필을 가진 사람은 널리고 널렸다. 누구
누구를 죽이겠다는 말을 써놓거나 불특정다수를 향한 욕설, 음
담패설을 적어놓은 사람이 수도 없었다. 자살이 뭐 어쨌는데? 개
인의 사생활에 왜 타인이 관심을 갖는지 이해가 가지 않았다.

　　걱정해 주셔서 감사합니다만…….

무슨 대답을 할까. 솔직한 마음속은 저울질 중이었다. 부모님
의 사이가 좋아지고 내가 설 곳이 생긴다면 굳이 자살이란 선택
을 하지 않아도 된다. 거기다 감사하지도 않았다. 감사는커녕 남
의 정보를 엿보고 바라지 않은 동정을 해오는 것이 부담스러웠다.
　　쪽지 보내기를 취소하고 원래 계획대로 부모님께 편지를 썼다.
당신들의 싸움으로 얼마나 고통받았는지, 하루에도 수십 번씩 집
을 뛰쳐나가고 싶었다는 것과 수면제를 모으려고 약국을 돌아다

녔던 일, 지금도 머릿속엔 죽을 생각밖에 없다는 내용을 읽게 되면 두 사람은 어떤 표정을 지을까.

이제까지 난 수동적인 입장이었다. 타인을 지나치게 신경 쓰고 내가 아니라 남이 날 어떻게 생각하는지만 집중했다. 마음에도 없는 거짓 웃음을 지으며 상대가 기분 상하는 짓을 해도 넓은 마음을 가진 척 넘어갔다. 이해심이 많다고 생각할지 모르지만 속으로는 전혀 풀리지도 않았거니와 그런 자신이 바보 같아 괴로웠다.

부모님의 일로 고통스러우면서도 심장을 건드리는 아픔에 대해 아무 표현도 하지 않았다. 서로에게 상처 주는 것을 울타리 안에서 방관하며 어쩔 수 없는 운명이라 체념했다. 몸속의 피를 밖으로 꺼내는 것은 그런 병적인 소심함을 걷어내지 못하는 자신에 대한 체벌이라고 할 수 있었다.

사랑합니다. 자식을 위해 마음을 돌려주세요. 한 번 더 서로를 생각해 주세요. 편지의 속뜻은 그것이었다. 결론이 어떻게 날지는 모르지만 여전히 부모님을 사랑했다.

버스에서 내린 나는 눈을 의심했다. 교문 근처에 엄마가 서 있었다. 엄마가 마중을 나온 것은 초등학교 2학년 이후 처음이라 말문이 막혔다. 지금은 그때처럼 비도 오지 않았고 우산을 가져왔다는 식의 목적이 보이는 방문도 아니었다.

나를 본 엄마가 내 쪽으로 걸어왔다. 그런 엄마의 입술은 무슨 말을 하려다 포기한 것처럼 살짝 벌어진 채 굳어 있었다.

"어쩐 일이야. 왜 나와 있어?"

엄마는 내 손을 잡더니 앞으로 돌렸다. 언제나 감추려고 기를 쓰던 손목이었다. 돌연 엄마가 흐느끼기 시작했다. 한 번도 본 적 없는 모습이라 당황스러웠다. 부부싸움으로 어떤 심한 말을 들어도 울지 않던 엄마였다. 어깨를 쓸어주려 했지만 손가락을 깍지 낀 채 풀어주지 않았다. 결론을 내렸다고 했다. 그동안 내가 그토록 고통스러워한지 몰랐다며, 늘 조용히 넘어가서 이해해 줄줄 알았다고 했다.

"오해하는 게 있어서 말해 두는데 엄마에게 다른 남자는 없어."

엄마의 입을 통해 처음으로 우리 가족에게 벌어진 일을 알게 됐다. 아빠가 하룻밤의 실수로 어떤 여자를 임신 시켰고 그 때문에 도의적 책임으로 생활비를 지원해 왔다. 엄마는 인연을 끊으라 했지만 아빠는 책임감을 저버릴 수 없었다. 납득할 수 없는 마음과 분한 감정에 다른 남자가 있는 것처럼 거짓말 했다고 했다.

"걱정하지 마. 이혼 안 해. 아빠도 지연이 얼마나 사랑하는데. 네 아빠가 책임감이 강해서 여태껏 그래왔지만…… 그 여자도 돌봐줄 다른 남자가 생겼고 아빠도 가족한테만 충실하기로 했다.

어른들의 세계를 이해하기 어려웠다. 그래도 엄마의 진심만은 느껴져 무언가 좋은 결론이 나고 있단 생각이 들었다.

편지 사건 후 집은 평화로워졌다. 부모님은 전처럼 싸우지 않고 어쩌다 부딪혀도 언성을 높이는 대신 상황을 되짚으며 부드럽게 넘어갔다. 집안에 웃음이 많아지고 나도 활기를 되찾았다. 전에는 생각하지 않던 꿈이나 장래에 대해 고민하는 날이 많아졌다. 대학은 어디를 목표로 할까. 무슨 과를 갈까. 중학교 때까지 매달리다 포기한 만화도 다시 그렸다. 종착역만을 남겨두던 삶이 새로운 노선을 향해 출발한 듯한 기분이 들었다.

"감자 사 놓은 게 그대로네. 버섯도 계속 놔두면 썩을 텐데, 저녁에 카레나 해 먹을까?"

"내가 할게."

"네가?"

할 줄 아는 요리라고는 라면 끓이는 것과 달걀부침밖에 없는 내가 카레를 만들겠다고 하자 엄마가 놀라는 표정을 지었다. 카레를 만드는 동안 부모님은 거실에서 텔레비전을 봤다. 엄마가 소파에 앉았고 아빠는 바닥에 다리를 뻗은 채로 등을 기대고 있었다. 화면 속에선 요즘 인기인 코미디언이 나오고 있었다. 아빠는 오락 프로그램을 좋아하지 않았지만 엄마 때문에 양보한 것 같았다. 안락하고 친밀한 기운에 우리 가족은 셋임을 실감했다.

그날, 사이트에 접속했다. 자살은 포기했는데 프로필은 그대로 놔뒀다는 생각이 들어서였다.

쪽지함을 누른 나는 눈을 의심했다.

내가 받은 쪽지.

전체:20

새 쪽지:489

이토(alcmgktl)

쪽지 확인한 것 알아요. 왜 대답이 없죠. 그러지 말아요. 저도 친구를 잃어봐서 압니다만 자살 그거 절대 본인만 죽이는 게 아니에요. 남은 사람들 산송장 만드는 짓이에요.

심플릭시티(painpro)

지나가다 한 마디 남깁니다. 자살을 결심하셨다면 최소한 사후세계에 대한 두려움으로 고민하는 일은 없으셨음 합니다. 모든 유기체에서 창출된 유기물들은 죽음을 피하려는 본능을 지녔습니다. 본능이 앞선다는 것은 경험에 의한 것이고 죽기 직전에 후대를 잇기 위해 사정하는 것 역시 수컷의 본능이죠. 이러한 특성에 비추어보건대 유기물들이 무기물로 돌아갔을 시 무(無)의 상태밖에 없다는 것을 본능적으로 알고 있기 때문이 아닐까요. 목숨을 끊은 영혼은 제3세계에서 고통 받는다지만 이러한 것은 종교가 인간을 지배하기 위해 만들어낸 허상에 지나지 않습니다.

구이리(9jae1)

너 처녀야? 죽기 전에 한 번만 하자. 오빠가 아다 띠어줄게.

오미라(mira87)

님 어느 학교에요? 어디서 떨어질 건데요? 혹시 가르쳐주심 안 되나요?

행복한마음(dxdxdx)

무슨 권리로 죽겠다는 겁니까? 당신의 목숨은 당신 것이 아니고 하나님 것입니다. 날 때부터 우리 모두는 그 분께 복종, 충성을 맹세하기로 운명지어진 것을 정녕 모른단 말씀입니까?

풍림화산(tlsrps)

핸드폰 번호 좀 알려줄래? 나 이상한 사람 아니고 동생 같아서 그래. 조용한 곳에서 단둘이 얘기 좀 하자.

종교에 귀의하라거나 원조교제를 제의하는 글도 있었다. 어차피 버릴 목숨인데 심부름(범죄) 해보지 않겠냐는 사람과 연예계 데뷔를 앞두고 소속사가 벌이는 마케팅이라고 보는 의견도 있었다. 끝도 없이 넘어가는 페이지를 보니 속이 메스꺼웠다. 처음의 20개야 그렇다 쳐도 489는 우연으로 나올 수 있는 숫자가 아니었다.

369001[잡담] 보드소녀가 정말 죽을까요?

보드소녀라는 사람 프로필 좀 보세요. 학교 옥상에서 떨어진다고 하던데 정말 죽을까요? 장난인지 진짜인지 모르겠네요.

게시판을 뒤지자 답이 나왔다. 발단은 줄리아푸우가 남긴 글이었다. 이 글을 기점으로 여러 사람이 아이디를 쳐본 모양이었다. 그것을 본 자들은 쪽지를 보내거나 일부는 게시판에 글을 올렸을 것이다. 그리고 다음 목격자가, 또 다음의 목격자가 보드소녀라는 전염병을 만들어낸 것이다. 각 게시판마다 연관 글이 딸려 나왔다. 나만 모르고 있었지 나는 완전히 유명인사가 되어 있었다.

뼛속 깊숙한 곳에서 짜증과 반감이 치밀었다. 관심 가져달라한 적도 상처를 보듬어 달라 애원 한 적도 없다. 왜 멋대로 끼어드는 거지. 오지랖도 이런 오지랖이 없었다. 다들 민주주의를 너무 누리고 있는 거다.

쪽지를 보내준 사람들에게 답장을 보냈다. 문제가 해결돼서 마음을 바꿨다고 앞으론 자살 생각 버리고 열심히 살겠다고 말이다. 프로필도 삭제했다. 죽음의 서약은 날아가고 옥상에서 번지점프를 시도하려던 소녀는 사라졌다. 모든 게 해결될 줄 알았다. 그러나 착오였다.

주 2회 있는 컴퓨터 수업, 단조롭고 졸린 목소리 탓에 렘수면이라는 별명을 가진 선생이 떠드는 동안 아이들은 몰래 꺼내둔 창으로 게임이나 채팅을 했다. 나도 그림판 위에 마우스를 움직이고 있었다.

"우리 학교 맞대?"

"맞으면 대박인데?"

"인생 끝났지. 요즘 네티즌이 좀 무섭냐?"

뒷자리에서 목소리가 들려왔다.

"지 무덤 지가 판 거야. 그러게 사람들 상대로 뻥은 왜 쳐?"

"분명히 왕따일걸. 관심 못 받고 우중충하게 살다 막판에 돌아 버린 거지."

나는 펜을 빌리는 척하며 몸을 틀었다.

"무슨 일이야?"

"p사이트 사건 알지?"

"p사이트?"

"그 사이트 난리 났잖아. 고삐리 하나가 사기 쳐서 지금 발칵 뒤집혀졌는데 몰라?"

내가 모르는 눈치를 보이자 말을 하는 아이는 신이 났다.

"우리랑 동갑인데 게시판에 자살한다는 글을 올렸대. 사람들은 걔가 진짜로 죽는 줄 알고 아바타 상품권이니 음악 선물 같은 걸 보내서 위로했는데 그것만 받아먹고 입 싹 닦았다는 거야. 애초에 죽을 생각도 없으면서 쇼를 한 거지."

"머리 진짜 좋지 않냐? 모르는 사람들 상대로 뜯어먹는 것도 재주라니까. 그래놓고 잠수 탔는데 가만 있겠어? 그 고삐리 잡는다고 난리도 아냐. 수배령 떨어졌다니까."

금시초문이었다. 어제 접속을 종료할 때만 해도 아무 낌새가 없었는데. 몇 시간 만에 사건이 일파만파 번진 것을 보니 역시 인터넷이었다.

"더 히트는 걔가 우리학교일지 모른다는 거야. 은평구고 집 근처에 동상이 있는 공원이 있대. 동상이 세워진 공원이면 빤하잖아? 남학교나 공학 제외하고 남는 건 b고나 k고밖에 없는데 k는 실업계니 패스하고 b고라는 거지."

"왜 이렇게 소란스러워!"

선생이 주의를 줘 자세를 바로 해야 했다. 수업에 집중하는 척하며 사이트에 접속했다. 게시판은 원색적인 비난으로 들끓었다. 배신자, 무개념, 사기꾼, 범죄자. 이 모든 꼬리표가 붙은 당사자는 어떤 생각을 하고 있을까.

372011[잡담] 여러분들의 힘이 필요합니다!

아무리 생각해도 그냥 넘어갈 수 없는 일입니다. 보드소녀는 자신을 걱정하는 많은 이들의 진심을 짓밟았습니다. 이 학생이 진정으로 올바른 어른이 되기 위해서라도 우리 네티즌들이 나서서 바로잡아줘야 합니다. 보드소녀에 관한 어떤 정보라도 좋습니다. 보드소녀와 친구사이거나 대화방에서 마주친 경험이 있는 회원들은 작은 정보라도 좋으니 제보해 주시기 바랍니다. 현재 알려진 것은 은평구, 여고2학년, 167센티미터의 키, 독서부입니다.

속이 울렁거리며 뜨뜻한 액체가 목구멍으로 넘어왔다. 뭐지? 무슨 일이 벌어진 거야? 거짓말이지? 장난치지 말라고. 나의 이성은 이 상황이 거짓이라고 외쳤다. 하지만 눈은 그것이 진실임을 입증했다.

"금방 잡히겠지?"

옆에 앉은 정은이 소곤댔다. 그녀 역시 모니터에 나와 같은 화면을 꺼내놓고 있었다. 조금 전 글에 정은이 리플을 달았다.

b고 학생인데요. 보드소녀 아무래도 우리학교인 듯싶습니다. 독서

부 회원이 얼마 안 되니 고2중에 167센티미터 애들만 추리면 금방 나오겠죠?

정은이 새로 고침을 누르자 동일시간에 작성된 리플이 나란히 떴다.

보드소녀 b고 확실. 전에 채팅하다 b고라고 했음. 취미가 만화그리기라고 한 것 같은데 극화체 어쩌구 함. b고 다니는 분들은 찾아보길.

마우스를 쥔 손이 부들부들 떨려왔다. 올무를 손에 쥐고 좁혀오는 밀렵꾼처럼 코너에 몰린 짐승이 된 기분이었다. 그동안 사이트를 드나들며 어떤 정보를 얼마만큼 흘렸는지 감이 잡히지 않았다. 보드소녀라는 캐릭터는 활발하고 학교에서 잘 나가는 소녀였지만 그런 거짓말을 보호하기 위해서라도 직접적인 학교명이나 실명, 사진을 노출시킨 적이 없었다. 키나 취미에 대해 언급했는지도 확신이 안 섰다.

'내가 또 무슨 말을 했지?'

두렵고 불안해서 미칠 것 같았다. 나는 기억에 없지만 저들은 내가 내뱉은 사소한 것들을 모두 기억하곤 공격해 오고 있었다.

"너 어디 아프니?"

"응? 아냐."

정은이 나를 의아하게 바라봤다. 거울을 볼 수는 없지만 안색이 창백하다는 것쯤은 알 것 같았다.

학교가 파하자마자 집으로 가는 버스에 올랐다. 하루를 어떻게 버텼는지 스스로가 생각해도 기적이었다. 옆자리의 짝이 농담을 건네도 웃을 수 없었고 도시락은 아무 맛도 느껴지지 않아 양초를 씹는 것 같았다. 숨고 싶다. 숨어 버리고 싶다. 아무도 모르는 나만의 굴속으로 들어가 절대 나오고 싶지 않다. 하지만 현실엔 그런 장소가 없었고 있다 해도 불가능했다. 부모와 학교, 선생님, 친구들, 크고 작은 사람과의 관계가 그물처럼 감싸고 있어 좋든 싫든 나는 이 세상에 존재해야 했다.

창밖을 내다보자 여전히 푸른 하늘이 버스의 움직임에 밀려 왼쪽으로 사라지고 있었다. 주변엔 귀가중인 학생들이 손잡이를 쥔 손을 앞뒤로 흔들며 조잘거렸다. 연예인, 시험 성적, 유행하는 캐릭터 인형, 정해져 있던 절차처럼 p사이트 얘기가 나왔고 저희끼리 추측하기 시작했다. 다시 식은땀이 나며 머리가 쭈뼛거렸다. 고개를 숙이고 들려오는 소리에 귀를 기울였다. 두 명, 혹은 세 명씩 짝지어진 아이들의 입에서 보드소녀란 말이 나올 때마다 호명된 죄수처럼 안절부절 못했다.

'쟤가 쟤야.'

'정말? 쟤가 그 애라고?'

급기야 환청이 들리며 머리가 터질 것 같이 아파왔다. 팽팽하게 부풀어 오른 뇌가 어느 순간 두개골을 열고 튀어나올 것 같아 난 참지 못하고 버스에서 내렸다.

"이제 오니? 소포 가져가렴."

아파트 단지로 들어서자 빗자루로 계단을 쓸던 경비원 할아버지가 손을 흔들었다. 아빠 앞으로 온 소포였다. 얼마 전 인터넷으로 산 전기 모기채가 이제야 도착한 모양이었다. 엘리베이터를 기다리다 우편함으로 눈을 돌렸다. 그곳에 있던 존재가 시선을 끈 것은 이 근방에선 볼 수 없는 교복을 입고 있었기 때문이다. 한 번도 본적 없는, 심지어는 제법 멀리 떨어져 있는 학교의 축제를 갔을 때도 본적 없는 교복이었다. 학교 이름을 알고 싶었지만 소매에 붙은 마크는 이쪽으로 돌아보지 않으면 확인할 수가 없었다.

남자아이는 우편함에서 꺼낸 우편다발을 안듯이 쥐고는 하나하나 검토하고 있었다. 세금 고지서를 확인하며 부당한 과세가 없었는지를 밝혀내려는 가장 같았다. 애늙은이 같은 모습에 풀어진 웃음을 짓던 나는 멈칫거렸다. 802호. 우리 집이다. 그 아이가 나를 봤고 몇 초간 정적이 흘렀다. 황급히 엘리베이터로 고갤 돌렸다.

'이건 부당해!'

'우리 집 우편물을 멋대로 뒤지고 있어. 당장 저 남자애 손에서 우편다발을 뺏고 뭐하는 짓이냐고 따져야 해!'

그러나 목소리는 뭣에 걸린 것처럼 나오지 않았다. 엘리베이터는 더디게 내려왔다. 5층. 4층. 3층에서 누가 내리는지 멈춘 채 움직이지 않는다.

"이봐, 너!"

"으, 응?"

"너희 옆집에 여자애 하나 살고 있지 않니?"

"그건…… 왜 물어?"

"아이참, 그건 몰라도 되고 살아 안 살아?"

소년의 눈빛은 이제 형사의 그것과 닮아 있었다. 한 손에 남의 집 우편물을 쥔 당당한 형사.

"어라, 너 키가 몇이야? 165는 넘는 것 같은데."

'땡' 하는 소리와 함께 엘리베이터 문이 열렸다. 소년은 탐탁지 않은 표정을 짓더니 다시 우편물로 눈을 돌렸다.

독가스가 살포되는 것을 알고 피하려는 쥐처럼 엘리베이터 안을 산만하게 돌았다. 내가 흘린 조각 하나하나가 모아져 수배전단이 완성되고 있었다. 퍼즐처럼 보드소녀를 맞추고 있다. 애초에 말도 안 되는 일이었다. 사이버머니라니? 그딴 것은 받지도 않았다고. 돌아버리는 것은 사태가 이 지경이 됐는데도 나는 여전히 사태를 파악 못하고 있다는 것이다. 골을 후벼 파도 어째서 이런 사태가 난건지 짐작도 가지 않았다.

엘리베이터에서 내리자 복도에 고등학생들이 깔려 있었다. 아까 소년이 입었던 것과 같은 교복이었다. 다섯 명쯤 됐는데 한패인 것 같았다. 805호에는 할머니 한 분이 혼자 살았다. 남편도 없고 자식들도 찾아오지 않아 놀이터에서 밤이 깊을 때까지 아이들이 뛰노는 것을 보다 돌아오곤 하는 할머니였다.

쾅쾅쾅!

"엄마! 아무도 없어? 아후, 짜증나! 열쇠도 없는데."

805호의 초인종을 누르고 문을 발로 차던 나는 그 집 앞에 쭈그리고 앉아 가족을 기다리는 척했다. 복도를 한 바퀴 돈 아이들이 나를 지나쳐갔다. 무서운 나머지 얼굴도 쳐다볼 수 없었다. 소곤거림과 비웃음. 개중 한 명이 노골적으로 '바보'라고 소리쳤다. 치마를 입은 채로 주저앉아 있는 내 꼴이 우스워 보일지도 모른단 생각이 들었지만 자세를 바꾸거나 시선을 돌리지 않았다. 아이들이 사라지고 주변에 아무도 없는 것을 확인한 나는 그제야 자리에서 일어섰다. 그리고 깨달았다. 팔에 끼고 있던 소포에 커다랗게 우리 집 주소가 적혀 있던 것을.

모니터를 응시하다 용기를 내어 아이디와 비밀번호를 쳤다. 예상대로 엄청난 수의 쪽지가 기다리고 있었다.

재수 없어! 사기꾼 년! 죽어버려! 너 따위는 사형받아야 해!

초등학생 정도의 나이가 썼을 유치하고도 직설적인 욕도 많았다. 무슨 권리로 나를 처단하겠다는 것인지 왜 다들 마녀 사냥하는 종교재판관처럼 거품을 물고 덤비는지 미칠 노릇이었다. 정의 구현? 선도라니? 웃기지마. 니들은 그냥 놀고 싶은 것뿐이잖아. 물 어뜯기 좋아하는 개들이 냄새를 맡고 몰려든 것이다. 질펀하게 한 판 벌이려고 말이다.

사이버머니라니요. 음악선물이라던가 금전적인 뭔가를 받은 적 없습니다. 자살의 동기는 집안 문제라 자세하게 설명할 수 없지만 원인이 해결돼 마음을 바꾼 것뿐입니다.

해명 글을 올린 지 몇 분도 안 돼 수많은 리플이 달렸다. 추천도 올라갔다. 그것은 내 글을 옹호하는 게 아니라 더 많은 사람들에게 보이기 위한 수작이었다. 하나같이 거품을 물었다. 뻔뻔하다고 아직도 잘못을 뉘우치지 않았다고. 쇼가 아니면 무엇 때문에 죽으려 했는지를 모두에게 밝히고 마음이 바뀐 이유도 대라고 했다.

오해를 풀어보려던 바람은 무너질 수밖에 없었다. 만천하에 나의 가족사를 공개하는 것 외엔 방법이 없다는데 더 이상 어떻게 해야 할까. 나의 인격만으로 끝내자. 부모님에게까지 피해가 가게 할 순 없었다.

쪽지가 왔다.

청산아파트. 802호. 김지연.

너 끝났어. 메롱.

침대에 기어 들어가 이불을 머리끝까지 뒤집어썼다. 컴퓨터를 껐지만 귀에선 여전히 비난하는 사람들의 목소리가 들리는 것 같았다. 벽과 천장에서 생겨난 수십 개의 입들이 위아래로 움직이며 사형! 사형! 이라고 외쳤다.

'정신 차려. 이건 환영이야.'

지지 말아야겠다 생각했지만 상처 입은 개처럼 낑낑거릴 수밖에 없었다. 나의 삶과 정신이 산산이 부서져 간다. 걷잡을 수 없이 눈물이 났다.

아파트를 나설 때도 횡단보도를 건널 때도 주변에 누가 없는지 살피는 버릇이 생겼다. 보는 이가 있으면 고개를 숙이고 걸음을 빨리했고 버스를 타다가도 먼저 탄 승객들의 눈빛에 위축이 돼

다음 걸 기다리는 경우도 있었다. 모여 있는 아이들은 전부 내 얘기 하는 것 같고 연습장에 글자라도 끼적이면 단서를 짜 집어 추리하는 것은 아닌지 불안했다.

집이 노출됐으니 누군가 찾아올지 모른다. 나는 새벽 일찍 집을 나섰고 들어올 땐 현관에 누가 없는지 확인했다. 담임은 이런 변화를 유익하게 해석했지만 내 속마음은 타들어갔다. 차라리 맘편히 공부를 할 수 있다면 얼마나 좋을까. 학교 공부 따위는 세상을 살아가는데 아무 소용없다고 생각해 왔지만 이 상황에서 벗어날 수만 있다면 그 쓸모없는 지식에 평생 몸 바쳐 살 수 있을 것 같았다. 그 후로도 몇 번 더 해명을 시도했지만 그들과 이야기하는 것은 벽을 상대로 이야기하는 것과 같았다.

"어디 아프니? 안색이 안 좋네."

"아프긴."

사태가 이 정도로 커졌지만 집에선 모르고 있었다. 엄마는 책상에 엎드려 있던 내게 눈길을 주다 '간장 좀 사다줄래?'라고 말했다. 밖으로 나오자 이미 어두워져 낮보다는 움직이기가 수월했다.

간장을 집는데 구석에 아몬드 초콜릿이 보였다. 예전에 자주 먹던 초콜릿인데 안 본 사이에 포장이 바뀌어 새로 나왔다. 초콜릿에 포함된 성분이 신경을 자극시켜 우울한 기분을 없애준다 하던가? 긴장을 완화시키고 스트레스 해소에도 좋다고 어디선가 읽은 기억이 난다. 초콜릿과 초콜릿 바를 한 움큼 집어 카운터위에 내려놨다.

"지연이 아니니?"

"안녕하세요."

집을 향해 터벅터벅 걸어가는데 805호 할머니가 아는 척을 했다. 오늘도 놀이터에 나와 있다 돌아가는 모양이었다. 할머니가 쥔 검은 비닐에서 비린내가 났다. 묻지도 않았는데 '고등어가 물이 좋아서.' 라며 웃었다. 사실 냄새는 할머니 자신에게서 더 났다. 나이든 사람들에게서만 나는 인(人)내. 뭐라 표현할 수 없는 그 냄새가 싫어 손녀딸이 생각난다며 친하게 다가오는 할머니를 늘 피해 왔었다. 할머니가 갖다 준 음식은 먹지도 않은 채 쓰레기통에 버렸고 한번 놀러오라는 부탁에 기약 없는 약속으로 일관했다. 누구에게도 관심 받지 못하는 독거노인의 삶. 작은 친절 하나를 기대하며 아양을 떠는 할머니를 속으로 경멸했다. 가까이하면 나도 언젠가는 저렇게 될지 모른다는 두려움이 있었던 것 같다.

"주말에 놀러가도 돼요?"

"정말이니?"

할머니가 놀란 표정을 지었다.

"되고말고! 심심한 노인네랑 놀아주는데 고마울 따름이지. 언제쯤 올 건데? 내 맛있는 거라도 만들어 두마."

"에이, 힘들게 뭘 만드세요. 피자 잘 드세요? 쿠폰 열 개 모았는데."

"피이자?"

엘리베이터가 멈추고 내리려는데 불이 번쩍했다. 처음엔 뭔지 몰랐다. 그것이 카메라 셔터라는 걸 알았을 때는 늦은 뒤였다. 셔터는 멈추지 않았다. 눈이 부셔 상대를 볼 수 없었다.

"이게 무슨…… 아이쿠!"

고등어 봉지를 떨어뜨린 할머니가 엉덩방아를 찧었다. 강렬한 불빛이 노인의 심장을 놀라게 한 모양이었다. 닫히는 엘리베이터 문 사이로 손을 끼워 넣었다. 사진을 찍은 놈은 벌써 계단으로 도망치고 있었다.

"서!"

젖 먹던 힘을 다해 쫓아갔다. 흥분 때문일까. 달리기만 하면 무거워지는 몸이 뭣에 홀린 듯 가벼웠다. 계단을 두세 칸씩 뛰어내리며 거리를 좁혔다. 6층까지 이어진 술래잡기에 까까머리를 한 중학생이 시야에 잡혔다. 옷자락을 쥐려는데 발밑이 허전했다. 나는 우당탕 소리를 내며 계단 밑으로 추락했다. 뛰던 놈은 그런 날향해 피식하고 비웃으며 사라졌다.

그로부터 30분 후 내 사진이 인터넷에 떴다.

집에는 아무 말도 하지 않고 학교를 빠졌다. 비겁하다는 것은 알았지만 학교에 갈 자신이 없었다. 끝도 없이 빠져드는 모래구멍 속에서 허덕이는 기분이었다. 흉학한 범죄자라도 마주한 것처럼 네티즌들은 내 사진이 올라간 게시물 밑에 욕설을 달았다.

내 이름이 자기 이름과 같아 재수 없다는 사람과 부모가 잘못 키웠다는 사람, 인상부터가 범죄를 저지르게 생겼다는 사람까지 비난도 다양했다. 실시간으로 나에 관한 정보가 올라왔는데 학교 아이들 짓이었다. '저는 보드소녀와 같은……' 식의 제목에선 내가 반에서 어떤 아이인지 선생님들 사이에선 어떤 평가를 받는지

성적은 몇 등인지를 늘어놓았고 네티즌들은 그러한 정보에 흥분하며(어째서 흥분하는 것일까?) 리플을 도배했다. 다들 제 이익이 침해받지 않는 선에서 질 나쁜 장난을 치고 있다. 손해 보는 것이 없으니까 욕도 하고 고통도 줄 수 있고 손해 보는 것이 없으니까 타인이야 어떻게 되든 무책임한 말을 내뱉을 수 있는 거다.

등허리가 아파 기지개를 켜니 아이들이 보였다. 어느새 하교 시간인 모양이었다. 집으로 가야겠다 싶어 일어나는데 이십대로 보이는 남자들이 나를 향해 다가오는 게 보였다.

"야, 너 개 맞지? 보드소녀."

"시치미 떼지 마. 다 아니까."

"뻔뻔하게 그런 짓 하고 넘어갈 줄 알았어? 우리가 못 찾을 줄 알았냐고!" 목소리가 높아지자 근처에 있던 사람들이 이쪽을 쳐다봤다. 무시하고 빠져나왔지만 몇 발자국도 못 가서 제지당했다.

"웃기는 년이네. 어딜 도망가려고?"

"사람 말이 우습냐?"

우악스런 손길에서 살기가 느껴졌다. 누군가 도와주길 바랐지만 다들 남의 일엔 끼어들기가 싫은지 못 본 척 제 갈 길을 갔다. 나를 둘러싼 남자들이 새로 산 가전제품이라도 보는 것처럼 위아래로 훑어 내렸다.

"말 좀 해봐. 이년아, 그러게 왜 그런 짓을 했어?"

"세상이 그렇게 만만해 보이디?"

"너희가 뭔데!"

난 나도 모르게 주먹을 움켜쥐었다. 오장육부가 뒤틀린 내부에서 꾸역꾸역 독기가 치밀었다.

"나를 처단하는 건 경찰이 할 일 아냐? 너희가 무슨 권리로 이러는 건데? 너희들이 경찰이야? 판사야 뭐야?"

"뭐라고?"

"이년이 미쳤나!"

강한 손바닥이 나를 밀쳤다. 중심을 잡지 못하고 휘청거렸다. 바닥에 쓰러진 입으로 흙먼지가 들어왔다. 뱉어내며 몸을 세우는데 운동화발이 등허리를 찍어 눌렀다.

"야야, 가만 있어. 넌 교육 좀 받아야겠다."

"경찰? 우리가 경찰이다. 어쩔 건데?"

"야, 핸드폰 좀 줘봐."

"뭐하게?"

핸드폰을 건네받은 놈이 슬라이드를 밀더니 사진을 찍기 시작했다.

"헤헷, 완료! 이거 내 싸이에 올려야지. 보드소녀 처단이라고 하면 방문자수 좀 늘겠지?"

"이 새끼가 저만 좋은 거 하고 있어."

토막이 난 지렁이처럼 꿈틀거리고 있는데 또 다른 발이 머리를 걸어찼다.

"야! 포즈 좀 바꿔봐. 웃어. 웃으라니까? 어라, 안 웃어?"

"야야, 얼굴은 건드리지 마라. 폭력이라도 쓴 줄 알면 여성부에서 얼마나 지랄을 떨겠냐?"

동영상과 사진이 찍히는 동안 사람들은 끝도 없이 지나갔다. 손가락으로 제 일행을 찌르며 경악하는 사람도 못 볼 걸 봤다는 식으로 고개를 돌려 자리를 뜨는 사람도 있었다.

누가 좀…… 누가 좀 도와줘. 등허리에서 느껴지던 압박이 사라지며 남자가 내 앞에 쭈그리고 앉았다. 어느새 입가에 비릿한 미소가 생겨 있었다.

"근데 듣자니 너 처녀라며?"

엄마 무서워.

너무 무서워.

용기를 낼 수 있길 기도했지만 소용없었다.

그날 이후, 부모님도 진실을 알았다. 뒤늦게 경찰이 나섰지만 달라지는 건 없었다. 내 사진을 인터넷에 유포한 자와 폭력을 행사한 남학생들을 처벌했지만 진상은 왜곡되고 상황은 불리해져만 갔다. 나에 대한 옹호 기사가 나왔는데도 사람들은 믿으려 하지 않고 진실을 감추는 거라며 비난했다. 동네에도 소문이 퍼져 이제 내가 누구라는 것을 다 알고 있었다. 부모님은 사실이 아니라고 해명했지만 알게 모르게 따돌림을 당하는 분위기였다.

학교에 갔지만 친구라고 불렸던 존재들은 사라지고 없었다. 나와 어울렸던 아이들은 가까이가면 전염병이라도 옮는 것처럼 피하기 일쑤였고 전교생이 나와 이야기하지 않겠다는 무언의 약속이라도 한 것 같았다. 짝이 나와 앉는 것을 거부했기 때문에 혼자서 수업을 듣고 혼자서 밥을 먹어야 했다. 그럴 때마다 아이들이 일거수일투족 사진을 찍어댔다.

이젠 p사이트 내에서도 자체적으로 자료를 삭제했지만 이미 삶은 복구가 안 될 정도로 망가져 버렸다.

나는 발코니 난간을 붙잡은 채 아래를 내려다보고 있다. 숨을 깊이 들이마시고 부모님의 얼굴을 떠올렸다. 겨우 좋아진 가정인데 지키지 못해 슬퍼졌다. 죄송해요. 그러나 나의 선택으로 두 분은 비난에서 제외될 것이다.

자살한 영혼은 승천하지 못하고 그 자리에 떠돈다고 한다. 자신이 죽은지도 모르고 몇 번이고 죽어가던 순간을 재현한다고 말이다. 이런 일을 겪지 않은 상태에서 자살을 택했다면 사후세계의 두려움으로 고민했을지 몰랐다. 그러나 지금은 너무도 명확한 결론 때문에 쓴 웃음이 나왔다.

사람들의 시선 속에서 고통 받기보다는 혼자만의 세상에 있는 편이 낫잖아.

하나.

둘.

몸이 허공에 뜬다.

안타까운 사고 소식입니다. 한 고등학생이 인터넷 마녀사냥에 희생돼 목숨을 끊는 사건이 일어났습니다. 평소 부모님의 불화로 심한 우울증과 자살 충동을 겪고 있었던 k양(17)은 한 포털 사이트에 자살을 암시하는 글을 올렸다가…… 중략.

보도가 나가고 p사이트에는 많은 글들이 올라왔다. 얼마 전까지 보드소녀를 비난하던 글들은 이제 그런 자들을 비난하는 글로 바뀌어 있었다.

/jaygear

보드소녀(jaygear)

18세

서울

.

.

당신들이 원하는 대로 죽어줄게. 이제 만족해?

행복한 우리 집에 어서 오세요

권정은

1976년생. 「한국공포문학단편선 시리즈」에 단편 「은둔」, 「한국스릴러문학단편선」에 「액귀」, 《파우스트》에 단편 「택시」를 수록했다. 직장 생활을 하면서 틈틈이 글을 쓰고 있다.

놈들이 집 안을 들여다본다.

눈가죽 밖으로 튀어나온 붉은 눈동자가 우리 움직임을 잡아내려고 희번덕거렸다. 새파랗게 질려 김치냉장고 뒤에 숨어 있는 엄마가 보인다. 놈들이 유리를 깨고 집 안으로 들어온다면 겁먹고 비명 지르는 엄마를 제일 먼저 물어뜯을 게 분명했다. 식탁 그림자 밖으로 튀어나온 경수의 발을 잡아 안쪽으로 밀어 넣었다.

"아무래도 안 되겠어. 아빠가 자꾸 놈들을 불러들이잖아."

경수가 조그맣게 속삭였다.

"조용히 해!"

"저것 봐! 냄새를 맡고 있어. 우리가 안에 있는 걸 알 거야."

"제발 좀 조용히 해."

금방이라도 튀어나갈 듯 몸을 들썩이는 경수의 어깨를 움켜잡왔다. 날이 저물기 전에 거실 창을 막고 있던 매트리스를 다시 세워 놔야 했다. 놈들은 어둠 속에서 더 잘 보고, 더 잘 들었다. 거실 창에 반사되는 햇살이 사라지면 우리가 집 안에 있다는 것을 알게 될 것이다.

하지만, 어떻게?

어떻게 놈들 모르게 저걸 다시 세우지?

모든 일이 시작된 그날, 창백한 얼굴로 뛰어 들어 온 아빠가 소리쳤다.

"빨리 문 닫아! 빨리!"

한 번도 본적 없는 겁먹은 모습이었다. 구두를 신은 채로 거실 불을 끄고, 커튼 뒤에 숨어 밖을 내다봤다.

"거리에 미친놈들이 날뛰고 있어. 절대로 밖에 나가면 안 돼."

하며 팔을 들어 보였다. 구멍 난 와이셔츠를 타고 피가 뚝뚝 떨어져 내렸다.

"물렸어! 미친놈한테 물렸다고. 경찰은 뭘 하는 거야!"

피를 보고 현기증을 느낀 엄마가 소파에 털썩 주저앉았다. 멀리서 뭔가 부서지는 소리가 들려왔다. 아빠가 뛰어 들어오기 전까지는 의식하지 못했던 소리였다. 사람들의 비명과 날카롭게 울리는 사이렌.

"전화가 안 돼! 이게 도대체 무슨 일이야! TV 틀어봐! 빨리!"

전화기를 내팽개친 아빠가 멀쩡한 손으로 머리카락을 움켜쥐었다. 아빠가 움직일 때마다 피가 사방으로 튀었다.

"젠장. 머리가 깨질 것처럼 아파."

창백한 얼굴로 안절부절못하는 아빠를 소파에 앉히고 약 상자를 찾아오라고 경수를 불렀다. 리모컨을 들고 텔레비전 화면에 빠져 있던 경수가 겁먹은 얼굴로 나를 돌아봤다.

"누나 이것 좀 봐."

텔레비전 화면을 가리키는 손이 부들부들 떨렸다. 브라운관을 하얗게 밝히고 있는 건 아침마다 정체구역을 알려주던 방송국의 CCTV 영상이었다. 뒤집혀 불타는 승용차들과 다리에서 떨어질 듯 아슬아슬하게 매달린 버스, 불붙은 사람이 강으로 뛰어들고, 차와 차 사이에 끼어 죽은 사람을 다른 사람들이 끌어 내리는 게 보였다. 그리고 불타오르는 63빌딩. 굽이치는 한강과 함께 금색으로 빛나고 있어야 할 63빌딩이 검붉은 화염을 토해내고 있었다. 불타는 63빌딩을 보고 엄마가 비명을 질렀다. 화면이 바뀌고 익숙한 곳이 나왔다. 남대문 시장 앞이었다. 꽉 막힌 거리에 차와 사람이 가득했다. "집 근처야." 하며 경수가 화면 가까이 다가갔다. 금세 화면이 바뀌었다. 불타오르는 강남대로였다. 뒤엉킨 차 사이를 사람들이 뛰어다녔다. 강남역 6번 출입구 계단에 처박힌 3412번 버스에서 사람들이 뛰어내리는 모습이 보였다. 머리에 피를 흘리며 창밖을 향해 뭐라고 소리치던 여자가 아기를 내밀었다. 엄마에게서 떨어지지 않으려고 버둥거리는 아기를 밑에 있던 어떤 남자가 받아들었다. 그러고는 물어뜯었다. 아기의 피가 사방으로 튀었다. 아기가 물어뜯기는 모습을 보고 아기 엄마가 비명을 지르며 버스에서 뛰어 내렸다. 아기 엄마의 발이 땅에 닿기도 전에 버스 밑에 서 있던 사람들이 그녀를 둘러쌌다. 화면이 바뀌었다. 창백한 얼굴의 남자 아나운서가 말을 더듬었다.

"보…… 보시는 바와 같습니다. 서울, 경기 일대와 충북 음성, 충주, 제천, 충남 천안 등지 그리고 강원도 춘천, 홍천, 횡성 근처에 거주하시는 분들은 절대 밖으로 나가지 마십시오. 금일 16시 30분 특별 경계경보가 발령되었습니다. 상기 지역에 연결된 모든 도로는 봉쇄되었으며 차량 이동 중이신 모든 분들은 속히 귀가 하시거나, 여의치 않으실 경우 근처 공공기관으로 대피 하십시오. 그 외 지역 또 한 외출을 삼가시고 사람들과 접촉하지 마십시오. 특히 강남구, 서초구, 관악구, 구로구, 금천구, 영등포구, 용산구, 중구, 경기도 남부지역, 부천, 금천 지역의 주민 여러분들은 문을 잠그시고 외부 출입이 가능한 창문, 계단, 환기구 등을 폐쇄하시고 방송에 귀 기울이시기 바랍니다. 모든 방송은 정부의 통제 하에 진행되며, 동일 방송이 TV, 라디오, 위성, DMB로 송출되고 있습니다. 다시 한 번 말씀드립니다. 서울, 경기……."

아빠에게 매달린 엄마가 울음을 터트렸다.

"뭐예요. 여보 이게 뭐예요!"

다친 팔을 움켜쥔 아빠가 거칠게 숨을 몰아쉬며 고개를 가로 저었다. 아빠가 숨을 내쉴 때마다 벌어진 입에서 끈적끈적한 침이 흘러내렸다.

"사…… 무실에 있는데 이상한 소리가 들려서 내다보니 거리가 엉망진창이었어. 전화도 불통이고…… 사무실 근처 전기가 나가서 인터넷도 안 되고……, 큰일이다 싶어서 집에 돌아오다가 차에 뛰어든 애를 쳤는데……, 그 애가…… 나를 물었어. 나를…… 나를…… 물…… 나를 물었어…… 나를."

고개 숙인 아빠 입에서 알아듣기 어려운 단어들이 웅얼웅얼 흘러나왔다. 검푸르게 부풀어 오른 팔뚝에 진물이 노랗게 고여 있었다.

"설마…… 누나 이거 말이야. 말도 안 되지만 말이야. 설마 좀비나 뭐 그런 건 아니겠지?"

"무슨 바보 같은 소리야!"

"하지만, 누나 만약에 그렇다면……."

당황하고 겁에 질린 경수가 말을 잇지 못하고 나를 바라봤다. 어떻게 해야 하냐고 묻는 듯했다. 대답하지 못하고 고개만 가로저었다. 그때 내 머릿속에는 단 하나의 문장이 맴돌고 있었다.

'이게 뭐야?' 라는 질문 하나. 지금 무슨 일이 벌어진 것인지, 얼마나 심각한 문제인지, 왜 손발이 떨리고 숨이 막혀 오는지, 피 흐르는 아빠의 팔, 사이렌 소리, 멀리서 들려오는 비명, 아빠 옆에 붙어 바들바들 떨며 울고 있는 엄마. 눈에 보이고 들리는 모든 것들이 하나의 문장으로 구겨지고, 비틀어지고, 압축되어 머릿속에 들어와 맴돌았다. '도대체 이게 뭐야?'

한가한 토요일 오후였다. 엄마는 낮잠을 즐기고, 나는 침대에 누워 『취업 면접 100% 성공하기』라는 책을 읽었다. 토요 학원 특강 때문에 일찍 저녁을 먹은 경수가 배부르다고 투덜대는 모습을 보고 웃기도 했다. 그래……. 바로 몇 분 전이었다. 아빠가 뛰어 들어오기 몇 분 전까지만 해도 안락하고 한가한 토요일이었다. 비명도, 피도, 두려움도 없었다.

"가족 중에 사망자나 부상자, 이상 행동을 보이는 사람이 있을 경우 격리하시고, 절대 접근하지 마십시오. 정부 비상대책반의 행동 지침 발표를 기다리셨다가 그에 합당한 조치를 취하셔야 합니다. 다시 한 번 말씀드립니다. 사망자와 부상자, 이상 행동을 보이는 사람을 격리하시고."

TV속의 아나운서가 비명처럼 떠들어 대는 소리가 집 안에 울렸다. 어느 누구 섣불리 입을 열지 못했다. TV에서 경고하는 부상자가 우리 눈앞에도 있었다. 아빠를? 격리? 어디에? 겁먹은 눈으로 나와 아빠를 번갈아 바라보던 경수가 벌떡 일어나 창가로 다가갔다. 아빠 옆에 바짝 다가앉은 엄마가 그런 경수를 눈동자로만 쫓았다. 창가에 서서 밖을 내다본 경수가 나를 손짓해서 불렀다.

"누…… 누나. 밖에."

그때 아빠가 비명을 질러대기 시작했다. 몸부림치는 팔에 맞은 엄마가 소파 밑으로 나동그라졌다.

"으아아아악! 머리가! 머리가 아파! 으아아아악."

"아빠! 아빠 조용히 해! 집 앞에 이상한 놈들이 있단 말이야!"

경수가 소리를 크게 내지 않으려는 듯 악문 이 사이로 내질렀다. 아빠에게 달려들어 손으로 입을 막았다. 따듯하고 축축한 입술이 손바닥에 닿았다.

"아빠! 제발 조용히 해! 아빠!"

날 밀어 내려고 내민 아빠 손이 얼굴을 할퀴었다. 고통보다도 상처에서 나온 피가 뺨에 흐르는 감각이 더 뚜렷하게 느껴졌다. 아빠가 비명을 지르며 발버둥 치고, 엄마는 어쩔 줄 몰라 하고, 경수가 뛰어오는 그런 모습들이 왠지 스크린에 비친 영화의 한 장면처럼 이질적으로 보였다. 어느새 곁에 다가온 경수가 버둥거리는 아빠 다리를 움켜잡았다.

"안 돼! 정신 차려 누나! 아빠 입을 막으라고."

바로 옆에 있는 경수의 목소리가 멀리서 들려왔다. 뭘 해야 하는지, 어떻게 해야 하는지 판단이 서지 않았다.

아빠가 제정신을 차린 건 엄마에게 밀린 내가 소파 옆에 기대앉아 울음을 터트리려 할 때였다.

"괜찮아. 나 이제 괜찮아……. 걱정하지 마. 괜찮아."

조금 전까지 비명을 지르던 사람이라고 믿어지지 않을 정도로 차분한 목소리였다. 파랗게 핏줄이 돋은 창백한 얼굴에 송골송골 돋아 있던 땀방울이 주룩 흘러내렸다.

"여보!" 하며 엄마가 아빠 품에 뛰어들었다. 서럽게 우는 엄마를 품에 안은 아빠가 숨을 몰아쉬며 겨우 일어나 앉았다.

"문 다 걸어 잠그고…… 창문도 다 막고…… 장롱하고 책상 같은 거 가져다 쌓고…… 절대 밖에 나가면 안 돼."

아빠 코에서 피가 주룩 흘러내렸다. 그것을 닦아 내려는 내 손을 매정하게 뿌리친 아빠가 경수를 바라봤다.

"아빠는 지금 마당으로 나가서…… 창고로 갈 거야. 아빠는 거기…… 테니까 경수가…… 올 때까지 누나랑 엄마를 지켜야 해."

아빠 말이 끝나기 무섭게 엄마가 비명을 질렀다.

"여보 가긴 어딜 간다고 그래! 여기 같이 있어야지 어디를 가! 당신 지금 좋아지고 있잖아. 아까보다 좋아졌어! 점점 좋아질 거야. 조금만 더 기다려 보면 경찰이든, 군인이든……."

"맞아! 아빠 지금은 괜찮아. 영화 같은 데서 봐서 잘 알아. 아빠는 절대 안 죽을 거잖아. 죽기 전까지는 괜찮아. 우리가……. 우리가 아빠 상태가 나빠지면 그때 알아서 할 게, 그러니까 지금은

행복한 우리 집에 어서 오세요 353

괜찮아. 아빠 여기 있어. 제발."

경수도 아빠에게 매달렸다. 우리 모두 절박했다. 갑작스러운 이변에 뒤따른 두려움 때문에 어찌할 바를 몰랐다. 아빠가 제정신을 차렸다는데 안도하고, 우리를 두고 밖으로 나간다는 말에 몸을 떨었다. 아빠를 잃는다는 것을 상상할 수 없었다. 억지로 몸을 일으키려는 아빠를 붙들었다. 어정쩡하게 소파에 앉은 아빠가 멍한 눈으로 우리를 바라봤다. 그러고는 힘없이 고개를 숙였다. 바들바들 떨리는 손이 소파 밑으로 툭 떨어졌다. 아빠 입에서 흘러내린 덩어리진 피가 바지를 붉게 물들였다. 고르지 못한 숨소리에 섞인 괴상한 신음이 아빠 몸 깊은 곳에서 들려왔다.

"아빠."

아빠의 뜨거운 뺨에 손을 댔다. 움찔 놀란 아빠가 고개를 들었다.

희뿌옇게 번진 회색 눈동자가 어디를 향하고 있는지 알 수 없었다. 방금까지 우리를 바라보던 그 눈동자가 아니었다. 아빠에게 매달려 있는 엄마를 잡아당기며 벌떡 일어섰다. 멍한 표정으로 허공을 바라보던 아빠가 내가 움직이는 것을 알고는 "케에에엑."하는 괴성을 지르며 나에게 달려들었다. 아빠 손톱이 팔뚝에 파고들었다. 더 이상 아빠의 얼굴이 아닌 얼굴이 내 살점을 물어뜯으려고 이를 드러냈다. 물리는구나! 하고 생각했다. 그때 경수가 아빠의 머리카락을 움켜잡았다. 앞으로 꼬꾸라지듯 나에게 달려들던 아빠가 뒤로 벌렁 넘어졌다. 뜯긴 머리카락을 움켜쥔 경수가 비명을 질렀다. 갑자기 나에게 달려든 아빠를 얼떨결에 떼어내기는 했지만, 자신의 그런 행동에 자신이 놀란 듯했다. 뒤로 넘어져 버둥거리던 아빠가 벌떡 일어나 경수를 덮쳤다. 경수가 그랬듯이 나도 무의식중에 아빠를 옆으로 밀쳐냈다. 중심 잃은 아빠가 옆으로 쓰러지며 내 옷자락을 움켜잡았다. 아빠와 함께 나뒹굴었다. 아빠가 내쉬는 격한 숨결이 피부에 와 닿았다. 담배 냄새를 풍기던 따뜻한 숨결이 아니었다. 차갑고 역한 냄새가 피부를 녹여낼 듯 독하게 느껴졌다. 아빠에게서 벗어나려고 정신없이 발버둥쳤다. 경수와 엄마가 지르는 비명과 내 비명이 아빠의 괴성에 섞여 어지럽게 들려왔다. 와장창 유리 깨지는 소리와 함께 뒤엉킨 우리 위로 장식장이 쓰러졌다. 비명도 지르지 못할 통증이 번개처럼 엄습했다. 통증은 머리에서 먼저 터지고 온몸으로 퍼졌다가 다리에서 멈췄다. 그리고 다시 머리에서 새까맣게 터졌다.

펄펄 끓는 물에 삶아지는 악몽을 꾸다 깨어났다. 새벽 해가 두꺼운 커튼 사이에서 반짝였다. 조용했다. 아무 소리도 들려오지 않았다. 몸 깊숙이 느껴지는 열기가 뜨거웠다. 악몽 속의 뜨거운 물이 몸 속에 흐르는 것 같았다. 무겁고 둔한 몸이 매트리스 깊숙이 가라앉았다. 마냥 이렇게 누워 있으면 몸에서 피어오른 열기가 매트리스와 함께 나를 녹여버릴지도 모른다는 생각이 들었다.

새벽의 정적과 아직 남아 있는 잠을 느끼며, 어제의 몽롱한 기억을 더듬었다. 잠시 그 모든 것이 꿈이 아니었나 하는 생각을 했다. 변해버린 아빠와 지옥 같은 거리. 꿈이었나? 하고 눈을 깜빡였다. 어딘가에서 작게 흐느끼는 소리가 들려왔다. 엄마? 열기와 함께 노곤하게 녹아 있던 심장이 미친 듯이 뛰기 시작했다. 아빠가 지르던 괴성이 머릿속에 소리 없이 울렸다. 일어서려고 몸을 비틀었다. 다리를 강제로 잡아 뜯는 듯한 통증이 느껴졌다. 나도 모르게 비명을 질렀다. 그때 누군가의 축축하고 차가운 손이 비명 지르는 내 입을 틀어막았다. 쉿! 하며 눈앞에 얼굴을 들이민 건 경수였다. 겁먹고 지친 경수의 눈동자가 유리알처럼 반짝였다.

"조용히 해! 놈들이 집 앞에 있어."

경수가 말했다.

놈.들.이.집.앞.에.있.어.

큰길 쪽에서 소름끼치는 비명이 들려왔다. 집 안을 기웃거리던 놈들의 머리가 소리 나는 쪽으로 확 돌아갔다. 먹이가 지르는 비명에 반응한 놈들이 누런 침을 줄줄 흘리며 큰 길 쪽으로 뛰어나갔다.

잡고 있던 경수의 어깨를 놓으며 말했다.

"지금이야. 밖에 남아 있는 놈이 있나 보고 얼른 다시 세워!"

안절부절못하며 기회를 노리던 경수가, 내 말이 끝나기도 전에 식탁 밑에서 뛰어나갔다. 조심스럽게 창문 옆에 몸을 숨기고 밖을 내다보다가, 매트리스를 세워 거실 창의 틈을 메웠다. 먼지 섞인 햇살이 사라지며 거실이 어둠에 잠겼다. 울음을 참고 있던 엄마가 오열을 터트렸다.

"어디 가는 거야!"

현관문 쪽으로 몸을 트는 경수를 불러 세웠다.

"놈들이 마당에 못 들어오게 대문도 닫아야 해!"

"바보 같은 소리 하지 마. 이 새끼야! 지금 문 열고 나가면 죽여 버릴 거야!"

창백한 얼굴로 현관문 앞에 서 있던 경수가 나를 돌아보고는 피식 웃었다.

"누나가 그런 말 하는 거 처음 들었어."

"더 심한 말도 할 수 있지만 안 한 거야. 그러니까 얼른 이리와. 제발."

예전처럼 어리고 순진한 미소가 번졌던 경수의 얼굴이 금세 심각해진다. 입술을 깨물고 어두운 거실 한편을 노려보며 한숨을 내쉬었다.

"언제까지고 이러고 있을 수는 없어. 누나도 알잖아. 물도, 먹을 것도 금방 떨어질 거야."

"아직 괜찮아. 싱크대에 받아 놓은 물도 그대로 남아 있고 쌀도 많이 남았어."

"그게 며칠이나 갈 것 같아? 기껏해야 열흘? 그 다음은?"

그 다음은 어떻게 해야 하지?

그 질문은 부러진 다리 때문에 제대로 움직이지 못하는 내가, 당장이라도 혀 깨물고 죽어 버리고 싶은 나에게 되물어 오던 질문이었다. 해답은 없었고, 나는 계속 죽고 싶었다.

장식장에 깔린 건 나뿐이었다. 엄마와 경수가 내 부러진 다리에 매달린 아빠를 떼어내 화장실에 밀어 넣고 문을 잠갔다. 변해 버린 아빠는 화장실을 때려 부수고 몸부림을 치다가 잠들었다. 아빠는 죽음처럼 조용한 잠에 빠져 있다가 발작처럼 깨어나 괴성을 질렀다.

우린 아무것도 할 수 없었다. 좀비 영화의 선택된 주인공들이 많은 기회를 얻는 것에 반해, 우리에게는 기회도, 선택도 없었다.

영화에서 나오는 총이나 도끼도 없었고, 기동성 좋은 차가 있는 것도 아니었다. 예쁜 여주인공도, 용기 있는 멋진 남자 주인공도 없었다. 겨우 며칠 흘러나온 수돗물과 상하기 시작한 냉장고의 음식들, 생으로 먹어야 하는 라면, 쌀, 야채 그리고 비명과 괴성이 넘치는 바깥세상이 전부였다.

집 안 가득한 절망이 숨 막히는 더위와 함께 절절 끓었다. 장식장에 깔려 부러지고 찢어진 내 다리는 금방 곪고, 금방 썩었다. 나를 따라다니며 코를 마비시키는 이 지독한 악취가, 닫힌 문틈을 통해 비집고 들어온 미친 세상의 죽어버린 사람들의 썩은 내인지, 부러진 내 다리에서 나는 냄새인지 구분할 수 없었다. 엄마는 온종일 울었다. 아빠가 깨어나면 아빠의 괴성과 함께 울고 아빠가 잠들면 혼자 울었다. 나를 보고 울고, 경수를 보고 울었다. 엄마는 아빠의 꽃이었고 보물이었다. 아빠 없이는 아무것도 할 수 없는 여자였다. 엄마는 끈 떨어진 인형처럼 먹지도, 자지도 못했다. 경수는 조금씩 말라갔다. 나와 엄마를 지켜야 한다는 책임감과 내 뒤에 숨고 싶은 어린 두려움으로 자신을 달달 볶았다. 밖을 노려보고, 뭔가를 계획하고, 혼자 분노하고, 그리고 지쳐갔다. 경수는 고작 열일곱 살이었다. 이 모든 걸 등에 짊어지기에는 너무 어렸다.

놈들은 아무 때나 자고 아무 때나 움직였다. 놈들이 사냥하는 소리도 들려왔다. 비명과 괴성, 부수고 찢고 먹는 소리였다. 거리에서 먹이를 구할 수 없게 된 놈들이 주택가를 뒤지기 시작했다. 출근했던 부모가 돌아오지 않아 혼자 남겨졌던 아이들이나 도망칠 능력이 없는 노인들이 먼저 당했다. 우리 뒷집이 그랬다. 다른 가족들이 끝내 돌아오지 못한 그 집에는 할머니와 세 살짜리 준이가 남아 있었다. 3일째 되던 날, 우리를 애타게 부르는 할머니의 목소리가 들려왔다. 절박한 표정으로 준이를 창밖으로 밀어내며 할머니가 비명을 질렀다.

"살려줘! 우리 준이 좀! 살려줘! 살려줘!"

겁을 잔뜩 집어먹은 준이가 우리를 보고는 통통한 작은 손을 내밀었다. 손이 닿는 거리가 아니었다. 준이를 구하려면 집 밖으로 나가 담을 넘어야 했다. 우리가 망설이는 아주 잠깐의 순간, 진공청소기에 빨려 들어가는 먼지처럼 준이가 창틀에서 사라졌다. 비명도 없고, 피도 없었다. 조용한 어둠이, 준이가 사라진 창가에 남았다. 우리가 할 수 있는 일은 아무것도 없었다.

집에서 탈출을 시도하던 사람들이 사냥 당하는 모습도 보였다. 배고픈 놈들에게 잡힌 사람과 개, 고양이의 비명이 끊이지 않고 들려왔다. 다행히 놈들은 잠근 문을 열거나 막힌 곳을 뚫는 지능을 잃어버린 후였다. 부서지지 않는 문을 굳게 닫고 있으면 놈들은 집 안에 들어올 수 없었다. 우리는 우리 집의 높은 담과 튼튼한 대문을 믿었다. 대문이 닫혀 있는 한 놈들은 집 안은커녕 마당으로도 들어오지 못할 것이었다. 그래도 만약을 위해 장롱으로 창문을 막고 옷과 매트리스로 틈을 메웠다. 창이 막히자 어둠이 집 안에 내려앉았다. 어둠 속에 웅크리고 앉아 아빠가 내지르는 괴성과 엄마의 흐느낌, 그리고 경수의 초조한 인기척을 들었다.

나는 창을 막아서 더는 바깥세상을 보지 않아도 된다는 것에 안도했다. 언덕 아래의 불타는 명동거리와 어릴 적 내가 뛰어 놀던 골목을 썩은 침을 질질 흘리며 누비는 놈들의 모습을 보고 싶지 않았다.

우리가 안전하다고 믿었던 대문이 열린 건 4일째 되던 날 아침이었다.

자기 방 책상 위에 올라 앉아 창을 통해 망을 보던 경수가 벌떡 일어나 거실로 나왔다.

"누나! 놈들이 세탁소에 들어갔어!"

건너편 언덕 밑에 있는 만세 세탁소를 말하는 거였다. 거실 창을 가려 두었던 매트리스를 움직여 틈을 만든 경수가 그 밑에 쪼그려 앉았다. 지독한 비명이 들려왔다. 칼로 생살을 저미는 듯한 소름끼치는 비명이었다. 절대 익숙해 질 수 없는, 인간이 내는 가장 잔혹한 소리였다. 부러진 다리를 질질 끌어 경수 밑으로 기어가 밖을 내다봤다. 쏟아지는 빗줄기에 썩은 살점과 피가 거리 이리저리로 휩쓸렸다. 전날 놈들이 벌인 잔치가 끝나고 남은 찌꺼기였다.

세탁소 앞에 와글와글 모여 있는 놈들이 보였다. 깨진 세탁소 유리창에 피가 튀었다. 놈들이 버둥거리는 세탁소 아저씨를 끌고 나왔다. 한쪽 팔과 한쪽 다리가 없었다. 아저씨 뱃속에 기어들어가 내장을 파먹던 어린 놈 하나를 다른 놈이 쑤욱 끄집어냈다. 어린놈과 함께 아저씨의 피와 내장이 쏟아져 나왔다. 다시 비명이 들려왔다. 세탁소 2층 창문이 열리고 그 집 중학생 아들이 어린 여동생을 안고 뛰어 내렸다. 그 뒤를 피투성이 아줌마가 뒤따랐다. 아저씨를 뜯어 먹느라 정신을 팔고 있던 놈들 중 몇 놈이 그

들을 바라봤다. 넘어진 아줌마를 일으켜 세운 남자 아이가 우리
집 쪽으로 뛰기 시작했다.

　언덕 위쪽에는 커다란 아파트 담과 가파른 축대가 이어져 있어
몸을 숨길만 한 곳을 찾기 어려웠다. 한참을 올라와야 담이 끝나
는 곳에 면한 우리 집 파란 대문과 경수가 다니는 고등학교 정문
이 나왔다. 먼저 도착한 남자아이가 우리집 대문을 두드리며 우
리를 불렀다.

　"살려주세요! 살려주세요."

　벌떡 일어선 경수가 말릴 새도 없이 현관문으로 달려가, 문을
막고 있던 의자를 끄집어 내리기 시작했다. 나는 경수를 도와 줄
수 없었다. 절룩이며 뛰는 아줌마를 뒤쫓는 놈들의 썩은 입김이
피부에 와 닿는 것 같았다. 경수를 불러 옆에 앉히고 아무것도
못 본 척, 아무것도 못 들은 척 숨어 버리고 싶었다.

　대문에 가려 보이지 않는 남자아이의 절망과 고통이 담긴 애원
이 소름 끼치게 절박했다. 아이의 비명이 날카로워질수록 경수의
움직임도 격해졌다. 놈들이 문으로 들어오는 것을 막으려고 단단
하게 쌓은 의자와 서랍장을 치우는 건 쉬운 일이 아니었다. 서로
엉켜 움직이지 않는 의자를 잡아당기는 경수의 입에서 욕이 튀
어나왔다. 뒤따라온 아줌마에게 품에 안고 있던 여동생을 맡겼는
지 남자 아이 혼자 담을 뛰어넘었다. 담을 넘으며 벌렁 넘어진 아
이가 고추밭 꼬챙이 위에 쓰러졌다. 녹슨 쇠꼬챙이가 아이의 목
을 꿰뚫었다. 피가 품어져 나왔다. 나도 모르게 비명을 질렀다. 경
수에게 어서 서두르라고 소리쳤다. 담 밖에서도 여자아이의 비명
이 들려왔다. 죽은 듯 누워 있던 아이가 여동생의 비명을 듣고 몸

을 일으켜 세웠다. 목을 움켜쥔 아이의 손가락 사이로 피가 흘러내렸다. 피를 한 움큼 토해낸 아이가 비틀비틀 걸어가 대문을 열었다. 바로 문 앞에, 딸을 안은 아줌마가 있었다. 멍한 눈으로 피흘리는 아들을 바라보다가 뭔가를 말하려는 것처럼 입을 쩍 벌렸다. 그 입에서 붉은 살덩이가 떨어졌다. 어린 딸의 얼굴에서 뜯어낸 살이었다. 볼에 구멍이 난 딸을 집어 던진 아줌마가 아들에게 손을 뻗었다. 아줌마가 자신의 아들을 물어뜯는 동안 다른 놈들이 우리 집 마당으로 걸어 들어왔다.

나는 비스듬히 누워 창밖을 내다보던 자세 그대로 얼어붙었다. 마당까지 들어온 놈들이 바로 눈앞에 있었다. 내가 움직이면 집 안에 누군가가 있다는 걸 놈들이 알게 될까봐 숨도 쉬지 못했다. 그때 소파에 누워 잠든 엄마가 한숨을 내쉬며 몸을 뒤척였다. 가죽 소파에 살이 닿으며 뿌드득 하는 소리가 났다. 그 소리가 마치 천둥 치는 소리처럼 들려왔다. 온몸에 소름이 돋았다. 마당에 있는 놈들에게 그 소리가 들렸을까봐 비명도 지르지 못하고 몸을 떨었다. 놈들이 우리 집에 뛰어 들어와 엄마를 물어뜯고, 내 뱃속을 휘젓고, 경수의 뼈를 씹어 먹는 모습이 머릿속에 맴돌았다.

어느 틈엔가 잠에서 깬 엄마가 멍한 눈으로 나를 바라봤다. 엉거주춤 앉아 있는 내 모습이 이상해 보였는지 나를 보고 웃었다. 창백한 입술 사이로 하얀 이가 보였다. 한쪽이 눌린 부스스한 파마머리를 아무렇지도 않게 손가락으로 쓸어 올리며 내 이름을 불렀다. 나른하고 따뜻한 목소리였다.

"연이야."

세상이 변한 후 처음으로 내 이름을 부른 엄마가 다시 웃었다.

그러고는 고개를 갸웃했다. 왜 집이 이렇게 어둡니? 라고 묻는 것 같았다. 이 가구들은 왜 꺼내 놨니? 이 냄새는 뭐니? 네 다리는 왜 그러니? 경수는 왜 저기 저러고 서 있니? 아빠는 어디 있니? 아빠는?

방긋 떠올랐던 엄마의 미소가 일그러졌다. 잠결에 달아올랐던 엄마의 뺨이 파랗게 질리는 게 보였다. 머리를 쓸어 올리던 손을 들어, 내 등 뒤 창을 가리키며 소리 없이 입술을 움직여 물었다.

저. 게. 뭐. 니?

오들오들 떨며 등 뒤를 돌아봤다. 우리가 밖을 내다보려고 만든 틈으로 집 안을 들여다보는 눈이 있었다. 한쪽 눈알 대신에 볼펜이 박혀 있는 놈의 눈이었다. 놈이 좀 더 집 안을 들여다보려고 얼굴을 들이밀자, 튀어나와 있던 볼펜이 유리창에 닿았다. 볼펜이 눈동자에 다시 박히며 노란 진물이 볼펜 끝을 타고나와 유리창에 흘렀다. 놈이 통증을 느꼈는지 볼펜이 박힌 쪽 입술을 찡그렸다. 마치 미소 짓는 것 같았다.

그때 엄마가 비명을 질렀다.

재빠르게 달려온 경수가 비명 지르는 엄마의 입을 틀어막았다. 자신을 짓누르는 사람이 아들이라는 걸 알아보지 못한 엄마가 몸부림치며 경수를 잡아 뜯었다. 뒤엉킨 엄마와 경수가 쿵 소리를 내며 소파에서 떨어졌다. 비명을 듣고 집 안에 사람이 있다는 걸 안 놈이 유리창에 머리를 들이박았다. 거실 유리창이 금방이라도 깨질 것처럼 흔들렸다. 놈이 다시 유리창을 들이박으려고 고개를 들었다. 이번에는 내가 비명을 질렀다. 유리창이 깨지면, 놈들은 아무런 거리낌 없이 더러운 발로 집에 들어와 우리를 죽이고, 우리 가족의 피로 집 안을 물들일 게 분명했다. 나는 비명을 지르고 또 질렀다. 뱃속의 내장을 입으로 뱉어 내기라도 할 것처럼 비명을 지르며, 유리창을 깨고 들어온 놈들이 다른 누구보다 나를 먼저 죽여주기를 빌었다.

그때 집 안 저쪽에서 내 비명보다 더 큰 괴성이 들려왔다. 잠에서 깬 아빠가 화장실에 갇혀서 내는 소리였다.

집 안을 노려보던 놈의 눈동자가 집 뒤편 화장실 쪽을 향했다. 문이 닫혀 있는 집 안보다 작은 창이 마당 쪽으로 열려 있는 화장실에서 아빠의 괴성이 더 잘 들리는 듯했다. 잠시 머뭇거리던 놈이 그 소리를 찾아 유리창 앞에서 사라졌다. 마당 저쪽에서 서성거리던 다른 놈들도 화장실 쪽을 향해 느리게 움직였다.

후다닥 달려온 경수가 옆에 밀어 두었던 이불을 말아 틈을 메웠다. 허술한 장벽의 틈을 메웠다고 해도 놈들이 유리창을 깨고자 마음먹는다면 얼마든지 깨고 들어올 수 있었다. 얼굴 한쪽에 깊은 손톱자국이 생긴 경수가 나를 부축해 일으켰다. 경수의 새로 생긴 상처에서 흐른 피가 내 옷에 떨어졌다.

"거실에 있으면 안 돼! 안방으로 가야 해."

"먹을 걸……. 먹을 걸 챙겨!"

나를 안방에 끌어다 놓은 경수에게 먹을 걸 챙기라고 소리쳤다. 잠시 망설이던 경수가 거실 한쪽에 모아둔 음식을 향해 뛰어가 손에 잡히는 대로라면 몇 개를 안방에 집어 던지고는, 생수통을 들고 들어왔다. 경수가 문을 닫자 안방이 어둠에 휩싸였다.

잠시 조용해졌던 아빠가 다시 괴성을 지르기 시작했다. 밖에 있던 놈들이 그 괴성을 듣고 화답이라도 하듯 소리를 질러댔다.

쿵! 쿵! 쿵! 하는 벽 두드리는 소리도 들려왔다. 아빠가 화장실 벽을 두드리는 건지 집 밖의 놈들이 집 안으로 들어오려고 벽을 두드리는 건지 알 수 없었다.

화장실은 집 오른쪽 구석에 있었다. 작은 창 하나가 높이 달렸을 뿐, 집 밖에서 화장실로 들어갈 수 있는 다른 출입문은 없었다. 놈들이 아빠를 뜯어 먹을 수도, 아빠가 놈들을 뜯어 먹을 일도 없었다. 문제는 우리였다. 유리창이 많은 거실에서 안방으로 도망쳐 왔지만 안전하지 않았다. 라면 몇 개와 생수 몇 통으로는 오래 버틸 수 없을뿐더러, 안방 문 건너편에 놈들이 활보할 거라는 생각만으로도 숨이 막혔다. 와장창 하는 거실 창문 깨지는 소리가 들려왔다. 내 옆에 앉아 숨을 헐떡이는 경수의 어깨에 머리를 기댔다. 경수가 몸을 바르르 떠는 게 느껴졌다.

놈들은 거실 창 앞에 세워 두었던 장식장에 막혀 집 안에 들어오지 못했다.

두 개의 거실 창 중 한쪽은 장식장으로, 한쪽은 매트리스로 가려둔 상태였다. 놈들이 양쪽 유리창을 다 깼거나, 장식장 쪽이 아닌 매트리스 쪽의 유리를 깼다면 우리는 굶어 죽을 때까지 안방에 갇혀 있어야 했다. 괴성을 지르던 아빠가 조용해지고 마당을 배회하던 놈들의 기척이 사라진 후 조심스럽게 문을 열고 나간 경수가 엄마를 불렀다.

"엄마 제발 나 좀 도와줘. 거실 창문 앞에 소파를 쌓아야겠어. 나 혼자 못해. 엄마가 도와줘야 해."

자신이 아들 얼굴에 남긴 손톱자국을 멍하니 바라보던 엄마가 몸을 힘겹게 일으켰다.

나는 안방에서 나가지 못했다. 부러진 다리의 시커먼 살이, 부목을 고정하기 위해 묶어둔 혁대에 눌려 퉁퉁 부어올라 있었다. 혁대가 파고든 피부에서 진물이 흘러 내렸다. 무엇이 더 아픈지 알 수 없었다. 부러진 다리인지, 터질 것처럼 뛰는 심장인지, 너무 많은 생각을 하지 않으면, 아무 생각도 하지 않는 머리인지. 조용히 곁에 다가와 앉은 엄마가 내 다리 쪽으로 손을 뻗어 피부에 파고든 아빠 혁대를 풀어내며 말했다.

"아프지? 미안해……. 엄마가 너무 바보 같아서 미안해……. 엄마는 아빠가…… 아빠가…….'' 하고는 터져 나오는 울음을 참으려는 듯 고개를 숙이고 입술을 깨물었다. 나는 엄마가 미처 끝내지 못한 말을 알고 있었다.

'엄마는 아빠가 없으면 아무것도 못해.'

어느 날인가 아빠를 기다리던 엄마의 초조한 뒷모습이 떠올랐다. 엄마는 그날 내 흔들리는 젖니를 뽑을 것인지 말 것인지를 정해야 했다. 아주 간단한 선택이었다. 20개의 젖니 중 마지막 남은 하나였다. 병원에 갈 필요도 없는 상황이었다. 이는 빠질 준비가 되어 있었고, 나도 이를 뽑을 준비가 되어 있었다. 준비가 안 된 건 엄마뿐이었다. 여러 번 내 이를 뽑아봤으면서도 흔들리는 어금니를 뽑아야 할 적기가 언제인지 결정하지 못했다. 아빠가 대문을 열고 들어오자 반색을 한 엄마가 나를 끌고 아빠 앞으로 갔다. "연이 이를 뽑아야 할 것 같은데 봐주세요." 나는 입을 벌려 보라는 아빠에게 내가 직접 뽑은 어금니를 내밀었다.

벽에 걸린 작은 액자 속에서 활짝 웃고 있는 아빠 얼굴이 보였다. 아빠 손을 잡은 엄마가 새침하게 토라져 아빠를 흘겨보고, 엄마 아빠 뒤에 선 경수와 내가 터져 나오는 웃음을 참지 못하고 입을 벌려 웃는 사진이었다. 그 사진은 크게 뽑을 수 없었던 실패한 가족사진이었다. 근엄한 표정과 예쁜 미소와 어색한 자세의 잘 찍힌 가족사진은 커다란 액자에 넣어 거실에 걸어 두고, 이 실패한 가족사진은 작게 뽑아서 안방에 두었다. 나는 큰 사진 보다 이 작은 사진이 더 좋았다. 이 사진속의 우리는 가슴 벅찰 정도로 행복해 보였다.

그리고 우리는 행복했다.

아빠는 그것을 증명이라도 하듯 유명 세제 광고에 나오는 '행복한 우리 집에 어서 오세요.' 라는 CM송을 불러댔다. '행복한 우리 집에 어서오세요오— 행복한 우리 집에 어서오세요오— 밝고 화창한 오늘! 상쾌한 향이이— 가득 가득한 깨끗한 우리 집에 어서오세요오—' 광고 속에서는 보송보송한 귀여운 토끼가 노래를 불렀지만, 우리 집에서는 배불뚝이 아빠가 불렀다. 가끔은 오페라 가수처럼 멋들어지게 부르기도 하고, 가끔은 콧노래로 흥얼거리기도 했다. 엄마랑 부부싸움을 했을 때도, 토라진 경수를 놀려 먹을 때도 '행복한 우리 집에 어서 오세요—'라고 노래를 불렀다. 물론 통속적으로 행복한 집이라고 말하는, 그런 그림 같은 가족의 모습이 우리 집에 있었던 건 아니다. 꽃이 만발한 정원 대신 고추와 상추, 호박 따위가 가득한 마당과 녹슨 파란 대문이 삐걱거렸다. 레이스 커튼 대신 엄마가 대충 박음질한 꽃무늬 나일론 천이 창가에 휘날렸다. 사춘기를 오래 앓았던 경수는 아빠와

싸움질을 해댔고, 우유부단한 엄마는 꽤나 전문적인 과학전집을, 꽤나 정직해 보이는 외판원에게, 꽤나 비싸게 사들여서 아빠에게 혼쭐이 나기도 했다.

그런 우리 집에 행복이 어디 있었느냐고 묻는다면……. 가끔 마당 고추밭에 물을 뿌려주는 아빠의 모습이라든가, 수줍어하며 나에게 생일선물을 건네주던 경수의 여드름 난 얼굴, 재수생이었던 나에게 말없이 도시락을 내밀며 등을 쓸어주던 엄마의 따듯한 손에서 행복을 느꼈다. 낚시를 즐기는 아빠를 위해 밭에서 지렁이를 찾아내고는 환호성을 지르던 엄마의 모습, 엄마의 바뀐 옷이나 머리 모양을 금방 알아채고 예쁘다고 기뻐하는 아빠의 모습, 학년 석차가 조금 올랐다고 기세 등등 집에 들어오던 경수의 모습이 행복했다. 추운 겨울날 어린 우리를 품에 안고 언 몸을 녹이며 내 보물들이라고 속삭이던 아빠의 목소리, 어디에서든 서로 떨어지지 않으려고 꼭 움켜잡고 있던 경수의 작은 손, 내 대학 졸업식 날 흘렸던 엄마의 눈물, 경수가 받아온 개근상장, 비 오는 날 우산을 들고 역 앞에서 나를 기다리던 엄마와 아빠의 뒷모습, 그 우산에 떨어지던 빗방울, 나를 향한 두 분의 미소.

사람들은 자신이 손에 쥐고 있는 행복의 가치를 모른다. 좀 더 위를 보고, 그 위의 위를 바라보며 살아간다. 자신이 아홉을 갖고 있으면 열을 갖고 싶어 하고, 남이 가진 걸 욕심내게 된다. 그래서 나도 내가 더 갖지 못한 것, 원하는 것을 위해 아등바등 살았다. 좀 더 좋은 시험 성적을 받고 좀 더 좋은 회사에 취직하고, 좀 더 좋은 남자를 만나고자 초조해 하고, 분해하고, 슬퍼했다. 하지만 그것들은 한순간 뒤집혀 버린 세상에서는 아무 소용없는 것들이었다. 조금 더 갖고 있던 행복을 즐겼어야 했다. 아빠가 수줍게 내밀던 손을 잡고 거리를 걸을 용기가 있어야 했다. 엄마와 단둘이 여행이라도 다녀와야 했다. 밤늦게까지 공부하느라 지쳐버린 경수를 위해 어깨 한 번 토닥여 줄 여유가 있어야 했다. 나 혼자가 아닌 가족 모두와 함께 좀 더 행복해지려고 노력해야 했다.

쌀자루를 들고 안방으로 들어오던 경수가 문턱에 걸려 넘어졌다. 바닥에 떨어진 쌀자루에서 쌀알이 터져 나왔다. 어두운 안방 가득 퍼진 쌀알이 희뿌옇게 빛났다. 픕, 나는 웃음을 터트렸다. 넘어진 채 움직이지 못하고 있던 경수가 원망 어린 눈으로 나를 바라봤다. 그러면 안 된다는 걸 알면서도 참지 못하고 깔깔거리고 웃어버렸다. 어이없어 하던 경수도 나를 따라 소리 내서 웃었다. 늦지 않았다. 나는 그렇게 생각했다. 아직은 좀 더 이들을 사랑할 시간이, 더 행복해질 시간이 내게 있다고.

아주 먼 곳에서 누군가가 내지른 참혹한 비명이 들려왔다.

그렇게 5일째 되던 밤이 깊어갔다.

죽은 시체가 살아 움직이는 것을 좀비라고 부른다면 놈들은 좀비가 아니었다. 변하는 속도가 차이 날 뿐, 아빠가 그랬듯 죽기 전에 변했다. 세탁소 아줌마도 마찬가지였다. 집에서 뛰어나올 때까지만 해도 인간이었던 사람이 우리 집 앞에 와서 자기 자식을 물어뜯었다. 죽지 않은, 살아있는 몸이어서 그런지 놈들은 영화 속의 좀비들처럼 썩지도 않고, 둔해지지도 않았다. 다만 조금씩 곪아갔다. 노랗게 부풀어 올랐다 터진 피부에서 끊임없이 누런 진물이 흘러내렸다. 화산처럼 터져 갈라진 피부가 다시 부풀어

오르고 터지고 진물 흐르고 다시 부풀어 오르며 점점 혐오스런 모습으로 변해갔다. 사고하고 이해하고 판단하는 능력이 날아가 버린 놈들에게는 인간의 탐욕스러운 식욕만 남은 듯했다. 놈들은 휘청휘청 걸어다니며 손에 잡히는 모든 것을 물어뜯었다. 그게 살아있는 인간이든 동물이든 같은 좀비든 상관하지 않았다. 처음 한 놈이 뭔가를 잡으면 주변에 있는 다른 놈들이 몰려들었다. 잡히면 버둥거려도, 비명을 질러도 소용없었다. 물어뜯고 찢고 파먹었다. 놈들이 둔하고, 멍청하다고 해서 쉽게 탈출할 수 있을 거라고는 생각하지 않았다. 놈들은 너무 많았고, 어디에든 있었다.

희망이 없다는 걸 알면서도 경수는 온종일 탈출 계획을 세웠다. 어디까지 달려가서 어디에 몸을 숨겼다가 어디로 갔다가 어디로 넘어가고. 그렇게 한참을 중얼거리다가 신음을 흘리며 손톱을 물어뜯었다.

"왜 누나는 그 나이가 될 때까지 운전도 안 배워 놨어?"라고 묻고는, 멍하니 나를 바라보기도 했다. 내가 힘없이 웃자, 고개를 슬그머니 창밖으로 돌리고, 자기 머릿속에 그려놨던 차가 포함된 탈출 계획을 수정하며 한숨을 내쉬었다.

경수는 차를 움직일 수 있으면 집 밖, 중구 밖, 서울 밖, 그리고 우리나라 밖으로 나갈 수 있을 거라고 생각하는 것 같았다. 하지만 우리 집에서 운전을 할 줄 아는 사람은 아빠뿐이었다. 게다가 아빠가 어딘가에 차를 버리고 돌아왔기 때문에 차도 없었다. 또, 우리는 사람들이 왜 변했는지, 변한 사람과 그렇지 않은 사람의 차이는 무엇인지, 우리가 밖으로 나갔을 때 변하지 않고 계속 인간일 수 있을지, 어디까지 가야 안전할지 몰랐다.

"누나. 저 밖에서는 벌써 좀비를 청소하고 있는지도 몰라. 우리 집이 큰 길에서 안쪽으로 많이 들어와 있어서 아직 모르고 있을 뿐이지 군인이나 경찰이…… 아니면 다른 나라에서 온 다른 나라 군인들이 말이야. 쥐 잡듯이 놈들을 하나하나 정리하고 있는지도 몰라. 그러니 조금만 더 버티면…….."

하지만, 복구되지 않는 전기라든가 수도라든가 아무 소리도 들려오지 않는 전화기를 보면 경수의 상상은 슬픈 희망일 뿐이었다.

나는 우리 집에서 나가고 싶지 않았다. 집을 떠나도 놈들과 놈들의 악취 나는 죽음과 함께여야 한다면 나는 집에서 죽고 싶었다. 아빠와 엄마, 그리고 경수가 있는 이 집에서. 엄마의 따뜻한 피부와 경수의 숨소리를 들으며 굶어 죽는 편이 좋을 것 같았다.

"누나! 학교에 사람들이 남아 있었어!"

잠들어 있던 나를 깨우며 경수가 속삭였다.

"누나도 알지? 민호. 우리 집에 자주 와서 저녁도 먹고 그랬잖아."

"민호? 야구부 최민호?"

"응 민호! 부산에서 올라온 녀석 말이야."

요즘 애답지 않게, 내 앞에서 고개도 들지 못하던 숫기 없는 얼굴이 뇌리에 떠올랐다.

"그 애가 학교에 남아 있었어? 무사 한 거야?"

"무사한 정도가 아니야. 학교에 남아 있던 야구부 애들이랑 선생님이랑 내일 오전에 야구부 버스를 타고 탈출한대."

"그걸 어떻게 들었어?"

기쁨을 감추지 못하고 몸을 들썩이며 손에 들고 있던 연습장은 내 눈앞에 흔들었다.

"누나 방 가서 오줌 싸다가 창밖을 내다 봤는데, 기숙사 창문에 서 있던 민호 자식이랑 내 눈이 딱 마주친 거야."

아빠를 화장실에 가둔 후부터 내방을 화장실 대용으로 쓰고 있었다. 나와 엄마를 위한 양동이와 경수를 위한 페트병에서 풍겨 나온 역한 냄새가, 핑크빛 벽지를 바른 내 방에 가득했다. 그 냄새를 빼려고 창에 틈을 내두고 있었다. 그 틈으로 야구부 기숙사 창문이 내다보인 모양이었다.

"기숙사는 1층이 모두 방범창으로 되어 있어서 안전했나봐. 그쪽에서는 소리쳐도 좀비 놈들이 기어 올라가지 못하니까 민호는 소리치고, 나는 이걸 썼어."

연습장을 펼쳐보였다. 매직으로 크게 휘갈긴 글씨가 연습장 한 페이지에 한자씩 적혀 있었다.

그때 엄마가 안방에 뛰어 들어왔다.

"경수야 선생님이 할 말이 있대."

벌떡 일어나 밖으로 나가려는 경수에게 나도 데려가 달라고 부탁했다.

"저기 봐. 저기 야구부 감독님이야."

경수가 창밖 학교 쪽을 가리켰다. 4층 창으로 몸을 내민 남자와 민호가 보였다.

"내일 아침 7시까지야. 그 이상은 기다려 줄 수 없어. 늦으면 두고 간다! 기숙사 앞까지만 와! 어떻게든 2층 창으로 올려줄게. 내일 꼭 보자!"

야구부 감독이 큰소리로 말하는 동안 고개를 끄덕이던 경수가 연습장에 '예'라고 급하게 휘갈겨 쓰고는 들어보였다.

"아줌마! 제가 은혜 꼭 갚는다 그랬죠. 내일 봬요!"

함박웃음을 가득 머금은 천진한 얼굴로 민호가 손을 흔들었다. 그런 민호에게 경수가 엄지를 치켜세웠다.

"기숙사 옆에 차고가 있잖아. 거기 있던 야구부 버스를 타고 빠져 나간다는 거야."

흥분으로 뺨을 발갛게 물들이고는 들뜬 목소리로 말했다.

"저 버스에만 타면 시외로 나갈 수 있을 거야. 방송에서도 그랬잖아. 서울하고 경기도 그리고 강원도 쪽만 문제가 있다고."

나를 부축해 다시 거실로 나가며 엄마를 돌아봤다.

"그러면 엄마! 우리 외할머니네 가면 되잖아. 거기라면 안전할 거야."

그늘져 있던 엄마 얼굴에 반짝 하고 생기가 돌았다. 아— 하는 짧은 감탄사를 흘리며 벌어진 입술에 미소가 번졌다.

"그래……. 그래 그곳이라면 안전해. 할머니가 우리 걱정 많이 하고 계실 거야. 아! 그래, 그래."

커다란 진리를 깨달은 사람 마냥, 계속 고개를 끄덕였다. 그런 엄마에게 다가간 경수가 히히히히 하고 웃음을 흘리며 엄마를 끌어안았다. 엄마와 경수는 절망적인 현실에서 희망의 실마리를 찾은 거였다. 버스를 안전하게 탈 수 있을지, 그 버스가 서울 밖으로 나갈 수 있을지, 그리고 서울 밖이 안전한지 따위는 안중에도 없었다. 일단 이 상황에서 벗어날 수 있다는 사실이 가장 중요한 듯했다. 하지만 엄마와 경수가 한 가지 잊은 게 있었다. 나는 그 사실을 희망에 들뜬 그들에게 상기시켜야 한다는 것이 가슴 아팠다.

"그럼……. 아빠는?"

미소가 사라진 얼굴들이 나를 바라봤다. 우리가 버스를 탄다는 건 아빠를 혼자 집에 남겨 둬야 한다는 거였다. 몇 초의 숨 막히는 침묵을 깨고 경수가 입을 열었다.

"아빠는 두고 가야지."

당연하지만 당연할 수 없는 대답이었다. 소스라치게 놀란 엄마가 경수를 돌아봤다.

"아빠를 두고 갈 순 없어! 같이 갈 수 있는 방법이 있을 거야."

"무슨 소리 하는 거야 엄마. 사람들이 아빠를 버스에 태워줄 거 같아?"

"그럼…… 못 가…… 아빠를 두고는 아무 데도 못 가."

몸을 뒤로 빼는 엄마의 팔뚝을 움켜쥔 경수가 소리 질렀다.

"바보 같은 소리하지 마! 지금 아니면 기회가 없어, 나중에 다시 돌아오면 되잖아."

이런 상황에서 다른 사람들은 어떤 선택을 할까? 아빠가 제정신이 아니어서 더 이상 아빠가 아니라고 말 할 수 있을까? 멍한 눈으로 우리를 물어뜯으려고 하고, 괴성을 지르고, 침을 흘린다고 해서 혼자 죽도록 내버려 둬야 할까?

"내가 아빠랑 있을게."

말싸움을 하던 엄마와 경수가 나를 돌아봤다.

"내 다리……. 점점 심해지고 있어. 나를 데려 간다면 버스는커녕 우리 집 담도 넘지 못할 거야. 일단 둘이 먼저 빠져 나가고 나중에 우리를 데리러 와."

"무슨 소리 하는 거야!"

"물도 식량도 나 혼자라면 좀 더 오래 버틸 수 있어."

"누나야 말로 우리보다 먼저 나가야 해! 빨리 치료받아야 한다고. 누나는 내가 업고 달리면 돼."

"날 업고 제대로 달리지 못할 거라는 거…… 네가 더 잘 알잖아."

말문이 막힌 경수가 피가 배어 나오도록 입술을 깨물었다. 희망이 사라진 눈매를 붉게 물들이고는 버럭 소리질렀다.

"그럼 나도 안 가! 여기서 그냥 다 같이 죽어! 그럼 됐지? 만족하지!"

"그런 게 아니잖아!"

"그럼 뭐야! 다 같이 죽자는 거잖아! 여기 남아서 굶어 죽거나, 놈들한테 당할 때까지 기다리자는 거잖아! 아니야? 아니냐고! 말 좀 해봐!"

"너는 이런 나를 데리고 학교 기숙사까지 갈 수 있을 거 같아? 누가 다 같이 죽자고 그랬어? 너랑 엄마만 먼저 가라고! 나중에 다시 돌아오면 되잖아! 나를 데리고 나가면 다 같이 개죽음이야!"

"누나는 내가 책임진다고! 어떻게든 학교까지만 가면 되잖아!"

"어떻게? 어떻게 나를 데려 갈 거야? 안방에서 내방까지 오는데도 네 부축을 받아야만 했는데. 나를 데리고 어떻게 갈 거야? 너 혼자 간다고 해도 무사히 기숙사까지 간다는 보장도 없잖아!"

"그래! 그러니까 다 같이 여기서 죽자고! 내가 뭐랬어? 그냥 다

같이 죽자고 그랬잖아!"

막무가내로 소리를 질러대는 경수를 밀쳐내며 엄마가 나섰다.

"둘 다 시끄러워! 연희뿐만 아니라 아빠도 집에 남겨 두고 못 떠나. 무슨 일이 있어도 다 함께 있어야 해! 그러니 이제 둘 다 입 다물어!"

"엄마 멍청한 소리 하지 마! 아빠는 어차피 굶어 죽어! 모르겠어?"

경수는 해서는 안 될 말을 했다. 모두 알고 있지만 어느 한 사람 입 밖으로 내지 않았던 말. 아빠가 굶고 있다는 것.

그 말에 소스라치게 놀란 엄마가 소리쳤다.

"어떻게……. 어떻게 그런 말을! 네 방으로 가!"

엄마에게 말대꾸하려고 입술을 달싹이던 경수가 결국 아무 말도 못하고 방을 빠져 나갔다. 내 옆에 털썩 주저앉아 숨을 몰아쉬는 엄마의 어깨를 감싸 안았다. 오늘처럼 큰소리로 화내는 엄마를 본 적 없었다. 그런 자신의 모습에 자신이 더 놀랐을 엄마가 울기 시작했다. 석양에 붉게 물든 투명한 하늘이 창문 너머로 보였다. 내일은 맑은 날이 될 듯했다.

다음날 아침 기와 깨지는 소리에 잠에서 깼다. 누군가가 우리 집 지붕 위를 내달리고 있었다. 방 안에 경수가 없는 것을 확인하고 거실로 기어나갔다.

"이게 무슨 소리야?"

"사람들 소리."

"뭐?"

"살려고 버둥거리는 사람들 소리."

경수가 창문에 붙어서 밖을 내다보며, 나에게 눈길 한 번 주지 않고 말했다.

"무슨 소리야?"

"어제 선생님이 우리한테 소리치는 걸 주변에 살아있던 다른 사람들이 들었나봐. 그 사람들이 버스를 타려고 몰려들고 있어."

집 밖에서 참혹한 비명이 들려왔다. 살려달라고 외치는 또 다른 목소리가 그 비명보다 가까운 곳에서 터져 나왔다.

"누나, 우리가 실수했어. 우리가 학교 애들까지 위험하게 한 거 같아."

빳빳하게 굳어 있는 경수를 지지대 삼아 몸을 일으켜 세워 창밖을 내다봤다. 새벽의 푸른 어둠이 남아 있는 학교 담이 보였다. 그 학교 담에 여자와 남자가 있었다. 여자가 담을 제대로 기어오르지 못하자 남자가 화를 냈다. 그때 놈들이 나타나 여자를 낚아챘다. 여자가 비명을 지르며 버둥거리는 동안, 잠시 망설이던 남자가 뒤도 돌아보지 않고 담 너머 학교 쪽으로 사라졌다. 우리 집 지붕 위에서 뛰어내린 어떤 남자도 담을 넘었다. 아이를 업은 어떤 여자는 담 위를 아슬아슬 하게 걷다가 담 저편으로 떨어졌다. 어디에선가 사람들이 자꾸 튀어 나왔다. 우리 집 주변에 이렇게 많은 사람들이 살아있었다는 것이 믿어지지 않았다.

"버스야! 버스가 출발했어. 아직 6시도 안 됐는데."

속삭이듯 외친 경수가 나를 밀치고 거실로 뛰어 나갔다. 퉁퉁 부어오른 다리가 책상 모서리에 부딪혔다. 악! 소리도 내지 못하고 주저앉았다. 눈앞이 깜깜해지는 통증이 다리에서 온몸으로 퍼졌다. 그때 경수의 애통한 외침이 들려왔다.

"안 돼!"

금속이 비틀어지고 구겨지는 끔찍한 소리가 머릿속을 긁었다. 쿵! 땅을 울리는 충돌음. 여러 사람이 한꺼번에 내지르는 고통스러운 비명. 버스에 문제가 생긴 거였다. 죽어가는 사람들이 외치는 참혹한 비명이 들려왔다. 그 소리가……. 살려달라는 비명이 잦아들 때까지 구석에 쪼그리고 앉아 귀를 막고 부들부들 떨었다. 잠시 후, 지옥이라도 보고 온 사람처럼 창백한 얼굴을 한 경수가 나에게 다가왔다.

"사람들이……. 사람들이 버스에 가득 매달려 있었어. 그 사람들 때문에 버스가 축대 밑으로 떨어졌어."

믿어지지 않는다는 듯, 고개를 좌우로 흔들며 마른 손바닥으로 얼굴을 쓸어내렸다.

"우리 때문이야. 우리한테 오늘 출발한다는 말만 안 했어도 저렇게 사람들을 피해서 도망치듯 출발하지 않았어. 우리 때문에 죽었어. 우리를 도와주려다가."

자리에 털썩 주저앉아 머리를 감싸 쥔 경수가 흐느끼기 시작했다.

우리 때문이 아니야, 라고 말하고 싶었다. 어차피 그렇게 될 거였다고. 도로 여기저기에 부서진 차들이 널려 있는데 그 버스로 어디까지 갈 수 있었겠니? 마지막 발악 같은 거였어. 그 사람들도 그걸 알고 있었을 거야. 하지만 그렇게 말하지 못했다. 볼을 붉게 물들이며 활짝 웃던, 민호의 수줍은 얼굴이 뇌리에 떠올랐다. 그 애 목소리에 녹아 있던 사투리가 기억났다. 그 애와 함께 있었을 다른 아이들, 손을 흔들던 야구 감독님, 학교 담을 타넘던 사람들. 죄책감이라고 불러야 할 감당하기 어려운 통증에 몸을 떨었다. 우리 때문에 그들이 죽었다는 죄책감. 우리만 살아남았다는 죄책감. 매일 끊이지 않고 들려오던 비명 속에서 살아남은 사람들이 그렇게 많으리라고 누가 상상이나 할 수 있었을까. 그 사람들이 한 가닥 남은 하찮은 희망을 잡으려고 목숨을 걸고 뛰어나오리라고 어느 누가 짐작이나 할 수 있었을까. 거실 한쪽 구석에서 이 모든 걸 조용히 지켜보고 있던 엄마가 곁에 다가와 웅크리고 있는 경수를 품에 안았다. 그러고는 말했다.

"우리가…… 우리가 안 타서…… 천만다행이야. 우리가 탔다면 우리도 같이 죽었을 거야. 그렇지? 천만다행이야."

고개를 치켜든 엄마가 허공을 바라봤다. 낮은 웃음소리가 잔뜩 일그러진 엄마 입에서 흘러나왔다. 우는 건지 웃는 건지 알 수 없는 표정이었다.

우리는 우리가 알지 못했던, 우리 주변의 생존자들을 한꺼번에 잃고, 가슴 저미는 상실감에 시달려야 했다. 그들을 모를 때보다 더 숨 막히는 고립감과 절망에 빠졌다. 나와 엄마는 온종일 잠을 잤다. 나는 몸에서 오는 고통 때문에, 엄마는 마음에서 오는 고통 때문에 잠에 빠졌다. 그렇게 잠에 빠져 허우적거리다 깨어나면, 멍한 머릿속에 통증과 두려움이 왈칵 밀려들었다. 그럴 때마다, 터져 나오려는 비명을 삼키고 다시 잠에 빠져 들기 위해 눈을 감았다.

시간은 점점 나쁜 쪽으로 흘러갔다. 우리는 그 시간의 흐름 속에서 헤어 나올 방법이 없었다. 줄어드는 음식과 물, 반대로 늘어

나는 배설물, 점점 더 악화되어 가는 내 다리, 엄마는 말을 잃어
버리고, 경수는 표정을 잃어버리고, 그리고 아빠는 굶주렸다.

아빠가 또다시 괴성을 지르기 시작한다.
화장실에 머리를 박아 대는지 쿵쿵 하는 끔찍한 소리도 함께
들려왔다. 놈들은 아무 거리낌 없이 우리 집 마당에 들락거렸다.
놈들을 불러들이는 건 아빠였다. 화장실에 잠들어 있던 아빠가
깨어나 괴성을 지르면, 집 밖에서 어슬렁거리던 놈들이 그 소리에
자극을 받고 모여들었다. 굶주린 아빠는 점점 더 자주 잠에서 깨
어나 괴성을 질러댔다. 그에 따라 놈들이 마당으로 들어오는 횟수
도 늘어갔다. 벽 하나를 사이에 두고 마당에 들어온 놈들의 거친
숨소리가 들려왔다. 놈들은 그러고자 마음먹는다면 언제든지 거
실 창을 부수고 집 안으로 들어올 수 있었다. 우리는 어둠 속에
숨어서 숨도 제대로 내쉬지 못했다.
아빠의 괴성을 듣고 안방으로 숨어들어 온 경수가, 엄마와 내
가 잠들어 있는 침대 옆에 쪼그려 앉았다. 나는 몰려오는 통증을
참아 내려고 베개에 얼굴을 묻고 있었다. 숨을 쉴 때마다 느껴지
는 미세한 진동에도 내 몸은 비명을 질러댔다.
"예전에 엄마랑 누나 몰래 아빠한테 선물을 받은 적이 있어. 뭔
지 궁금해?"
감은 눈을 뜨지도 못하고 고개를 가로 저었다.
"재작년에 말이야, 나 중딩 때. 매일 아빠랑 싸우고 그랬잖아.
괜히 짜증나는 거야. 뭐가 그렇게 짜증이 났었는지는 모르겠는
데 말이야 그냥 막 성질이 났었어. 아침에 일어나서 학교에 가야

만 하는 그런 쳇바퀴 같은 생활도 싫증나고, 선생들 잔소리도 짜
증나고, 착한 아들인 척하는 것도 짜증나고…… 부족한 거 하나
없는데도 말이야. 그래서 활활 타오르는 짜증을 못 견뎌서 사고
를 쳐야겠다는 생각을 했어. 그래서 슈퍼에 가서 뭔가를 훔치기
로 한 거야. 그런데 왜 그렇게 겁이 나던지…… 바들바들 떨다 가
방에 넣었다는 게 글쎄 생리대였어. 그런데 덜컥 잡혀 버렸네. 물
건 훔치다 걸린 어린놈 가방에서 나온 물건이 심상치 않다고 생
각했는지 슈퍼 주인이 경찰을 불렀어. 파출소까지 끌려갔는데 집
전화번호를 대라는 거야…… 울고불고 한 번만 봐달라고 빌었어.
엄마랑 누나가 내가 그걸 훔쳤다는 걸 아는 게 너무 무서웠거든.
뭐야 변태도 아니고 생리대가 뭐냐고. 그러다 결국 아빠한테 연락
이 갔어. 눈앞이 깜깜해졌지, 누나랑 엄마가 아는 것도 무서웠지
만 아빠가 날 비웃고 놀려대는 것도 무서웠어. 그때 매일 아빠가
예민한 사춘기 아들을 놀려댔잖아."

그때는 그게 정말 싫었어, 하며 웃는다.

"심각한 얼굴로 파출소에 들어온 아빠가 사정사정해서 나를
빼내고는, 싫다고 하는 나한테 굳이 아이스크림 하나 사서 쥐여
주고 아주 심각한 얼굴로 그게 그렇게 궁금했냐? 하고 묻더라. 입
꼭 다물고 들은 척도 하지 않았어. 쪽도 팔리고, 아빠한테 이런
모습을 보였다는 게 화도 나고, 입 싼 아빠가 엄마랑 누나 앞에서
나를 비웃을 생각만 하면 앞이 깜깜했거든. 그런데 그날 저녁에
내 방에 들어온 아빠가 선물이다! 하면서 나한테 뭔가를 가득 써
넣은 메모지를 던져 주는 거야. 사고 해결 서비스권 이라고 써넣
은 거였어. 원래는 10장인데 오늘 한 장 썼으니 앞으로 9장 남았

다고 하면서. 그 서비스 권으로 해결할 수 있는 사고만 치라고 하면서. 엄마랑 누나한테는 비밀이다—— 윙크!"

아빠가 한 행동을 따라 하는지 팔을 휘휘 휘저었다. 머릿속에 아빠의 모습이 그려졌다. 능글맞은 웃음을 입가에 띠고 우리 딸이 최고라고 하며 윙크를 하던 아빠 모습이.

"일본 만화에나 나올 것 같은 그런 유치한 짓을 했다니까 아빠가……."

거기까지 말한 경수가 한숨을 내쉬었다. 방 안에 침묵이 맴돌았다. 줄줄 흘러나오는 눈물을 소리 없이 베개에 문질러 닦았다. 입을 꼭 다물고 터져 나오려는 울음을 참아냈다.

"아빠를 저렇게 놔두면 안 돼. 누나."

고개 숙이고 있던 경수가 입을 열었다.

"어떻게든 해야 해, 누나. 아빠를……. 조용히 시켜야 해."

경수가 슬픔이 가득한 눈으로 나를 바라봤다. 나는 경수가 무엇을 말하고 있는지 알고 있었다. 우리가 조금이라도 오래 살아남으려면 아빠가 조용히 있어줘야 했다. 그 방법은 하나뿐이었다. 하지만 그럴 필요가 있을까?

그때 엄마의 차가운 목소리가 들려왔다.

"어떻게 할 건데?"

벽 쪽을 향해 일어나 앉은 엄마가 우리를 돌아보지도 않고 다시 물었다.

"아빠를 어떻게 한다는 거야!"

침대 시트를 움켜쥔 엄마의 손이 부르르 떨렸다. 대답할 말을 찾지 못하고 고개 숙인 경수에게 참다못한 엄마가 소리를 버럭 질렀다.

"무슨 생각을 하는 거야! 네가 지금 그 머리로 무슨 생각을 하는 거냐고!"

엄마의 외침이 방 안에 쩌렁쩌렁 울렸다. 집 밖에 있는 놈들에게 엄마의 목소리가 들렸을까봐 겁이나 엄마를 부둥켜안았다. 그런 나를 밀쳐내며 엄마가 다시 소리쳤다.

"왜 말을 못해! 아빠를 어떻게 한다는 거야!"

"아빠 때문에 놈들이 자꾸 마당에 들어오잖아……. 그러니 아빠를…… 아빠를 죽……"

흥분한 엄마가 말을 잇지 못하는 경수의 목덜미를 움켜쥐었다. 엄마 눈에서 불꽃이 튀었다.

"아빠를 뭐? 뭐! 뭐! 네가 어떻게 그런 생각을 해! 아빠가 너를 얼마나 사랑하는데!"

"엄마! 모르겠어? 이제 아빠는 아빠가 아니야! 우리 아빠가 아니라고! 다시는 엄마를 안아주지도 못하고 우리 이름도 못 불러줘! 미쳤다고! 이제 아빠가 아니야! 화장실 앞에 가서 들어봐! 아빠가 우리 숨통을 끊어 놓고 싶어서 이가는 소리가 들려! 가봐! 가보라고!"

엄마가 경수의 뺨을 내리쳤다. 경수를 때리는 엄마의 손이 방 안의 끈적끈적한 뜨거운 공기를 갈랐다. 엄마가 토해내는 슬픔을 견뎌내던 경수가 결국 울음을 터트렸다. 비통한 울음이 웅크린 몸 깊은 곳에서 흘러나왔다.

"엄마! 제발…… 엄마!"

침대 한쪽에 웅크리고 있던 내가 힘없이 엄마를 불렀다. 몸속

에 있던 것들이 목구멍까지 치밀어 올랐다. 뱃속의 뒤엉킨 내장
이 입으로 튀어나오는 것 같았다. 내가 몸을 비틀며 구역질을 해
대자 엄마가 나를 부둥켜안았다. 목덜미에 엄마의 뜨거운 숨결이
느껴졌다. 토하는 나보다 엄마가 더 몸을 떨었다.

토해내고 또 토해내도 속이 편해지지 않았다. 부풀어 오른 다
리에서 흐른 진물이 침대 시트를 더럽혔다. 부러진 다리는 그냥
뜨겁기만 했다. 그 대신 허리가 아프고 팔이, 손가락이, 배가 아프
고 머리가 아팠다.

아빠……. 아빠……. 아빠…….

아빠를 부르는 경수의 목소리가 들려왔다. 머릿속에서 맴돌던
그 목소리가 가까이 다가왔다가, 저 멀리 멀어졌다가, 다시 귓가
에 속삭이듯 가까워졌다. 애타게 아빠를 부르는 목소리. 무겁게
내리 누르는 잠을 떨쳐내고 눈을 떴다. 창을 가린 장롱 틈새로 새
어드는 달빛이 먼지 알갱이와 함께 반짝였다. 곁에 누워 잠든 엄
마의 숨소리가 부드럽게 들려왔다. 사람들의 비명이 없는 조용한
밤이었다. 그 대신 아빠를 부르는 경수의 애달픈 목소리와 격한
숨소리가 어둠 속에서 번져왔다. 아빠? 눈앞이 하얗게 변했다. 아
빠의 얼굴이 뇌리에 떠올랐다. 아빠의 웃음소리가, 아빠의 따뜻한
손길이, 아빠의 숨결이.

경수가! 경수가 아빠를!

굴러 떨어지듯 침대에서 내려와 거실까지 기어갔다. 잠들었던
근육이 다시 살아 움직이며 비명을 질러댔다. 온몸의 마디마디가
끊어질 듯 아팠다. 딱딱한 바닥이 사포처럼 살을 갈아댔다. 악 다

문 이 사이로 고통스러운 신음이 흘러나왔다. 열려 있는 화장실 문 앞에 꿈틀거리는 검은 그림자가 보였다. 화장실 창으로 들어오는 환한 달빛을 등진, 그 검은 그림자가 꿈틀거릴 때마다 뭔가가 질척거리는 소리와 함께 신음이 들려왔다.

"경수야! 하지 마! 제발 아빠를 그냥 놔둬! 경수야!"

한데 엉켜 있던 그림자가 움직였다. 상체를 일으킨 그림자가 몸을 앞뒤로 흔들며 숨을 몰아쉬었다. 그 밑에 깔린 그림자가 나를 향해 손을 뻗었다. 그 그림자의 창백한 얼굴이 달빛 아래에서 뿌옇게 빛났다.

경수였다.

나를 바라보는 경수의 두 눈 사이에서 피가 흘러 내렸다.

몸을 일으켜 나를 바라보던 아빠가 경수를 향해 다시 몸을 숙였다. 뭔가를 씹고 삼키고 뜯는 질척이는 소리가 들려왔다. 경수가 슬프고 지친 목소리로 아빠를 불렀다.

"아빠…… 아…… 빠……."

아빠라는 단어가 피 끓는 숨소리에 묻혀 작아졌다. 경수가 마지막 숨을 몰아쉬며 아주 작게 나를 불렀다.

"누나."

나를 향해 내민 경수의 손을 잡으려고 몸을 일으켰다. 앞으로 내디딘 다리가 꺾이며 고꾸라졌다. 다시 일어서고 다시 넘어졌다. 계속 비명을 지르며 넘어진 채 몸부림 쳤다. 경수가 나를 부르는데 나는 제대로 설 수도 없었다. 나는 내 다리가 부러진 것을 잊었고, 그래서 내 맘대로 움직여 주지 않는 내 몸을 쥐뜯었다. 다리에, 팔에, 가슴에, 머리에 느껴지는 이 참혹한 고통은 눈앞에서 죽어가는 경수의 오그라든 손가락처럼 비틀어지고 오그라든 내 심장 때문인 것 같았다. 커다란 손이 내 머리카락을 움켜쥐고는 거실 한쪽으로 내동댕이쳤다. 힘없이 굴러 떨어진 내 눈에 경수가 흘린 피를 온몸에 뒤집어 쓴 아빠가 보였다. 뭔가가 맘에 안 든다는 듯이 고개를 끄덕이며 손가락으로 머리를 두드리고 있었다. 아빠의 버릇이었다. 아빠가 아직도 아빠의 모습을 갖고 있다는 것, 그리고 그 몸에 익숙한 버릇을 잊지 않고 있다는 것이 참을 수 없이 두려웠다. 아빠가 나를 향해 다가오는데도 나는 도망치지 못했다. 눈앞이 뱅글 뱅글 돌았다. 아빠가 돌고, 쓰러진 경수가 돌고, 어둠이 돌았다.

비틀거리는 아빠 발에 툭 차인 식칼이 내 발치에 와 멈췄다. 잠들어 있는 아빠를 죽음으로 불러내려고 경수가 손에 쥐었을 칼. 달빛을 받아 파랗게 빛나는 칼날 위에 붉은 핏방울이 번져 있었다. 나는 칼을 향해 손을 뻗지 못했다. 칼을 손에 쥔다고 해도 아빠를 찌를 수 있을 것 같지 않았다. 아빠의 모습을 했지만 아빠가 아닌 덩어리가 천천히 다가왔다. 아무 감정도 느껴지지 않는 탁한 눈동자로 나를 바라보며 이를 갈았다. 까칠하게 자란 수염에서 경수의 피가 뚝뚝 떨어졌다. 내 앞으로 몸을 숙인 아빠를 향해 고개를 가로 저었다.

그냥 죽어버릴걸. 첫날 죽어버릴걸.

그때 불쑥 튀어나온 하얀 손이 식칼을 주워들었다.

엄마였다.

조용히 그리고 무심히 옆에 다가와 있었기 때문에 나도 아빠도 엄마가 가까이 와 있었다는 걸 알아채지 못했다. 칼 든 손을 늘어뜨리고 털썩 주저앉아 고개를 숙인 엄마 입에서 신음인지 울음인지 모를 소리가 흘러나왔다. 그런 엄마를 무시한 아빠가 나를 향해 손을 뻗었다. 검게 얼룩진 아빠의 두꺼운 손가락이 눈알을 찌를 듯 가까이 다가왔다. 그와 동시에 엄마도 칼 든 손을 치켜들었다. 칼날에 반사된 달빛이 반짝 빛났다. 엄마가 신음과 함께 내지른 칼날이 아빠 팔뚝에 박혔다. 살가죽을 자른 칼이 뽑히며 그 자리에서 덩어리진 끈적끈적한 피가 뭉클 배어나왔다. 집 안에 비명이 울려 퍼졌다. 아빠가 아닌 엄마가 내지른 비명이었다. 멍하니 자신의 팔뚝을 내려다보던 아빠가 다시 나를 향해 손을 뻗어 내 멱살을 움켜쥐고는 자기 쪽으로 잡아끌었다. 힘없이 주르륵 끌려가는 나를 반대쪽으로 밀쳐내며 엄마가 아빠에게 달려들었다. 아빠와 엄마가 뒤엉켰다. 거실 저편으로 나가떨어졌던 엄마가 다시 아빠를 덮쳤다. 엄마는 단호하게 칼을 휘둘렀다. 엄마가 내지르는 비명과 칼날이 살에 파고드는 소름끼치는 소리가 거실 바닥에 귀를 대고 누워 있는 내게 들려왔다. 버둥거리던 아빠 손이 힘없이 툭 떨어졌다. 날 죽이려고 내밀었던 손, 하지만 따뜻하게 날 쓰다듬어 주던 손, 경수의 뱃속을 헤집던 손, 하지만 아기 경수를 보물처럼 안았던 손. 내 못생긴 엄지손톱이랑 똑같이 생긴 손톱이 이제는 움직이지 않는 투박한 손에 붙어 있었다.

나는 멀어지는 의식 속에서 엄마의 비명을 들으며 생각했다.

경수는 굶주리고 약해진 아빠를 죽이지 못해 죽었을까.

아빠는 힘없고 여린 엄마를 죽이지 못해 죽었을까.

나는……나는…….

엄마가 노래를 부른다.

콧노래처럼 흥얼거리다 목청을 돋워 크게 부른다. 마른 수건으로 피가 말라붙어 있는 테이블과 액자를 닦고 싱크대 앞에 서서 물기 없는 그릇을 달그락거렸다. 그러다 가끔 멍하니 앉아 있는 내게 말을 시켰다.

"오늘 저녁은 뭐로 할까?", "아빠에게 전화해 볼까? 늦어지시면 우리끼리 밥 먹자.", "경수가 학원에서 빨리 돌아와야 할 텐데." 하고는 싱긋 웃어 보였다.

나는 아빠가 날 내던졌던 그곳에 그대로 앉아 그런 엄마를 지켜봤다. 엄마는 눈물자국이 남아 있는 얼룩진 얼굴에 붉은 립스틱을 바르고는 제일 좋아하는 옷을 꺼내 입었다. 예전 행복했던 그 어느 날의 한 장면처럼 웃음을 가득 머금고, 화장실 앞에 누워 있는 경수와 거실 소파 뒤에 누워 있는 아빠를 이리저리 피해 다녔다.

나는 내가 해야 하는 일을 해야 했다.

내가 죽기 전에 미쳐버린 엄마를 쉬게 해줘야 한다는 것. 죽어버린 아빠와 경수 옆에 엄마를 편하게 잠들게 해줘야 한다는 것. 그게 가능한 일인지에 대해서는 생각하지 않았다. 그게 현명한 일인지에 대해서도 생각하지 않았다. 더 이상 엄마를 지켜 주지 못한다면 같이 가야 옳지 않을까 하는 생각뿐이었다. 망설일 시간이 없었다. 열에 들뜬 머리가 제대로 된 사고를 하지 못하는 시간이 점점 늘어났다. 심장은 너무 빨리 뛰거나 너무 느리게 뛰었다. 내 심장이 멈추는 날 엄마는 혼자 남아야 했다. 나는 그걸 견딜 수 없었다. 혼자 남은 엄마를 상상할 수 없었다. 그러니 내가 해야 했다. 경수와 아빠의 피가 묻은 칼을 등 뒤에 숨기고 엄마를 불렀다.

"엄마."

어두운 식탁에 앉아 빈 커피 잔을 기울이며 잡지를 뒤적이던 엄마가 "응?"하며 나를 바라봤다.

"엄마. 나랑 같이 아빠랑 경수가 있는 곳에 가자."

엄마를 향해 손을 내밀었다. 내 손과 내 얼굴을 번갈아 바라보던 엄마가 빙긋 웃었다.

"그래."

그러고는 나에게 다가왔다. 너무나도 사랑하고, 너무나도 슬픈 엄마의 따뜻한 손이 녹아들듯 내 손에 와 닿았다. 엄마를 끌어당겨 가슴에 얼굴을 묻었다. 귀에 전해지는 심장 소리가 그리운 자장가처럼 들려왔다. 맞잡고 있던 손을 풀어 엄마의 등을 감싸 안았다. 칼을 움켜쥔 손이 부들부들 떨렸다. 경수와 아빠를 죽인, 이 무딘 칼로 엄마의 어디를 찔러야 엄마가 행복한 채 잠들 수 있을까. 칼을 들었다. 엄마의 목 뒤, 어깨뼈 사이에 칼날을 댔다. 숨이 막혔다. 칼날이 피부에 닿은 것만으로도 나는 소스라치게 놀랐다. 나는 할 수 없어. 내가 할 수 있을 리 없어. 울음을 터트렸다. 어떻게 이렇게 잔혹할 수 있을까.

엄마의 입술이 머리에 닿았다. 내 등과 머리를 쓰다듬으며 엄마가 속삭였다.

"우리 아기, 우리 예쁜 딸. 울지 마. 엄마가 지켜줄게."

엄마의 입김이 내 목덜미에 닿았다. 엄마는 나를 아기처럼 달랬다. 나는 엄마를 죽일 수 없었다. 나는 겁쟁이였다.

내 옆에 쪼그리고 앉아 콧노래를 흥얼거리는 엄마에게 "엄마 행복해?" 하고 물었다.

엄마의 야윈 얼굴 위에 조그만 벌레가 기어가는 게 보였다. 나에게는 손을 들어 그걸 털어줄 만큼의 힘이 남아 있지 않았다. 볼을 간질이는 벌레를 쫓으려는 듯 얼굴 앞에 손을 휘휘 휘저으며 엄마가 말했다.

"응. 행복해. 너는?"

나는……

"응. 나도 행복해."

엄마의 얼룩진 뺨과 더러운 머리카락, 창백한 입술, 하지만 따뜻한 피부와 다정한 목소리. 곧 잃어버릴, 하지만 아직은 손에 쥐고 있는 남아 있는 내 작은 행복.

"아! 상추가 말라비틀어지겠다. 물 좀 줘야겠어."

엄마가 콧노래를 부르며 현관 앞으로 걸어갔다. 그러고는 아무렇지도 않게 현관 앞에 쌓아 두었던 물건을 하나둘씩 치우기 시작했다. 그날 이후 한 번도 움직인 적 없었던 현관문이 열렸다.

햇살이 밀려들었다. 천상의 화려한 축복이 저 반대편에 있기라도 한 듯, 찬란한 햇살이었다. 현관 앞에 서서 나를 향해 웃어 보인 엄마가 손을 흔들며 그 속으로 걸어 나갔다. 햇살에 묻혀 엄마가 사라지고, 다른 검은 그림자들이 현관 앞에 나타났다.

눈물 때문에 눈앞이 뿌옇게 흐려졌다.

하지만, 나는 웃었다.

그리고 그들에게 말했다.

"행복한 우리 집에 어서 오세요."

배수관은 알고 있다

전건우

1979년생. 경영학을 전공하였으나 글쓰는 일에 마음을 뺏겨 스무 살 언저리에서부터 온라인 상에 여러 글을 발표하였다. 장르의 경계를 넘나드는 글쓰기를 지향하며 2008년에 『한국 공포 문학 단편선 3, 나의 식인 룸메이트』와 『한국 스릴러 문학 단편선』에 참여하였다. 퇴근해서는 매일 글을 쓰며, 밤에는 아내 손을 잡고 잔다. 아내가 엄지를 치켜세우는 재미있고, 감동적이며, 슬프고, 무서우며, 신나고 유쾌한 글을 쓰는 것이 목표다.

"망각은 고상한 것이다.
상처를 기억하지 않는 것 말이다."

―찰스 시몬즈

일요일

깜박 졸다가 깨어났다.

한순간 내가 있는 곳이 어디인지 몰라 주위를 두리번거렸다.
낯설고 어두운 거실이었다. 오른쪽으로는 주방이, 왼쪽으로는 베
란다로 통하는 문이 있었다. 빗소리가 들렸다. 움직이는 거라고는
텔레비전 화면이 전부였다. 명멸하는 화면을 따라 어둠이 밀려
갔다 밀려왔고, 그때마다 거실 바닥에 쌓인 짐들이 모습을 드러
냈다.

그제야 어렴풋한 기억 몇 개가 떠올랐다.

이사를 했다. 아침부터 시작한 이사는 늦은 오후가 되어서야
끝났다. 1톤 트럭 석 대에 나눠 타고 온 인부들은 왜 포장 이사를

하지 않느냐며 짐을 옮길 때마다 구시렁거렸다. 그치들은 마지막 짐으로 옷가지가 든 상자 몇 개를 던져놓듯 옮기고 나서는 횡하니 떠나버렸다. 사람들이 썰물처럼 빠져나간 집은 춥고 적막했다. 혼자서 주섬주섬 짐 정리를 하다가 텔레비전 위에 놓인 비디오테이프를 발견했다. 한 달 전 뉴질랜드에서 날아온 비디오였다. 나는 습관처럼 비디오를 틀었다.

기억은 거기까지였다. 아무래도 비디오를 보다가 그냥 잠이 든 모양이었다.

비디오는 저 혼자서도 열심히 돌아가, 어느새 막바지였다.

아내와 정미가 정원에서 그네를 탄다. 화면은 갑자기 바뀌어 이번에는 부엌이다. 앞치마를 두른 정미의 가슴께가 봉긋하다. 보나마나, 다음 장면에는 정미가 플루트를 들고 창가에 서 있을 것이다. 한 달 새 열댓 번도 더 본 탓에 이제는 외울 수 있을 정도가 되어 버린 장면들이 하나둘 차례대로 지나갔다.

아내와 정미가 보내오는 비디오테이프는 기러기 생활의 유일한 낙이었다. 컴퓨터를 다룰 줄 모르는 내게는 인터넷 전화 같은 건 빛 좋은 개살구였다. "좀 배워봐. 캠인가 뭔가를 사면 얼굴을 보면서 통화도 할 수 있다는데 얼마나 좋아? 전화비도 아끼고 말이야." 국제 전화를 할 때마다 아내는 젊은 직원들한테라도 배워보라고 성화였다. 그때마다 "응."이라고 대답했고, 그렇게 4년이 지났다. 한 달에 몇 개씩 보내오던 비디오테이프는 그 사이에 몇 개월에 한 번으로 줄었다. 마지막으로 보내온 것이 바로 한 달 전이었다.

"대디. 며칠 전부터 플루트를 배워. 플루트는 이렇게 불면 저장하고 있던 소리를 밖으로 내보낸대. 한국에 가면 대디한테도 들려줄게. 지금 연습하는 곡은……."

정미의 플루트 솜씨는 시원치 않았다. 소리가 고르지 못하고 탁했다. 제 엄마를 닮아서 호흡기가 약한 딸에게는 부는 악기가 적당치 않아 보였다. 하지만 플루트를 든 딸의 미소는 뉴질랜드의 여름 태양만큼이나 눈부셨다. 은백색의 악기에 잘 익은 햇살이 부딪쳤다. 반짝이는 그 광경을 보고 있자니 창가에 비끼는 빗소리가 아득한 꿈속의 일로만 느껴졌다.

"정미 아빠. 잘 지내지? 요즘엔 나도 새로운 잡 때문에 바빴어. 그래도 다 정미를 위하는 길이라고……."

화면은 어느새 아내의 얼굴을 보여주고 있었다. 진한 눈 화장과 노랗게 물들여 파마를 한 머리 모양이 정미의 입에서 나오는 "대디."라는 말만큼이나 낯설었다.

아내는 어디서든 적응이 빨랐다. 뉴질랜드에서도 마찬가지였다. 한국에서는 한 번도 본적 없는 푸른색 아이섀도가 아내의 눈두덩을 장식하기까지는 채 한 달이 걸리지 않았다.

"조기 유학에서 성공하려면 따라간 엄마가 먼저 적응을 해야 된대. 현지 엄마들하고 적극적으로 어울려야 자연스레 융화가 되는 거지."

아내에게 있어 눈 화장은 현지 사람들과 동화되기 위한 최소한의 몸부림이었다. 덕분인지 아내는 유학 2년 만에 설거지에서 벗어나 현지 가정의 파출부가 되었다.

결국, 아내의 푸른 눈두덩에 적응하지 못한 건 나뿐이었다.

"참! 이번에 정미 여름 방학 시작하면 한국에 잠시 들어갈 거야. 가면 중요하게 할 이야기가 있어……."

아내의 말이 갑자기 끊어지는 바람에 퍼뜩 정신이 들어 텔레비전으로 시선을 옮겼다. 누가 양옆에서 잡아당기기라도 한 듯 화면이 좌우로 늘려지기 시작했다. 비명처럼 잡음이 터져 나왔다. 서둘러 비디오 플레이어의 꺼냄 버튼을 눌렀다. 덜그럭거리는 기계음만 가쁘게 들려올 뿐 비디오는 꼼짝도 하지 않았다. 할 수 없이 텔레비전과 비디오 플레이어의 전선을 몽땅 잡아 뺐다. 일순간 잡음이 사라졌다. 브라운관에서 던지던 한 줌의 빛이 걷히자 거실은 완벽한 어둠에 휩싸였다. 나는 두텁게 내려앉은 어둠을 헤치며 형광등 스위치를 향해 걸어갔다.

텔레비전이 다시 켜진 건 바로 그 순간이었다. 지글거리는 소리가 들리는가 싶더니 번득이는 불빛이 천장에 그림자를 드리웠다. 재빨리 뒤를 돌아봤다. 하지만 그대로였다. 텔레비전도, 비디오 플레이어도 여전히 어둠 속에 잠겨 있었다.

잘못 본 건가?

손을 더듬어 낯선 벽에 달린 전등 스위치를 눌렀다. 형광등이 몇 번 깜박거리더니 거슴츠레 눈을 떴다. 거실 여기저기에 상자며 짐들이 널브러져 있었다. 집이 좁으니 정리가 쉽지 않았다. 제자리를 잡은 것은 냉장고와 식탁뿐이었다. 식탁 밑으로는 커다란 트렁크 두 개가 구겨진 신문지처럼 처박혀 있었다. 얼마동안 어지러운 거실을 바라보다가 화장실로 향했다. 비가 와서인지 몸이 처졌다. 짐 정리는 내일하고 일단은 따끈한 물에 씻고 싶다는 생각이 간절했다.

화장실은 바닥부터 벽면까지 전부 푸른색 타일이었다. 그 중 몇 개는 깨져서 시멘트 속살이 드러났다. 안으로 들어서자 갑자기 욕지기가 치밀었다. 서둘러 변기로 달려갔다. 음식물이 삭지 않고 덩어리 채로 올라왔다. 날선 냄새가 코를 찔렀다. 몇 번 더 토하다가 변기 물을 내리고 비틀거리며 일어섰다. 바로 그때, 이상한 소리가 들렸다.

"잘못했어요."

여자였다. 가냘프고 위태위태한 목소리. 환청이라 하기에는 믿을 수 없을 정도로 생생한 그 목소리에 놀라 거실로 뛰어나왔다. 당연히, 텔레비전은 꺼진 상태였다.

"더러운 년. 잘못했다면 단 줄 알아? 엉?"

이번에는 거칠고 투박한 남자 목소리가 들렸다.

"제발 용서해 주세요. 제발. 여보."

소리는 분명 화장실 안에서 들렸다. 나는 서늘한 공기가 뿜어져 나오는 화장실로 다시 들어갔다. 낡은 세면대와 커버가 벗겨진 앙상한 변기, 그리고 내장처럼 길게 늘어진 샤워기와 그 밑의 플라스틱 욕조가 화장실의 전부였다. 아니, 한 가지 더. 천장에서부터 바닥까지 굵은 배수관이 통과하고 있었다. 군데군데 칠이 벗겨진 회색의 배수관을 바라보자 이유 없이 가슴이 뛰기 시작했다. 집 내부를 뚫고 배수관을 설치한 흉물스러운 공사법 때문만은 아니었다. 보란 듯이 나와 있는 배수관을 이제야 발견했다는 사실이 마뜩찮았다. 처음 집을 보러 왔을 때도 발견하지 못했던가? 아니면 보고서도 잊었던 걸까? 안개가 낀 듯 기억이 불투명했다.

"용서? 뚫린 입이라고 어디에서 용서야! 맞아야 정신을 차리겠냐?"

목소리는 배수관 안에서 들려왔다. 나는 천천히 배수관 쪽으로 다가가 귀를 가져다댔다. 텅 빈 그 공간 안에서 소용돌이치듯 웅웅거리는 소리가 들려왔다. 그리고 다음 순간, 끔찍한 비명이 귀를 파고들었다.

"아아악! 여보. 제발. 제발."

나도 모르게 눈을 질끈 감았다. 한 남자가 아내를 때리는 끔찍한 모습이 선명하게 그려졌다. 잘못했다고 울부짖으며 화장실까지 쫓겨 가는 여자, 그리고 그 뒤를 따르는 짐승 같은 남자.

비명은 점차 줄어들었다. 하지만 헐떡거리며 아내를 때리는 남자의 거친 숨소리만은 오랫동안 계속되었다. 나는 소리가 사라진 후에도 배수관 앞에 한참 동안 붙어 있다가 한기를 느끼고서야 물러났다.

분명히 물을 내렸다고 생각한 변기에는 여전히 토사물이 가득했다.

월요일

"The call not be answered. Please leave a message after the dial tone. The call not be answered. Please leave a message……."

수화기를 내려놓았다. 자동응답이긴 한데 무슨 말인지 도통 알 수가 없었다. 시계를 보니 오전 9시였다. 뉴질랜드와의 시차는

3시간. 서머타임을 계산해 넣으면 오후 1시니 아내가 집을 비우기에는 아직 이른 시간이었다. 설령 집을 비웠다 해도 방학 중인 정미는 전화를 받아야 했다. 다시 한 번 걸어보려다가 그만두었다. 아마, 귀국 준비 때문에 정미와 외출을 했으리라. 그게 아니라면 지금쯤 한국행 비행기에 몸을 실었을지도 모른다. 사정이 여의치 않아서 연락을 못했을 뿐, 두 사람의 마음도 나와 같을 것이다.

'……보고 싶다.'

1년 넘게 만나지 못한 아내와 정미를 생각하며 나는 전화기 앞에서 일어났다.

겨울비는 끊길 듯 말 듯 계속 내리고 있었다.

"가스하고 전화는 연결 됐을 거고, 또 필요한 건 없습니까?"

사람 좋아 보이는 수위가 공구 상자를 건네주며 물었다. 이삿짐 속 어딘가에 숨어 있는지 몇 년 동안 써 오던 공구 상자가 보이지 않았다. 못질을 하거나 드라이버로 다시 조여야 할 곳이 한두 군데가 아니었다. 짐 정리를 하자면 먼저 공구가 필요할 것 같아 무작정 수위실을 찾아갔던 터였다.

"필요한 건 없는데…… 저, 뭐 한 가지 물어봅시다."

"네. 얼마든지 물어 보시죠."

"배수관 말입니다. 화장실에 있는. 그게 다른 집도 그런가요?"

"아! 보기 싫으시죠? 여기가 20년도 더 된 아파트라……."

수위가 모자를 벗고는 머리를 긁적였다. 예순이 넘었을까? 그의 성긴 머리칼 아래로 검버섯이 듬성듬성했다.

"아니오. 보기 싫다기보다, 거 뭐냐…… 다른 집 소리가 거길 타고 들어오는 것 같아서……."

"배수관을요?"

"네. 꽤 크게 들리더라고요. 혹시 다른 집도 그런가 싶어서 한 번 물어봤습니다. 신경 쓰실 필요는 없습니다. 지금에야 바꿀 수 있는 것도 아닐 거고."

나는 그렇게 말하며 수위실 문을 열었다. 물기를 머금은 찬바람에 오슬오슬 소름이 돋았다. 하늘은 온통 회색빛이었다. 그 회색빛 한가운데서 무겁기 그지없는 빗방울들이 사선으로 날리고 있었다.

"여태껏 그런 말씀을 하신 분은 없는데……. 그래도 배수관 위치가 워낙 그렇다 보니 있을 법한 일이네요. 그런 말 있지 않습니까? 배수관이 아파트의 귀라고. 허허. 그럼 들어가십시오."

수위를 향해 고개를 숙여 보이고 빗속을 뛰었다. 묵직한 공구 상자 속에서 들리는 덜그럭거리는 소리가 요란했다.

"거, 같이 좀 갑시다."

누군가가 소리쳤다. 비에 젖은 머리를 털며 엘리베이터에 오르려던 참이었다. 돌아보니 덩치 큰 남자가 계단 난간에 우산을 털면서 엘리베이터를 바라보고 있었다. 같이 가자는 말과는 달리 서두르는 기색도, 미안해하는 표정도 없었다. 남자 뒤에는 머리를 길게 기른 여자가 서 있었다. 우산 털기를 마친 남자가 어기적거리며 엘리베이터로 다가왔다. 뒤따라오던 여자가 힐끗 나를 바라봤다. 꽤나 어두운 인상이었다. 등허리까지 내려오는 긴 머리칼이 상갓집에 드리운 검은 커튼처럼 우울함을 더했다. 하지만 얼굴의 어두운 기만 없앤다면 퍽 미인이다 싶었다.

"7층 좀 눌러주쇼."

남자가 말했다. 겨울인데도 운동복 상의 소매를 팔꿈치까지 걷어 올렸다. 옷 아래로 회색빛 문신이 드러났다. 나는 말없이 7층을 눌렀다. 나보다 한 층 위다. 남자가 낮술을 했는지 엘리베이터 안에 술 냄새가 풍겼다. 한 층씩 높아지는 빨간 숫자만 바라보다가 버튼 위에 붙은 거울을 향해 무심코 고개를 돌렸다. 밑쪽에 광고 스티커가 덕지덕지 붙은 그 거울에 남자와 여자가 비치고 있었다. 남자는 벽에 기대서 자기 아랫도리를 연신 주물럭거렸다. 볼썽사나운 모습에 눈살을 찌푸리며 여자에게로 시선을 옮겼다. 여자는 겨울인데도 옷이 헐거웠다. 민무늬의 긴팔 티셔츠에 회색 카디건이 전부였다. 헐렁한 티셔츠 사이로 목에서 어깨로 이어지는 새하얀 속살이 드러났다. 나도 모르게 숨이 막혔다. 여자의 쇄골은 날카로우면서도 육감적이었다. 그때, 쇄골 위를 가로지른 새빨간 피멍을 발견했다. 그리고 보니 화장으로 가리긴 했지만 여자의 광대뼈 근처도 푸르스름했다. 여자와 눈이 마주쳤다. 깊고 어두운 여자의 눈동자가 나를 빨아들일 듯 바라보고 있었다.

땡.

엘리베이터가 6층에 섰다. 나는 서둘러 빠져 나오며 살짝 뒤를 돌아봤다. 짧은 순간, 여자가 나를 향해 소리 없이 미소를 지었다. 그 미소만을 남긴 채 엘리베이터는 해소기침을 쏟아내며 위로 올라갔다.

나는 멍하니 서서 굳게 닫힌 은색 문을 바라봤다.

여자의 서늘한 눈빛과 야릇한 미소가 머릿속을 떠나지 않았다.

갑자기 공구 상자의 뚜껑이 열렸다. 나사며 드라이버, 그리고 못 등이 요란한 소리를 내며 바닥으로 떨어졌다.

육각형 너트 하나가 반대편 복도로 멀리, 아주 멀리 굴러갔다.

밤은 족제비처럼 빨리 다가왔다.

열에 들떠 한숨 자고 일어나니 어느덧 사위가 어두웠다. 아무래도 감기에 걸린 모양이었다. 머리가 무거웠다. 침대에서 일어나 냉장고에 든 생수를 들이켰다. 갈증이 풀릴 때까지 물을 마신 후 거실에 널브러진 짐들 사이에 주저앉았다. 무심코 고개를 돌리다가 삐딱하게 걸린 가족사진을 발견했다. 공구 상자를 빌려와서 기껏 한 일이란 거실과 안방에 시계를 달고 가족사진을 거는 것이었다. 짐에는 손도 못 댄 채 하루가 지나가버렸다. 회사에서 받은 휴가는 이틀. 화요일인 내일이 마지막이니 어떻게 해서든 짐 정리를 마쳐야 했다.

일어나서 사진을 바로 걸었다. 정미가 유학을 떠나기 전 동네 사진관에서 찍은 사진이었다. 두 장을 뽑아서 하나는 액자를 만들고 하나는 뉴질랜드에 부쳤다. 사진 속의 아내와 정미는 환하게 웃고 있었다. 새로운 미래에 대한 기대가 표정에 고스란히 드러났다.

어느 순간부터 아내는 삶에도, 그리고 나와의 결혼 생활에도 염증을 느끼기 시작했다. 이유를 알아보려고 무던히도 노력했다. 8년이라는 나이차 때문인가? 아등바등 살아온 세월의 무게 때문인가? 아니면 무뚝뚝한 내 성격 탓인가? 어느 것 하나 확실한 이유라고 집어낼 순 없었지만, 따지고 보면 그 모든 게 이유이기도

했다. 그러던 아내가 정미의 유학 이야기를 꺼내고부터는 생기에
넘쳤다. 친한 아줌마들과 어울려 유학 설명회다 뭐다 바쁘게 따
라다니더니 자료며 책자를 한 아름 싸들고 와서는 유학에 대해
열변을 토하곤 했다. 처음에는 반대했다. 돈도 돈이거니와 먼 타
국에서 아내와 정미만 지낸다는 게 영 불안하고 못마땅했다. 아
내는 고집을 꺾지 않았다. 당사자인 정미도 옆에서 거들었다. 결
국 허락하고 말았다. 정미의 장래 때문이기도 했지만 아내와 잠시
떨어져 있는 것도 나쁘지 않을 것 같았기 때문이다. "일단 어학연
수 수준으로 한 1년만 갔다 올 거야. 그러니까 너무 걱정할 필요
없어." 아내는 그렇게 말하고는 정미의 손을 잡고 한국을 떠났다.
홀가분해 보이던 그 뒷모습을, 나는 아직도 잊지 못한다.

사진을 다시 걸고 화장실로 향했다. 화장실의 을씨년스러운 기
운은 지난밤과 다를 바가 없었다. 무표정한 회색빛의 배수관이
장승처럼 우뚝 서 있었다. 변기 뚜껑을 올리고 소변을 보는데 어
젯밤처럼 갑자기 구역질이 올라왔다. 간신히 참아 넘기며 바지를
추슬렀다.
그 순간, 소리가 들려왔다.
배수관을 통해 울리는, 라디오의 주파수를 맞추듯 낮게 긁히는
소리. 그리고 곧, "그놈을 보면서 웃었지? 응?" 주파수가 맞았다.
어젯밤의 남자였다.
"잘못했어요."
여전히 기어들어가는 목소리로 여자가 대답했다. 문득 엘리베
이터에서 만났던 남녀가 떠올랐다.

"남편이 두 눈 시퍼렇게 뜨고 있는데 다른 남자를 보고 꼬리를 쳐?"

곧이어 둔탁한 소리가 들렸다. 남자의 씩씩거리는 소리와 때리고 부딪치는 소리가 이어졌다. 그리고 그 사이 신음이 섞여 들었다. 겨울 벌판처럼 앙상하게 차려 입었던 여자의 모습이 눈앞을 스쳐 지났다. 피멍이 맺혔던 살결과 그 밑으로 언뜻 드러났던 쇄골이 선명하게 떠올랐다. 불현듯 가슴 밑바닥에서부터 욕정이 피어올랐다. 아내와의 잠자리는 유학을 떠나기 몇 년 전부터 이미 시원치 않았다. 몇 달에 한 번 의무 방어전을 치르는 게 전부였다. 그나마도 정미의 유학 이후에는 딱 끊겼다. 그런데 갑작스런 욕정이라니…….

혼란스러운 머릿속과는 달리 아랫도리는 점점 묵직해졌다. 그때였다.

"살려줘요."

바로 옆에서 속삭인 듯 너무나도 생생한 목소리에 화들짝 놀라 뒤로 물러섰다. 배수관에 대고 있던 왼쪽 귀와 목덜미가 누군가의 입김이라도 닿은 것처럼 서늘했다. 숨을 삼키며 배수관을 노려보았다.

설마, 저 안에서도 나를 보고 있는 건 아닐까?

끝내 토하고 말았다. 싯누런 액체가 목구멍을 태우며 화장실 바닥으로 쏟아졌다. 악취가 진동했다. 현기증이 일었다. 벽을 짚으며 몸을 일으켰다. 세면대 위에 달린 거울에 언뜻 내 얼굴이 비쳤다. 수염이 덥수룩한 깡마른 얼굴의 남자가 거기 서 있었다. 고독이 각질처럼 내려앉은 낯선 얼굴. 구부정한 어깨. 그리고 뒤에 선

검은 머리칼의 여자.

순간 화장실 불이 빠르게 깜박였다.

다시 불이 들어왔을 때, 화장실 안에는 아무도 없었다.

화요일

"정미 엄마. 어…… 이렇게 남기는 거 맞지? 영어로 해서 뭔 말
인지 하나도 모르겠는데, 일단 녹음을 하라는 거 같아서……. 왜
연락이 없어? 방학 때 한국에 들어오기로 해 놓고. 별일 없는 거
지? 어…… 그러니까…… 그게…… 걱정이 돼서 말이야. 이거 들
으면 연락하고. 그래. 그럼 들어가. 참! 정미 엄마……."

아내는 여전히 소식이 없었다. 결국 뉴질랜드로 다시 전화를
걸어 자동 응답기에 녹음을 남겼다. 전화를 끊자 한국과 뉴질랜
드를 가로지르는 먼 바다처럼 깊고 차가운 침묵이 방 안을 맴돌
았다.

'보고 싶다고 말할 걸 그랬나?'

금방이라도 전화가 걸려올 것만 같아 자리를 뜨지 못하는 동
안 객쩍은 생각을 했다. 그러고는 혼자서 헛헛하게 웃었다. '고독
은 인간을 병들게 한다.' 언젠가 들은 그 말이 불현듯 떠올랐다.
딱 한 번 나갔던 '기러기 아빠들의 모임'에서였을 게다. 나와 비슷
한 또래의 남자들이 지친 표정으로 앉아 있었고, 젊은 여자 강사
가 농담을 섞어가며 강의를 했다. 따라 웃긴 했지만 공허했다. 거
기 앉은 사람들 대부분이 나와 같은 표정이었다. 돈 버는 기계로

전락한 빈껍데기들. 한 시간이 넘는 강의 시간 동안 기억에 남았던 건 바로 그 말뿐이었다.

"고독은, 인간을, 병들게 한다."

몸이 안 좋으니 덩달아 마음도 약해졌다.

약국에서 위장약과 종합감기약 한 곽을 샀다. 구토에다가 두통까지, 이사를 하느라 무리를 했다고는 하지만 몸이 예전 같지 않았다.

"식사가 불규칙하니까 위가 안 좋은 겁니다. 말씀을 들어보니까 위에 염증이 있으시네요. 잦은 구토도 그래서 생기는 것 같은데요, 인스턴트나 자극적인 음식 말고 부드러운 음식으로 삼시 세끼 꼭 챙겨 드셔야 합니다. 그리고 제일 좋은 방법은 병원에 가시는 거고요."

약사의 말에 고개를 끄덕이고는 밖으로 나왔다. 계속되는 겨울비에 거리 전체가 음울한 기운에 휩싸여 있었다. 해가 떨어지려면 몇 시간 정도 남았지만 주위는 이미 어둠에 포위된 상태였다. 몸속 깊이 스미는 한기에 점퍼 자락을 여미며 약국 건너편에 있는 상가로 향했다. 그곳에는 이삿날부터 눈여겨봤던 철물점이 있었다.

"어서 오십시오."

우산을 접으며 들어서는 내게 철물점 주인이 인사를 건넸다. 공구가 들어찬 진열장 사이로 비릿한 쇠 냄새가 맴돌았다.

"말씀 좀 묻겠습니다."

주인이 느릿느릿 일어서며 고개를 끄덕였다.

"배수관 말입니다. 거기서 다른 집 소리가 들려서……."

어젯밤 내내 고민한 끝에 돈을 들여서라도 공사를 해야겠다는 결론을 얻었다. 다른 집에서 나는 소리, 그것도 부부 싸움하는 소리를 매일 밤마다 들으며 살 수는 없었다.

"가끔 그런 말씀 하시는 분들이 있는데요."

주인은 그렇게 말하며 진열장을 뒤지더니 곧 짧은 파이프 하나를 꺼냈다.

"일반 가정집에 사용하는 배수관이라면 요놈일건데, 보시면 아시겠지만 이게 PVC로 돼 있지 않습니까? PVC는 다 좋은데 방음하고는 거리가 멀거든요. 그냥은 물 흐르는 소리 정도가 들리는데 배관 구조에 따라서 윗집이나 옆집, 심지어는 아랫집 소리가 올라오기도 하죠. 아무래도 이게 관이다 보니까 소리 전달이 그만큼 잘 되는 거예요. 어떤 때는 낮 동안의 소리가 배수관에 그대로 저장 돼 있다가 밤중에 들리기도 한다니까요."

"그럼 방법이 없는 겁니까?"

"석면 보온재라고 있는데 그걸 감아주시면 아마 소리가 조금은 죽을 겁니다. 그런데 그런 건 설비자재 파는 곳이나 인테리어 업체에 가셔야 돼요."

"네. 그렇군요. 알겠습니다."

나는 주인에게 인사를 한 다음 돌아섰다.

"물이 흐르는 곳이라 그렇습니다. 물을 타고 소리가 이리저리 돌아다니는 거죠. 신경 쓰이시면 빨리 방음 공사를 하세요."

주인의 말을 뒤로 하고 나는 다시 우산을 펼쳐 들었다. 철물점 주인의 말처럼 다른 집에서 나는 소리가 배수관 속을 떠돈다는 상상을 하자 괜스레 기분이 찝찝했다. 소리가 아니라 마치 살아 있는 생명체 같다는 생각이 들었다. 어둡고 축축한 곳에 기생하는……

아파트 주차장을 지나는데 낯익은 뒷모습이 눈에 들어왔다. 엘리베이터에서 마주 친 긴 생머리의 여자였다. 어제와 똑같은 차림의 여자는 우리 동 현관으로 들어서는 중이었다. 지난밤의 기억이 떠오르며 괜스레 심장이 뛰었다. 나도 모르게 잰걸음으로 여자를 쫓았다.

"같이 갑시다."

엘리베이터에 막 오르려는 여자를 향해 외쳤다. 내가 엘리베이터 안으로 들어가자 여자는 슬그머니 뒤로 물러섰다.

"7층이시죠?"

6층과 7층을 동시에 누르며 물었다. 그녀는 말없이 고개를 끄덕였다. 30대 중반쯤 되어 보인다. 핏기 없이 창백한 얼굴에 칠흑같이 어두운 눈동자. 나는 고개를 돌려서 버튼 위의 거울로 그녀를 훔쳐봤다. 우산을 쓰지 않아서인지 축축하게 젖은 긴 머리카락이 얼굴에 달라붙어 있었다. 그 모습이 묘하게 측은했다. 광대뼈 근처의 멍은 더 선명해 진 듯했다. 분명히 어제 그 남자에게 맞은 것이리라.

그녀가 배수관을 타고 비명을 전하던 여자일까?

상식적으로 생각했을 때, 배수관을 통해 소리가 전달되려면 적어도 양쪽 옆집인 6011호와 6009호, 그리고 아랫집인 5010호와 윗집인 7010호 중 하나일 것이다. 여자와 그 무뢰배 같던 남자는

7층에 산다. 어느 정도 가능성이 있다. 그렇다곤 해도……

'혹시 7010호 사십니까? 남편이 때리지는 않습니까?'라고 물을 수는 없는 노릇이었다.

엘리베이터가 6층에 멈췄다. 생각을 가다듬기도 전에 떠밀리듯 복도로 나왔다. 덜컹거리며 문이 닫혔고, 여자가 천천히 사라졌다. 그 순간 목소리가 들렸다.

"도와주세요."

고개를 돌렸다. 닫히는 문틈으로 나를 응시하는 여자가 보였다. 엘리베이터 버튼을 눌렀지만 한 발 늦었다. 나는 비상계단을 뛰어올라갔다.

똑같았다. 차가우면서도 끈적끈적한 목소리, 배수관을 통해 들리던 그 목소리와 나에게 도움을 구한 여자의 목소리는 같은 것이었다. 이상하게도 가슴이 뛰었다. 낯선 기운이 가슴 속에서 요동쳤다.

7층 복도로 올라섰다. 엘리베이터는 이미 내려가는 중이었다. 반대쪽으로 고개를 돌리자 막 문을 열고 들어가는 여자의 뒷모습이 보였다. 역시 7010호였다.

"기다리세요."

내가 외쳤다. 여자가 나를 돌아본다 싶더니 이내 문이 닫혀 버렸다. 육중한 쇳소리가 복도 입구까지 전해졌다. 나는 긴 복도를 달려 7010호 문 앞에 섰다.

"나와 보세요. 도와 드릴 테니까, 잠시만 나와 보세요."

주먹으로 문을 두드리며 소리쳤다. 벨도 눌러봤지만 고장이라도 났는지 아무 소리도 들리지 않았다.

"사정은 짐작하니까, 겁내거나 부끄러워하실 필요 없습니다."

아무리 불러도 여자는 대답이 없었다. 도와 달라고 말해 놓고 무얼 그리 망설이는 걸까? 괜스레 애가 탔다. 다시 한 번 문을 두드렸다. 그 순간 뒤에서 인기척이 느껴졌다. 나는 천천히 뒤를 돌아봤다.

남자가 서 있었다.

우산에 비스듬히 몸을 기댄 채 남자가 나를 노려봤다. 문신이 새겨진 그의 팔뚝에서 빗물이 흘러내렸다. 일몰이 시작된 것일까? 복도가 몇 배는 어두워진 것 같았다.

"당신 뭐야?"

사나운 개처럼 남자가 으르렁거렸다.

"네? 그, 그게 집을 잘못 찾아서……."

그때 품 안에서 휴대전화가 요란하게 울어댔다. 전화벨이 그렇게 반가울 수 없었다. 서둘러 휴대전화를 꺼냈다. 남자의 눈치를 살피며 발신자를 확인해 보니 회사였다. 나는 전화기를 귀로 가져가면서 슬금슬금 남자 옆을 지나쳤다. 남자가 내 움직임을 따라서 고개를 돌렸다.

"여보세요?"

"과장님이세요?"

"어? 어, 어. 이 대린가?"

구매 담당인 이 대리였다. 만년 과장인 나에게도 살갑게 구는 예의 바르고 싹싹한 친구였다. 때마침 전화를 한 이 대리에게 밥이라도 한 끼 사고 싶은 심정이었다. 나는 걸음을 빨리했다. 등 뒤에서 남자의 날카로운 시선이 느껴졌다.

"네. 과장님. 그런데 지금 어디세요?"

"그, 그게……. 바쁜 일인가? 내가 좀 있다 전화하면 안 되겠나?"

일부러 더 큰 소리를 냈다. 거의 복도 끝에 다다랐다. 몇 미터만 더 가면 엘리베이터가 나오고 그 옆은 비상계단이다. 남자는 뭘 하고 있을까? 아직도 나를 노려보는 중일까? 뒤를 돌아보고 싶은 마음이 자꾸만 발길에 채였다.

"무슨 일 있으세요? 왜 출근 안 하셨어요? 부장이 노발대발했다니까요!"

이 대리가 하는 말에 나도 모르게 멈칫했다. 나보다 서너 살 어린 부장은 나를 못 잡아 먹어 안달이었다. 그래도 그렇지, 엄연히 휴가 중인데도 난리라니. 슬며시 화가 치밀었다.

"무슨 소리야? 나 오늘까지 휴가잖아. 이사 때문에."

"과장님이야 말로 무슨 말씀이세요? 휴가는 어제까지셨잖아요."

"어제라니? 분명히 화요일까지라고 휴가원을 내고 왔는데. 부장은 확인 안 해 봤데?"

마지막 질문은 씹어 삼키듯 던지고 말았다. 역겨운 냄새가 코를 간질인다 싶더니 또다시 욕지기가 치밀어 올랐다. 더듬거리며 비상계단으로 내려섰다.

"그러니까요, 과장님. 화요일까지니까 오늘 출근하셔야죠."

이 대리의 목소리가 한 뼘쯤 더 낮아졌다.

"뭐?"

계단 몇 개를 밟던 그 자세 그대로 우뚝 멈춰 섰다.

"오늘이 수요일이니까요."

머릿속이 둔중하게 울렸다.

"수요일?"

"네. 수요일이요. 그런데 정말 괜찮으세요?"

"수요일이라고?"

"편찮으시다고 대충 둘러댔으니까 걱정하지 마세요."

전화는 걸려왔던 때처럼 갑자기 끊어졌다. 수요일이라는 단어가 머릿속에 박혀서 대롱거렸다. 한 번도 들어본 적이 없는 단어인 듯 낯설고 생경한 수요일.

심장이 빠르게 뛰기 시작했다.

휴대전화의 폴더를 열었다가 닫았다. 수십 번씩 반복한 똑같은 행동. 그래봐야 결과가 바뀌지 않는다는 사실을 알면서도 강박증에라도 걸린 듯 멈출 수가 없었다. 이번에도 역시 불그스름한 액정 불빛 안에 '수'라는 글자가 선명하게 떠올랐다가 사라졌다.

남자가 내 어설픈 거짓말을 눈치 챘다면 분명 여자에게 보복을 하리라는 생각에 7층에서 내려오자마자 화장실로 향했다. 그리고 변기에 앉아 배수관을 노려보기를 두어 시간, 그동안 머릿속에서는 한 가지 의문이 끊임없이 맴돌았다.

언제부터 하루를 착각하게 된 것일까?

오늘이 수요일이라면 내가 월요일이라 생각했던 어제는 화요일이 된다. 그리고 일요일이라고 믿었던 그제는 실제로는 월요일이었다. 즉, 지난 며칠 동안의 기억 속에서 하루가 비는 것이다. 이사는 분명 일요일에 했다. 한 달 전부터 계획했던 일이므로 그 사실에는 변함이 없을 것이다. 그렇다면 한 가지 가능성만이 남는다.

나는 이사를 끝내고 일요일 저녁에 잠이 들었다. 그리고 월요일 저녁에 깨어나 그때가 일요일이고, 이삿짐을 정리하다가 깜박 졸았다는 착각을 한다.

고개를 저었다. 아무리 생각해 봐도 말이 안 되는 이야기였다. 귀신에 홀리지 않고서야 어떻게 하루를 통째로 잊을 수 있겠는가? 하지만 정말로 그런 일이 일어났고, 바로 그 사실이 못 견디게 꺼림칙했다. 그리고 나를 불안에 떨게 하는 또 하나의 의문.

……기억하지 못하는 하루 동안 나는 무엇을 했을까?

발작적으로 다시 휴대전화를 확인했다. 나를 비웃기라고 하는 듯 수요일이 반짝이고 있었다. 나는 신경질적으로 폴더를 닫았다. 바로 그때 전화벨이 울렸다. 영이 여러 개 붙은 앞 번호 뒤에 눈에 익은 '64'라는 숫자가 보였다. 뉴질랜드의 국가번호. 아내일지도 모른다는 생각에 급히 전화를 받았다.

"여, 여보세요?"

국제 전화 특유의 '웅'하는 소리가 들리더니 잡음과 함께 상대방 목소리가 들렸다.

"정미 아버지 되십니까?"

외국 발음이 섞여 들어간 경상도 억양의 여자였다.

"네, 네. 네. 정미 애빕니다만, 누구신지……?"

처음 들어보는 목소리였다.

"저는 정미네가 살았던 집의 주인입니다. 미세스 정이라고."

아내에게서 주인 여자에 대해 들었던 기억이 났다.

"아! 안녕하세요? 그런데 어쩐 일로 직접 전화를⋯⋯."

"정미 아빠께서 자동 응답기에 남긴 메시지를 들었어요. 오해는 마세요. 몰래 들은 게 아니라 빈 집 청소를 하러 들어갔다가 듣게 된 거니까. 정미 아빠가 뭔가 착각하고 계신 것 같은데 정미네는 이사를 갔어요. 시내 쪽으로. 벌써 며칠 전인데요, 이사를 끝내고 잠깐 한국에 들어갈 거라고 하던데 아직 도착 안 했나 보죠? 아무튼 이제 이 집에서는 더 이상 살지 않으니까⋯⋯."

"네?"

그녀가 무슨 말을 하는지 이해할 수 없었다. 이사라니!

"여보세요? 여보세요?"

혼선이라도 된 것인지 주인 여자의 목소리가 점점 멀어졌다. 통화를 가로막는 잡음만큼이나 거대한 무언가가 내 머릿속을 헤집었다. 바람 빠진 풍선처럼 온몸에 힘이 하나도 없었다. '이사를 끝내고 잠깐 한국에 들어갈 거라고 하던데' 이미 끊어진 전화기 속에서 여자의 독특한 억양이 맴돌았다. '⋯⋯아직 도착 안 했나 보죠?'

'⋯⋯아직 도착 안 했나 보죠?'

아직, 도착 안 했나 보죠?

"오늘이 마지막이야. 이년아!"

나는 깜짝 놀라 배수관을 향해 고개를 들었다. 그러고는 거의 반사적으로 회색의 울림통을 향해 다가갔다. 기름때처럼 눌어붙은 의문들은 잠시 제쳐두기로 했다.

"여보. 잘못했어요."

가냘픈 목소리에 7층 여자 얼굴이 겹쳐졌다.

"오늘 그 새끼하고 무슨 꿍꿍이를 꾸몄어? 엉?"

"아니에요. 아니에요. 오해……. 아악."

비명과 함께 맞고 때리는 소리가 이어졌다.

"오해? 끝까지 거짓말을 해? 진짜 죽어봐야 정신을 차리겠어?"

남자의 목소리가 끝없이 갈라졌다.

"살려 주세요. 여보. 제발. 살려 주세요. 아아악!"

몸이 움찔했다. 배수관을 움켜잡았다. 여자의 비명이, 진동으로 전해졌다.

"죽어. 이년아. 죽어!"

남자가 소리를 질렀다. 여자를 패대기라도 치는 듯 비명과 신음 끝에 깨지고 부서지는 요란한 소리가 한동안 들려왔다.

그러더니 갑자기 정적이 찾아왔다. 기분 나쁜 침묵이 이어지는 동안 심장 박동이 점점 빨라졌다. 입 안에 고인 침을 삼켰다. 뭘까? 왜 비명도 구타도 멈춘 걸까? 배수관에다 귀를 더 바싹 가져다댔다. 파이프의 매끈한 질감을 타고 소름끼칠 정도로 차가운 기운이 느껴졌다. 불안이 혈관을 타고 온몸 구석구석으로 빠르게 퍼져나갔다.

이윽고, 헐떡이는 숨소리가 들리더니 남자의 중얼거림이 이어졌다.

"에이. 죽어 버렸군."

뭐?

눈앞이 하얘졌다.

……죽었다고?

남자의 말 한 마디 한 마디가 서슬 퍼런 칼처럼 머릿속을 헤집었다.

'정말로 죽인 걸까, 이렇게 쉽게?'

여러 가지 생각들이 한꺼번에 떠올랐지만 뒤이어 들려온 소리에 죄다 막히고 말았다.

스윽삭. 스윽삭. 스윽삭.

무언가, 날카롭고 뾰족한 물건이 일정한 리듬으로 움직이고 있었다.

나는 배수관 안으로 파고들 듯 달라붙었다. 소리는 점점 커졌다. 예전에도 비슷한 소리를 들었다. 그게 언제였지? 뇌가, 발뒤꿈치로 변하기라도 한 것처럼 아무런 생각도 떠오르지 않았다. 스윽삭. 스윽삭. 스윽삭. 언뜻 악기 소리처럼 청명하게도 들렸다. 악기! 불현듯 기억이 떠올랐다. 아내와 정미와 함께 '세계 악기 대전'이라는 전시를 보러갔던 날. 그때, 턱수염이 가득한 외국 남자가 재미있는 물건으로 연주를 했다. 날카롭고 뾰족한…….

톱.

그 단어를 떠올린 순간, 배수관 저 너머 살육의 현장이 눈앞에 펼쳐졌다.

스윽삭. 스윽삭. 양날톱으로 여자의 팔을 자른다. 추위에도 아랑곳없이 벗어젖힌 웃통에서 땀이 번들거린다. 톱이 전진과 후진을 되풀이할 때마다 팔뚝에 새겨진 문신이 꿈틀댄다. 꺼어억. 시원하게 트림을 한다. 피비린내가 코를 찌른다. 몇 번 톱질을 하다가 화장실을 나간다. 잠시 후 망치를 들고 나타난다. 잠옷 바지를 대충 걷어 부치고 여자 옆에 앉는다. 톱으로는 잘리지 않는 여자

418

의 드러난 뼈를 부수며 노래를 흥얼거린다. 자르고, 부수고, 자르고, 또 부수고. 마침내 여자는 예닐곱 개의 토막으로 나뉜다. 화장실 바닥에는 피가 흥건하다. 핏물이 동심원을 그리며 배수구 안으로 빨려 들어간다. 쪼그린 채로 핏물이 빠지는 모습을 지켜보다가 무릎을 짚으며 일어선다. 그런 뒤 양 손에 각각 톱과 망치를 든다. 그리고 말한다.

"이제, 그 새끼를 죽이러 가 볼까?"

"으아악!"

깜짝 놀라 엉덩방아를 찧었다.

남자가 나를 죽이러 온다!

화장실 문을 박차고 거실로 나왔다. 구르듯이 현관으로 달려가 걸쇠를 채웠다. 무뚝뚝하게 잠겨 있던 자물쇠도 다시 한 번 확인했다. 됐다. 문은 잠겨 있다. 그렇게 되뇌며 숨을 가다듬었다.

그 순간 문손잡이가 돌아갔다.

미칠 듯이 뛰던 심장이 딱 멈췄다. 잘못 본 건 아닐까? 찰나의 순간에 손잡이는 거짓말처럼 제 자리로 돌아가 있었다. 나는 꼼짝도 못하고 현관문을 바라봤다. 움직이면, 손가락 하나라도 까딱인다면 마음 속 깊이 가라앉아 있던 무섬증이 나를 사로잡을 것만 같았다. 그렇게 한참 동안 서 있었다. 빗방울이 베란다 창을 긁어대는 기분 나쁜 소리가 들릴 뿐, 그 몇 십분 동안 사방은 고요했다. 물이 가득 든 컵을 옮기듯 조심스레 침을 삼켰다. 그때까지 머릿속을 울리던 이명이 꿀꺽, 가라앉았다. 현관문을 향해 한 발 한 발 다가갔다. 숨을 죽인 채, 차가운 현관 바닥을 맨발로 밟아 문 앞에 섰다. 그리고 외시경에 살며시 눈을 가져다 댔다.

아무도 없었다.

아파트 복도에는 온통 어둠뿐이었다. 적어도 볼록 렌즈가 보여주는 범위 안에는 톱을 든 살인마도, 광기에 휩싸인 남자도 보이지 않았다.

"커억."

길고 긴 숨을 내뱉고 나서야 바깥을 살피는 동안 내내 숨을 참고 있었다는 사실을 깨달았다. 나는 식은땀으로 범벅이 된 얼굴을 훔치려다가 멈칫했다. 냄새가 났다. 지방질의 노린내와 진한 피 냄새가 손끝에서 풍기고 있었다. 놀라서 손을 내려다봤다. 손가락이 떨렸다. 손목 근처의 근육이 뭍으로 끌어낸 생선처럼 저혼자 꿈틀거렸다. 나는 쓰러지듯 주저앉았다. 십대 때, 불알이 영글기도 전부터 막노동판에서 공구를 다뤄왔다. 십장 생활을 거쳐 본사에서 과장이라는 허울 좋은 직함을 가진 지금에도 펜대보다는 공구가 익숙하다. 그런 내가 모를 리가 없다. 지금 내 손을 가득 채우는 이 불쾌한 감촉은, 톱질을 했을 때의 바로 그것이다. 단단한 무언가를 자르기 위해 안간힘을 써서 톱을 놀리면, 꼭 힘쓴 것만큼의 반동이 손에 남는다. 단단한 무언가⋯⋯.

마치 사람의 뼈 같은.

목요일

날이 밝았다.

도저히 잠을 이룰 수가 없어서 뜬 눈으로 밤을 새웠다. 위층의 그 남자가 정말로 찾아올지도 모른다는 두려움에 현관문에서 한 시도 눈을 떼지 못했다. 비루먹은 개새끼처럼 차디 찬 거실 바닥에 앉아 문만 노려보고 있을 뿐이었다. 몇 해 전부터 시큰거리기 시작한 오른쪽 무릎이 철지난 벌레처럼 울어댔다.

경찰에 신고하자고 마음먹고 휴대 전화를 손에 쥔 것도 수십 번이었다. 그때마다 번번이 마지막 '2'자를 누르지 못하고 폴더를 닫았다. 끝내 신고를 막은 것은 가시지 않는 꺼림칙함이었다. 직접 귀로 들었음에도 모든 것이 꿈처럼 모호했다. 남자는 정말 여자를 죽인 걸까? 환청은 아니었을까? 실제처럼 느꼈던 살육의 순간은 어떻게 설명할까? 그리고 잃어버린 하루는? 떠오르지 않는 그 하루만큼의 기억은? 수많은 궁금증이 아지랑이처럼 피어올랐다. 실체가 모호한 공포가 머릿속을 어지럽혔다. 결국 온밤을 새는 동안 정리한 결론은 실로 충동적이고도 막연한 것이었다.

7층으로 가 보자.

왠지 그곳으로 가면 혼란과 두려움의 정체를 알 수 있을 것 같았다.

비 오는 날이라는 걸 감안해도 7층은 이상하리만큼 어두웠다. 기름때처럼 진득한 어둠이 복도의 구석구석에 끼여 있었다. 습기와 차가움이 낡은 복도에 응축되어 금방이라도 터질 것만 같았다. 나는 떨리는 마음을 억누르며 7010호 앞으로 다가갔다. 현관문이 조금 열려 있었다. 언뜻 보면 그냥 지나칠지도 모를 가느다란 틈이었다. 문에 붙은 '7010'이라는 아라비아 숫자가 유독 눈에 들어왔다. 그 아래로는 외시경이 빠끔히 눈깔을 내밀고 있었다.

어떻게 한다? 7층을 둘러보다 보면 살인의 흔적, 예를 들어 핏자국 같은 것들을 발견할 수도 있지 않을까 막연한 생각만 했을 뿐 문이 열려 있을 거라고는 상상도 하지 못했다. 난감했다. 마음 같아선 도망치고 싶은데 이상하게도 발이 떨어지지 않았다. 어두웠던 여자의 얼굴이 떠올랐다. 나를 향해 보여줬던 메마른 미소도 눈에 밟혔다. 살려달라고 애원하던 목소리와 아프다던 그 벙긋거림까지……. 여자는 얼마나 무섭고 외로웠을까?

나는 한껏 숨을 들이켰다. 천천히, 아주 천천히 문손잡이를 향해 손을 뻗었다. 손잡이를 움켜쥐는 것과 동시에 차가운 감촉이 손바닥을 타고 전신을 훑었다.

"저…… 계십니까?"

문틈으로 그렇게 외쳤다. 조금이라도 기척이 들리면 도망치려는 심산으로 양쪽 다리에 잔뜩 힘을 준 채였다. 아무런 대답도 돌아오지 않았다. 하나, 둘, 셋. 속으로 셋까지 센 후 문을 조금 열었다. 집 안은 조용했다. 아무래도 주인 남자는 잠시 집을 비운 모양이었다. 아니면 술에 절어 곯아 떨어졌거나……. 어떤 경우라도 나에게 주어진 시간은 얼마 없어 보였다. 나는 과감히 문을 열었다.

처음 나를 맞이한 건 악취였다. 예고도 없이 찾아오는 치통처럼 지독한 냄새가 후각 신경을 파고들었다. 코와 입을 틀어막았지만 소용이 없었다. 머리가 어질할 지경이었다. 집 안은 사물을 분간하기 어려울 정도로 어두웠다. 한 발 한 발 조심스레 움직이며 현관을 넘어 거실로 들어섰다. 다행히 우리 집과 똑같은 구조였다. 현관과 마주보이는 곳에 안방이 있고, 그 옆은 작은 방이었다. 현관 왼편은 거실, 반대쪽은 주방. 그리고 주방으로 가기 전에 화장실이 있었다.

화장실은 한층 더 어두웠다. 살아있는 듯 꿈틀거리는 그 어둠을 잠시 노려보다가 조용히 스위치를 눌렀다. 불은 들어오지 않았다. 휴대전화를 꺼내서 폴더를 열었다. 앙상한 불빛이 퍼지면서 주변이 조금 밝아졌다. 휴대전화를 들고 이곳저곳을 비췄다. 화장실 안에는 핏자국도, 여자의 시체도 보이지 않았다. 때가 잔뜩 긴 바닥과 벽, 거의 회색으로 변한 변기, 샤워 커튼이 달린 욕조뿐이었다.

그리고 그것이 있었다.

"왁."

목구멍을 비집고 비명이 올라오는 걸 간신히 참았다. 시커먼 몸체의 배수관이 우리 집과 같은 위치에 우두커니 서 있었다. 배수관을 바라보는 순간 꾹꾹 누르고 있던 두려움이 터져 나왔다. 가슴을 내리 누르며 화장실 안으로 몇 걸음 더 들어가려는 그때, 현관문이 닫히는 '쾅' 하는 소리가 들렸다.

남자가 돌아왔다!

그 사실을 깨닫는 순간 온몸에 소름이 돋았다. 휴대전화를 주머니에 넣었다. 다행히 화장실 문은 절반쯤 닫힌 상태였다. 나는 어둠 속에 웅크린 채로 거실을 향해 온 신경을 집중했다. 발자국 소리가 들렸다. 현관을 지나 거실로, 그리고 안방을 지나 화장실을 향해 발소리가 점점 다가왔다. 화장실 문을 열고 남자가 금방이라도 달려들 것만 같았다.

나는 발소리를 죽이며 천천히 욕조를 향해 걸어갔다. 몸을 숨길만 한 곳은 샤워 커튼 뒤 욕조뿐이었다. 긴장한 탓에 팔다리가 뻣뻣했다. 가슴이 터질 것 같은 공포가 맥박이 뛸 때마다 혈관을 타고 온몸으로 퍼져나갔다. 남자가 화장실과 주방 사이를 왔다 갔다 하는 듯, 발자국 소리가 지척에서 들렸다가 다시 멀어졌다. 살며시 샤워 커튼을 열었다. 욕조에는 물이 가득했다. 시커먼 물이 마치 살아있는 것처럼 저 혼자서 조금씩 물결을 일으키고 있었다. 의외의 상황에 멈칫하는 찰나 멀어졌던 발소리가 다시 가까워졌다. 급한 마음에 한 발을 욕조 속으로 밀어 넣었다. 미끈거리는 기분 나쁜 느낌이 다리를 더듬으며 서서히 올라왔다. 물은 끈적끈적했다. 눈을 질끈 감으며 나머지 한 발을 들어 물 안으로 성큼 들어갔다. 그러고는 다시 샤워 커튼을 닫았다.

화장실 문이 열린 것은 바로 그 순간이었다.

커튼 틈으로 화장실로 들어오는 남자의 모습이 희미하게 보였다. 술에 취해 비틀거리던 남자가 변기를 향해 다가왔다. 나는 조심스럽게 물속으로 주저앉았다. 악취가 코를 찔렀다. 구토가 올라오는 걸 참으며 목 바로 아래까지 점액질의 물에 담갔다. 남자는 의미를 알 수 없는 말을 중얼거리며 소변을 보더니 이내 물을 내리고 돌아섰다. 더 이상 참을 수가 없어서 조금씩 몸을 일으켰다. 그때였다. 찰방, 물살을 헤치는 소리가 들리더니 섬뜩한 감촉이 다리를 훑고 지나갔다.

욕조 안에 무언가가 있었다.

찰방. 또다시 소리가 들렸다. 피가 얼어붙었다. 손으로 물속을 더듬었다. 정체모를 부유물들이 손끝 사이로 빠져나갔다. 그리고 곧 차갑고 단단한 무언가가 만져졌다. 둥근 막대기 같다고 생각하며 그 무언가를 움켜쥐었을 때, 갑자기 발이 미끄러지며 머리까지 가라앉았다. 기껏해야 무릎 정도밖에 오지 않는 욕조가 바다처럼 깊게 느껴졌다. 아무리 허우적거려도 발이 닿지 않았다.

'아니야!'

숨이 막혀오는 공포 속에서도 필사적으로 머리를 굴렸다. 아니다. 환각이고, 환상이다! 정신을 차려야 한다. 그냥 물이 가득 찬 욕조일 뿐이다. 팔을 뻗어 욕조의 가장자리만 짚으면……. 그 순간 꿈틀거리는 손가락 열 개가 내 얼굴을 감쌌다. 나는 눈을 번쩍 떴다. 시커먼 물속이지만 얼굴을 감싸 쥐고 나를 노려보는 그것의 정체는 똑똑히 확인할 수 있었다. 여자였다. 7010호 여자가 물속에서 머리카락을 너울거리며 내게로 얼굴을 들이밀었다.

"으으으으."

꿈이 아니었다. 환각도, 환상도 아니었다. 폐가 타들어가는 고통보다도 가슴을 베어 무는 공포가 나를 미치게 했다. 필사적으로 발버둥쳤다. 여자의 얼굴이 점점 가까워졌다. 퉁퉁 불어터진 입술을 말아 올리며 여자가 내 귓가에 대고 속삭였다.

"외로워."

"으아아악."

발이 욕조 바닥에 닿았다. 나는 여자를 뿌리치며 욕조 밖으로 뛰쳐나왔다. 뼈마디가 날카롭게 불거진 손이 물에서 튀어나왔다. 정신없이 화장실을 빠져나왔다. 문지방에 엄지발가락을 부딪쳤지만 아픈 줄도, 아파할 새도 없었다. 내가 거실로 달려 나간 것과 거의 동시에 소파에 누워 있던 남자가 벌떡 일어났다.

"뭐야?"

나는 거실 한가운데 멈춰 섰다. 남자는 한 손에 술병을 들고 있었다. 갑작스런 일에 자신도 놀란 듯 입을 벌린 채 나를 바라볼 뿐이었다. 한동안 날카로운 침묵이 흘렀다. 쏟아 붓는 빗소리만이 거실을 가득 메웠다. 그 일촉즉발의 상황에서 내가 먼저 정신을 차렸다. 남자가 내 뒤쪽을 향해 잠시 한눈을 판 짧은 순간, 내가 현관으로 몸을 날렸다.

"어. 어. 어."

엉거주춤 서 있던 남자가 나를 향해 달려왔다. 현관까지는 남자 쪽이 더 가까웠다. 나는 남자의 어깨를 몸으로 들이받았다. 남자가 몇 걸음 뒤로 물러나는 틈을 놓치지 않고 현관문을 열고 복도로 몸을 굴렸다.

"이, 이 새끼……."

남자의 외침이 뒤늦게 쏟아졌다. 나는 복도에 쓰러져 팔다리를 버르적거렸다. 금방이라도 쫓아올 것 같던 남자는 못이라도 박힌 듯 그 자리에 서 있었다. 처음에는 알아보지 못했다. 그저 남자가 나를 노려본다고만 생각했다. 하지만 그게 아니었다. 허옇고 메마른 손이 7010호의 어둠 속에서 툭 튀어나와 남자의 머리채를 잡고 있었다. 남자의 눈이 점점 커진다 싶던 순간, 남자가 거짓말처럼 집 안으로 빨려 들어갔다.

쾅 소리를 내며 현관문이 닫혔다.

집 안 어딘가에서 날카로운 여자 웃음이 들려왔다.

사라진 하루

엘리베이터 문이 열린다. 티셔츠에 카디건을 걸친 여자가 조용히 엘리베이터에 오른다. 온몸이 젖어 물을 뚝뚝 떨어뜨리는 그녀가 가늘고 긴 손가락으로 숫자 버튼을 누른다. 그러고는 나를 향해 미소를 짓는다. 야릇하면서도 공허한 그 미소를 보자 이유 없이 외로움이 치밀어 오른다.

"나를 외롭게 하지 마."

이상하다. 내 목소리가 아니다.

"외롭게 하면 죽여 버릴 거야."

손에는 어느새 톱과 망치가 들려 있다.

배경도 갑자기 변했다. 엘리베이터가 아니라 화장실이다. 배수관이 떡하니 자리 잡은 화장실. 갖가지 소리들이 그 안을 가득 메운다.

용서해 주세요, 제발. 에이 죽어버렸군. 그런 말 있지 않습니까, 배수관이 아파트의 귀라고. 어떤 때는 낮 동안의 소리가 배수관에 그대로 저장 돼 있다가 밤중에 들리기도 한다니까요. 이제 그 새끼를 죽이러 가 볼까.

"들었지?"

정신을 차려보니 여자가 내 턱밑에 얼굴을 바싹 들이민다.

"들었지?"

여자가 다시 묻는다. 나는 그런 여자의 얼굴에 망치를 휘두른다. 정신없이, 망치질을 한다. 뼈를 부수는 소리가 경쾌하다. 숨이 턱에 찰 때까지 내리치고 또 내리치다가 문득 뭉개진 여자의 얼굴을 확인한다.

아내다.

아니, 정미다.

"이렇게라도, 같이 있고 싶었어. 이렇게라도……."

내가 중얼거린다. 이상하다. 내 목소리가 아니다.

이히히히.

여자의 소름끼치는 웃음이 들린다.

"아아아악!"

소리를 지르며 눈을 떴다. 불에 덴 것처럼 재빨리 몸을 일으켰다. 내가 지른 비명이 긴 꼬리를 남기며 사라지고 나서도 한참을 더 지나서야 꿈이었다는 사실을 깨달았다.

내가 정신을 차린 곳은 거실이었다. 어지럽게 널린 짐들 사이로 빗줄기에 가린 햇살이 띄엄띄엄 비쳐들었다. 오후인 듯했다. 몽롱하던 의식이 돌아오면서 7층에서 도망쳐 집으로 들어오자마자 정신을 잃었다는 사실이 떠올랐다. 동시에 7010호에서 느꼈던 공포도 고스란히 되살아났다. 새삼 소름이 돋았다. 물속에 잠겼던 몸은 아직까지 축축했다. 찐득하고 비릿한 기운이 몸을 더듬고 있는 것만 같았다. 내가 본 것이 무엇일까? 어디서 바람이라도 새 들어오는지 못 견디게 추웠다. 나는 팔을 거칠게 쓸었다. 손바닥에 전해지는 오돌오돌한 감촉을 느끼며, 소름의 원인은 추위가 아니라는 사실을 끔찍할 정도로 생생하게 깨달았다. 모든 것들이 뒤죽박죽이었다. 그동안의 일들이 죄다 진창처럼 뭉개져 현실인지 꿈인지 분간하기가 힘들었다. 공포. 그 아득한 수렁으로 내 마음이 서서히 빠져들고 있었다. 그리고 그 속에서 한 가지 생각이 떠올랐다.

걷잡을 수 없는 공포의 밑바닥까지 내려간다면, 잃어버린 하루, 그 월요일에 무슨 일이 있었는지 기억해 낼 수 있을까?

갑자기 초인종이 울렸다.

화들짝 놀라 웅크린 자세 그대로 굳어버렸다. 누굴까? 나는 꼼짝도 하지 못하고 귀만 쫑긋 세웠다. 초인종은 집요하게 울어댔다. 할 수 없이 자리에서 일어나 흐느적거리며 문을 열었다. 머리를 짧게 친 점퍼 차림의 두 남자가 문 앞에 서 있었다.

"누구……?"

생전 처음 보는 사람들이었다.

"죄송합니다만, 협조 좀 부탁드립니다. 경찰서에서 나왔습니다."

두 사람 중 눈매가 날카로운 한 명이 수첩을 꺼내며 그렇게 말했다. 경찰이라는 말에 괜스레 심장이 뛰었다. 직감적으로 7010호와 관련이 있을 거란 생각이 들었다.

"무슨 일로 나오셨습니까?"

나는 최대한 차분한 목소리로 물었다.

"아직 모르고 계셨군요. 선생님 댁 바로 윗집, 그러니까 7010호에 살던 남자가 뛰어내렸습니다."

"네?"

하마터면 그 자리에서 쓰러질 뻔했다. 나는 벽을 짚은 손에 잔뜩 힘을 주었다. 남자는 뛰어내린 게 아니다. 마지막으로 본 그 장면, 여자의 손이 남자의 머리카락을 잡아채던 그 순간이 생생하게 떠올랐다. 던져버렸을까? 머리카락을 움켜 쥔 채로, 그대로……

"자살했다는 말입니다. 7층에서 주차장으로 떨어졌죠. 바로 윗집인데 혹시 무슨 이상한 낌새를 느끼시진……."

"아이고 형사님들. 그분은 아니라니까요."

누군가 형사의 말을 자르며 복도 끝에서 종종 걸음으로 달려왔다. 일전에 공구를 빌려줬던 바로 그 수위였다. 얼굴이 땀인지 빗물인지로 번들거렸다.

"그분은 지난 일요일에 이사 왔어요, 일요일."

"아! 그러셨군요. 이거 실례했습니다."

일요일에 이사 왔다는 수위의 한 마디에 형사들은 두말 않고 돌아섰다. 어안이 벙벙했다.

"무슨 일입니까? 왜 형사들이?"

나는 줄래줄래 멀어지는 형사들을 보며 수위에게 물었다. 수위가 의뭉스러운 표정을 지으며 나를 향해 한 발 다가왔다.

"그게…… 자살만이 아니랍디다. 살인이랍니다, 살인."

떨리는 가슴을 억누르며 놀란 표정을 지어보였다. 역시……. 경찰들이 남자 집을 수색하다가 살인의 증거들을 발견한 모양이었다.

"그 뭐냐, 7010호에서 말입니다. 참! 자살한 사람이 7010호에 살던 남자라는 건 아시죠? 경찰들이 그 집에 가서 수색인가 뭔가를 했는데, 아 글쎄 시체가 있었답니다. 토막 난 시체가 욕조에 썩어문드러진 채로 담겨 있어서 숨도 못 쉴 정도로 냄새가 나더랍니다."

구역질과 함께 두통이 밀려들었다. 통증이 머릿속 어딘가에 부딪치고, 또 부딪치며 꼭꼭 잠겨 있던 망각의 문이 조금씩 열리기 시작했다.

"지금 신문사에서도 오고 방송국에서도 오고 난리가 났습니다. 저도 주위들은 얘기긴 하지만, 기자 양반들이 인터뷰가 뭔가를 하면서 슬쩍 이야기를 해 주더라고요. 아무튼, 이 남자가 죽인 사람이 자기 마누라였답니다. 저도 오다가다 그 남자하고 자주 마주쳤는데 얼굴이 음침한 게 딱 사고 칠 것 같더니만……. 쯧쯧쯧. 어쨌든 마누라 죽이고 나서 한 달 동안 버티고 버티다가 귀신에라도 홀렸는지 오늘 뛰어내렸지 뭡니까."

한 달.

수위는 분명 그렇게 말했다.

"어허. 얼마나 단단히 미쳤으면 시체, 그것도 자기 마누라였던 시체를 욕조에 넣어놓고 한 달을 보냅니까. 그러고 보니까 그 집 마누라 하고도 안면이 있었지요. 예쁘장하게 생긴 여자였는데, 전 갑자기 안 보여서 그냥 남편하고 갈라선 줄로만 알았지……. 어휴."

어지러웠다. 수위의 얼굴이 일그러지기 시작했다. 거미줄 같은 실금이 얽히고설킨 벽도, 덜컹거리는 창문도 죄다 파도처럼 들고 일어났다. 누군가가 내 뇌를 비틀어 짜는 것만 같았다. 나는 소리치고 싶었다. 한 달이라니? 바로 어제 그 여자를 봤는데, 그 여자를 따라 7층까지 올라갔는데, 여자의 비명을 두 귀로 똑똑히 들었는데 한 달 전이라니! 매일 밤, 그 집에서 내려오던 소리를 들었는데!

"한 달이라고요? 남자가 여자를 죽인 게 한 달 전이란 말씀입니까?"

내가 듣기에도 이상한 목소리가 새어나왔다. 물에 젖은 몸 여기저기에서 악취가 풍기는 것만 같았다.

"네. 그렇다고 들었습니다만, 어디 몸이 안 좋으세요? 안색이 영……."

그렇다면 나는 지난 며칠 동안 배수관을 통해서 한 달 전에 있었던 일을 들은 것이다. 배수관이 저장해 놓았던 소리를, 내가 들었다. 왜? 검붉은 의문이 점점 커지면서 망각의 문을 사정없이 밀어붙였다. 왜 나는 그 소리를 들었을까?

"아이고, 이거. 심하게 편찮으신 가 봅니다. 그럼 저는 이만 가 보겠습니다. 경찰들도 도와야 하고, 바빠서. 몸조리 잘 하십시오."

수위가 인사를 하고는 되돌아 걸어갔다.

문을 닫고, 나도 거실을 향해 돌아섰다.

며칠이 지났건만 집은 여전히 낯설게 보였다. 먹장구름이 더욱 두터워졌는지 그나마 들어오던 빛도 사라졌다. 거실 벽에 걸린 가족사진은 또다시 삐딱하게 기울었다. 액자를 향해 느리게 걸어갔다. 나는 벽에서 가족사진을 떼어낸 뒤 한참을 바라봤다. 아내와 정미는 돌아왔다.

무의식 저 밑바닥에 잠겨 있던 기억이 하나 둘 떠올랐다. 이사가 마무리 되어가던 일요일 저녁이었다. 두 사람의 단출한 짐을 보고, 이사한 집 현관에 서서 멀뚱히 나만 바라보던 아내와 정미를 보고, 나는 금방 떠날 사람처럼 왜 그러고 섰느냐고 물었다. 아내가 젖은 머리칼을 털면서 말했다. 푸른 색도가 번졌는지 눈가가 푸릇했다.

"마지막이라 생각하고 왔어. 부탁할게. 우리 이혼해."

아내는 내가 일하던 현장사무실의 경리 보조였다. 여상을 졸업하고 이곳저곳에서 아르바이트를 하다가 공사판 현장사무실까지 흘러든 그녀는, 막노동꾼들의 짓궂은 농담에 얼굴을 붉히기 일쑤인 수줍은 아가씨였다. 8살 차이 나는 나를 그녀는 아저씨라고 불렀다. 그녀의 발그레한 뺨이 좋았다. 도톰한 콧날 아래로 고집스레 다문 입술이 좋았다. 아파트 한 채가 세워질 때쯤 우리는 서로의 집을 찾는 사이가 되었다. 나는 빗물이 새는 그녀 집 천장을 막아 주었고, 그녀는 반찬을 만들어주었다. 반찬은 짜거나 싱거웠다. 그해 가을에 살림을 합쳤다. 식은 1년 후에 치렀다. 정미가 태어난 것은 그로부터 또 3년이 지나서였다. 그때가 내 인생에서 가장 행복했던 시절이었다.

무엇이 우리를 변하게 했을까?

우두커니 선 아내를 보며 나는 그렇게 생각했다.

"전화로 몇 번을 이야기해도 당신이 자꾸 딴소리를 해서, 그리고 마지막으로 얼굴을 봐야겠다 싶어서 이렇게 온 거야. 이 말만 하고 다시 갈 거야. 내일 새벽 비행기야. 이제는 늦었어. 당신이 집을 팔아서 정미 학비에 보탠다는 말은 고마워. 위자료라고 생각하고 받을게."

어쩌면 나는, 인정하지 않으려 했을 뿐 아내의 결심을 알고 있었던 건지도 모른다. 냄비 채 먹고 있던 삶은 라면을 한 젓가락 들이켜고 난 뒤, 담담하게 아내와 정미에게 물었다.

"라면 끓여줄까?"

가족사진은 아무리해도 똑바로 걸리지 않았다.

나는 거실에 놓인 짐들을 향해 걸어갔다. 생전 처음 보는 것처럼 찬찬히 그것들을 훑어보았다. 책을 넣은 상자, 옷가지가 담긴 소쿠리, 분해된 채 테이프에 매달린 옷걸이, 쓰레기통, 빨래 건조대, 그리고 트렁크.

유학을 주장하던 때처럼 아내는 이혼하겠다는 고집을 꺾지 않았다.

"여보. 왜 그렇게 고집을 부려! 이제 돌이킬 수 없다고. 이혼해 달란 말이야. 처음에는 정말 1년만 있으려고 했어. 정미도, 나도 말이야. 하지만 너무 좋았어. 한국을 떠나 있는 게, 그리고 당신을 떠나 있는 게 그렇게 좋을 수 없었어. 이유? 당신은 늘 이유를 물었지. 이유가 없으면 어쩔래? 아무 이유 없이, 12시간씩 설거지를 해도 여기보다 뉴질랜드가 좋다고 하면 당신, 어쩔래?"

정미도 거들었다. 정미는 못 본 새 키가 훌쩍 자랐다. 이제 같이 살았으면 좋겠다. 헤어지지 않았으면 좋겠다. 텅 빈 집에서 홀로 깨지 않았으면 좋겠다. 쓸쓸히 수음을 하거나, 넓은 침대에서 적적하게 뒹굴지 않았으면 좋겠다. 나는 하고 싶었던 무수한 말들을 삼켰다. 그리고 나는, 그리고 나는…….

식탁 밑에서 옹송그리고 있는 두 개의 트렁크를 향해 다가갔다. 까르르. 까르르. 귓가에 웃음이 울려 퍼졌다. 어릴 적 정미의 웃음 같기도, 절정을 향해 달릴 때 아내가 뱉어내던 신음 같기도, 그리고 7010호의 여자, 제 남편 손에 죽어 버린 그 여자의 울음 같기도 했다. 여자는 왜 한 달이라는 시간을 뛰어넘어 나에게 나타났던 것일까? 썩은 물속에서 잠들지 못하고 왜 배수관을 통해 말을 걸었던 것일까? 나의 망상이 여자를 깨운 걸지도 모른다. 털난 짐승처럼 웅크리고 있던 내 안의 광기가 여자의 쓸쓸한 안식을 방해했는지도……

트렁크 앞에 섰다. 무릎을 꿇으며 주저앉았다. 암흑에 가렸던 마지막 기억이 바야흐로 깨어나려 하고 있었다. 나는 두 개의 트렁크 중 조금 더 큰 쪽을 향해 손을 뻗었다. 수전증은 없는데……. 나도 모르게 손이 떨렸다. 묵직하고 커다란 덩어리가 명치에 걸려 가슴과 숨구멍을 눌러 왔다. 나는 아내와 정미에게 잠깐이라도 좋으니 들어와 앉으라 했다. 새 집에 엉덩이라도 한 번 붙이라고, 라면 냄비를 한쪽으로 치우며 가래 끓는 소리로 말했다. 그리고 나는, 그리고 나는……. 침을 꿀꺽 삼키고 천천히 트렁크 지퍼를 열었다. 찌이익. 기분 나쁜 소리가 들리며 트렁크가 앙다물었던 입을 서서히 벌렸다. 두근거리는 심장. 땀이 밴 손. 치밀어 오르는 공포가 한계 수위를 넘어 범람하려 했다. 눈을 감았다. 아내와 정미는 결국 집 안으로 들어왔다. 나는 배고프지 따위의 말을 하며 냄비에 물을 붓고 가스 불을 켰다. 라면 끓여 줄게, 정미야. 넌 아빠가 끓인 라면이 제일 맛있다고 했잖아. 허허. 라면 봉지를 뜯고 스프와 면을 분리해 내는 동안 손이 덜덜 떨렸다. 눈앞이 흐려졌다. 같이 살면 안 될까? 전처럼 우리 셋이 함께 살면 안 될까? 나는 질리도록 하얀 라면을 보면서 속으로 몇 번이고 되뇌었다. 물이 끓어서 냄비 뚜껑이 들썩일 때까지……. 벗겨진 가죽처럼 너풀거리는 트렁크 앞부분을 활짝 열어 젖혔다. 구토를 눌러 삼켰다. 트렁크 안에 잠든 그 무엇이 와락 덮쳐들 것만 같았다.

같이 살자는 말을 수십 번 연습한 후 아내와 정미를 향해 돌아섰다. 이야기를 나누던 두 사람이 나를 보더니 멈칫했다. 잠시 후, 아내와 정미는 자기들끼리 영어로 다시 이야기를 시작했다. 나는 달려들었다. 나를 외롭게 하지 마. 그렇게 소리를 질렀다. 두 사람의 목을 졸랐다. 그리고 나는, 그리고 나는…….

나는 눈을 떴다.

잡동사니들이었다.

트렁크에는 고장 난 자명종 시계며 오래된 수첩 같은 것들이 아무렇게나 들어 있었다. 다른 트렁크도 열어 보았다. 낡은 옷들과 헤진 베갯잇 따위의 천 조각들이 빼곡했다. 트렁크에 든 것은 아내도, 정미도 아니었다. 왈칵 눈물이 쏟아졌다. 참고 참았던 슬픔이 걷잡을 수 없이 터져 나왔다. 기억이 떠올랐다. 완전히, 생생하게.

그 일요일 밤, 나는 두 사람을 향해 맹수처럼 달려들어 목을 졸랐다. 참을 수 없는 분노와 외로움이 폭발했다.

"여보. 살려줘."

아내의 눈에 그렁그렁 맺혀 있던 눈물이 끝내 한 줄기로 흘러내렸다. 힘겹게 꿈틀거리는 두 사람의 맥박을 느끼며 나는 손에 힘을 주었다. 나를 대디라고 부르던 딸애의 입술이 점점 푸른색으로 변해갔다.

"이렇게라도, 같이 있고 싶었어. 이렇게라도……."

나는 두 사람 사이에 얼굴을 묻고 그렇게 중얼거렸다. 내 입에서 떨어진 침이 아내의 얼굴에 닿았다. 웃음인지 울음인지 모를 소리가 비식비식 새어나왔다. 아내가 부들부들 몸을 떨었다. 그리

436

고 정미가 마지막 숨을 헐떡이며 말했다.

"아…… 빠."

모든 동작을 멈췄다. 몸에서 힘이 빠져나갔다. 건전지가 다한 장난감처럼 나는 앞으로 픽 고꾸라졌다. 아내와 정미가 몸을 굴려서 나를 벗어났다. 두 사람은 부둥켜안고 울었다. 그러더니 왔을 때처럼 서둘러 나가 버렸다. 나는 나가는 두 사람을 보고도 아무런 말도, 아무런 행동도 할 수 없었다. 바닥에 쓰러진 채 그저 멍하니 바라만 봤다. 잡지 못했다. 굳은살이 박인 껄끄러운 손으로 허공을 움켜쥐었을 뿐.

"으아아아!"

나는 트렁크 속을 헤집으며 울부짖었다. 가늘 수 없는 슬픔에 온몸을 떨었다. 그 일요일 밤처럼, 오랫동안 울다가 지쳐 잠들었던, 깨어나면 모든 게 꿈이길 바랐던 그 끔찍했던 날처럼, 영원히 기억 속에서 사라졌으면 싶던 그날처럼 나는 울고 또 울었다. 몇 시간이 지났을까? 탈진해서 더 이상 울 수 없을 때가 되어서야 엉금엉금 기어서 텔레비전 앞으로 갔다. 그러고는 습관처럼 비디오를 틀었다. 비디오테이프를 계속해서 뒤로 돌렸다. 모든 걸 맨 처음으로 되돌리고 싶었다. 시작 지점까지 되감긴 비디오는 저 혼자서 재생을 시작했다. 화면 속의 아내와 정미는 환하게 웃고 있었다. 뉴질랜드의 찬란한 태양보다도 두 사람의 미소가 더 눈부셨다. 반짝이는 그 광경을 보고 있자니 창가에 비끼는 빗소리가 아득한 꿈속의 일로만 느껴졌다. 한 달 새 열댓 번도 더 본 장면들이 마지막 열차처럼 하나 둘 천천히 지나갔다. 설핏, 졸음이 몰려왔다.

자고 일어나면 모든 기억을 잃어버렸으면 좋겠다.

그렇게 생각하며, 나는 쓰러지듯 바닥에 드러누웠다. 메마른 눈물 한 줄기가 볼을 타고 흘러내렸다.

수분이 빠져나간 틈을 거대한 고독이 차곡차곡 메워나갔다.

한국 공포 문학 단편선 4

1판 1쇄 펴냄 2009년 7월 24일
1판 4쇄 펴냄 2021년 3월 12일

지은이 | 이종호 외 9인
발행인 | 박근섭
편집인 | 김준혁
펴낸곳 | 황금가지

출판등록 | 2009. 10. 8 (제2009-000273호)
주소 | 06027 서울 강남구 도산대로 1길 62 강남출판문화센터 5층
전화 | **영업부** 515-2000 **편집부** 3446-8774 **팩시밀리** 515-2007
홈페이지 | www.goldenbough.co.kr

도서 파본 등의 이유로 반송이 필요할 경우에는 구매처에서 교환하시고
출판사 교환이 필요할 경우에는 아래 주소로 반송 사유를 적어 도서와 함께 보내주세요.
06027 서울 강남구 도산대로 1길 62 강남출판문화센터 6층 민음인 마케팅부

㈜민음인은 민음사 출판 그룹의 자회사입니다.
황금가지는 ㈜민음인의 픽션 전문 출간 브랜드입니다.

추리·호러·스릴러
밀리언셀러 클럽